탐정 혹은 살인자

탐정 혹은 살인자

紀蔚然

私家偵探

지웨이란 장편소설 | 김락준 옮김

북로드

나의 어머니 허위샹 여사에게 바칩니다.

차례

사표

1

대학에 사표를 냈다. 무미건조하게 이어 온 결혼 생활도 끝냈다. 분양 받은 아파트도 팔았고, 이름깨나 날리던 연극 판도 떠났다. 틈만 나면 모여서 부어라 마셔라 했던 형님들, 아름다운 여인들과도 모두 관계를 끊었다.(술이 생각나고 포커를 치고 싶어도 다시는 나를 찾지 말길!) 몇 년은 그럭저럭 살 수 있는 돈을 마련한 다음 어두컴컴한 신하이 터널을 지나 새똥이 누덕누덕 덧입혀진 공동묘지 같은 이곳 워룽제에 새로 둥지를 틀고 사설탐정이 됐다.

간판을 내걸고 명함을 팠다. 한 면은 해서체(한자 서체의 일종./옮긴이)로 '사설탐정 우청', 다른 면은 'Private Eye-Chen Wu'라고 적힌 명함이 제법 그럴싸해 몇 번이고 쳐다보며 감탄했다. 명함을 200장 인쇄했는데 며칠 만에 동났다. 달라고 하는 사람들이 많았거나 신호 대기에 걸린 운전자들에게 마구 뿌려서는 아니다. 정식으로 개업하기 전에 타짜 흉내를 내며 명함 두 장을 포커처럼 포개고 섞다가 무사처럼 검지와 중지 사이에 끼우고 비도(어떤 대

9

상을 맞히기 위해 던지는 칼./옮긴이) 삼아 한 장, 두 장 벽을 향해 날렸더니 어느새 없어졌다. 물론 가장 많이 쓰인 용도는 이쑤시개였다.

우연히 떠오른 아이디어를 감옥에서 탈출하듯 한 치 앞도 알 수 없는 어둠 속에서 차근차근 가다듬고 과감히 실천하기까지 꼬박 반년이 걸렸다. 친한 친구들에게 교수를 그만두고 사설탐정이 되겠다고 정식으로 알린 건 모든 준비를 마친 뒤였다. 예상대로 친구들은 하나같이 반대했다. 나는 벌집을 잘못 건드린 사람처럼 몸을 바짝 낮추고 양손을 휘저으며 반대하는 목소리를 피하느라 만신창이가 됐다. 어차피 이렇게 된 거 벌 받는다고 생각하자. 사람들에게 손가락질당하는 것이 어디 한두 번인가!

비록 군데군데 금이 쩍쩍 간 배를 타고 망망대해에 홀로 떠 있고, 손으로 퍼내는 물보다 새어 들어오는 물이 훨씬 많지만 인생은 원래 다 그런 것 아닌가! 세상이 인정하는 잘난 사람이 되는 것과 도시에 숨어 사는 것 중 하나를 고르라면 후자를 택할 것이다. 다시는 숨 막히는 세상에서 마음의 응어리를 만들지도, 헛된 희망을 키우며 실망하지도 않으리라. 이 선택이 인생의 발전이든 후퇴이든 나약한 마음과 작별하고 오랜 친구들과 인연을 끊은 채 세상의 굴레에서 벗어나 나만의 삶을 살면 얼마나 즐거우랴!

세상에 굴복하지 않고 외려 세상을 비웃으며 살겠다니, 내가 미친 걸까?

팔순에 가까운 노모는 내가 사직했다는 소식을 듣고 노발대발하셨다. 교수를 그만둬서도 안 되고, 명예퇴직을 해서도 안 되고, 전국을 떠돌며 일하는 것도 안 된다고 하셨다! 내가 대학에 사표를 내고 사설탐정 사무소를 세운 과정을 쭈뼛쭈뼛 말씀드리자 목청껏 소리 지르시던 어머니는 급기야 가슴을 치며 울기 시작했다.

어머니는 연기력이 일류 배우 못지않다. 내 희극적인 재능은 이미 어머니의 배 속에 있을 때부터 싹텄다고 봐도 무방하다. 얼굴이 눈물 콧물로 뒤범벅된 어머니는 나를 총장 앞에 끌고 가 필요하면 무릎까지 꿇고 사표 수리를 없던 일로 해 달라고 부탁할 판이었다.

"그러실 필요 없어요." 내가 말했다.

학과장, 학장, 총장은 약간 떨리는 손으로 사직서를 건네받더니, 마치 하늘에서 선물이 뚝 떨어지기라도 한 듯 하루 만에 신속히 사표를 수리했다. 대학 강단에 선 지 십여 년이 지났지만, 관료 시스템이 이렇게 효율적으로 돌아가는 것은 처음 봤다. 이들은 학생들을 계속 가르치는 것이 어떠냐는 형식적인 말로 나를 붙잡는 척했다. 하지만 폭죽을 터뜨리고 북을 치며 환송하는 사람들이 없을 뿐, 내가 학교를 떠나는 것에 내심 고마워하고 흥분하는 눈치였다. 물론 어디까지나 내 추측이다. 내 인간관계가 형편없는 건 인정하지만, 그렇다고 강단을 떠나자마자 학교에 남은 직원들이 샴페인을 터뜨릴 정도는 아니다. 학과장, 학장, 총장이 한마디 예고도 없이 학교를 떠나는 나를 어떻게 생각하는지 알 수 없었지만, 쓸데없는 짓으로 연로하신 어머니의 마음을 아프게 한 건 분명했다.

어머니는 잠시 말을 잇지 못했다. 가뜩이나 야위고 구부러진 몸이 비틀거렸다. 간신히 방문을 잡고 몸을 지탱한 어머니는 당신께서 지난 몇 년간 두고두고 감탄한 이탈리아 수입 도자기와 거실 벽에 걸린 아버지 초상화를 번갈아 쳐다봤다. 잠깐 사이에 어머니 주름이 몇 년이 지난 것처럼 깊어졌다. 나는 어머니가 또다시 한바탕 걱정거리를 쏟아 내기 전에 다달이 드렸던 생활비를 방바닥에 내려놓고 얼른 집을 빠져나왔다.

나는 진짜 불효막심한 놈이다. 이번이 처음도 아니고, 어머니께 걱정을 끼친 '전과'가 수두룩하다. 하지만 다행히 어머니는 산처럼 의지가 굳은 분이다. 의지가 남다르지 않았으면 혼자 힘으로 자식들 뒷바라지도 못 했을 것이고, 숱한 고비도 무사히 넘기지 못했을 것이다. 또 나처럼 제멋대로 구는 막돼먹은 놈을 상대하다 피를 토하고 쓰러졌을 것이다.

비록 어머니는 말보다 생각하는 속도가 빨라 말을 약간 더듬으시지만, 여전히 생각은 명료하고 목소리는 거리에 울려 퍼지는 광고 방송처럼 낭랑하고 우렁차다. 물론 화가 났을 때는 더듬지도 않고 능숙하게 공염불을 외우신다. 지금까지 어머니의 공염불을 수도 없이 들었지만, 이것이야말로 한평생 아들을 키우며 얻은 지혜의 결정체였다. "이 썩을 놈아!", "저런 놈을 여태 밥 먹여 키웠다니.", "내가 너 때문에 제명에 못 산다.", "열이 받쳐서 피가 다 거꾸로 솟네."……. 나중에 기회가 되면 자비로 어머니의 명언록을 출간해 그간 키워 주신 은혜에 보답할 생각이다.

어머니 댁에서 나와 싼민루로 접어들었다. "이런 죽일 놈을 봤나!"라는 말이 여전히 귓전에 맴돌았지만 마음은 한결 편안했다.

따뜻할 때 드시라고 놓고 온 신선한 새우가 들어간 만둣국은 이미 쓰레기통에 버려졌을 테고, 지금쯤 어머니는 직장에서 일하는 여동생과 통화하고 있을 것이다. 여동생은 어떤가. 보나 마나 아무것도 모르는 척, 마른하늘에 날벼락을 맞은 것처럼 말할 것이다.

"우청이 학교를 그만뒀다고요? 미쳤어!"

나보다 네 살 어린 여동생은 한 번도 나를 '오빠'라고 부른 적이 없다. 단지 나이 차가 적게 나서도 아니고, 어려서부터 너무 친하게 지내서도 아니다. 나는 오빠다운 면도 없고, 오빠가 되고 싶은 마음도 없었다. 각자 가정을 이룬 뒤로 우리 남매는 거의 만나지 않았다. 여동생 집에 가서 같이 식사한 적도 없고, 전화로 안부를 물어본 적도 없다. 최근에는 사이가 더욱 서먹서먹해져서 어쩌다 기념일에 어머니 댁에서 만나는 것 말고는 서로 만나지도 않고 만날 필요성도 못 느낀다. 남매간에 정이 깊지도 않고, 서로 꺼리는 감정이 눈 녹듯 스르르 풀리지도 않고, 이런저런 일까지 겹치다 보니 이 지경이 됐다. 그렇다고 눈물을 흘릴 일도 아니다. 타이완에서 서먹서먹한 남매가 비단 우리뿐은 아니니까.

휴대 전화로 여동생에게 내 소식을 간단히 알렸다. 다 지난 일을 일일이 설명하기 귀찮아 일부러 집 전화로 걸지 않았다. 늦은 밤 조용하지도, 시끌벅적하지도 않은 골목을 찾아 아무렇지도 않게 여동생에게 폭탄을 던졌다.

"학교 그만뒀다."

휴대 전화 너머에서는 한동안 아무 말이 없었다. 여동생이 갑작스럽게 날아든 충격을 소화할 때까지 인내심을 갖고 기다렸다.

"엄마는 어떡해?"

냉정한 말투였다. 언제나 솔직한 여동생은 내 폭탄 선언에 '뭐라고? 무슨 일 있어?'라는 식상한 질문을 완전히 생략한 채 자기만의 방어 시스템으로 반응했다. 얼음장같이 차가운 마음을 마주하기가 이렇게 시린 일이었다니, 여동생은 예전부터 내가 재수 없는 일을 당하건 말건 아예 관심이 없었던 게 분명하다.

"지금처럼 다달이 1만 위안씩 드릴 거야."

"내 말은 그런 뜻이 아니잖아."

말이 끝나기 무섭게 여동생이 전화를 끊었다.

그래도 가족은 그럭저럭 쉽게 설득한 편이다. 대학 때부터 우르르 몰려다닌 친구 녀석들은 결코 호락호락 넘어가지 않았다. 반년 전 은근슬쩍 은퇴 생각을 내비쳤을 때 친구들은 그놈의 넋두리 또 하는구나 하고 대수롭지 않게 여겼다. 하지만 사태의 심각성을 깨달은 뒤부터 틈만 나면 나를 불러내 술을 마셨고, 술자리가 끝나면 나를 설득한다는 명목으로 또다시 술 마실 기회를 만들었다. 친구들이 돌아가며 '교대 전술'을 쓰는 동안 나는 꼼짝없이 술자리에 참석해 술집 의자가 반질반질해질 정도로 앉아 있어야 했다. 평소에 친구들과 술을 마실 때 나는 주로 조연 역할을 한다. 분위기에 휩쓸리지도 않고 분위기를 주도하지도 않는 것이 내 스타일이다. 하지만 이번만은 귀한 주연이 돼 친구들과 함께 흘러간 옛 노래 몇 곡을 목이 터져라 불렀다.

친구들이 위기의 순간을 어떻게 넘겼는지 각자의 노하우를 앞다퉈 내놓으며 이러쿵저러쿵 훈수를 둘 때 문득 옛말이 떠올랐다.

'친구의 불행은 적이 망했다는 소식보다 더 큰 위로를 준다!'

시간이 넉넉지 않아 나는 앉자마자 맥주 두 병을 후루룩 들이켰다. 술잔이 얼추 세 바퀴 돌고 모두의 얼굴이 돼지 간 빛깔로 변하자 친구들은 나를 불러낸 주제에 대해 떠들었다. 하지만 정작 나는 이들이 뭐라고 말했는지 기억이 안 난다. 영광스럽게도 내 인생의 거대한 변화는 나와 전혀 다를 바 없이 피곤에 찌든 친구들의 영혼에 살맛 나는 활력을 불어넣어 줬다. 비록 담배 연기 자욱하고 술 냄새가 진동하는 단 하룻밤에 불과할지라도.

애초에 친구, 가족, 동료 들의 의견을 귀담아들을 생각도 없었고, 이들을 설득하고 싶지도 않았다. 아내가 친정이 있는 캐나다로 영영 떠난 뒤, 나는 다시금 희망을 찾기 전까지 한동안 모든 의욕을 상실한 채 좌우로 흔들리는 시계추처럼 살았다. 끈적끈적한 우울함에 빠졌다가 다시 용기를 냈고, 막다른 길에 몰렸다가 다시 아무런 얽매임 없는 상태를 회복했다. '모든 게 끝났다.'란 생각이 '한 번 해 보자.'란 생각으로 바뀌고 마음이 편안해졌을 때 시계추는 한가운데 멈춰 섰다.

나는 태어나 처음 호흡을 배우는 것처럼 숨을 깊게 들이쉬었다 내쉬며 마음을 가라앉혔고, 앞으로 뭘 할 것인가에 대해서도 곰곰이 생각했다. 그다음에는 마음 한편에서 서서히 키워 왔던, 학교를 그만두고 싶다는 생각을 친구들에게 낙숫물처럼 뚝뚝 흘렸고, 급기야 폭포수의 기세로 친구들에게 "학교 때려치웠다!"라고 선포했다. 내 결심을 번복하고 싶은 생각은 조금도 없었다.

하지만 친구들에게 작별 인사는 정중히 하고 싶었다.

또 새로 쌓아 나갈 미지의 인생을 결사의 각오로 미련 없이 시작하고 싶었다.

주사위는 던져졌다. 대박일까, 쪽박일까. 에라, 천국 아니면 지옥이겠지!

2

나는 대낮과 한밤중이 크게 다르지 않은 콘크리트 동굴에 산다. 여전히 일은 하지만 희망은 보이지 않는다.

워룽제 197번 골목은 맹장에서 삐죽 튀어나온 충수처럼 생긴 막다른 골목이다. 쉰 가구 남짓이 모여 사는 이 골목은 집도 좁고 사람들도 서로 친하게 지내지 않고 이웃 간에 왕래도 좀처럼 없다. 빛이라곤 건물 사이 좁은 하늘에서 들어오는 것이 전부라 대낮에도 어두컴컴하고 적막하다. 가로등마저 없는 이곳은 밤이 되면 한

층 더 컴컴하고, 주택 창가에서 새어 나오는 희미한 불빛이 아니면 자기 손가락조차 보이지 않는다. 그래서 이곳은 월세가 싸고, 비밀스럽다.

나는 간판을 걸고 사설탐정 사업을 하기 위해 특별히 길목에 있는 아파트 1층을 선택했다. 집주인은 도둑을 막는답시고 베란다를 차양과 철책으로 빛 한 줌 새어 들어오지 않게 철저히 가렸다. 처음 집을 보러 왔을 때 차양을 뜯어도 되냐고 묻자 집주인은 그럴 거면 아예 세 들 생각을 말라고 단호하게 말했다.

널빤지에 '사설탐정'이라고 새긴 초라한 간판을 오래된 4층짜리 아파트의 1층 출입문 돌기둥에 걸었다.

이 작은 간판은 쓸데없이 속닥거리기 좋아하는 사람들을 적잖이 끌어들였다. 오랫동안 서로 데면데면하게 지내던 골목 사람들이 갑작스러운 별종의 출현으로 다시금 한자리에 모이는 일이 잦았다. 한잠 늘어지게 자고 일어난 동네 아저씨 아주머니부터 자전거를 타고 지나가는 중학생, 굽 높은 샌들을 신고 또각또각 소리를 내며 걸어가는 아리따운 아가씨, 조숙한 어린이까지, 인근에 사는 거의 모든 이웃이 번호표를 뽑고 차례를 기다리듯 간판 주변을 서성이며 수군거렸다. 이들은 내가 출입문을 드나드는 잠깐의 순간에도 시선을 다른 곳으로 돌리는 예의 따위 차리지 않았다.

어느 날은 경찰까지 찾아왔다. 사설탐정으로서 일찍이 예상했던 일이다.

"이게 뭡니까?" 경찰이 널빤지를 가리키며 물었다.

"간판입니다."

나는 명함을 건넸다. 명함 한쪽 귀퉁이에는 미처 떼지 못한 고기 찌꺼기가 붙어 있었다.

"이런 직업이 있습니까?"

"없죠. 저는 타이완에 하나뿐인, 뭐랄까, 타이완의 수석 사설탐정이라고나 할까요?"

우스갯소리에도 경찰은 웃지 않았다. 누구든 유머 감각으로 무장한 경찰을 단 한 명이라도 찾아낸다면 나는 열흘이라도 기꺼이 교도소에 가겠다.

"영업 허가증은 있습니까?"

"없습니다. 그렇지 않아도 신청하려고 민간 조사 업체 협회에 갔는데, 입회 신청서, 회원 신분증 복사본, 영업 허가증 복사본, 영리 사업 등기증 복사본을 가져오라고 하잖아요. 그런데 저는 협회에 가입하고 싶은 생각도 없고, 회사를 차리고 싶은 마음도 없거든요. 결국 자격 미달로 영업 허가증을 신청하지 못했습니다."

"그래도 됩니까?" '맥주 배'가 불룩 나온 경찰이 존 웨인이라도 되는 것처럼 양손 엄지를 배에 두른 권총 허리띠에 쓱 찔러 넣고 말했다.

"뭐, 법에 걸리는 거라도 있습니까?"

"이런 일을 왜 하시죠?"

"누군가의 생명을 구하기 위해서입니다."

미행

1

사실 내가 구하고 싶은 사람은 나 자신이었다.

내가 이곳으로 이사했다는 것은 막다른 길에 몰렸고 더 이상 물러날 곳도 없다는 의미다.

동굴 같은 집에 혼자 숨어 사는 것은 신선하면서도 스릴 있지만 의사의 당부에 완전히 어긋나는 일이었다. 의사는 사람들과 어울리는 것이 짜증 나고 싫더라도 되도록 혼자 지내지 말라고 당부했다. 하지만 나는 기어코 정반대 편에 서서 인생 최대의 약점을 극복하기로 마음먹었다. 평생 두려움에 벌벌 떨며 사느니, 형식적이지만 고질병에 맞서 극복하기로 결심한 것이다. 극단적인 방법이지만 마음만은 결연했다.

2

열아홉 살 추운 겨울, 내 일생을 바꾼 사건이 아무런 예고도 없이 일어났다. 이 사건이 일어나기 전까지 나는 나 자신이나 세계의 존재에 대해 별로 의식하지 않았다. 어려서부터 나는 마냥 착한 것도 아니고 그렇다고 못되지도 않았다. 활달하지도 않았고 말썽을 피운 적도 없었다. 공부는 곧잘 했지만 단지 좋은 점수를 받는 것이 목표였을 뿐, 자신감도 없고 미래에 대한 거창한 꿈도 없었다. 교과서에 나오는 모범생 '철수'와 달리 어린 '우청'은 포부가 전혀 없었다. 나는 스산하고 빈궁한 나만의 내면세계에 살았다.

대학 신입생이던 열아홉 살의 그해는 더없이 즐거웠다. 영문과 수업은 케이크와 쿠키처럼 달콤했다. 또 같은 학과 동기들 중에 남자보다 여자가 더 많아서 얼마나 기쁘던지. 캠퍼스 분위기는 상대적으로 자유로웠고, 교수님들은 이보다 더 좋을 수 없을 정도로 박식하고 학자답게 점잖았다. 그런데 그해 겨울 방학, 정확히 생일을 이 주 앞둔 날 이상한 일이 일어났다.

나는 잠들지 못했다.

밤새 침대에 누워 있었지만 좀처럼 잠이 오지 않았다. 처음에는 단순 이상 현상이라 생각하고 운동을 너무 안 했나, 너무 한가하게 지냈나, 얼른 학교에 돌아가고 싶어서 그런가, 집에 있기 심심해서 그런가 등등 잠이 오지 않는 이유를 찾으려고 노력했다. 하지만 이런 날이 닷새, 엿새…… 계속 이어지자 해만 떨어지면 마음이 축 처지고, 불안감이 엄습하고, 얼굴에 그림자가 드리웠다.

'도대체 무슨 병일까? 어떤 걱정거리가 나를 괴롭히는 걸까?'

이레째 되는 날 저녁, 양을 수없이 세고 나서 또다시 돼지를 세고……, 이렇게 천천히, 서서히 의식을 잃었다.

내 비명 소리를 듣고 깨어난 건 한밤중이었다. 처음 눈을 떴을 때는 모든 것이 흐릿하더니, 시간이 지나면서 수술 후 마취에서 깨어난 환자가 서서히 감각을 회복하듯 다시 선명하게 보이기 시작했다. 눈앞에는 모두 세 사람이 있었다. 어머니, 여동생, 낯선 남자. 세 사람의 얼굴이 끊임없이 흔들렸다. 아니, 사실은 내 몸이 끊임없이 흔들렸다. 〈엑소시스트〉에 나오는 귀신 들린 여자아이처럼 허리를 꼿꼿이 세웠다가 상체를 수그리면서 "아! 악! 아악!" 하고 괴성을 지르자 어머니와 중년 남자가 침대 머리맡 양쪽에 서서 내가 몸을 움직이지 못하도록 제압했다.

아침에 일어나 거실로 나가자 소파에 앉아 있던 어머니와 여동생이 동시에 나를 쳐다봤다. 모녀의 걱정스러운 눈빛을 보고 나는 한밤중의 소동이 꿈이 아니었음을 알아차렸다.

몸 좀 괜찮아졌냐는 어머니의 염려 섞인 물음에 밤새 무슨 일이 있었냐고 물었다.

"세상에, 무슨 일인지 오밤중에 갑자기 네 방에서 비명 소리가 들리지 뭐냐. 네가 어디 다친 줄 알고 놀라서 네 방에 뛰어들어 갔지. 그랬더니 네가 계속 일어났다 누웠다 하면서 몸을 막 흔들어 대잖아."

"저를 누르고 있던 남자는 누구예요?"

"장 선생님이셔. 급한데 어떡하니. 한밤중이지만 와 달라고 부탁했지. 장 선생님이 놔 준 진정제를 맞고 겨우 잠들었어, 너."

"장 선생님이 뭐래요?"

"네가 스트레스를 많이 받은 것 같대. 무슨 걱정거리라도 있니? 공부하기가 힘들어? 힘들면 하지 마. 아니면 학교에서 누가 괴롭히던? 여자 친구랑 헤어졌어? 어디 아픈 데라도 있니?"

어머니는 당신이 예상할 수 있는 모든 가능성을 줄줄이 읊었다.

"없어요. 그냥 요새 잠을 잘 못 잤어요."

나는 소파에 앉았다.

"진작에 이야기하지. 엄마한테 수면제 항상 있잖니."

그날 정오 무렵 장 선생님 병원을 찾아갔다. 아파트 출입문을 나서는 순간, 강한 햇빛에 잠시 어지러워 눈을 반쯤 찡그렸다. 이런 게 진정제 후유증인가 하고 생각했다.

"어때요? 괜찮아졌어요?" 장 선생님이 물었다.

"지금은 괜찮아요."

"무슨 걱정거리라도 있어요?"

지난 며칠 동안 시달렸던 고통을 토로하고 싶었지만 실어증에 걸린 것처럼 말이 목에 걸려 나오지 않았다. 모든 것이 무너져 내리는 동시에 모든 것에서 벗어난 것 같은 기분이 들었고, 어디 다쳐서 낑낑거리는 개가 된 기분이기도 했다. 결국은 "아니요. 진짜 아무 걱정거리도 없어요. 그냥 잠을 잘 못 잤어요."라고 가까스로 말했다.

"약 처방해 줄게요. 밤에 자기 전에 먹으면 괜찮을 거예요."

하지만 내 병은 가족과 장 선생님이 생각하는 것보다 훨씬 더 심각했다.

3

모퉁이를 돌아 상점 여섯 곳을 지나가면 가비 카페가 나온다. 나는 이곳을 임시 사무소로 이용하고 있다.

　오후 3시 30분, 음료를 한 잔 주문하면 덤으로 한 잔 더 주는 '해피 타임'에 연노랑 플라스틱 의자에 앉아 마일드 세븐 스카이블루를 피우며 염증이 나지만 차마 떠날 수 없는 이 도시를 관찰했다.

　어떤 운전자는 길가에 차를 세우고 빈랑(졸리거나 술에 취했을 때 정신을 맑게 해 주는, 타이완 사람들이 껌처럼 즐겨 씹는 열매./옮긴이)을 샀다. 빨간 신호등에 멈춰 선 한 오토바이 운전자는 마치 생산 라인에서 일하는 노동자처럼 오토바이 오른쪽 손잡이에 걸린 비닐봉지에서 능숙하게 땅콩을 꺼내 앞으로 까서 알맹이만 쏙 빼 먹고 다시 왼쪽 손잡이에 걸린 비닐봉지에 껍질을 버렸다. 어느 자전거 운전자는 한 손에 수도꼭지를 들고 다른 한 손에 휴대 전화를 든 채 잡담하며 도로를 역주행했다. 어느 할아버지와 어린 손자는 빨간불인데도 산책하듯 태연하게 횡단보도를 건넜다. 자기 집 거실에서 주방까지 걸어간다고 해도 저리 태연하게 움직이지는 못할 것이다. 제 몸집보다 훨씬 많은 짐을 실은 삼륜차는 위태위태하지만 꿋꿋하게 제 갈 길을 갔다. 주변의 소란에 동요하지 않는 모습이 마치 행위 예술을 하는 것 같기도 하고, 속도를 중시하는 현대인의 생활에 느림의 미학을 호소하는 것 같기도 했다. 아니, 그보다는 교통 신호에 짜증 내는 사람들에게 "죽고 싶으면 서둘러유. 냅다 박아 버리라구유!"라고 외치는 듯했다.

　내가 앉아 있는 이곳은 허핑둥루 3번 골목과 푸양제가 서로 만나는 지점이다. 뱀 몇 마리가 뒤엉킨 모양의 이곳 육거리는 일곱 개 신호등 아래 도로를 사이에 두고 건물들과 횡단보도들이 어지럽게 얽혀 있는 데다 로터리도 없어 매우 복잡하다. 때문에 서로 먼저 가려는 사람들과 차들이 한데 뒤섞이는 모습이 늘 연출되는

데, 놀랍게도 사고는 일어나지 않는다. 적어도 내가 이곳에 틀어박혀 살았던 지난 몇 개월 동안은 사고를 목격한 적이 없다.

나는 온갖 먼지와 자동차 매연과 어디서 나는지도 모르는 쉰내와 비린내가 뒤섞인 공기를 들이마시며 물 만난 물고기처럼 음료를 홀짝거렸다.

'외자 이름이에요. 우청입니다.' 머릿속으로 몇 번이고 되뇌었다.

제임스 본드가 젓지 않고 흔든 마티니만 마시는 것처럼 나는 얼음 없이 설탕만 조금 넣은 홍차를 마신다. 007의 간판 칵테일은 재료도 복잡하고(고든 진 : 보드카 : 베르무트=3 : 1 : 0.5) 제조 과정도 까다로운 데다 얼음이 가라앉을 때까지 열심히 흔들고 깊숙한 칵테일 잔에 레몬 필 장식까지 더해야 한다. 하지만 내가 마시는 홍차는 일회용 컵에 찻잎 부스러기만 넣고 몇 번만 휘저어도 거품이 생긴다.

사설탐정 사무소를 차리고 첫 번째 사건을 이곳에서 접수했다.

린 부인은 풍문으로 내 존재를 듣고 내가 어디에 모습을 자주 드러내는지 알아냈다. 그러고는 사기꾼이나 제비, 미치광이가 아닌지 확인하기 위해 사흘 동안 미행하며 관찰한 끝에 나를 만나기로 결정했다. 부끄럽게도 나는 그 사흘 동안 누군가에게 미행당하고 있다는 사실을 전혀 몰랐다.

닌자처럼 스리슬쩍 테이블 앞에 나타난 린 부인은 마구잡이로 잡생각을 하던 나를 현실로 끌어냈다. 의자에 앉아 조심스럽게 홍차를 우려내고 자초지종을 말하기 전까지 린 부인은 면접관처럼 질문을 한 무더기 쏟아 냈다. 그녀는 나를 관찰했고, 나는 그녀를 관찰했다. 면접은 쌍방향으로 이루어지는 일이다. 고객이 늘 왕인 것도 아니고, 장사가 안 돼 파리가 날려도 찬밥 더운밥 가리지 않고 아무 사건이나 덥석 받으면 안 된다. 최악의 상황은 미치광이와 미치광이가 만날 때 생기는 것이지, 어느 한쪽이라도 정상이면 세상은 제대로 돌아간다.

열은 화장에 수수한 차림, 흰 피부에 발그레한 볼, 적당히 각진 얼굴선, 신경질과 거리가 먼 절제되고 온화한 표정, 평소에 잘 찡그리지 않는 듯한 주름 없는 피부, 침착한 몸짓. 의뢰인으로서 일단은 합격이었다.

감히 말하건대 그녀의 눈빛은 우울했다. 하지만 그게 뭐 대수랴. 타이베이 사람치고 눈빛이 우울하지 않은 사람은 없다. 소설가들은 눈빛을 제멋대로 혼과 연관 지어 써 대기를 좋아한다. 내게 있어서 눈빛은 그저 눈빛일 뿐이다. 내면과 연결해서 영혼 세계의 충성스러운 수호자네, 불안함과 호기심을 감추는 염탐꾼이네, 엄격히 통제된 밑바닥 생각의 내적인 노출이네 뭐네 할 것도 없다. 눈빛은 그저 그때그때 변하는 기분을 알 수 있는 척도일 뿐이다.

사람의 마음을 꿰뚫어 보는 것은 사설탐정의 임무가 아니다. 나는 그저 의뢰인을 위해 비밀을 알아내는 것만으로 만족한다. 탐정은 표면적인 현상을 여과해서 잘 살펴야 하는 직업이다. 어떤 행동을 하게 된 동기나 의식의 심층, 심오한 내용을 밝혀내는 것은 종교가, 도덕가, 정신과 의사가 하는 일이다. 물론 이들은 대체로 말은 그럴듯하게 하지만 구체적으로 설명해 주지는 않는다.

비명을 지르며 깨어난 그날 밤 이후 잠이 오지 않는 것도 두려웠지만 꿈꾸다가 놀라 비명을 지르며 깨어나는 것이 더 두려웠다. 대낮에도 두려움은 없어지지 않았다. 단순히 곧 밤이 된다는 두려움이 아니라 겉으로 드러나지 않은 근본적인 두려움이 있었다.

특히 침착함을 최고로 유지해야 하는 공공장소에서도 불현듯 불안감이 엄습했다. 불안감은 머리 꼭대기까지 온몸을 휘젓고 다녔고, 육체적 고통으로 심리적인 불편함을 상쇄했다. 그래서 불안감과 한바탕 싸움이 끝나면 몸과 마음 모두 만신창이가 됐다.

　나는 불길한 예감 속에서 산다. 불안감이 급습하면 깊은 두려움이 발작을 일으키거나 머리가 깨질 듯이 아파 통제력을 잃고 비명을 지르며 괴수로 변한다. 심지어 마음이 차분할 때도 벌벌 떨며 불안해하는데, 툭하면 위기가 코앞에 닥쳤다는 생각에 초조해하며 숨을 들이쉬었다가 내쉰다.

　본능이 부추기는 대로 사는 동안 외부에서 구원의 손길을 찾았다. 그러다 우연히 신문 생활 면 구석에 실린 정신병에 관한 글을 읽고 가족 몰래 그 글을 쓴 의사를 찾아갔다. 나는 매카이 병원에 가서 처음으로 정신과 진료를 접수했다. 어디가 불편하냐고 의사가 묻기에 생각나는 증상을 모조리 털어놨다. 묵묵히 내 말을 들은 의사는 내가 우울증에 걸렸다고 말했다. 그가 어떤 약을 처방했는지는 모르겠지만 적극적으로 치료받고 제때 약을 먹으니 어느 정도 마음이 안정됐다. 그날 이후 증상이 완전히 사라지지는 않았지만 불안감을 견딜 수 있는 시간이 조금씩 길어졌다.

　하지만 자야 할 시간에 깨어 있고, 깨어 있어야 할 시간에 졸리는 상태는 조금도 나아지지 않았다. 그래서 현재 상황에 순응하는 방법을 택하고 생활 습관을 바꿨다. 밤에 어머니와 여동생이 자러 방에 들어가면, 나는 반대로 밤샘 공부를 할 생각으로 침대에 책을 한가득 펼쳐 놨다. 전공 서적도 있었지만 학과 공부와 관련 없는 문학, 철학 서적이 대부분이었다. 나는 잠을 못 자는 것이 아니라 잠을 자고 싶지 않은 것이라고 마음을 고쳐먹었다. 수면제를 먹으면 더 이상 예전처럼 양을 세며 '잠의 신'이 찾아올 때를 기다리지 않고, 침대에서 소설이나 에세이, 해설이 달린 철학 책을 읽었다.

침대에 누워 책을 읽으면 문자에 정신이 오롯이 빠져들어 존재에 대한 잡념이나 잠이 오지 않는 두려움을 깡그리 잊을 수 있었다. 불안감이 슬그머니 말썽을 일으키려고 해도 몸을 꼬집으며 책을 읽었다. 가장 좋았던 것은 나도 모르는 사이에 스르르 잠든 것과 쥐도 새도 모르게 문학으로 깨달음의 문턱을 넘은 것이다.

정신적 시련과 문학적 계몽의 세례를 받은 나는 존재와 세상에 대해 생각하기 시작했다. 가장 먼저 든 생각은 내가 왜 이런 병에 걸렸나, 이 병은 뭘 의미하나, 천벌인가 뜻밖의 사고인가 하는 것이었다. 처음에는 천벌을 받은 것이라고 생각했다. 불안감과 초조함이 몇 번이나 나를 집어삼킨 순간부터 천벌을 받은 것이라고 생각했다. 어떤 책이었더라, 어느 작가가 조롱조로 쓴 글을 읽은 적이 있다.

'하늘의 뜻이 아니면 머리카락 한 올조차 마음대로 빠지지 않는다.'

당시에 이 말을 굳게 믿은 나는 하늘의 뜻이 아니면 차라리 죽는 게 더 나을 것 같은 이 고통을 겪지 않았을 것이라고 생각했다. 하늘이 이 고통을 통해 내게 가르쳐 주려고 하는 것이 뭔지 알아내는 것이 우선적인 과제가 됐다.

이런 경험을 통해 나 자신을 새롭게 인식하게 됐고, 세상에 대해서도 새로운 느낌을 갖게 됐다. 내 병은 한편으로는 저주고 한편으로는 선물이었다. 하룻밤 사이에 영혼이 바뀌고 겉으로 드러나는 현상을 꿰뚫어 볼 수 있는 '비밀스러운 눈'―이 눈으로 사물의 핵심을 볼 수 있다.― 을 갖게 된 것이다. 나는 책을 읽고 사람을 읽고 세상을 읽을 수 있게 됐다. 비밀스러운 눈으로 보면 모든 것이 이중으로 보인다. 나는 사물의 겉모습을 보는 동시에 그 원형을 보고, 사람의 외형을 보는 동시에 그의 내면을 본다. 겉모습은 단지 실제 모습을 가린 연막에 불과하다.

비밀스러운 눈은 사물의 본질을 꿰뚫어 볼 수 있게 해 준 동시에 이미 대중과 동떨어진 나를 한층 더 동떨어지게 만들어 타인의 눈으로 나 자신을 관찰하게 했다.

4

"혹시 흥신소에서……?" 린 부인은 내가 잠시 딴생각에 빠진 것을 눈치채고 상체를 앞으로 숙이며 물었다.

"흥신소 직원이 아니라 사설탐정입니다." 나는 얼른 정신을 차리고 대답했다.

"뭐가 다른가요?" 그녀가 우물쭈물 물었다.

조롱이 섞이지 않은 우호적인 호기심을 보이다니, 벌써부터 그녀가 마음에 들었다.

"흥신소는 조직적인 회사입니다. 하지만 저는 보따리장수에 불과하죠. 잘나가는 흥신소는 경찰과 정재계에 정보원들을 심어 놓고 뇌물도 주고 건당 얼마씩 수고비도 줘 가며 정식 루트를 통해 정보를 얻지만, 저는 1인 사업자라서 정보원도 없습니다. 흥신소는 도청기, 카메라, 비디오, GPS 같은 최신 과학 기술을 이용합니다. 냉전 시대 때 활동한 스파이들이 봤으면 조금만 더 늦게 태어날걸 하고 한탄했을 기계들이죠. 하지만 저는 안티 테크놀로지입니다. 녹음기도 사용하지 않죠. 오직 두 눈과 귀, 제 튼튼한 다리만 믿습니다."

그녀의 반응으로 속마음을 알아보기 위해 일부러 말투를 교묘하게 바꾸며 다양한 단어를 썼다. 예를 들어 왠지 무술도 잘할 것 같은 '보따리장수', 정경 유착을 암시하는 듯한 말, 뭔가 있어 보이는 '1인 사업자', '냉전 시대', 영어 단어인 '안티 테크놀로지'. 하지만 그녀는 낯선 생명체를 대하는 생물학자의 눈빛으로 무표정하게 아무 말 없이 나를 쳐다봤다. 뭐랄까, 린 부인은 생각보다 훨씬 더 내성적이었다. 좋은 징조는 아니었지만 그녀가 더 좋아졌고, 그 바람에 마땅히 지켜야 할 객관성을 잃었다.

"흥신소가 제공하지 않는 서비스 중에 그쪽에서 제공하는 게 있나요?"

"반대로 말씀드리는 편이 쉽겠군요. 흥신소가 제공하는 것들을 저는 제공해 드리지 못합니다. 하지만 제가 이 일을 하는 것은 돈을 벌기 위해서가 아니에요. 50퍼센트 정도는 다른 사람을 돕기 위해서죠."

"나머지 절반은요?"

"그건 개인적인 일이라 말씀드리기 곤란합니다. 그런데 흥신소에 일을 맡기면 비용이 얼마나 드는지 아세요?"

"인터넷에서 찾아봤어요. 정말 비싸던데요?"

"합법적으로 돈을 뺏는 거나 마찬가지죠. 하루 미행에 1만 위안, 사람 찾기는 5만 위안부터 시작하고, 바람피우는 현장 증거 수집도 5만 위안부터 시작해요. 번거로우니까 얼마부터 시작한다는 말을 생략하고 말씀드릴게요. 간통 현장을 덮치는 것은 15만 위안, 재결합을 추진하는 것은 20만 위안, 불행한 결혼에서 벗어나도록 도와주는 것도 20만 위안이에요. 이게 뭘 의미할까요? 돈이 없는 사람은 인생이 티끌 하나 없이 깨끗하기를 빌어야 한다는 거예요. 대낮에 빨랫줄에 걸린 속옷에 전날 밤 비밀리에 치른 일의 흔적이 남아 있지 않기를 바라야 한다, 이거죠."

"평소에도 이렇게 말씀하세요?"

"거의 대부분요."

"너무 비싼 것 같아요. 더욱이 제 문제는 그렇게 심각하지도 않고요. 어쩌면 문제도 아니고 그냥 제가 멋대로 생각하는 것일 수도 있어요. 그래서 그렇게 전문적인 곳을 찾아갈 필요가 없다고 생각했어요."

하마터면 방금 들이켠 홍차를 내뿜을 뻔했다.

"전문적이라는 말은 때가 잔뜩 묻었어요. 인간미도 부족하고요. 홍신소는 사모님을 돈이 남아도는 봉으로 여길 거예요. 그에 비해 저는 사설탐정이고, 사모님의 비밀을 지켜 드릴 겁니다. 사모님은 저를 신뢰하기만 하면 됩니다. 이렇게 말씀드리죠. 저는 사모님을 '고객'으로 여기지 않습니다."

"친구로 여기지도 않고요."

"친구는 아니죠. 솔직히 말씀드릴게요. 저는 최선을 다해 일을 진행할 겁니다. 그건 장담합니다. 물론 비용은 지불하셔야겠죠."

"당연하죠."

"무슨 문제가 있으신 거죠?"

"……."

린 부인의 눈빛에 우울함이 비쳤다.

"편하게 말씀하세요. 혼자 마음대로 생각하신 거라도 괜찮아요."

"우리 가족은 단출해요. 남편, 딸, 저 셋이 그럭저럭 잘 지내는 편이었어요……. 일이란 게 별일 아니라고 생각하면 또 별일 아닌 것처럼 느껴지죠. 그 일에 대해 별로 심각하게 생각하지도 않고 분석하지도 않으니까요. 하지만 일단 문제가 생기면 제멋대로 생각하기 시작하고, 예전에는 아무렇지 않아 보였던 일조차 의심하게 되는 거예요.

한 삼사 주 전쯤이었어요. 딸이 남편을 원수 보듯 경멸하는 눈빛으로 쳐다보면서 대화를 거부하기 시작했어요. 남편이 한마디 붙이려고 하면 딸은 고개를 획 돌리고 자기 방에 들어가 문을 잠가버리는 거예요. 남편에게 둘이 무슨 일 있었냐고 물었더니, 자기도 모르겠다면서 어리둥절한 표정을 짓더라고요. 그래서 딸에게 물었죠. 무슨 일이 있었냐고. 그랬더니 어느 때는 아무 말 없이 계속 울기만 하고, 또 어느 때는 저한테 세상에서 가장 멍청한 여자라며 방에서 나가라고 소리소리 지르고, 정말 속 터져서 못살겠어요. 이대로 지내다가는 가족이고 뭐고 죄다 뿔뿔이 흩어질 것만 같아요. 가만히 생각해 보면 5월 23일, 그날부터 딸이 갑자기 다른 사람이 됐어요. 그 전까지는 모든 게 정상이었거든요. 그날 무슨 일이 일어나서 지금 이 지경이 된 게 틀림없어요."

"잠시만요. 따님이 몇 살이죠? 따님이 사모님을 대할 때와 남편분을 대할 때 태도가 어떻게 다른가요?"

"왜 그런 질문을 하시는지 알아요. 저도 생각해 봤어요. 딸은 고3이에요. 공부하느라 스트레스를 많이 받고 한창 사춘기인 점을 감안하면 정서적으로 불안한 것도 무리는 아니에요. 달달한 아이스크림을 먹을 때는 마냥 즐거운 것 같다가도 친구하고 싸우면 하늘이 무너지는 것처럼 굴죠. 이런 것쯤은 진작에 적응했어요. 하지만 문제는 태도가 달라졌다는 거예요. 남편과 말하지 않는 것은 물론이고, 남편이 집에 있으면 아예 방에 틀어박혀서 나오지 않아요. 저녁도 자기 방에서 먹고요. 무슨 일이 있었냐고 묻지만 않으면 가끔씩 어떤 친구가 마음에 안 들고 어떤 선생님이 수업을 못한다고 말도 곧잘 해요. 조금 이상한 점은 요즘 들어 딸이 학교 가기 전에 오랫동안 나를 꼭 안으면서 귓가에 대고 '저 괜찮아요.'라고 말하는 거예요. 공부 말고 다른 이야기를 하는 것 같은데, 그대로 학교에 가고 나면 저는 혼자 남아서 별의별 생각을 다 하죠."

"최악의 상황도 생각해 보셨겠네요."

"그럼요. 그랬으면 진짜 그 인간을 죽여 버릴 거예요!"

온화한 얼굴에 날카로움이 비쳤다.

"하지만 그럴 가능성은 거의 없어요. 남편을 안 지 이십 년이나 됐고, 올해로 결혼한 지 십육 년째예요. 남편이 딸에게 그런 더럽고 몹쓸 짓을 했다면 제가 눈치채지 못했을 리 없어요. 하지만 딸이 제게 '세상에서 가장 멍청한 여자야!'라고 소리 질렀던 게 머릿속에서 잊히지 않아요. 제가 정말 눈 뜬 장님인 걸까요? 남편의 눈빛이나 행동에서 작은 단서라도 찾아보려고 몰래 관찰하고, 남편이 출근하고 나면 컴퓨터 인터넷 기록에서 아동 포르노 사이트에 방문한 적이 있는지 찾아보기도 했어요. 하지만 없었어요. 이메일도 대부분 분재 동호회 회원에게 온 것이고 이상한 건 발견되지 않았어요."

"분재 동호회 회원요?"

"남편은 식물을 좋아해요. 인터넷에서 화초와 분재에 관한 자료를 찾다가 분재 동호회 회원 몇 명을 알게 됐어요."

"댁에 화분이 많아요?"

"지금 맨 꼭대기 층에 사는데 옥상에 분재를 위한 전용 공간이 있어요. 남편은 거기서 분재를 키워요. 아주 많아요. 얼마나 애지중지

하는지 온실을 바람 하나 새어 들어오지 않게 잘 만들어 놨죠."

"저는 식물 키우는 데 젬병이에요. 일주일도 안 돼 다 죽이죠. 관심이 지나치면 물을 너무 많이 줘서 죽이고, 관심이 없으면 말려 죽이죠."

린 부인의 이야기와 별 상관 없는 말을 해 버렸다. 린 부인이 미간을 찡그리고 슬쩍 흘겨보는 바람에 안절부절못했다. 어쩌면 그녀는 이미 내 말이 단지 식물에 관한 것이 아니라는 점을 간파했을 수도 있다.

"이후 날마다 남편보다 늦게 자고 일찍 일어났어요. 또 밤중에 남편이 일어나 문을 열면 소리가 나도록 문 앞에 책을 한 권씩 놔뒀어요. 그래도 마음이 놓이지 않아요 며칠간은 아예 딸 방과 가까운 거실 소파에서 자다 깨다 하며 보초를 섰어요."

"댁에 CCTV를 설치할 생각은 안 해 보셨어요?"

"생각해 봤죠. 하지만 바늘구멍 같은 카메라로 가족들의 움직임을 감시하는 것은 아무래도 비열한 짓 같았어요. 제가 장담하는데, 무슨 일이 있었으면 반드시 밖에서 있었을 거예요. 한 사람은 학교에 가랴, 또 한 사람은 출근하랴, 둘 다 아침 일찍 나갔다가 밤늦게 들어오는 데다 저녁에는 제가 항상 집에 있거든요."

"5월 23일에 따님이 평소보다 늦게 귀가했나요?"

"아니요. 이따금 학교를 마치면 친구들과 패스트푸드점에 가서 음료수를 사 먹긴 하지만 오래 있지는 않고 저녁 먹기 전이면 집에 들어와요. 그날도 제시간에 들어왔고요."

"남편분께 직접 물어보는 게 가장 좋은 방법이긴 한데 말이죠."

십중팔구 린 부인도 이 방법을 써 봤지만 만족스러운 대답을 듣지 못했을 것이다. 그렇지 않으면 여기 앉아 있을 이유가 없다. 바보 같은 뻔한 질문이었지만 일을 제대로 하려면 어쩔 수 없이 수사 초기에 이런 질문을 해야 한다.

"남편이 가끔 무슨 말을 하려다 말곤 해요. 어느 때는 딸이 사춘기라서 그렇다며 이 시기가 지나면 괜찮아질 거라고 어깨를 으쓱하고 지나가요. 그래서 오늘 탐정님을 찾아왔어요. 무슨 일이 있었는지 꼭 좀 알아봐 주세요."

"외람되지만 한 가지 여쭤봐도 될까요?"

린 부인이 의심스러운 눈초리로 쳐다보는 것이 마치 내가 뭘 물어보려고 하는지 아는 것 같았다.

"남편분과 부부 관계는 어떤가요?"

린 부인은 한참이 지나서야 대답했다. "이렇게 되기 전까지는 정상이었어요."

판단의 근거로 삼기 위해서는 어쩔 수 없이 사적인 부분까지 물어봐야 한다. 잘 모르는 여자에게 성생활에 대해 단도직입적으로 묻다니, 태어나 처음 있는 일에 애써 점잖은 척하려고 했지만 은근히 변태 같은 쾌감이 드는 것은 어쩔 수 없었다.

"이 사건, 제가 맡겠습니다."

"감사합니다."

"기본적인 정보 좀 알려 주십시오."

나는 배낭에서 볼펜과 노트를 꺼냈다. 배낭에는 날마다 꼭 사는 신문 네 부와 외출할 때 빼놓지 않고 챙기는 가죽 지갑, 벙거지, 약통, 손전등도 있었다. 손전등을 언제 쓸까 싶지만 그래도 사람 일은 모르니 늘 챙긴다.

나는 기본적인 정보를 기록했다. 한껏 써 내려간 글씨에서도 사건을 의뢰받은 기쁨이 느껴졌다.

"아직 비용 문제를 논의하지 않았네요."

린 부인은 꽤 침착해 보였다.

"진실을 파헤칠 때까지 돈을 받지 않습니다. 임무를 달성하면 그때 3만 위안을 주세요. 수사하는 동안 상황을 봐 가며 사모님께 보고드리겠습니다."

"상황을 보다뇨?"

"때로는 진실을 부분적으로 아는 것이 의뢰인께 더 안 좋을 수가 있습니다."

"무슨 말인지 알겠어요."

"아, 깜빡할 뻔했네요. 남편분이 운전하세요?"

"네."

"그럼 미행할 때 드는 택시비도 사모님이 부담하셔야 합니다."

"음…… 그럴게요……. 차가 없으세요?"

"없습니다."

"오토바이는요?"

"탈 줄 몰라요. 탈 줄 아는 건 저것뿐이에요."

나는 한쪽에 세워 둔 자전거를 가리켰다.

이미 의자에서 엉덩이를 반쯤 뗐던 린 부인은 다시 앉아야 하나 일어나야 하나 망설이며 엉거주춤 서 있었다. 그녀의 속마음이 대충 짐작됐다.

'맙소사! 내가 차도 없는 사설탐정을 고용했어!'

린 부인은 떠났지만 그녀가 남기고 간 무거운 분위기는 쉽사리 흩어지지 않았다. 왠지 홍차도 더 쓰게 느껴졌다.

바삐 길을 건너는 린 부인의 아름다운 뒷모습을 지켜보는데 유독 그녀의 가늘고 긴 종아리가 눈에 들어왔다. 마치 무리를 놓친

백로가 거친 물줄기를 허둥지둥 건너려는 것 같았다.

쓸데없는 생각을 떨치려고 허벅지를 세게 꼬집었다. 정신을 차리고 나서 노트에 끼적였다.

'영리한 방법을 쓰자. 고객이 놀라지 않게.'

5

삼겹살덮밥, 쇠고기죽, 청경채볶음으로 저녁을 대충 때우고 나서 자전거를 타고 집에 돌아왔다.

얼기설기 늘어진 전깃줄과 고가 철도는 하늘을 편편이 조각냈고, 그렇지 않아도 좁은 푸양제는 경쟁적으로 높이 매단 간판들 때문에 더 비좁아 보였다. 톱날 모양의 고르지 않은 치아처럼 들쭉날쭉 들어선 아파트는 마치 고딕 양식을 타이완 스타일로 해석한 것 같은 풍취를 자아냈다. 주유소를 지나 워룽제에 접어들자 드넓은 하늘이 드러났지만 그마저도 절반은 옆으로 길게 펼쳐진 푸저우 산에 가려졌다.

워룽제와 신하이루 3가가 교차하는 일대는 다안구 변두리의 사각지대에 속하고, 신하이루를 가로지르면 제2 장례식장이 나온다. 사각지대는 한때 죽은 사람들 장사로 번영했는데, 한창 잘나갈 때는 장의사와 제수용품점이 즐비했다. 하지만 화장 문화가 널리 퍼지고 장례 전문 기업이 등장하면서, 고인을 위해 부르짖는 상여꾼들의 소리, 고인을 기리기 위해 호화 주택과 정원, 벤츠 등을 본떠 작게 만든 종이 제물을 태우는 일이 드물어지자 이곳 분위기도 같이 시들었다. 지금은 겨우 여남은 집만 남아 시대에 뒤처진 전통

장례업을 어렵사리 이어 갈 뿐 나머지는 죄다 자동차 수리점으로 바뀌었다.

어려서부터 귀신을 무서워한 나는 멀리서 상갓집만 봐도 모골이 송연해서 멀리 돌아가곤 했다. 그런 내가 지금은 죽은 사람들이나 찾아오는 동네에 살고 있다. 월세도 싸고, 동네도 조용하고, 대도시에서 숨어 살기에 더없이 좋은 곳이기 때문이다. 게다가 이곳은 죽은 뒤에 다시 태어난다는 상징적인 의미가 있는 동네다. 다안 구청에 전입 신고를 마치고 허평등루와 신성난루의 테두리 안에서 살게 되자 마치 인간 세상에서 사라지고 혼의 세계에 입적한 것 같은 해방감이 들었다.

내가 사는 곳은 말이 집이지 사실은 대출이 안 되는 나 혼자만의 도서 대여점에 가깝다. 방 두 칸에 거실 하나. 벽이란 벽에는 죄다 벽돌과 합판을 바닥부터 천장까지 높게 쌓아 올려 책꽂이를 만들고, 지금까지 사 모은 책을 장르 구분 없이 아무렇게나 꽂아 놨다. 책을 빼면 가구는 형편없는 수준이다. 내게 필요한 건 책이다. 그것도 아주 많이 필요하다. 재수 없게 고상한 척하려는 것이 아니라 의식을 다른 곳으로 돌리기 위해, 내가 아닌 다른 사물에 대해 더 많이 생각하기 위해서다.

책은 수면제와 함께 나를 잠들 수 있게 도와준다. 컨디션이 좋을 때는 칸트의 『순수 이성 비판』을 세 쪽만 읽어도 금세 효과가 나타난다. 하지만 컨디션이 좋지 않을 때는 여남은 책을 바꿔 가며 읽어도 불안감이 사그라지지 않아서 침실의 껌껌한 동창이 서서히 밝아 오는 것을 뜬눈으로 지켜본다. 나는 기나긴 밤이 두렵다. 그리고 뜬눈으로 밤을 지새우고 나면 환한 미소를 지으며 어슬렁어슬렁 찾아오는 새벽을 증오한다.

배낭에서 노트와 신문을 꺼내 서재로 갔다.

책상 앞에 앉아 노트를 펼쳐 놓고 물끄러미 쳐다보며 린 부인의 사건에 대해 곰곰이 생각해 봤다. 오래지 않아 몇 가지 가능성으로 좁혀졌다.

딸이 아빠에게 극심한 반감을 가지는 이유는 아빠에게 강간당했거나 아빠의 외도를 목격했거나 둘 중 하나다. 또는 아빠가 공개적인 장소에서 '몰카'를 찍거나 바바리코트를 입고 신체 일부를 노출하는 등 변태 같은 짓을 하는 광경을 목격했을 가능성도 있다.

그 밖에 다른 가능성은 떠오르지 않았다.

나는 추리력이 대단히 뛰어난 편은 아니라서 여느 비전문가들처럼 상식과 경험에 근거해서 판단한다. 하지만 두 가지 면에서 그들과 다르다. 첫째, 나는 추리 소설을 셀 수 없이 많이 읽었다. 둘째, 타이완에 대한 독특한 견해를 갖고 있고, 타이완이 강대국이 되지 못하는 현실을 누구보다 안타깝게 생각한다.

내가 추리 소설에서 얻은 가장 큰 깨달음은 가상의 추리가 늘 줄거리를 이상하게 꼬아 놓고 범죄 과정을 지나치게 심오하고 철학적으로 묘사한다는 것이다. 달리 말하면 비밀을 파헤치는 복잡한 심리 분석 소설이나 철학적이고 주관적인 추측이 난무하는 소설은 단순하고 솔직해서 다른 꿍꿍이를 꾸밀 줄 모르는 타이완 사람들에게 어울리지 않는다.

그렇다고 오해하지는 말자. 타이완 사람들도 계략을 꾸밀 줄 안다. 하지만 모든 욕망을 고스란히 얼굴에 드러내고 행간에 노출하는 것은 계략이라고 할 수 없다. 데이터가 모든 것을 말해 준다. 최근 이 년 동안 타이완에서 발생한 중대 형사 사건은 총 예순일곱 건이다. 그중 마흔네 건은 해결됐고 스물세 건은 여전히 수사 중인데, 대부분 용의자의 신분을 파악하기는 했지만 해외로 도피해 버려 체포하기가 쉽지 않다. 이 년 동안 수사에 어려움을 겪은 형사 사건은 그리 많지 않고, 그중 살인 사건은 손에 꼽을 정도로 적다. 뭐, 경찰 수사력이 대단해서 그런 건 아니다. 타이완의 흉악범들은 대부분 충동적으로 범죄를 저지르고 혀를 찰 정도로 바보 같으며, 살인 동기는 돈, 감정, 원한의 3종 세트를 벗어나지 않는다. 타이완에서 정치적인 목적으로 계획적인 살인을 저지르는 것 외에 미해결 사건은 거의 찾아보기 어렵다.

하루치 신문 사회면 기사를 예로 들어 보자. 지난주 수요일에 타이완에서 살인 사건이 두 건 발생했다. 한 건은 헤어지자는 여자 친구를 남자가 "헤어지면 너도 죽고 나도 죽는 거야!"라며 과도로 찌른 뒤 차를 몰고 사탕수수밭에 가서 분신자살한 사건이다. 다른 한 건은 어떤 남자가 꽃뱀에게 금품을 뜯기고 억울해하자 그 친구가 꽃뱀 집을 찾아가 차를 부수고 분풀이를 하다가 되레 도끼에 찍혀 장기가 우르르 쏟아진 채로 사망한 사건이다. 둘 다 안타깝기 그지없는 비극적인 사건이지만 범행 과정에서 벌어진 촌극은 최소한의 연민마저 희석해 버린다.

같은 날 일본의 상황을 살펴보자. 그날 일본 경찰은 연쇄 살인 사건 한 건을 종결했다. 칼로 두 사람을 찔러 죽이고 한 사람에게 중상을 입힌 뒤 경찰에 자수한 범인은 범행 동기에 대해 "보건소는 삼십사 년 전 내가 키운 애완동물을 죽인 것도 모자라 지금까지 해마다 죄 없는 애완동물 55만 마리를 끊임없이 학살했다. 이 사실이 나를 극도로 분노하게 했다."라고 밝혔다. 똑같이 터무니없는 살인 사건이지만 범행 동기에서 수준 차이가 난다.

일본의 살인 사건은 내게 한 가지 사실을 가르쳐 줬다. 살인 사건은 패션, 예술, 문화와 달리 반드시 추측할 수 없는 기괴하고 신비로운 짜임새가 있어야 신문 국제 면에 실릴 자격을 얻는다는 것이다.

나는 린 부인의 사건에 대해 몇 가지 전략을 기록하고 나서 노트를 접고 신문을 읽으며 수사 내공을 쌓기 시작했다. 사설탐정이 된 뒤로 저녁마다 신문 사회면에 실린 살인 사건의 전말을 자세히 읽는 것이 필수 과제가 됐다.

지금까지 타이완에서 발생한 살인 사건은 모두 해결됐고, 사건의 전말은 대부분 내 예상을 크게 벗어나지 않았다. 하지만 새로 발생한 살인 사건 하나가 내 호기심을 끌었다.

내가 사는 집에서 이십 분 거리에서 일어난 사건인데, 어떤 남자가 집에서 죽은 지 이틀 만에 가족에게 발견됐다.

절연체

1

6월 9일 저녁에 린 부인의 집까지 천천히 걸어갔다. 린 부인의
집은 생각보다 멀지 않은 퉁화제의 복잡한 골목에 있었다. 린 부인
이 이메일로 보내 준 사진으로 목표물의 얼굴을 확인하고 집을 나
선 뒤에 노천 식당에서 굴 라면을 한 그릇 사 먹고 잠복근무를 시
작했다.

남편이 식사 후 산책하는 습관이 있다고 린 부인이 말했을 때
기차가 역에 쑥 들어오는 것처럼 머릿속에서 예민한 직감이 띵동
하고 울렸다.

모든 게 산책 때문에 벌어진 일은 아닐까? 별별 생각이 끊이지
않았다. 어느 유부남이 오 년 동안 매일 새벽마다 등산을 갔는데,
놀랍게도 그동안 다른 골목에서 딴 여자와 아이 둘을 낳고 산 기
이한 일이 신뎬에서 실제로 있었다. 정작 그 남자가 탄 산은 따로
있었던 것이다.

일분일초도 어긋나지 않고 정확히 7시 30분에 린 선생은 캐주

얼 차림에 운동화를 신고 아파트를 나왔다.

산책하는 내내 린 선생은 사람들이 북적거리는 야시장을 피해 어두운 뒷골목만 다녔다. 산책 코스도 고심해서 짰는지 골목골목 다녔지만 아무 길이나 가지 않았고, 화려한 주변 불빛을 무시하듯 두리번거리지도 않고 일정한 보폭으로 성큼성큼 걸었다. 린 선생을 반쯤 미행했을 때 이건 배불리 먹고 트림이나 하면서 발길 가는 대로 대충 걷는 게 아니라 운동이구나, 자신의 의지를 다지는 행군에 가까운 고도의 훈련이구나 하고 깨달았다. 절연체(전기나 열이 잘 전달되지 않는 물체./옮긴이)처럼 표정에서 어떤 생각이나 감정도 읽을 수 없는 그는 빠른 걸음으로 어두운 골목을 가로질러 동네를 한 바퀴 돌고 나서 삼십 분 만에 집으로 들어갔다.

2

내 상태는 좋을 때도 있었고 나쁠 때도 있었다. 놀랍게도 모든 질병이 사라져 완전히 정상으로 회복하고 진정제와 수면제를 먹지 않고 생활한 적도 있다. 질병과 함께 우울증이 사라지지 않았다면 감히 미국에 가서 학위를 딸 엄두도 못 냈을 것이다.

미국에 가서 처음 일 년은 모든 것이 편했다. 공부하고 리포트 쓰느라 바빴고 틈틈이 여자도 만났다. 그러다가 타이완에서 온 여학생과 사랑에 빠져 결혼 이야기가 오가자 그녀에게 그간의 병력에 대해 솔직히 털어놓을 필요가 있다고 느꼈다. 내가 대략적으로 설명하자 그녀는 그저 어깨를 으쓱이고 대수롭지 않게 여겼다. 그때 나는 이상한 점이라고는 조금도 없는 매우 정상적인 상태였기 때문이다.

그런데 미국에 간 지 삼 년째 되던 해 겨울에 연이어 병에 걸렸고, 다시 한번 병마와 싸우는 '윤회'에 빠졌다.

아내는 나를 데리고 교회에 가서 기도를 올렸고, 내게 성경을 읽으라고 권했다. 아내는 내가 신앙심이 없어서 병에 걸렸다고 생각하지는 않지만, 신앙심이 있으면 어려운 시기를 무사히 넘길 수 있을 것이라고 생각했다. 『신약 성경』을 읽고 한동안 깊은 감동을 받아 기독교인이 되고 싶은 생각이 간절했지만 교회 문턱을 넘기에는 뭔가 부족했다. 나는 끝까지 내 전부를 하나님께 맡기는 경지에 이르지 못했다.

의사에게도 도움을 청했는데, 우연히 참을성 있고 친절한 젊은 의사를 만났다. 타이완의 정신과 의사들은 환자와 대화할 시간이 없기 때문에 그저 "요즘 어떻게 지내세요?"라고 묻고 나서 얼른 약을 처방해 주고 돌려보낸다. 그런데 이 의사는 내 병력에 흥미를 느끼고 진료 중에 많은 것을 물었고, 나는 숨김없이 사실대로 대답했다. 한 달 뒤 그가 내게 진단 결과를 알려 줬다.

"환자분이 걸린 것은 우울증이 아니라 공황 장애입니다. 우울하거나 초조한 증상은 공황 장애 때문에 생긴 일종의 부작용이죠."

뭐라고? 지금까지 온갖 우울 왕자 폼은 다 잡고 살았는데, 그게 아니라니! 알고 보니 내 진짜 신분은 공황 샌님이었다.

의사는 계속 말했다. "환자분이 말씀하시는 것을 들어 보면 자책감이 너무나 심해요. 그럴 필요 없어요. 환자분의 증상은 기껏해야 유전적, 생물학적으로 일어난 돌발 사고일 뿐이에요."

"하나님께 천벌을 받은 게 아니라요?" 나는 큰 죄를 용서받은 것처럼 물었다.

"하나님과는 아무 관계 없어요."

"정말 천벌을 받은 게 아니라는 거죠?"

"지옥에 떨어지는 거 말인가요? 아니에요!"

야호! 나는 천벌을 받지 않았다!

"환자분의 병은 돌발 사고예요. 우울증에 대해서 말씀드리면 우울증은 신경 전도의 영향을 받아요. 몸에 불포화 지방산이 부족하면 신경 전도 물질의 균형이 깨져 정서적인 어려움이 생기죠.

어떤 사람은 좌절하고 공포를 느껴도 잠만 잘 자요. 그런데 환자분은 큰 좌절을 겪어 본 적도 없는데 안타깝게도 하늘이 무너질 것만 같은 초조함과 불안감을 느껴요. 왜일까요? 환자분은 선천적으로 생리 구조가 안 좋아요. 이건 의지가 더 강하네, 어린 시절을 더 행복하게 보냈네 하는 것과는 아무 상관이 없어요. 공황 장애와 불안감 같은 질병을 치료할 때는 심리 분석이 가려운 곳을 긁어 주지 못해요. 구급약이 못 되죠. 그렇다고 프로이트를 지옥에나 보내 버리자, 그런 건 아니에요. 신경 전도 물질의 균형이 깨지면 에덴동산에 사는 아담도 우울증에 걸려요. 그러고는 말하겠죠. '젠장! 무슨 천국이 이따위로 지루하고 답답해? 에라, 사과나 따 먹자!' 아, 이건 이브가 한 말인가요?

하지만 성장 환경이나 사회적 요소를 전혀 고려할 필요도 없고 정신병이 심리에 아무런 영향을 미치지 않는다는 뜻은 아니에요. 지옥요? 당연히 지옥에 떨어진 것처럼 느낄 수 있어요. 하지만 그렇게 느끼는 것은 순전히 생물학적 영역에 속하는 현상이에요. 모든 우울감, 초조함, 당혹감은 몸속 화학 작용 때문에 생기는 거예요."

"화학 작용요?"

"정확히 말하면 화학 작용의 균형이 깨진 거예요. 그러니 오늘부터 더 이상 공황 장애를 병이라고 생각하지 마세요. 병이 아니라 단순한 현상이에요."

"현상요?"

"네. 두통, 복통 같은 생리 현상요. 두통이나 복통에 걸린 사람이 자책하는 거 봤어요? 그 사람들이 지옥에 떨어졌다고 생각해요? 아니요. 큰 소리로 울 수는 있겠죠. '아이고, 하나님, 머리가 깨질 듯이 아프고 배가 찢어질 듯이 아파서 못살겠어요!' 그런데 우청 씨는 왜 공황 장애 때문에 자책하죠? 그렇다고 '나 공황 장애에 걸렸어요.'라고 동네방네 떠들고 다니라는 건 아니에요. 그러면 진짜 미친 거겠죠? 아, 죄송합니다. 그런 뜻으로 한 말은 아니에요. 여하튼 제 말의 핵심은 이겁니다. 단순한 생리 현상을 부정적으로 생각하지 말아요."

삐거덕. 젊은 의사는 나를 위해 문을 열어 줬다. 그로 인해 마음을 다잡고 죄책감을 덜어 낼 수 있었고, 그로 인해 몇 년 뒤 친한 친구에게 내 상황을 간단하게나마 담담히 털어놓을 수 있었고, 그로 인해 천벌론을 머릿속 재활용 쓰레기통에 버릴 수 있었다.

타이완으로 돌아오자 공기, 습도, 악취까지 모든 게 잘 맞았다. 병균마저 잘 맞는지 병세도 저절로 좋아졌다. 학생들을 가르치는 일로 바빴지만 최선을 다했고, 논문과 극본을 속속 발표해 약간의 명성을 얻었다. 자신감과 미래에 대한 기대가 생기자 마침내 공황 장애와 평화롭게 지낼 수 있게 됐다. 이때부터는 더 이상 공황 장애가 사라지기를 바라지 않고, 그저 '맞아, 이건 돌발 사고야. 하나님의 뜻은 없어. 운명은 내 거야. 내 머리는 내가 깎을 거야.'라고 나 자신을 끊임없이 세뇌했다. 증세가 호전되자 깜빡하고 약을 먹지 않는 때가 많았고, 약을 다 먹고 나서도 약을 타러 병원에 가는 일도 줄어들었다.

나는 또다시 완쾌됐다.

하지만 돌발 사고론은 나를 또 다른 미궁에 빠뜨렸다. 나는 열등감에 빠진 사람에서 자부심이 넘치는 사람으로 변했다. 투사에서 갑자기 강자가 돼 쓸데없는 말을 늘어놓고, 표면적인 호의에 거부감을 표현하고, 권력 앞에 비굴하게 구는 약자를 조롱하고, 공적 쌓기에 급급한 무리를 거들떠보지도 않았다. 원래 자의식이 강하기도 했지만 더 강해지자 모든 면에서 내 멋대로 굴기 시작했다. 시국을 원망하고, 학계를 얕보고, 연극계를 무시했다. 물질을 숭배하고 유행을 좇는 사회와 포르투갈식 에그 타르트, 일본식 도넛, 백화점 기념행사 때마다 긴 줄을 서는 어리석은 대중이 문제라고 생각했다. 겨우 먹고사는 대중에게 슬픔을 느꼈다. 얼마나 어이없고 허무한 짓인가. 하지만 그때는 정말 눈먼 대중 사이에서 나 혼자 깨어 있다고 생각했다.

그렇게 십여 년을 살아오면서 몇몇 친구를 사귀었지만 그보다 훨씬 많은 사람들에게 미움을 샀다. 아내는 내가 변했다고 말했다. 예전보다 더 세상에 분노하고 세속적인 것을 싫어한다는 것이다. 그녀가 가장 받아들이기 어려워한 것은 더 이상 자상하지 않은 나였다. 나는 집에 있는 시간이 점점 줄어들었고, 친구들과 함께 술을 마시며 수다를 떨거나 극단에서 보내는 시간이 많아졌다. 아내는 몇 번이나 최후통첩을 보냈고, 그나마 우리 사이에 아이가 없는 게 천만다행이라고 몇 번이나 말했다.

어느새 나는 하루는 냉정하고 냉담했다가 하루는 오르락내리락하는 감정을 주체하지 못해 우울해하고 불안해하는 모순적인 괴물이 돼 있었다. 내게 실망한 아내를 위로할 줄은 모르면서 문화,

문학, 희곡, 길에 밟히는 개똥 같은 것들에 대해서는 잘도 고견을 발표하고 의분을 터뜨리면서 엉뚱한 곳에 에너지를 쏟았다. 라이벌을 비웃었고, 상처를 준 친구들 몇몇과는 아예 모르는 사람처럼 서로 왕래조차 하지 않는 사이가 됐다. 훗날 한 사람이 완전히 망가지는 일은 하루아침에 일어나는 것이 아니라 철이 산화돼 녹슬고 나뭇잎이 누레지는 것처럼 오랜 과정을 거친다는 것을 깨달았다. 내 영혼에 문제가 있었지만 그때는 전혀 눈치채지 못했다.

작년 겨울, 내가 교수를 그만두고 지금 신세로 전락하는 데 도화선이 된 사건이 일어났다. 그러고 보니 또 겨울이다. 왜 진작에 몰랐을까!

작년 11월에 아내가 연로하신 부모님을 보살피기 위해 캐나다로 떠난 뒤 나 혼자 집에 남았다. 출국 전날 저녁에 우리 부부는 거실에서 허심탄회하게 대화를 나눴다. 정말 오랜만에 마음을 나눈 대화이자 마지막 대화가 돼 버렸다. 아내는 식탁 의자에, 나는 소파에 서로 멀찌감치 떨어져 앉았고, 거실을 맴돌던 목소리는 창밖으로 빠져나가 어둠 속으로 사라졌다.

"당신이 어떻게 변했는지 알아요?" 아내가 말했다.

"알아."

"왜 이렇게 됐어요?"

"글쎄. 중년의 위기거나 갱년기겠지, 뭐."

"이런 상황에서도 농담이 나와요? 난 정말 당신이 왜 가정에 무심하고 세상에 대해 불만투성이인지 알아야겠어요."

"내 속에 악마가 살아."

"없애 버리면 되잖아요. 당신이 말하는 그 악마, 예전에는 없었잖아요. 왜 쫓아 버리지 않죠?"

"어쩌면 예전부터 쭉 있었는지도 모르지. 정체를 숨긴 채로."

"핑계 대지 말아요. 당신은 자신과의 싸움에서 졌다는 것을 인정하고 싶지 않은 거예요. 당신은 파괴를 좋아해요. 자신을 파괴하고 다른 사람을 망치고. 당신에게는 사랑이 없어요."

"맞아. 내게는 사랑이 없어."

"사랑이 없는 사람에게는 사랑도 필요 없겠군요."

아내가 캐나다로 떠났을 때 나는 일종의 해방감을 느꼈다. 온종일 밖에서 술을 푸는 즐거움으로 사는 술고래가 됐고, 내면은 포악한 기운으로 가득 찼다. 극단에서 회식이 있던 어느 날, 술에 취해 제정신이 아닌 상태에서 엉뚱한 넋두리를 늘어놓는 바람에 그 자리에 있던 친구들에게 단단히 미운털이 박혔다. 연극계 인사들은 이 사건을 회식 장소였던 안허루에 위치한 구이산다오 해물탕 가게의 이름을 따서 '구이산다오 사건'이라고 부른다. 이튿날 숙취로 고생하는 중에도 맨 처음 밀려드는 감정은 후회였다. 속에 담아 둔 말을 모두 쏟아 내 오랫동안 같이 일한 친구들과 동료들에게 상처를 주다니, 큰일이었다! 하늘도 내 마음을 아는지 그날따라 비가 엄청나게 퍼부었다. 외출도 할 수 없었던 나는 부정적인 에너지를 쉽사리 떨쳐 내지 못했고, 온종일 우울함과 불안감에 휩싸여 옴짝달싹 못 했다.

당시 내 행동을 반성해 본 결과, 내 분노와 무정함은 억제할 수 없는 파괴적인 욕망에서 비롯된 것이었다. 나는 심리적으로 불순물이 섞이는 것을 용납하지 않았고, 순수 예술, 순수한 의도, 순수한 영혼처럼 순수한 것을 절실하게 추구했다. 그렇게 순수한 것에 대한 망상을 버리지 못하고 집착하면서 결국 사달이 났다. 가장 당황스럽고 두려웠던 것은 '사랑이 없다.'란 아내의 진단이었다. 내게 사랑이 없다고? 그럴 리가! 비록 때때로 내 행동과 생각이 원한에 찬 것처럼 보일지라도 바탕에는 사랑이 있었다고 스스로 변명했다. 하지만 가끔은 내 동정심이 예전과 달리 변질됐음을 인정할수밖에 없었다. 가장 간단하게 묘사하자면 '나와 대중 모두 어렵게 살고 있다.'에서 '내가 대중을 어려운 삶에서 구해 주겠다.'로 바뀌었다.

반년간의 준비 끝에 마침내 겨우겨우 살아가는 일을 그만두기로 결심하고, 기존에 내가 알던 모든 것을 버린 채 워룽제의 후미진 골목으로 들어왔다. 이 행동이 더없는 행복을 누릴 수 있는 고요의 경지로 인도할지 영혼의 목을 조이는 연옥으로 데려갈지는 일단 두고 보기로 했다.

왜 하필 사설탐정이라는 직업을 택했는지 솔직히 나도 잘 모르겠다. 어쩌면 미친 직감이 발동해서 미친 결정을 한 것일 수도 있다. 나는 직감을 믿는다. 내 모든 충동적이고 터무니없는 행동의 뿌리에는 직감이 있다. 직감이 어디에서 어떻게 생겨나는지 설명하기는 어렵다. 젊을 때는 사설탐정이라는 직업을 부러워했다. 영화에 등장하는 탐정이나 경찰을 보고 낭만적인 환상을 품었고, 셀수 없이 많은 추리 소설을 읽고 나서는 귀신처럼 사건을 해결하는 명탐정에게 무한한 존경심을 느꼈다. 하지만 그런다고 다 사설탐정이 되는가? 어려서부터 불을 끄고 사람을 구하는 소방대원을 꿈꾼 아이들이 커서 다 소방대원이 되던가? 이미 탐정 사무소 간판을 내걸고 명함까지 팠지만 내가 지금 자조적인 코미디를 벌이는게 아닌가 하는 생각이 들 때도 있다.

사설탐정을 택한 긍정적인 이유도 나름 있다. 고정적인 일을 하기 싫었다고나 할까. 하지만 건강 상태를 고려할 때 온종일 싸돌아

다니는 일은 불가능했다. 그러면 진짜 병이 날 테니 말이다. 덜 먹고 덜 쓰면 경제적 어려움 없이 오륙 년은 버틸 수 있으니 굳이 돈 버는 일을 찾을 필요는 없다. 그보다 사설탐정이 돼 과거에 내가 저지른 황당한 짓거리들을 속죄하는 마음으로 다른 사람들을 돕는 동시에 나 자신을 구하고 싶었다. 사설탐정으로서 나는 더 이상 어떻게 하면 내게 좋은 기회가 생길까 궁리하지 않는다. 오직 다른 사람들의 어려운 문제를 해결하기 위한 추리만 한다. 뭐, 오랫동안 희곡을 연구했기 때문에 줄거리, 구도, 미스터리, 동기를 파악하는 데는 도가 텄다. 황당한 상상력과 행동력, 전문성과 '비밀스러운 눈'의 능력을 일상생활에서 한번 발휘해 보자 하는 마음에서 사설탐정이 됐다고 할 수도 있겠다.

허황된 이성적인 분석으로 비이성적인 행위를 완전히 해석하기는 불가능하다. 어느 추리 소설에 이런 말이 나온다.

'사람이 어떤 행동을 하는 데 진짜 이유가 있을까요? 그들에게 정말 이유가 필요할까요? 생명은 논리를 따르지 않아요. 정답을 찾아도 상품을 못 탈 수 있다, 이 말이에요.'

어쨌든 린 부인의 사건 의뢰로 드디어 나는 명실상부한 사설탐정이 됐다.

사건을 해결하고 싶어 몸이 근질근질했지만 한편으로는 실력이 들통날까 봐 겁이 났다.

결벽증

1

온종일 누군가를 미행하는 것처럼 지루하고 머리가 지끈거리는 일도 없다. 더욱이 미행 대상이 아침 9시부터 저녁 5시까지 사무실에서 꼼짝도 하지 않고 일하는 직장인이라면 더 지치게 마련이다. 미행 대상이 일정한 장소에서 더 이상 움직이지 않으면 다시 모습을 드러낼 때까지 허수아비처럼 그 자리에 말뚝을 박고 서서 그가 들어간 유리 자동문을 하염없이 쳐다봐야 한다. 한번 미행을 시작하면 거의 서너 시간씩 아무것도 할 수 없을 때가 많다. 책도 못 읽고 신문도 못 보고 주변을 두리번거릴 수도 없다. 도시를 관찰하고 길을 오가는 사람들을 분석하는 최근에 생긴 이 취미도 맘껏 누릴 수 없다. 적어도 시시포스(그리스 신화에 등장하는 코린트의 왕. 죽은 뒤에 커다란 바위를 산꼭대기까지 밀어 올리는 일을 영원히 반복하는 벌을 받았다./옮긴이)는 거대한 바위라도 있었지만 나는 장난감조차 없다. 내가 직업을 제대로 찾은 게 맞나 하는 의심이 처음으로 들기 시작했다.

할리우드의 범죄 수사 영화에 나오는 미행 장면은 참으로 낭만적이다. 자정 무렵 남녀 경찰 한 쌍이 차 안에서 잠복 중이다. 남자 경찰은 말보로를 피우고 여자 경찰은 스타벅스 커피를 마시며 대화를 나눈다. 경찰의 사명감에 대한 이야기로 시작된 둘의 대화는 사생활 이야기로 이어지고 자신들도 모르게 사적인 비밀까지 털어놓는다. 그리고 결정적인 순간에 스파크가 튄 둘은 서로의 눈을 말없이 쳐다보다가 이내 문어 빨판에 달라붙은 것처럼 입술을 착 포갠다. 서로 혀를 감고, 타액을 나누고, 부둥켜안고 쓰다듬으며 의자에 눕는다. 남자가 서둘러 여자의 티셔츠를 벗기고 여자가 남자의 지퍼를 열고 한바탕 차를 흔들어 대려는 찰나에 염병할, 눈치 없는 용의자가 움직이기 시작한다……. 아, 자꾸 상상하니까 생리적인 반응이 일어난다.

사설탐정 미행 역사상 길모퉁이에서 이것저것 잡생각을 하다가 음란한 장면을 떠올린 사람은 내가 유일할 것이다.

2

6월 10일 아침 8시 50분. 미행 대상이 궁위안루에 있는 보건 복지부 건물로 들어갔다.

린 선생은 보건 복지부 타이베이 지사에서 일한다. 감사부 차장이라서 업무는 그리 많지 않은 편이다. 감사부는 8층에 있고, 민간인은 출입할 수 없다. 나는 보건 복지부에 대해 아는 것이 별로 없다. 하지만 재무 상태가 부실하고 누적 적자액이 100억 위안이 넘는데도 연말이면 직원들에게 서너 달치 월급에 달하는 상여금을 준다는 것은 안다. 빈혈에 걸린 괴물이 헌혈을 하는 꼴이다.

린 선생은 얼핏 봐서 눈에 띄는 사람이 아니다. 170센티미터가 넘는 키에 마르고 몸매가 탄탄하지만 안타깝게도 얼굴이 작고 네모난 데다 창백해서 전체적으로 조화롭지 못하다. 회색 정장 바지에 하얀 와이셔츠 차림은 외모를 한층 더 못나 보이게 한다. 공무원 복장 수칙을 잘 따르는 것 같다.

큰 의미가 있는 것은 아니지만, 린 선생은 다른 사람들과 미묘하게 달랐다. 내 주의를 끈 것은 중간 가격대의 옷도, 길거리표와 명품의 중간쯤 되는 브랜드의 검정 가죽 구두도 아닌, 걷는 자세였다. 그렇다. 길을 가는 사람들이 주위를 의식하지 않고 구부정한 자세로 아무렇게나 걷는 것에 비해 린 선생의 걸음걸이는 확실히 달랐다. 팔을 크게 흔들지도 않았고, 경박하게 팔자걸음을 걷지도 않았고, 신발을 구겨 신지도 않았다. 두 다리를 쭉쭉 펴고 성큼성큼 걷는 것이 마치 정확하게 비상하고 착지하는 독수리 같았다. 조금 자연스러운 멋은 떨어졌지만 우아했고, 은밀한 자제력이 돋보였다. 물론 남에게 보여 주기 위해 억지로 꾸며 낸 우아함은 아니었다. 외려 일부러 우아함을 감추려고 하는 것 같았다.

고독하고 오만한 공무원? 린 선생을 어느 부류로 분류해야 할지 쉽게 감이 잡히지 않았다. 대낮에 인파에 섞여 있었지만 여전히 그에게 가장 잘 어울리는 단어는 '절연체'였다. 어떻게 식물을 좋아하는 사람을 보고 사나운 날짐승을 떠올렸을까? 나도 그 이유를 잘 모르겠다.

직감을 믿는다는 것은 사설탐정으로서 자격이 충분하지 않고 능력이 보잘것없다는 증거일 수도 있다. 나는 전문적인 소양도 없고, 빈틈없는 추리력도 없고, 물리, 화학, 기계에 대한 지식도 중학교 수준에서 멈췄다. 무기, 몸싸움, 격파는 아예 젬병이다. 유일하게 믿을 수 있는 구석은 복인지 재앙인지 모를 타고난 신경질뿐이다. 열아홉 살 때 병이 생긴 뒤로 신경질은 더 심해졌고 다른 사람들이 못 보는 것을 볼 수 있는 '비밀스러운 눈'은 더 예민해졌다. 그러고 보니 사설탐정을 뜻하는 영어 단어 'private eye'에 's'만 더하면 '비밀스러운 눈'이 된다.

그 외에도 나는 타고난 노름꾼이다. 어려서부터 도박성이 강해 구슬치기, 흙 공으로 사냥하기, 카드놀이, 고무줄 따기, 마작, 파이브 카드 스터드(포커의 일종./옮긴이), 주사위 던지기 등 못하는 것이 없었다. 그래서 더욱 이상을 품고 학업적으로, 감정적으로 인생을 걸고 베팅했다. 게임을 할 때 한껏 소리를 지르거나 다음 수에 집중하면 잠시나마 나 자신과 주위의 존재를 잊을 수 있었다.

방관하는 습성이 냉정을 유지한 채 인간 세상을 무정하게 감시할 수 있게 해 줬다면, 도박은 상대의 허점을 발견하는 능력을 키워 줬다. 마작을 예로 들면, 게임을 하는 사람이 얼마나 운이 잘 따르고 어떤 패를 기다리고 어떤 패를 내고 싶어 하는지는 그의 눈빛, 호흡의 리듬, 패를 잡고 만지는 자세, 상대를 교란하려고 쓸데없이 늘어놓는 헛소리에 고스란히 드러난다. 특히 스스로 똑똑하다고 생각하는 사람들은 허점을 숨기려 들수록 모든 내용이 자세히 기록된 장부가 활짝 펼쳐진 것처럼 허점이 여실히 드러난다. 이를테면 마음에 쏙 드는 패가 들어와도 아쉬운 척 한숨을 쉬거나 이미 어떤 패를 내기로 결정해 놓고 괜히 고심하는 척하는 어리석은 모습을 연출하는 것이다.

모든 도박꾼은 허점을 가지고 있다. 도박하지 않는 사람들도 마찬가지다. 대다수 사람들의 허점은 뒤집어 놓은 와이셔츠 같은지라 어떻게 해도 실밥이 터진 자리가 일목요연하게 보인다.

그런데 린 선생은 그 대다수에 속하지 않았다.

주차장에서부터 미행하며 최대한 그의 걸음걸이를 따라 하고 리듬을 익히려고 노력한 결과, 그가 보건 복지부 건물에 도착할 즈음 한 가지 중요한 사실을 알아냈다. 린 선생은 출퇴근하는 사람들로 북적대는 인도를 걷는 동안 단 한 번도 사람들과 부딪히지 않았다. 마치 존귀한 배 한 척이 거친 파도에도 태산만 한 암석을 교묘히 피하듯 옷깃조차 스치지 않고 걸었다. 이 사실을 알아챈 순간 흠칫 몸이 떨렸고, 옅은 두려움이 그의 등 뒤에서 점점 커져 내 마음에까지 흘러들었다. 나는 그의 두려움을 나눠 가졌다. 그는 뭐가 두려워 얼굴도 잘 모르는 낯선 사람들을 위협적인 가시라도 되는 것처럼 피했을까?

나는 린 선생에게 결벽증이 있다는 생각밖에 들지 않았다.

3

등이 뻣뻣하고 허리가 쑤시는 것 말고 하루 종일 얻은 게 아무것도 없다.

삐딱하게 앉는 버릇 때문에 마흔 살에 척추 측만 진단을 받았다. 그래서 오래 서 있거나 앉아 있거나 누워 있으면 허리가 쿡쿡 쑤시고 등이 결린다. 최근 들어 날마다 장시간 산책했더니 이제는 왼쪽 무릎 관절마저 약해져 병원에서 히알루론산 주사를 다섯 대나 맞았다. 그래도 차도가 없는 것을 보면 정말이지 나도 늙었구나 싶다. 늙는 건 아무렇지도 않다. 하지만 지천명이 가까운 나이에 사설탐정을 하려면 서서히 늙어 가는 몸뚱이와 어쩔 수 없이 신경전을 벌여야 한다.

점심시간에 린 선생은 신문을 들고 혼자 일식 카페에 들어가 오렌지 주스와 닭다리 런치 세트를 주문했다. 식사를 마친 뒤에는 곧바로 사무실에 들어갔고, 퇴근 시간에 다시 모습을 드러내더니 차를 몰고 집으로 돌아갔다.

이렇게 지루한 미행이 또 있을까. 유일하게 단조로움을 깨뜨린 것은 어머니께 걸려 온 전화였다. 어머니의 분노는 내가 사표를 내고 이 주간 지속되다가 무슨 일이 있었냐는 듯 사르르 풀렸다. 어머니의 단순하고 명랑한 성격이 참 좋다.

"어떠냐? 후회되지?" 최근에 어머니는 늘 같은 말로 대화를 시작한다.

"조금요." 나는 사실대로 대답했다.

"나가 죽어라, 이놈아!"

뒤이어 어머니는 오늘 마작할 때 있었던 재미난 일을 들려줬다.

어머니는 정말 용감한 사람이다. 일제 강점기 때 지룽 여자 중학교는 타이완 사람은 받지 않고 일본 사람만 받았기 때문에 어머니는 이란에 있는 난양 여자 중학교에 진학하기로 결정했다. 하지만 부모님이 반대하고 나섰다. "여자가 책은 봐서 뭐 하게." 이것이 그 이유였다. 다행히도 어머니는 더 높은 항렬, 그러니까 외증조할머니의 지지를 얻었다. 외증조할머니는 늘 놀기만 할 뿐 공부도 하지 않고 학교에서 24점밖에 받아 오지 않는 손녀가 당연히 떨어지리라 예상한 것이다. 시험 전날 어머니 혼자 이란행 기차에 오를 때 외증조할머니는 웃는 얼굴로 말씀하셨다.

"얼마든지 시험 보고 오너라. 네가 합격하면 이 할미 두 손에 장을 지질 테니."

그런데 이 주 뒤에 합격 통지서가 날아왔다. 흥분한 어머니는 합격 통지서를 들고 주방에 뛰어들어 가 외증조할머니의 두 손을 장에 지지려고 했다.

내가 일곱 살 때 아버지가 심장병으로 돌아가시자 어머니는 혼자 힘으로 가계를 책임지고 마작 판에서 딴 돈을 부동산에 투자했다. 어머니가 괜히 '마작 박사'라는 칭호를 갖게 된 것이 아니다. 어머니는 우리 두 남매를 사립 대학에 보냈고, 큰돈을 들여 나를 미국 유학까지 보냈다. 내가 열여섯 살 때였나, 어머니는 마작 약속에 늦지 않으려고 서두르다가 그만 구덩이에 빠져 오른쪽 복사뼈를 다쳤다. 그런데 무슨 일이 있었냐는 듯 절뚝이며 기어코 친구분 댁에 갔다. 마작이 시작되고 판이 네 번쯤 돌아 자리를 바꾸려고 일어날 때 어머니는 오른 다리에 극심한 통증을 느끼고 쓰러져 친구분들에 의해 병원에 실려 갔다.

"정말 대단하세요." 응급실 의사가 엑스레이 사진을 보고 어머니에게 말했다. "오른 다리뼈가 부러진 것도 모르고 마작을 네 판이나 하셨어요?"

4

저녁 무렵 린 선생이 귀가한 것을 확인하고 나서야 피곤한 발을 이끌고 류장리로 향했다. 그리고 막 푸양제로 접어들었을 때 오늘 밤 아신의 집에서 모이기로 한 약속이 뒤늦게 생각났다.

워룽제에 있는 신성 자동차 수리점은 아직 불이 켜져 있었다. 이 수리점 사장인 아신과 그 가족은 유일하게 나와 친하게 지내고 싶어 하는 이웃이다. 처음 이사 왔을 때 내게 가장 적대적인 눈빛을 보낸 사람이 건장한 체격에 피부가 까무잡잡한 아신이었다. 다른 이웃들은 나를 두고 '해코지는 하지 않겠지만 조금 이상한 사람'이라고 생각했는지 그냥 공기처럼 있는 듯 없는 듯 대했고, 어쩌다 길에서 마주치면 시선을 피하며 거리를 유지했다. 유일하게 아신만 내가 그의 자동차 수리점 앞을 지날 때마다 경찰이라도 되는 듯 뚫어지게 쳐다보며 대놓고 적의를 드러냈다. 나중에 그는 두 아이를 안전하게 키우고 수리점 주변에 의심스러운 사람이 얼씬거리지 못하도록 매의 눈으로 '허튼짓만 해 봐. 네 아비, 어미도 무사하지 못할 테니까.'라는 경고를 보낸 것이라고 솔직하게 털어놨다.

"분위기로 봐서 책깨나 본 유랑자 같네요."

아신이 내놓은 비교적 사실에 가까운 '점괘'였다.

그는 작고 마른 체구에 양 볼이 폭 패고 일하기 편하도록 헤어밴드를 쓴 아내에게 말했다. "이런 사람은 정신병자 아니면 변태, 둘 중 하나야."

워룽제로 옮겨 온 뒤 나는 새로 짠 계획을 실천했다. 해가 쨍하게 뜬 날이면 일어나자마자 등산을 가기로 했는데, 이는 의사의 당부 때문이었다.

"몸을 움직이세요! 환자분은 가만히 있는 것보다 움직이는 게 좋아요."

어느 아침에는 197번 골목을 걸어 나오다가 길길이 욕을 퍼붓고 있는 아신을 발견했다.

"어떤 개새끼가 이랬어? 쌍놈의 새끼. 어디 죄 짓고 편히 사나 보자!"

아신의 입에서 쉴 새 없이 쏟아지는 욕을 가만히 들어 보니 길 건너편에 세워 놓은 남색 중고 토요타를 누군가 박고 도망간 모양이었다. 슬쩍 보니 왼쪽 헤드라이트가 깨지고 보닛 앞쪽이 움푹 찌그러졌다.

속으로 고소하다고 생각했지만 내색하지 않고, 푸양 생태 공원 쪽에 있는 하이라이프 편의점에 가서 신문 네 부와 생수 한 병을 샀다. 내가 돌아올 때까지도 아신은 타이베이 사람들이 다 깨도록 여전히 거리가 떠나가라 욕해 대고 있었다.

이때 워룽 지구대 소속 경찰 하나가 빠른 걸음으로 아신에게 다가갔다. 마침 두 사람 뒤로 워룽제와 신하이루 사이에 있는 세븐일레븐이 보였다. 나는 그들을 향해 걸어갔다.

아신은 여전히 씩씩거리며 경찰에게 억울함을 호소했다. 공중도덕에서 교육, 치안에 이르기까지 문제가 한두 가지가 아닌 게 모두 무능한 정부 때문이라면서 말이다. 스스로 꽤나 민주적이라고 생각하는 타이완 사람들은 이렇게 하나를 보면 열을 아는 지혜를 가졌다.

"신고하실 겁니까?" 경찰이 물었다. 말은 그렇게 해도 내심 아신이 신고하지 않기를 바라는 눈치였다.

"신고하면 뭐가 달라져요? 지난번 집에 도둑 들었을 때도 신고했는데 결국 못 잡았잖아요."

"그래서 신고하실 겁니까, 안 하실 겁니까?"

"당연히 해야죠."

내가 대화에 불쑥 끼어들자 두 사람은 깜짝 놀랐다.

경찰이 뒤돌아봤다. 누군가 했더니 한 달 전에 호구 조사를 하러 왔던 그 젊은 '존 웨인'이었다.

"뭐라고 하셨습니까?" 경찰이 두 손을 허리춤에 대고 불량배 같은 자세로 나를 쳐다봤다.

"신고하라고 말했습니다."

"선생님도 이 일과 관계가 있습니까?"

"잠깐만요." 아신이 의심스러운 눈초리로 나를 쳐다봤다. "뭐라고 하는지 들어나 봅시다."

"사진도 찍고 감식반도 부르세요."

"뭐 구경났어요?" 두 사람이 눈을 찡그리며 동시에 물었다.

"감식반 불러서 지문이 있나 확인하세요. 물론 지문이 나올 리는 없겠지만 말이죠. 하지만 여기……." 나는 몸을 구부리고 손으로 가리키면서 헤드라이트가 깨진 흔적과 보닛이 찌그러진 데를 자세히 관찰했다. "찌그러진 자리에 상대 차의 페인트가 묻어 있을 거예요. 잘 떼어 내면 충분히 증거물이 될 겁니다."

"함부로 막 만지시면 안 돼요! 그리고 사고를 낸 차량이 어디로 달아났는지도 모르는 마당에 증거만 있으면 무슨 소용 있습니까?" 경찰이 투덜거렸다.

"누가 소용없다던가요?" 나는 고개를 돌리고 아신에게 물었다. "대충 언제쯤 박은 것 같습니까?"

"새벽 1시에서 6시 사이쯤요."

전날 아신의 부인이 친정에 볼일이 있어서 밤늦게까지 차를 쓰고 그곳에 주차했단다.

"시간대를 아니까 사건 해결이 더 쉽겠네요." 이번에는 고개를 돌려 경찰에게 물었다. "지구대에서 설치한 CCTV 한 대는 신하이루 쪽을 찍고 또 한 대는 191번 골목을 찍죠?"

경찰이 고개를 끄덕이기도 전에 나는 연이어 터지는 폭죽처럼 줄줄 쏟아 냈다.

"타이완은 CCTV 천국이에요. 지구대에도 있고, 저기 대각선 쪽 세븐일레븐에도 있고, 푸양제의 하이라이프 편의점에도 있고, 그 곳 대각선 쪽 맥도날드에도 있죠. 무엇보다 워룽제와 푸양제가 만나는 지점에도 CCTV가 있습니다. 새벽 1시부터 6시 사이에 찍힌 모든 CCTV 영상을 대조하기만 하면 되는 거죠. 191번 골목에는 워룽제에서 중간에 접어든 차들이나 밤에 주차할 자리를 찾는 차들이 들어와요. 여기 차가 찌그러진 모습 좀 보세요. 상대 차는 앞쪽이 아니라 뒤쪽으로 박은 거예요. 십중팔구 차를 대려고 후진하다가 이 차를 박고 황급히 달아났을 겁니다. 이 골목을 지나간 차 중 진입하고 나가는 데 오 분에서 십 분 정도 걸린 차를 찾으세요."

나는 그들이 내 신속한 추리를 이해할 시간을 줬다. 한참 지나자 경찰의 눈에 뭔가 알아챈 기색이 떠올랐다. 아신은 여전히 오리무중이었다.

"무슨 말씀인지 알겠어요. 하지만 시간이 많이 걸리고 인력도 많이 필요할 텐데요?"

이 말에 손을 허리춤에 걸친 아신과 나는 약속이라도 한 듯 바삐 움직이는 땅강아지를 쳐다보는 두꺼비처럼 두 눈을 부릅뜨고 경찰을 쳐다봤다.

닷새 뒤, 나와 아신의 다그침 속에서 경찰은 용의 차량 두 대, 검은색 마쯔다와 밝은색 포드를 찾아냈다. 하지만 CCTV 화면이 어두워서 자동차 번호 일부만 확인할 수 있었다. 나는 아신에게 한밤중에 여기 주차하려고 한 사람이면 반드시 주변에 살 것이니 머잖아 잡을 수 있을 것이라고 장담했다.

일주일이 채 지나지 않았을 때 우연히 자전거를 타고 가다가 용의 차량의 번호 일부와 일치하는 은색 포드가 신안제에 서 있는 것을 발견했다. 나는 그 차 뒷부분 왼쪽 모서리에 움푹 들어간 흔적이 있는 것을 확인한 다음 신속히 페달을 밟고 아신의 집으로 달려가 소식을 전했다. 그리고 우리는 경찰을 대동하고 차 주인을 찾아갔다.

이후 아신과 나는 친구가 됐다. 아신은 내게 '자전거를 타는 명탐정'이라는 별명을 지어 줬다. 나는 가끔 아신의 자동차 수리점에서 차를 마시며 수다를 떨고, 아신이 가게 문을 닫고 나면 같이 술을 마시기도 했다.

비밀스럽게 피는 꽃

1

궁위안루에 있는 맥도날드 창가 구석 자리에 앉아 보건 복지부 건물의 자동문을 지켜봤다. 벌써 몇 시간째인지, 기다리는 동안 콜라를 내리 세 잔이나 들이켰더니 위산이 역류해 억지로 트림해서 가라앉히려다가 하마터면 아침에 먹은 것을 전부 게워 낼 뻔했다.

뒤이어 사흘 동안 미행했지만 별다른 이상 행동은 발견하지 못했다. 마치 어제 본 영화를 오늘 또 보고, 무미건조한 로봇이 또 다른 로봇을 미행하는 것처럼 모든 일정이 똑같이 반복됐다.

린 선생은 매일 같은 시각에 출퇴근하고 같은 일식 카페에서 점심을 먹었다. 내가 공무원에 대해 가졌던 막연한 상상이 어느 정도 사실이라는 것을 린 선생이 몸소 증명해 줬다. 단조로운 데다 날마다 똑같은 하루가 반복되니, 겨우 나흘 따라다녔을 뿐인데 한평생을 같이 보낸 기분이었다.

"만나서 드릴 말씀이 있습니다." 잠시 짬이 나서 린 부인에게 전화했다.

"뭐 알아내신 게 있나요?" 린 부인이 잔뜩 긴장해서 물었다.

"외려 정반대입니다. 남편분은 빛이 없는 행성처럼 항상 같은 궤도를 돌고 있어요."

"무슨 말씀이세요?"

"조금 자폐적인 성향을 제외하면 나머지는 모두 정상이에요. 나쁜 짓을 할 사람처럼 보이지 않습니다."

"그럼 좋은 소식인 거죠?"

말은 그렇게 했지만 약간 실망한 기색이었다.

미행 닷새째. 이 모든 일이 린 부인의 과대망상이나 어떤 병적인 요인에서 비롯된 것이 아닌가 하는 의심이 머릿속에서 스멀스멀 피어오를 때 드디어 행성이 궤도를 이탈하는 일이 벌어졌다.

그날 오후에 린 선생은 늘 그러듯 신문 한 부를 들고 신양제의 기루(비나 햇볕을 피할 수 있게 건물 1층 일부를 복도처럼 만들어 놓은 것./옮긴이)를 걸어갔다. 그런데 오른쪽으로 돌아 막 관첸루에 접어드는 순간 갑자기 뒤돌아보는 게 아닌가. 일이 초의 짧은 순간이었지만 얼마나 깜짝 놀랐는지 심장이 쿵쾅거리고 피가 아래로 쏠리고 다리에 힘이 풀렸다. 나는 막 내디디려던 오른발이 모래를 밟은 것처럼 비틀거리는 바람에 하마터면 중심을 잃고 개똥 위에 엎어질 뻔했다. 겉으로는 괜찮은 척했지만 창피해서 욕지거리가 절로 나왔다.

대체 뭘 본 거지? 나를 봤나? 자신이 미행당하고 있다는 것을 알까? 머릿속에서 온갖 질문이 쉴 새 없이 쏟아졌다. 하지만 한가롭게 생각이나 하고 있을 때가 아니었다. 린 선생이 오른쪽으로 돌아 시야에서 사라지자 나는 기루에서 인도로 나왔고, 다시 관첸루에 접어들었을 때는 급하지 않은 것처럼 태연하게 오른쪽으로 돌아

횡단보도를 건너 왼쪽 기루로 들어갔다.

그러고는 잠깐 동안 린 선생을 못 찾았다. 이런, 놓쳤나? 기둥에 몸을 숨긴 채 두 눈으로 맞은편 기루를 샅샅이 살폈다. 저기 있구나! 린 선생은 어느 기둥 옆에 서서 매의 눈으로 좌우를 훑어보고 있었다. 순간적으로 내가 거울을 보고 있나 싶었다.

잠시 뒤 버스 한 대가 도착했다. 그런데 버스가 떠나자 린 선생도 보이지 않았다. 나는 황급히 기루에서 나와 손을 흔들어 택시를 잡아탔다.

"직진해 주세요! 저 버스 놓치면 안 돼요!"

"어떤 버스요?" 택시 기사가 물었다.

"236번 버스요. 빨리요! 우회전하려고 하잖아요."

"걱정 마세요. 제가 이런 건 또 잘합니다."

뜻밖에도 린 선생은 두 정류장 지나자 버스에서 내렸다.

"속도 줄이고 잠깐 옆에 세워 주세요." 내가 말했다.

"왜 그러세요?"

린 선생이 버스에서 내리고 얼마 지나지 않아 밝은 남색 BMW 한 대가 버스 정류장으로 미끄러져 들어왔다. 린 선생은 BMW에 다가가 주변을 쓱 살핀 다음 재빨리 조수석에 올라탔다.

"저 BMW 좀 따라갑시다."

"오케이!"

택시 기사도 나만큼이나 흥분했다.

"너무 바짝 따라가지는 마세요." 나는 BMW의 자동차 번호를 적으면서 당부했다.

"걱정 마세요. 미행 하면 또 제 전문 분야니까요. 아이고, 그런데 이걸 어쩌나! 방금 전에 너무 긴장해서 깜빡하고 미터기를 안 눌렀네요."

"괜찮습니다. 제가 다 계산해 드릴게요."

우리는 BMW를 따라 중샤오시루에서 우회전해 중산난루를 달렸다.

"운전하는 사람이 남자인지 여자인지 보이세요?" 내가 물었다.

"여자예요." 택시 기사가 말했다.

"어떻게 아세요?"

"뒷좌석에 귀여운 곰 인형이 두 개나 있잖아요. 아가씨나 저런 거 좋아하지 누가 좋아하겠어요."

택시 기사는 미행 경험이 많은 것 같았고, 추리력도 나쁘지 않았다. 하지만 생각이 조금 노인네 같은 면이 있었는데, 그렇다고 이 중요한 순간에 젊은 여자만 귀여운 것을 좋아하는 건 아니라고 입씨름할 여유는 없었다.

"그나저나 저 차는 왜 따라가는 겁니까? 설마 죽이려고 하는 건 아니죠? 저는 사람 해치는 일은 안 합니다."

"사람 죽일 일은 없습니다."

"그럼 간통 현장을 잡으시려는 거군요?"

백미러에 비친 그의 눈에 장난스러운 음탕함이 비쳤다.

"저는 사설탐정이에요."

"사설탐정요? 그럼 흥신소에서 나오셨겠네요."

"그 비슷한 곳에서 나왔습니다."

뭔가를 설명하고 말고 할 때가 아니었다.

줄곧 BMW와 일정한 거리를 유지하는 것을 보면 택시 기사는 확실히 미행을 제대로 할 줄 알았다. 왕톈라이. 운전석 등받이에 붙어 있는 운전면허증에 그런 이름이 적혀 있었다. 서른대여섯 살로 보이는데, 몸이 얼마나 왜소한지 운전석에 폭 싸여 있는 것 같았다. 앞의 도로가 보이기나 할까 의심스러웠다. 하지만 운전 실력만은 정말 최고였다. 앞차를 추월하고 차선을 요리조리 바꾸고 냅다 달리다가 제때 브레이크를 밟는 그 모든 것을 마치 레이싱 게임 하듯 쉽고 편하게 했다.

2

BMW가 허핑시루에 접어들었다.

"반차오에 가려나 보네요." 톈라이가 말했다.

"왜 그렇게 생각하죠?" 내가 물었다.

"아마 반차오에 쉬러 가는 걸 거예요." 톈라이가 자세를 고쳐 앉으며 '고견'을 발표할 준비를 했다. "BMW는 비싼 차예요. 벤츠보다 겨우 조금 싸죠. 저 정도면 중고도 100만에서 200만 위안은 줬을 거예요. 그럼 돈 많고 비싼 차 타는 사람이 왜 시내에 있는 고급 모텔에 안 가고 시외로 나가냐. 타이베이에 살아서 그래요. 웨고 호텔 같은 좋은 데 갔다가 파파라치나 돈 뜯어내려는 사람에게 몰래 찍힐 수 있으니까요. 바람피울 때 뭐 딴 게 필요한가요? 그냥 둘이 잘 수 있는 침대 하나만 있으면 되죠. 교외 모텔은 싸고 진동의자도 있어서 아예 침대 같은 것도 필요 없어요."

과연 톈라이의 예상은 정확했다. BMW는 톈라이에게 명령을 받기라도 한 듯 화장차오를 건넜다.

"가 봤나 봐요?" 나는 이런 일에 참 관심이 많다.

"가 보다마다요! 셀 수 없을 정도죠. 제가 몸집은 원숭이처럼 작아도 여자깨나 만나고 다녔어요. 예전에는 택시에 탄 여자 손님들이 먼저 그런 데 가자고 꼬시는 일이 많았다니까요. 한번은……."

이야기는 숨을 헐떡일 정도로 선정적이고 자극적이었다. 포르노의 원나이트 장면 같은 그의 이야기에 마치 내가 그 일을 하는 양 순간적으로 너무 몰입해서 하마터면 미행 중이라는 사실도 잊을 뻔했다.

과연 BMW는 반차오에 진입해 새로 생긴 도시 철도 역을 지나 우회전하더니 도심 외곽으로 내달렸다. 십 분 뒤, 그들은 한 동짜리 모텔에 도착했다.

구석진 곳에 위치한 이 모텔은 교외에 있는 여느 모텔처럼 입구에 울타리와 함께 경비실 겸 카운터가 같이 있어 손님은 가만히 차 안에 앉아 창문으로 돈을 내고 룸과 연결된 철문을 여는 리모컨을 받기만 하면 됐다. 달리 말하면 쑥스럽고 민망한 순간은 채 일 분도 안 됐다. 얼마나 세심하고 배려 넘치는 발명인가. 이런 건 인류의 바람피우는 기술 역사에 길이길이 남아야 한다.

그다음에는 기다리는 것 외에 달리 할 게 없었다.

차에서 내린 나는 텐라이에게 1000위안을 주고 거스름돈과 영수증을 받았다. 그가 타이베이까지 어떻게 돌아갈 건지, 자신의 서비스가 더 필요한지 물었다. 괜히 사람을 기다리게 하는 것이 미안해 다른 택시를 타고 가면 된다고 하자, 흔쾌히 같이 기다려 주겠다고 했다. 자신은 얼마든지 기다려 줄 수 있고, 장거리 손님이 돈이 되는데 이 시간대에는 운이 좋아야 반차오에서 타이베이까지 가는 손님을 태울 수 있다는 게 이유였다. 그래서 우리는 모텔 맞은편의 빈랑 더미 옆에 쭈그리고 앉아 음료수를 마시고 담배를 피우며 시간을 때웠다.

"장사 참 잘되네." 텐라이가 모텔 쪽을 가리키며 말했다. "그새 누가 또 들어가네요."

진녹색 토요타 한 대가 모텔 입구에서 잠시 멈추더니 이내 울타리를 둘러친 좁은 길로 들어가서 모퉁이를 돌아 사라졌다. 타이어가 자갈을 천천히 밟을 때 나는 마찰음이 희미하게 들렸다.

"여유 있게 기다리면 되겠어요. 한번 들어가면 구십 분, 아무리 빨라도 한 시간은 걸려요." 텐라이가 말했다.

"미행한 경험이 많은가 봐요? 아까 미행에 일가견이 있다고 했잖아요." 내가 물었다.

"번데기 앞에서 주름 잡은 거죠."

텐라이는 잠시 주저하다가 말했다.

"제가 올해 서른일곱 살이에요. 사람들은 더 어려 보인다고 말하는데 덩치가 작으면 이런 좋은 점이 있어요. 한 삼 년 된 것 같아요. 저보다 열다섯 살 어린 베트남 여자와 결혼한 다음부터 집사람을 미행하기 시작했어요. 그렇다고 오해하지는 마세요. 제 물건은 아직 힘이 넘치니까요. 그거 하나만은 자신 있다고요. 우리 부부는 금실이 좋아요. 같이 있으면 웃고 떠들고 참 즐겁죠. 하지만 가끔 조용히 있는 집사람을 보면 근심에 차 있는 것 같아요. 뭔가 생각하는 것 같기도 하고."

"난 또 뭐라고. 말 안 하고 있으면 근심 걱정 있어 보이죠? 하지만 실은 멍 때리는 것뿐이에요."

"참 나, 제가 그걸 모르겠어요? 손님이 없을 때 혼자 이것저것 생각하다가 뭔가 느낌이 이상하다 싶으면 바로 핸들을 돌려서 집으로 가요. 집사람 혼자 아무것도 못 하고 훌쩍거리고 있는지 룰루랄라 신나게 외출했는지, 그냥 뭘 하고 있나 보러 가는 거죠. 집에

갔을 때 집사람이 있으면 그렇게 기쁠 수가 없어요. 그러면 침대에서 한번 빡 기분 내고 나와요. 그런데 집사람이 집에 없다, 그러면 마음이 휘휘해서 택시를 몰고 집사람을 찾을 때까지 돌아다녀요. 그러다가 오토바이를 타고 가는 집사람을 발견하면 그때부터 뒤를 바짝 쫓죠."

"어디 가던가요?"

"뭐 특별히 가는 데도 없어요. 그냥 심심할 때 오토바이 타고 여기저기 돌아다니는 걸 좋아해요. 한번은 오토바이를 타고 수린 청간차오 밑에 가서, 지금 우리처럼 혼자 비딱하게 쭈그리고 앉아 뭘 보는지 싼샤 계곡 쪽을 하염없이 쳐다보더라고요."

"고향 생각이 났나 보네요."

"아마도요. 제가 잘해 줘도 많이 생각나나 봐요."

뒤이어 나는 인생 선배로서 이런 상황에 대해 내 또래가 해 줄 수 있는 개똥 같은 소리를 한 포대 풀어놨다. 부부가 지켜야 하는 도리에 대해 차분하게 말할 때는 어찌나 허무한지 손바닥에 땀까지 찼다. 그가 내 결혼 생활을 묻자 나는 "그게, 아내가 더 이상 제가 필요 없대요. 거의 끝난 거죠, 뭐."라고 담담하게 말했다. 그러자 이번에는 톈라이가 나를 위로하며 부부가 행복하게 살 수 있는 비결에 대해 잘 아는 양 이것저것 가르쳐 줬다. 서로 안 지 몇 시간도 안 된 낯선 두 사람이 수다 중에 사생활을 언급하는 것은 타이완에서 흔한 일이다.

그때 방금 전 모텔에 들어간 토요타가 다시 나와 우회전하더니 우리가 있는 방향으로 달려왔다.

"이렇게나 빨리?" 톈라이가 잽싸게 시계를 봤다. "에게, 겨우 사십 분 만에 나오다니, 생기다 만 놈일세!"

"에라, 돈이 아깝다!"

톈라이의 장단을 맞춰 주며 눈으로 토요타 운전석에 앉은 남자를 살폈다. 은테 안경을 썼고, 30대 초반에 점잖아 보였다. 그런데 어딘지 모르게 낯빛이 어두웠다.

토요타가 생각보다 일찍 나오는 바람에 톈라이와 나는 총각 시절로 돌아간 것처럼 남자의 위풍과 힘을 이야기하며 낄낄거렸다. 어떻게 하면 더 오래 할 수 있는지에 대해, 톈라이는 자신이 효과를 봤다면서 '1987+2674=……' 같은 큰 숫자를 계산하는 방법을 예로 들었고, 나는 알파벳을 Z부터 거꾸로 외워 내려오는 게 더 좋다고 주장했다. 그런데 누구 방법이 더 효과적인지를 놓고 둘이 막 큰소리칠 때 뜻밖에도 BMW가 모텔 입구 울타리 밖으로 모습을 드러냈다.

나와 톈라이는 용수철처럼 앉은 자리에서 튀어 올라 황급히 택시를 세워 둔 곳으로 달려갔다. 언뜻 시계를 보고 계산해 보니 BMW는 사십칠 분 만에 나왔다. 이들도 후다닥 일을 치르고 나온 것 같았다.

BMW가 다시 시야에 들어왔을 때 나는 문득 두 가지 사실을 알아차렸다. 첫 번째는 톈라이가 미터기 누르는 것을 또 깜빡했고, 나는 서두르다가 나도 모르게 그만 앞문을 열고 조수석에 앉아 버렸다는 점이었다. 두 번째는 토요타에 조금 우울해 보이는 운전자 외에 아무도 없었다는 점이었다.

나는 무의식적으로 뒤돌아봤다. 대체 누가 혼자 모텔에 간단 말인가?

BMW가 신양제로 돌아오자 린 선생이 차에서 내렸다. 나는 톈라이에게 BMW를 계속 따라가 달라고 부탁했다. 헤어스타일로 미뤄 봤을 때 차 주인은 톈라이가 예상한 대로 여자였다.

쌍충까지 달린 BMW는 번화가로 접어들더니 어느 병원 주차장으로 들어갔다.

여자가 차에서 내려 옆에 있는 문으로 들어갔다. 여기서부터는 차에서 내려 미행해야 했다. 택시비를 내자 톈라이가 명함을 한 장 주면서 말했다. "필요하실 때마다 불러 주세요. 무쇠솥처럼 입이 무거우니까 다른 걱정은 안 하셔도 됩니다."

택시에서 내리기 전에 나도 그에게 명함을 건네며 농담조로 당부했다. "사랑하는 부인은 이제 그만 따라다니세요."

동네 병원과 대형 병원의 중간쯤 되는 병원이었다. 진료 과목도 꽤 많았는데, 외과를 제외하고 웬만한 과는 다 있었다. 나는 습관적으로 정신과를 찾다가 이 병원에는 없다는 것을 알아차렸다.

내가 병원 문을 들어섰을 때 그 여자는 한 의사와 하하거리고 웃더니 어떤 문을 열고 들어갔다. 생각하고 말고 할 것도 없이 무작정 따라 들어가자 테트리스처럼 파티션을 쳐 놓은 사무 공간이 눈에 들어왔다. 그 여자를 찾으려고 막 두리번두리번하는데 갑자기 여직원이 황급히 쫓아와서 말했다. "선생님, 여기는 사무실이라 들어오시면 안 돼요."

"죄송합니다. 제가 잘못 들어왔네요."

나를 문밖으로 내보낸 여직원은 문을 닫기 전에 한 번 더 고개를 내밀고 말했다. "여기 '직원 외 출입 금지'라고 쓰여 있잖아요."

"오, 그러게요. 제가 눈을 폼으로 달고 다녔네요."

환자 대기실로 돌아와 이제 어떻게 해야 할지 생각했다. 내가 있는 곳을 중심으로 오른쪽은 소화기 내과다. 왼쪽에는 긴 데스크가 두 곳 있었다. 병원 출입문 가까운 곳은 접수처고, 나하고 가까운 쪽에 창구가 두 개 있는 곳은 병원비를 내고 약을 타는 데다. 환자 대기석 중앙에는 연두색 의자가 총 여덟 줄로 길게 다닥다닥 붙어 있었다. 네 줄은 소화기 내과 쪽을, 나머지 네 줄은 데스크를 향해 있고, 중간에는 사람들이 다니는 통로가 있다.

나는 바로 보이는 데스크 쪽 의자에 앉아 조용히 생각했다.

'여자가 어디서 일하는지도 알았겠다, 이건 뭐 손안에 든 쥐나 마찬가지네. 하루 만에 서둘러 조사할 필요는 없겠어!'

하지만 이대로 집에 돌아간다면 어떤 정보도 알아내지 못할 것이라는 생각이 스쳤다. 결국 병원에 남아 그녀가 어떤 사람인지 더 알아보기로 했다.

여자는 마치 내 기대에 보답이라도 하듯 가끔씩 왼쪽 데스크 너머로 모습을 드러냈지만 대부분은 오른쪽 접수처를 바쁘게 오갔다. 흰 가운을 입지 않은 것으로 봐서 행정 직원이 틀림없었고, 동료들과 말하는 태도로 봐서 직급이 낮지 않았다. 얼추 서른 살쯤으로 보이는 이 의문의 '손님'을 자세히 살펴봤다. 굽슬굽슬한 파마 머리가 얼굴을 약간 넙데데해 보이게 했고, 몸에 딱 붙는 흰 블라우스와 빨간 스커트가 보기 좋게 통통한 몸매를 더욱 돋보이게 했다. 특히 봉긋하게 솟은 가슴은 약하게 달린 단추가 언제든지 튕겨 나갈 것 같은 아찔함과 기대감을 줬다.

'린 선생이 저 여자와 바람을 피운다고? 린 부인 같은 여자를 두고 왜?'

참으로 세상 물정과 무관한 아무 의미 없는 의문이 들었다. 하긴 외도는 이해할 수 없는 요소들이 너무나 많이 얽혀 있는, 누구도 예측할 수 없는 영역이긴 하다.

여자가 동료들에게 어떤 일을 설명할 때 어느 뚱뚱한 할머니가 혼자 지팡이를 짚고 자동문으로 들어와 접수처로 걸어갔다.

"할머니 오셨어요. 몸은 좀 괜찮아지셨어요?" 여자가 할머니에게 친절히 안부를 물었다.

"괜찮아졌는데 입이 자꾸 당겨. 그래서 몰래 단것을 조금 먹었더니 속이 쓰리고 이 모양이네."

"조금 기다리셨다가 의사 선생님 만나면 다 말씀드리세요. 저쪽에 잠깐 앉아 계세요."

할머니는 접수하고 나서 의자들 사이의 좁은 통로를 지나 소화기 내과 쪽에 앉았다.

삼 분 뒤 나는 아무렇지도 않게 할머니 옆에 가서 앉았다.

"할머니도 위장이 안 좋아서 오셨나 봐요?" 내가 물었다.

"네. 위궤양을 앓다가 다 나았는데 뭘 조금만 잘못 먹어도 다시 도지고 그러네요."

"저도 그래요. 오늘 이 병원에 처음 왔는데 어떤 선생님이 진료를 잘하세요?"

내 물음에 할머니는 한껏 신이 나서 소화기 내과에 있는 모든 의사들에 대해 속속들이 설명했다.

"조금 전 접수처에서 만난 아가씨는 정말 상냥하던데요." 내가 문득 말했다.

"상냥하기만 해요? 얼마나 일도 잘하는데……."

나는 할머니에게서 그 여자가 추 씨이고, 회계부를 책임지고 있으며, 병원장의 외손녀라는 사실을 알아냈다.

3

사건은 이제 돌파구를 찾아 해결을 코앞에 두고 있었다.

린 부인에게 사건을 의뢰받은 순간부터 나를 짓누르기 시작한 모든 답답함과 자기 의심이 한순간에 싹 사라지자 발걸음이 무척이나 가벼웠다. 나는 워룽제를 사뿐사뿐 걸으며 휘파람을 불다가 성에 안 차서 노래를 크게 불렀다.

"I believe I can fly. I believe I can touch the sky……."

그래, 난 어떤 사건도 다 해결할 수 있어. 셜록 홈스고 뭐고 다 덤벼!

집으로 가는 골목에 들어서고 몇 걸음 안 뗐을 때 나는 갑자기 마음을 바꾸고 빙 돌아서 지구대로 갔다.

타이완의 모든 지구대는 공장에서 찍어 낸 것처럼 똑같이 생겼다. 하나같이 약간 크고 길쭉한 업무 창구 뒤에 대민 서비스와 상담을 맡은 말단 경찰 한 명이 앉아 있다. 하지만 고대의 음산한 관아를 연상시키는 고동색에 가까운 업무 창구 테이블과 어두컴컴한 형광등 불빛은 정작 사람들에게 '별일 없으면 귀찮게 굴지 말고 그냥 돌아가고, 별일 있으면 알아서 해결하쇼. 여긴 들어올 때 마음대로 들어와도 나갈 땐 그렇게 못 하는 곳이오.'라고 겁주는 것 같았다.

"선생님, 무슨 일로 오셨습니까?"

말은 공손했지만 정작 당직 경찰의 태도는 다른 말을 하고 있었다. 그의 속마음을 타이완 사투리로 번역하면 이랬다.

'어이, 골칫거리 양반. 또 뭔 쓸데없는 일로 시방 트집을 잡으러 온 겨?'

"천야오쭝 씨 만나러 왔습니다. 천 순경요."

천야오쭝은 예전에 호구 조사를 하러 왔던 경찰이다. 아신의 '애마' 사건 이후로 자주 어울리다 서로 편하게 지내는 사이가 됐다.

"우 교수님!" 지구대 안쪽에서 나온 천 순경은 나를 보더니 조금 의아해했다. "들어오셔서 차 한잔하세요."

"시간이 몇 시인데, 차야." 나는 흥미 없는 듯 말했다.

"참 나, 차가 몸에 얼마나 좋은데 시간을 따져요." 천 순경은 농담조로 받아쳤다.

미국 경찰이 유별나게 도넛을 사랑하듯 타이완 경찰은 차 마시는 것을 매우 좋아한다. 경찰서에 갈 일이 손에 꼽을 정도로 거의 없지만, 갈 때마다 경찰들은 길쭉한 사각형 테이블에 삼삼오오 둘러앉아 차를 마시며 한담을 나누고 있었다.

"나가자. 내가 시원한 거 사 줄게." 내가 말했다.

우리는 근처 빙수 가게에서 아이위 빙수(타이완 사람들이 한여름에 즐겨 먹는 전통 빙수./옮긴이)를 2인분 샀다.

"며칠 전 신하이루에서 일어난 살인 사건은 어떻게 돼 가?" 내가 물었다.

"뭐요?"

바보 같게도 천야오쭝은 모르는 척했다.

"에이, 다 알면서 왜 이래. 어째 후속 보도가 없어? 경찰에서 막는 거야?"

"무슨 말씀이신지……."

"자꾸 이러기야? 왜 있잖아. 집에서 죽은 지 이틀 만에 발견된 중년 남자 살인 사건."

"알아서 뭐 하시게요?"

"그냥 궁금해서."

"우 교수님."

"자꾸 우 교수님, 우 교수님 하지 마. 이젠 교수도 아닌데."

"형님이라고 부를까요?"

"내가 조폭도 아니고, 형님이라고 불리는 건 딱 질색이야. 나를 형님이라고 부르면 나도 자네를 경찰 나리라고 부를 거야."

"알았어요. 아무래도 중간쯤 되는 호칭을 찾아야겠네요."

스포츠머리에 통통한 천야오쭝은 경찰이 된 지 거의 십 년이지만 여전히 직급이 처음 그대로 순경이다. 본인의 말에 따르면 그는 인생에 대한 큰 포부가 없다. 모든 일에 소극적이라서 호구 조사는 본인이 냉큼 맡았지만 폭력 관련 업무는 최대한 피하려고 한다. 스트레스를 너무 많이 받은 나머지 권총으로 자살하는 지경에 이르고 싶지 않다는 것이다. 그는 지금까지 한 번도 권총을 쏜 적이 없는 것을 가장 큰 행운이라고 생각하고, 퇴직 전까지 이 기록을 깨고 싶어 하지 않는다. 천 순경의 남과 경쟁하지 않는 거북이 철학은 '군사는 흉기다. 평생 한 번도 쓸 일 없는 것은 큰 행운이다.'라는 시바 료타로의 소설에 나오는 한 구절을 떠올리게 한다. 천 순경은 다른 사람들이 언제 승진할 거냐고 놀리건 말건 전혀 개의치 않는다. 하지만 내가 가끔씩 '천 서(sir)'라고 놀리듯이 부르면 부끄러워하며 별명인 '천 뚱'으로 불러 달라고 부탁한다.

"지금부터 제가 하는 말 절대 다른 사람한테 하면 안 돼요." 천 뚱이 진지하게 말을 꺼냈다.

"귀만 열고 입은 닫을게."

"그 사건 지금 이러지도 저러지도 못하고 있어요. 우리가, 그러니까 제 말은 사건을 맡은 경찰들이 피해자의 친구와 이웃을 조사하고 근처 CCTV까지 싹 다 확인했는데도 별로 알아낸 게 없어요. 피해자는 작은 골목에 있는 아파트에 살았어요. 탐정님 집처럼 가로등도 없고 CCTV도 없는 곳이죠. 그래서 지금까지 용의자의 범위도 못 정한 상황이에요."

"피해자 신분은?"

"이혼하고 혼자 사는 50대 중년 남자예요. 퇴직 전에는 초등학교 선생님이었고, 친구는 별로 없었어요. 사회적인 관계도 샅샅이 뒤졌는데 의심스러운 점은 발견되지 않았어요."

정작 사건 이야기가 시작되자 천 뚱은 프로의 분위기를 물씬 풍겼다. 오른쪽 입가에 살짝 경련이 이는 것이 더 말할까 말까 망설이는 눈치였다.

"중간에 말하다 말기 없기야. 한번 시작했으면 끝을 내야지."

"사실…… 살인 사건이 또 일어났어요."

"타이베이, 아니면 다른 도시?"

"류장리 근처 리훙 공원에서요."

"도시 철도 역 옆에 있는 거기?"

이 일대에는 리 자가 들어가는 작은 공원이 몇 개 있는데, 모두 내가 산책 나갈 때마다 자주 들르는 곳들이다.

"그런데 왜 신문에 안 났지?"

"경찰에서 막았어요."

내가 더 캐물어도 천 뚱은 그 이상 말하지 않았다. 그가 입을 꾹 다문 것을 보니 사태가 얼마나 심각한지 알 수 있었다. 하지만 당시에는 두 살인 사건 사이에 어떤 연관성이 있는지 전혀 예상하지 못했다.

4

사흘 뒤, 린 선생이 다시 내연녀의 BMW를 탔다.

이날 그들은 지난번과 달리 싼샤까지 갔다. 또 미묘하지만 만나는 장소도 바뀌었다. 린 선생은 궁위안루에서 샹양루까지 걸어가 타이완 박물관 앞에서 249번 버스를 타고 세 정류장 뒤에 내려 BMW를 탔다. 처음부터 린 선생의 뒤를 밟았지만 갑작스럽게 이동하는 바람에 미처 톈라이를 부를 시간이 없었다. 아무 택시나 잡아탔는데, 이번 미행은 톈라이와 함께했을 때만큼 흥분되지 않았다. 택시 기사가 입에 본드 칠을 했는지 내릴 때까지 단 한 마디도 하지 않아 재미가 없었고, 수시로 백미러를 쳐다보며 의심스러운 눈빛을 보내는 터에 곤욕스러웠다.

린 선생과 미스 추는 한창 불이 붙었는지 나흘 동안 두 번이나 점심시간을 틈타 교외로 나가 밀회를 즐겼다. 결코 적은 횟수가 아니었다. 하지만 왜 그렇게 첩보물을 방불케 하는 방식으로 만나는지 좀처럼 이해되지 않았다. 여느 남녀처럼 쉽게 만나 데이트하지 않는 데에는 분명 이유가 있을 것이다.

이제는 의뢰인에게 초동 보고를 할 때가 됐다.

처음에 린 부인은 조금 머뭇거리는 것이 내가 왜 전화했는지 모르는 눈치였다.

"보고드릴 내용이 있습니다. 또 철저한 조사를 위해 댁을 방문해야 할 것 같습니다. 특히 남편분 혼자 쓰시는 공간이 있다면요."

린 부인이 현관문을 열었을 때 나는 밀회를 즐기러 온 것이면 얼마나 좋을까 하고 생각했다. 화장하지 않았는데도 깨끗한 피부, 무심히 걸친 미색 양장은 린 부인의 균형 잡힌 몸매를 더욱 우아하게 만들었다. 하지만 무엇보다 나를 사로잡은 것은 하나로 단정히 묶어 걸을 때마다 달랑달랑 흔들리는 포니테일이었다. 린 부인의 집 거실은 흔한 중산층 가정의 스타일로 꾸며져 있었다. 나는 아크릴로 만든 티 테이블을 사이에 두고 린 부인과 소파에 마주 앉아 린 선생과 미스 추가 만나는 방법부터 교외 모텔에 출입한 사실, 미스 추의 신분까지 모두 보고했다.

미스 추의 나이, 외모, 옷차림에 대해서는 일부러 보고하지 않고 린 부인이 먼저 물어보기를 기다렸다. 하지만 린 부인은 미스 추에 대해 조금도 관심을 보이지 않았다. 혹 관심이 있었다면 완벽하게 포커페이스를 유지했다. 어쨌든 린 부인은 단도직입적으로 요점을 파고들었다.

"이런 일쯤은 예상했어요. 하지만 이 일이 제 딸과 어떤 연관이 있는 거죠?"

"따님이 목격했을 수도 있어요." 내가 말했다.

"그럴 리가요. 방금 전에 모두 점심시간에 만났다면서요. 제 딸은 학교에서 공부하고 있을 시간인데 어떻게 목격하죠?"

"그 점은 앞으로 더 조사해 보겠습니다. 지금은 우선 남편분 위주로 조사할 때입니다."

"여자가 있다면서요. 더 조사할 게 뭐가 있죠?"

린 부인의 얼굴에 처음으로 남편에게 배신당한 아내의 고통이 잠시 서렸다.

"아직 직감에 불과하지만 남편분의 상황이 석연치 않아요. 제가 생각이 너무 많은 것일 수도 있겠지만 제 직감을 믿고 확실히 조사할 겁니다."

"무슨 직감요?"

"첫째, 남편분이 조금 이상합니다. 어떻게 이상한지는 아직까지 구체적으로 말씀드릴 수 없어요. 그냥 직감입니다. 둘째, 남편분과 미스 추의 데이트 방식이 지나치게 복잡합니다. 평범한 남녀가 바람피우는 것 같지 않고, 마치 첩보물을 보는 것 같아요. 연예인이나 정치인, 사회 명사가 아닌 평범한 사람들은 바람피울 때 그렇게 신중하지 않아요. 물론 뭔가 부자연스러운 것은 남편분의 성격 때문일 수도 있지만요. 셋째, 미스 추는 아무래도 남편분의 외도 대상이 아닌 것 같습니다."

"이런 상황을 두고 하는 말이 있지 않아요? 그게 뭐였더라."

"'제아무리 식당 밥이 맛있어도 집밥은 못 따라온다.' 같은 거요? 아니요. 제 말은 미스 추가 린 부인만큼 예쁘지 않거나 매력적이지 않다는 게 아닙니다."

이 집에 들어선 순간부터 적당한 때를 봐서 은근슬쩍 이 말을 꼭 해 주고 싶었다. 하지만 안타깝게도 린 부인은 아무런 반응을 보이지 않았다.

"아무리 봐도 미스 추와 남편분은 불꽃 튀는 관계가 아닌 것 같아요. 물론 이것도 직감입니다."

"후……."

린 부인은 말하는 족족 직감 타령만 하는 내가 답답한 건지, 아니면 모든 일에 인내심을 잃은 건지 길게 한숨을 내쉬었다.

"이제 뭘 할 거죠?"

"남편분의 서재를 살펴봐야겠습니다."

"서재가 있긴 한데 남편과 제가 같이 쓰는 거라 뭔가를 숨기기 어려울 텐데요?"

"컴퓨터는요?"

"각자 한 대씩 따로 써요."

"안내해 주십시오."

가지런히 정리된 서재에는 책상 두 개와 컴퓨터 의자 두 개 그리고 책꽂이 두 개가 있었다. 린 부인과 린 선생의 책꽂이는 책깨나 본 나의 눈길을 끌었다. 다른 사람의 집을 처음 방문하면 소파가 바다를 건너온 고급 제품인지 타이베이 가구 골목에서 산 건지, 소가죽인지 인조 가죽인지, 바닥 타일이 한 장에 얼마짜리인지 전혀 신경 쓰지 않는다. 집주인이 솔직하게 말해 줘도 도자기 같은 건 돋보기를 대고 봐도 수입산인지 타이완산인지 전혀 모른다. 내가 관심을 가지고 보는 것은 오직 주인의 책꽂이뿐이다.

책꽂이는 어느 것이 린 부인의 것이고 어느 것이 린 선생의 것인지 확실히 알 수 있었다. 린 부인의 책꽂이에는 소설, 에세이, 여행기, 전기 등 친숙한 인문 서적들과 자질구레한 요리 기구 설명서 몇 개가 있었다. 뒤돌아 맞은편에 있는 린 선생의 책꽂이를 보는 순간 벽에 머리를 박은 것처럼, 부드러운 세계에서 순식간에 딱딱한 세계로 넘어간 것처럼 머리가 핑 돌았다. 식물과 분재에 관한 책밖에 없는 그의 책꽂이는 주인의 획일성과 집착을 고스란히 드러냈다.

"컴퓨터 켰어요. 조사하시려는 게 뭐죠?" 린 선생의 책상 앞에 앉은 린 부인이 고개를 돌리고 물었다.

"이메일을 확인할 때 비밀번호를 일일이 입력해야 합니까?"

"아니요. 둘 다 자동 로그인 해 놔서 비밀번호가 없는 거나 마찬가지예요."

"그럼 한번 살펴볼까요?"

나는 한 손은 의자 등받이에 걸치고 다른 손은 책상 앞을 짚은 채 몸을 숙이고 컴퓨터 모니터를 쳐다봤다. 하지만 린 부인과 몸이 너무 가까워 이메일에 집중하기 어려웠다. 린 부인도 어색했는지 의자에서 일어나더니 내게 자리를 양보했다.

"남편분이 평소에 메일을 삭제하는 편입니까? 스팸메일 말고 다른 메일도요?"

"잘 모르겠어요. 남편 메일 함을 한 번도 열어 보지 않다가, 딸이 이상하게 변한 뒤에 몰래 열어 봤어요. 그런데 특별히 이상한 점은 없었어요."

"그럼 이렇게 하죠. 최근 이 주 동안 남편분이 주고받은 이메일을 모두 인쇄할게요. 어떤 내용이 있는지 돌아가서 천천히 살펴봐야겠어요."

단순히 메일 함 상태만 놓고 판단해 보면 린 선생의 대인 관계는 별로 복잡하지 않았다. 인쇄한 자료는 쉰여섯 장을 넘지 않았는데, 얼핏 봐도 분재 동호회 회원들과 주고받은, 내가 모르는 식물에 관한 메일이 대부분이었다.

"주고받은 메일이 많지는 않네요."

갑자기 린 선생처럼 텅텅 빈 내 메일 함이 떠올랐다.

"남편은 친구가 별로 없어요. 사람들과 잘 어울리는 편도 아니고요. 일과 관련된 건 직장 이메일을 써요."

이때 창문 옆, 내 허리춤 높이 사각형 테이블에 놓인 분재 하나가 눈에 들어왔다.

"와, 정말 예쁘네요." 나도 모르게 감탄사가 흘러나왔다.

"인삼벤자민이에요."

"원래 이렇게 자라는 건가요? 위로 쭉 자라다가 갑자기 아래로 굽은 게 꼭 폭포 같아요."

"인위적으로 만든 거예요. 강제로 이파리를 뜯어내고 철사로 가지를 받쳐 주면 원하는 모양대로 자라요."

"자연을 거스르는 거군요?"

"그러니 예술이죠."

"그렇긴 하네요."

잠시 침묵이 흘렀다.

"인삼벤자민은 은화과예요."

"그게 뭐죠?"

다시 한번 고백하지만 나는 식물에 관한 한 완전히 문외한이다.

"오디나 무화과 같은 거요. 꽃이 너무 작아서 육안으로는 잘 안 보이고, 보인다 싶으면 그땐 벌써 열매가 열려 있죠."

"아! 그래서 사람들이 '꽃이 피고 열매가 열린다.'라고 하는군요."

이보다 더 바보 같은 말이 또 있을까.

하지만 내 무심하고 바보 같은 반응은 예상 밖의 효과를 냈다. 린 부인이 웃은 것이다. 나도 따라 웃었다. 내 천진한 미소가 음흉한 미소로 변하기 전에 린 부인은 화제를 바꿨다.

"저 분재는 남편이 아끼는 보물 중 하나예요. 옥상 작업실에 가면 더 좋고 비싼 분재들이 많아요."

"한번 보고 싶군요."

옥상 면적의 3분의 1을 차지하는 열다섯 평 남짓한 '작업실'은 지극히 평범한 증축물처럼 보였다. 하지만 안에 들어가자 온갖 진귀한 꽃과 나무가 셀 수 없이 많은 것이 밀폐식 공중 정원이 따로 없었다. 한쪽에는 엄청나게 비싼 수입 분재 도구들이 가지런히 놓여 있고, 천장에는 이보다 더 비싼 기다란 인공조명이 달려 있었다. 한쪽 벽면에는 온도와 습도를 조절하는 장치가 설치돼 있었다.

꽃과 나무 향기로 가득한 이 합법적인 건축물은 린 선생의 비밀 화원이나 마찬가지였다.

어디선가 불어오는 미풍에 약간 서늘한 기운이 느껴졌다.

"어디서 바람이 부는 거죠?"

"자동 통풍 장치에서요."

"와, 전기세 진짜 많이 나오겠네요."

놀라서 나온 반응이 고작 이 정도라니.

"남편은 주로 이 테이블에서 작업해요."

린 부인이 작업실 한가운데 있는 직사각형 원목 테이블을 가리켰다. 테이블 양쪽은 각종 분재들과 잘려 나간 나뭇가지들로 지저분했지만 중앙의 넓은 작업 공간은 깔끔하게 정리돼 있었다. 비틀어진 학 모가지 모양의 조명 앞에는 섬유가 가느다랗고 감촉이 진짜 가죽 같은 짙은 남색 테이블 매트가 깔려 있었다. 테이블 매트 오른쪽에는 펜치, 핀셋, 전동 조각기, 모종삽, 톱니 날 가위가 외과 의사의 각종 수술 도구처럼 연보라색 헝겊 위에 가지런히 놓여 있었다.

모두 잠든 깊고 고요한 밤에 린 선생 혼자 작업 테이블 앞에서 불을 밝히고 외과 수술 집도의 못지않은 집중력으로 분재를 정성껏 다듬는 모습이 눈에 선했다. 어쩌면 린 선생에게 세상이 어둠에 고요히 잠기는 깊은 밤은 자신 속으로 깊이 침잠할 수 있는 시간인지도 모른다.

린 부인이 작업 테이블 조명을 켰다. 그러자 테이블 매트 위에서 도도한 자태를 뽐내고 있는 분재에 환한 불이 비쳤다.

무성하면서도 가지런한 나뭇가지가 하늘을 향해 곧게 뻗은 모습이 정말 신비로웠다!

아니, 그 모습은 신비로움 그 이상이었다.

"이게 뭐죠?"

"누가 알겠어요!" 린 부인이 신경질적으로 말했다.

린 부인이 평정을 잃은 것은 이번이 처음이었다. 나도 모르게 왼손으로 린 부인의 오른쪽 어깨를 가볍게 도닥였다. 그러고는 마땅히 저주해도 되는 사람이나 식물은 없다고 눈빛을 보냈다. 나는 불교 신자도 아니고 업이니 뭐니 하는 것도 믿지 않지만 다른 사람을 저주하는 것은 자신을 저주하는 것이나 마찬가지라고 생각한다.

"미안해요."

내가 보낸 무언의 위로를 린 부인은 완전히 이해했다.

"작업실에 이것저것 설치한 비용에 다달이 내는 전기세까지 더하면 유지비가 꽤 들겠어요." 고위직 공무원도 아닌 사람이 어디서 이런 돈이 나느냐. 사실은 이렇게 직접적으로 묻고 싶었다.

"들다마다요. 시부모님이 돌아가시고 유산을 조금 물려받았어요. 이 아파트도 시어머니께서 물려주신 거예요."

"얼마나 물려받으셨죠?"

"자세히는 모르겠어요. 워낙 돈에 대한 개념도 없고 남편도 정확하게 가르쳐 준 적이 없어서요. 시부모님 두 분 다 공무원이셨어요. 매우 검소하셨죠. 깜짝 놀랄 정도는 아니지만 그래도 적지 않게 물려주셨을 거예요. 세상에 하나뿐인 아들이었으니까요."

공무원 부부가 하나뿐인 아들을 공무원으로 키운 것은 조금도 이상하지 않았다.

잠시 뒤 린 부인의 배웅을 받고 계단을 내려가다가 갑자기 뒤돌아서 막 현관문을 닫으려고 하는 린 부인에게 물었다.

"하마터면 깜빡할 뻔했네요. 남편분이 주말에도 외출하나요?"

"운동하는 것도 외출인가요?"

"그럼요."

"토요일과 일요일에 밖에서 운동해요. 평소보다 좀 더 오래요."

"얼마나요?"

"어느 때는 두세 시간씩 하고 어느 때는 더 오래 해요. 남편은 시간 날 때마다 화초를 보러 가요."

"남편분 수준으로 봤을 때 젠궈 화훼 시장 같은 곳은 관심 없겠는데요."

"저야 모르죠. 하지만 늘 어디서 화초를 사 와요."

내가 뒤돌아서 다시 계단을 내려가려는데 이번에는 린 부인이 나를 불러 세웠다. 우리는 교도소에서 면회하는 것처럼 철창으로 된 현관문을 사이에 두고 말했다.

"우 탐정님."

"왜 그러시죠?"

"조금 서둘러 주시면 좋겠어요. 정말 한집에 있기가 너무 힘들어요. 오늘 전해 주신 소식을 듣고 얼마나 더 참을 수 있을지 모르겠어요. 어느 때는 남편에게 비밀이 있건 말건 그냥 딸을 데리고 이 집을 나가고 싶어요."

"무슨 뜻인지 알겠습니다. 일주일만 더 시간을 주십시오. 그런데 이 점은 알아 두세요. 이 집 명의가 누구 앞으로 돼 있든 누군가 이 집에서 나가야 한다면 사모님과 따님은 아닙니다."

어두컴컴하고 좁은 계단에서 이런 대화를 나누니 초현실적이면서도 당황스러웠다. 아파트에서 나와 골목길을 걸어가는데 듣고 싶지 않아도 멀리서 들리는 자동차 소리와 사람들 소리가 계속 귓가에 맴돌았다.

집에 돌아온 나는 서브웨이의 로스트 치킨 샌드위치를 콜라와 함께 먹으며 인쇄해 온 린 선생의 이메일을 살펴봤다. 먼저 자료를 두 부분으로 나눠 왼쪽에는 받은 메일을, 오른쪽에는 보낸 메일을 놨다. 그러고는 시간 순서에 따라 다시 둘을 하나로 합친 다음 하나하나 차근차근 읽었다. 목적은 단 하나, 린 선생과 미스 추 사이의 비밀을 찾아내는 것이었다.

하지만 아무리 생각해도 이해할 수 없는 것이 있었다. 왜 중간에 버스를 탔을까? 린 선생이 버스를 탄 정류장과 노선, 경유한 정류장의 수가 두 번 다 달랐다. 지나치게 신중한 걸까, 아니면 뭔가 남모르는 비밀이 있는 걸까? 물론 둘만의 역할극 놀이를 하는 것일 수도 있다. 하지만 버스를 타고 연기할 만한 역할이 뭐가 있단 말인가. 더욱이 역할극을 하려면 둘이 같이 버스에 올라타야 더 의미가 있다. 나는 중요한 단서가 이메일에 꼭 있기를 바랐다.

하지만 한 시간 동안 노력해서 얻은 것은 실망뿐이었다.

린 선생이 주고받은 메일은 대부분 '최상급' 분재에 관한 광고뿐 특별한 것이 없었다. 광고를 가만히 보니 수입 분재들은 놀라서 입이 떡 벌어질 정도로 비쌌는데, 어떤 것은 화분만 1~2만 위안씩 하는가 하면, 어떤 일본산 분재는 가격이 3만 4000위안이나 했다. 분재 동호회 회원들끼리 정보 교환 겸 안부를 묻기 위해 주고받은 메일을 제외하면 린 선생의 사적인 메일은 극히 적었다. 그중 두 통은 지나치게 적극적인 대학 동창에게 온 것이었다. 단체 메일인 첫 번째 메일은 린 선생과 다른 사람들에게 곧 있을 동창회에 꼭 참석해 달라고 부탁하는 내용이었다. 뒤이어 린 선생에게만 단독으로 보낸 두 번째 메일은 근황을 물어보면서 그동안 동창회에 한 번도 참석하지 않았으니 이번에는 꼭 시간을 내어 옛 친구들과 함께 회포를 풀자는 내용이었다. 린 선생은 두 통 다

답신하지 않았다.

맥이 빠진 나는 소파에 기대앉아 두 다리를 쭉 뻗었다. 린 선생의 성격이 이상하다고 느낀 내 직감은 이메일 조사를 통해 사실로 드러났다. 하지만 새로운 단서가 될 만한 내용은 어디에도 없었다. 몇 십 분 동안 꿈쩍도 않고 속수무책의 투항 자세로 소파에 반쯤 누워 있는 내 모습은 마치 박해당하는 예수 같았다.

어쩌면 내가 밑도 끝도 없이 직감만 믿고 린 선생을 극단적이고 고집스러운 사람으로 만들었을 수도 있고, 허영심이 발동해서 생애 최초로 맡은 사건을 원래보다 더 복잡하게 얼기설기 꼬아 놨을 수도 있다. 또는 내가 린 선생의 인생을 가지고 멋대로 소설을 쓰고 있는지도 모른다.

탁! 돌연 나는 오른손으로 이마를 쳤다. 그래! 다른 가능성이 있을 수도 있어! 시계를 보고 시간을 확인한 나는 휴대 전화로 린 부인에게 전화했다. 벨이 몇 번 울리고 린 부인이 전화를 받았다.

"여보세요?"

"접니다, 우청."

"이 시간에 무슨 일이세요?"

목소리에 짜증과 긴장이 배어 있었다.

"남편분 지금 산책 나가셨습니까?"

"대체 무슨 일인데 그러시죠?"

"남편분 휴대 전화 살펴보신 적 있으세요?"

"당연하죠. 하지만 이상한 내용은 없었어요. 남편은 사람들과 잘 어울리지 않아서 휴대 전화를 거의 안 써요."

"남편분 MSN 하세요?"

"아니요. MSN은 젊은 사람들이나 하는 거 아니에요?"

"컴퓨터에 스카이프는 깔았나요?"

"네. 호주에 사는 큰언니와 외국에 있는 친구들과 연락할 때 자주 쓰거든요."

"남편분 컴퓨터에도 깔려 있습니까?"

"네. 친구 목록에 있는 사람은 한 명뿐이에요. 'Bonsai'라는 아이디를 쓰는 사람이에요."

"몬사이요?"

"아니요. 'Bonsai요. 분재라는 뜻이에요."

"그렇군요. 상대 주소지가 어디죠?"

"일본요."

"일본요?"

"네."

"컴퓨터 화면에서 그 사람 얼굴 본 적 있어요?"

"아니요. 남편은 영상 통화 말고 일반 통화를 해요."

"영상 통화를 안 한다고요? 스카이프로 영상 통화를 안 하는 건 바지 벗고 겨우 방귀만 뀌는 꼴 아닌가요?"

린 부인은 잠시 침묵하다가 이윽고 말했다. "특별한 이유가 있는 것 같지는 않아요. 남편은 분재 동호회 친구들이 많아요. Bonsai는 타이완 분재 클럽의 영문 명칭이고요. 일본과 타이완의 분재 애호가들 사이에서 유명하죠."

그런데 전화를 끊고 생각해 보니, 영상 통화에 대해 내가 아는 게 하나도 없었다. 옛 제자인 그 여학생은 잘 알까? 내가 근무했던 대학에서 지금은 조교로 일하고 있는 그녀는 자칭 컴퓨터 도사였다.

"뭐 좀 물어보자. 어떤 통신 방식이 가장 은밀하지?" 나는 전화를 걸어 다짜고짜 물었다.

"교수님이세요? 어떻게 한마디 말씀도 없이 학교를 그만두실 수 있어요. 모두 얼마나 보고 싶어 한다고요."

"연기 끝났냐? 말해 봐. 어떤 통신 방식이 가장 은밀하고 감청을 안 당하지?"

"그런 건 없어요. 국가 기관에서 수사하면 어떤 통신도 안전하지 못해요."

"국가 기관이 뭘 어떻게 수사하건 관심 없고, 난 그냥 어떤 방식이 비교적 안전한지 알고 싶을 뿐이야."

"당연한 거지만 일반 전화가 휴대 전화보다 안전해요."

"당연하지." 말은 그렇게 했지만 사실 그녀가 말하기 전까지 몰랐다. "그럼 MSN이랑 스카이프 중에는?"

"기본적으로 IM 소프트웨어만 놓고 따지면 스카이프가 MSN보다 안전해요. 차단될 위험이 거의 없거든요. 스카이프는 통신할 때 AES 암호화를 진행해요."

"AES?"

"고급 암호 표준(Advanced Encryption Standard)요."

"뭐 그렇다 치고 계속 말해 봐." 물어보나 마나 한 질문이었다.

"MSN의 윈도 라이브 메신저는 통신 중인 두 사람의 컴퓨터에 따로 암호화 소프트웨어가 설치돼 있지 않으면 메시지가 암호화되지 않아요. 하지만 감청하려는 사람이 컴퓨터 주인 몰래 컴퓨터 사용 기록을 복제하는 소프트웨어를 깔거나 적당한 라우터로 컴퓨터 사용 기록을 조회하면 암호화돼 있든 아니든 매한가지예요. 이건 스카이프도 마찬가지고요. 원래 그렇잖아요. 뛰는 놈 위에 나는 놈 있고……."

"쓸데없는 말은 빼도록 하지."

"넵. 단순히 암호화 수준만 놓고 보면 스카이프가 MSN보다 한 수 위예요. 상대적으로 안전하죠."

"마지막 질문."

"얼마든지 여쭤보세요."

하늘 아래 자신들이 풀지 못할 문제가 없다고 생각하는 컴퓨터 고수들은 누군가의 도전을 받아들일 때 아드레날린이 솟구치는 쾌감을 좋아한다.

"스카이프 통신 기록상의 주소지가 예를 들어 일본이야. 그러면 이 사람이 지금 일본에 있다는 뜻이지?"

"푸하하하……." 제자는 저렇게 웃다가 숨이 넘어가는 건 아닐까 걱정될 정도로 마구 웃어 댔다. "교수님, 왜 이렇게 순진하세요. 아이디와 주소지는 개인이 마음대로 정할 수 있어요. 예전에 어떤 남학생 골려 주려고 스카이프에서 캐나다에 사는 척한 적이 있어요. 반년 넘게 연락하는 동안 그 남학생은 제가 타이베이에 사는 줄 몰랐어요."

"나중에 어떻게 됐지?"

제자가 대학을 졸업하고 빨리 결혼하고 싶어 한 것을 아는지라 그 남학생과 어떻게 발전했는지 매우 궁금했다.

"아유, 말도 마세요. 그놈도 똑같이 거짓말했더라고요."

"아이고, 바보짓 했구먼!"

"누가 아니래요!"

"이런, 우리 무슨 이야기 중이었지?"

"스카이프 주소지요. 작심하고 조사하지 않는 한 실제 주소지를 알아내기는 쉽지 않아요."

"무슨 말인지 알겠다."

"그나저나 교수님, 정말 학교로 안 돌아오실 거예요? 그거 아세요? 최근에 저희 과······."

"알려 줘서 고마워."

나는 제자가 잡다한 학교 소식을 전하기 전에 재빨리 전화를 끊었다.

어느 탐정이 남긴 명언이더라.

'추리가 벽에 부딪혔을 때는 노트로 돌아가라!'

나는 린 선생과 미스 추의 예상 가능한 연락 방식을 가장 가능성이 낮은 순서대로 나열했다.

1. 집 전화

2. 사무실 전화

3. 직장 이메일

4. 직장 이외의 이메일

5. 스카이프

6. 린 부인이 모르는 이메일

7. 휴대 전화

8. 엿이나 먹어라!

1번부터 3번까지라도 가능성이 아예 없지는 않았다. 하지만 지나치게 신중한 린 선생이 그런 공공연한 방식으로 연락할까? 4번은 비록 조사 결과 아무런 소득이 없었지만 린 선생이 이메일을 주고받을 때마다 바로바로 삭제했을 가능성을 배제할 수 없다. 5번의 경우, 스카이프의 친구 목록에 있는 Bonsai가 미스 추일 수도 있다. 6번은 이메일을 여러 개 사용하는 사람들이 많은 만큼 조사할 필요가 있다. 7번은 아직 확인 전이지만 가장 가능성이 높다. 휴대 전화를 이용하면 데이트 장소와 시간을 직접 전할 수 있고, 미스 추와 연락을 주고받은 기록을 삭제하면 누가 몰래 휴대 전화를 검사해도 모르지 않는가. 8번의 '엿이나 먹어라!'는 함부로 이것저것 들쑤시고 다니며 의심하고 사소한 문제에 고집스럽게 매달리는 것이 혹시 추리 소설을 너무 많이 읽은 탓인가 하고 나 자신을 일깨우기 위해 적은 것이다.

모든 가능성을 쭉 적어 놓고 보니 휴대 전화가 가장 편할 것 같았다. 하지만 아무리 생각해도 두 사람이 대화하는 모습이 자연스럽게 그려지지 않았다. 나는 서서히 명상 상태에 빠져들었다. 그 순간 돌연 전기 충격을 받은 것처럼 두 눈을 부릅떴다.

애초에 추리 방향이 잘못됐다!

이미 실마리가 두 개 있다. 두 차례의 밀회 날짜.(6월 15일 반차오, 19일 싼샤.) 어디서 뭘 어떻게 찾아야 할지도 모르면서 괜히 메일을 뒤적거릴 게 아니라 두 실마리에서 답을 찾았어야 한다.

나는 테이블에 어지럽게 놓인 이메일 더미에서 6월 15일 사흘 전부터 오간 이메일과 15일부터 19일 사이에 오간 이메일을 찾아 다시 자세히 읽어 봤다. 대부분 분재 동호회 회원들과 주고받은 것이었다. 한 번에 열 줄씩 읽어 내려간 종전과 달리 첫 줄부터 마지막 줄까지 단어 하나도 놓치지 않고 꼼꼼히 읽었다. 그러다 마침내 Bonsai에게 온 이메일을 두 통 찾아냈다! 이메일은 각각 13일과 17일에 린 선생이 받은 것이었다.

내용은 두 메일이 대동소이했다. 모두 수입 분재를 파는 광고였는데, 아름다운 분재 사진 외에 소개 글과 값도 간단하게 적혀 있었다. 나는 첫 번째 메일을 한 글자, 한 문장씩 천천히 읽어 내려갔다.

아무리 봐도 의심스러운 부분이 눈에 띄지 않았다. 하지만 순간적으로 어떤 아이디어가 스쳤고, 나는 두 이메일을 들고 쏜살같이 서재에 들어가 컴퓨터를 켜고 구글 검색창을 열었다. 그러고는 두 이메일 중 하나를 한 글자도 빼놓지 않고 모조리 입력해 검색했다. 몇 초 만에 일본 흑송이 소개된 홈페이지가 나왔다. 딸각하는 클릭 소리와 함께 홈페이지가 열리자 이메일에 첨부된 것과 똑같은 사진과 소개 글이 고스란히 모니터에 나타났다.

나머지 이메일도 같은 방법으로 검색한 결과 역시나 같은 홈페이지가 나왔다. 결론은 분명했다. Bonsai는 홈페이지 문장을 그대로 복사해서 각각의 이메일에 붙여 넣었다.

나는 분재 홈페이지 내용을 인쇄해 거실로 돌아가서 이메일과 자세히 대조하다가 마침내 기묘한 꼼수를 알아냈다.

차이는 상품 번호에 있었다. Bonsai는 상품 번호를 첫 번째 이메일에는 '0615GQ236.2(홈페이지에 기재된 상품 번호는 'AHS09005538'이다.)'라고 적고, 두 번째 이메일에는 '0619XY249.3(홈페이지에 기재된 상품 번호는 'D29113799'이다.)'이라고 적었다. 나는 노트를 뒤적거려 원하는 페이지를 찾았다. 틀림없었다. 린 선생은 미스 추를 만날 때 6월 15일에는 236번 버스를 타고 두 정류장 지나서 내렸고, 19일에는 249번 버스를 타고 세 정류장 지나서 내렸다. GQ는 관첸루(Guan Qian road)의 머리글자고, XY는 샹양루(Xiang Yang road)의 머리글자다.

나이스! 린 선생은 이제 독 안에 든 쥐다!

1

배낭에 노트, 휴대 전화, 손전등 외에 특별히 장만한 캐논 디지털카메라도 넣고 만반의 준비를 한 다음 집을 나섰다. 오늘은 6월 23일. 린 선생과 미스 추가 틀림없이 만날 것이라고 확신한 나는 두 사람이 어떻게 만날지도 충분히 파악해 뒀다.

Bonsai가 린 선생에게 보낸 이메일을 린 부인이 몰래 복사해서 내게 보내 줬다. 그래서 이틀 전에 이미 두 사람의 새로운 접선 코드가 '0623ZHW212.2'라는 것을 알았다. 보건 복지부 건물이 있는 지리적 위치로 미루어 판단할 때 ZHW는 중샤오시루(Zhongxiao Western road)일 가능성이 가장 컸다. 중샤오시루에는 212번 버스가 서는 정류장이 두 곳 있는데, 린 선생이 중샤오시루 입구에서 왼쪽으로 돌아 신광 빌딩 쪽으로 갈지 아니면 오른쪽으로 돌아 베이먼 쪽으로 갈지는 전혀 예측할 수 없었다. 접선 코드에 나오는 대로 린 선생이 어느 정류장에서 버스를 타냐는 여전히 고민거리였지만 그리 큰 문제는 아니었다.

"이제 곧 움직일 시간이에요. 지금 어디예요?"

"근처 사거리요." 휴대 전화를 타고 텐라이의 목소리가 들렸다.

"제가 신호 보낼 때까지 대기하세요."

"오케이!" 텐라이의 목소리는 자양 강장제 광고에 등장하는 성우처럼 힘이 펄펄 넘쳤다.

린 선생은 계단을 내려와 오른쪽으로 돌아 중샤오시루 쪽으로 걸어갔다. 과연 예상대로였다.

"텐라이! 린 선생이 베이먼 쪽으로 가고 있어요."

"알겠습니다! 그쪽으로 갔으면 우체국 근처에서 버스를 탈 거예요. 먼저 가 계세요. 저는 차 돌려서 곧 따라가겠습니다."

BMW를 쫓아간 우리는 약 삼십 분 뒤에 린커우의 어느 모텔 앞에 도착했다. 나는 BMW 뒤를 밟는 동안 장난하는 것처럼 새로 산 캐논 카메라로 죽어라 사진을 찍어 댔다. 린 선생이 정류장에서 버스를 기다리는 모습부터 버스를 타고 내리는 모습, BMW가 버스 정류장에 정차하는 찰나의 모습, 린 선생이 BMW에 올라타는 모습, BMW가 모텔에 들어가는 모습까지 한순간도 놓치지 않으려고 마구 셔터를 눌렀다.

린 선생이 예상대로 움직이자 썰물 빠지듯 모든 흥분이 가라앉았고, BMW가 모텔에 들어갔을 때는 실망감이 밀려왔다.

"미안해요, 텐라이. 오늘은 같이 이야기 나눌 시간이 없을 것 같아요. 조용히 다음 단계를 구상해야 하거든요."

"충분히 알겠습니다."

말을 마친 텐라이는 사려 깊게 한쪽으로 물러나 사랑하는 부인에게 전화했다.

그 순간 오른쪽에서 달려오던 흰색 닛산이 서서히 속도를 줄이면서 모텔 입구로 들어가는 것이 보였다. 특별히 두 눈을 크게 뜨고 관찰한 결과 이번에도 확실했다. 차 안에 동승자가 없다!

이런 우연의 일치가 또 있을까? 이번에도 그렇고 지난번에도 그렇고 두 번 다 똑같은 상황이 연출됐다. 모텔에 BMW가 도착하고 얼마 지나지 않아 차량이 또 한 대 도착했는데, 두 번 다 차 안에 동승자가 없었다. 내 신경이 예민한 걸까, 아니면 운전자가 한창 기운이 뻗치는 젊은 때라 혼자 재미를 보려고 모텔에 온 걸까? 두 번째 미행이 있던 날, 그러니까 6월 19일 싼샤에 갔을 때도 어쩌면 똑같은 모습이 연출됐는데 내가 놓쳤을 수도 있다. 닛산과 BMW는 대체 어떤 관계일까……, 설마, 스리섬?

"일이 재미있게 돌아가네요!" 나도 모르게 손뼉 치며 감탄했다.

"어떻게요?" 톈라이가 내 쪽으로 걸어왔다.

나는 톈라이에게 방금 전 동승자 없는 닛산이 모텔에 도착한 사실과 내 추론을 이야기했다.

"거참, 대단한 사람들이네요!" 톈라이의 표정은 멸시보다 부러움에 가까웠다. "이제 어떡하죠?"

"BMW는 놔두고 닛산을 쫓아갑시다."

2

닛산의 '안내'를 받고 우리가 도착한 곳은 린커우 시내에 있는 저우 소아과였다.

닛산의 주인이 리모컨을 누르자 느려 터진 셔터가 철컹철컹 소리를 내며 천천히 올라갔다. 하지만 눈빛이 불안한 차 주인은 그새를 못 참고 3분의 1쯤 올라간 셔터 밑으로 허리를 굽히고 들어가 유리문을 통해 병원으로 들어갔다. 내 예감이 맞는다면 차 주인은 틀림없이 닥터 저우일 것이다.

병원 맞은편에 택시를 주차하고 텐라이와 나는 서로 아무 말 없이 멀뚱히 쳐다보기만 했다.

상황이 더 재미있게 돌아갔다. 린 선생, 미스 추, 닛산 세 사람 다 의료 분야에 몸담고 있는 것은 단지 우연의 일치일까? 그게 아니면 셋이 의료계의 음탕한 사교 클럽이라도 만든 걸까? 그렇다면 번번이 사람을 바꿔 가며 스리섬을 하는 린 선생과 미스 추는 보통내기들이 아니다.

"어디 한번 도박 좀 해 볼까." 내가 말했다.

"칩도 없이 무슨 도박을 해요?"

"없으니까 하는 거죠. 무리수이긴 한데, 내 직감이 맞으면 이 도박이 먹힐 것이고, 내 직감이 틀리면 기껏해야 정신 병원에 끌려가거나 경찰서에 잡혀갈 거예요. 기다려 줄 거죠?"

"그럼요. 필요한 순간에 제가 가서 빼 드릴게요."

"고맙습니다. 그래도 이왕이면 경찰서에 끌려가는 게 나을 것 같네요. 정신 병원이라면 아주 질색이거든요."

나는 배낭을 챙기고 택시에서 내렸다. 결의만은 말에서 폴짝 뛰어내려 적과 총싸움할 준비를 하는 클린트 이스트우드에 뒤지지 않았다. 머릿속에서 〈석양의 무법자〉 OST가 막 울려 퍼지려는 순간, 돌연 텐라이에게 다시 돌아가는 바람에 반주가 뚝 끊겼다.

"내 휴대 전화예요. 기회다 싶을 때 찍어 줘요. 어떻게 찍는 줄은 알죠?"

"장난하세요? 제가 휴대 전화로 몰래 마누라 사진을 얼마나 많이 찍는데요."

"설마 요즘도 부인을 미행해요? 진짜 답 없는 사람이네. 그 이야기는 언제 하루 날 잡아서 길게 합시다."

나는 일단 화나면 뒷일은 생각하지 않고 충동적으로 거칠게 행동한다.

"죄송합니다. 진료는 3시부터 받으실 수 있어요." 병원에 들어가자마자 접수 데스크 뒤쪽에 앉은 간호사가 제지하고 나섰다.

"아파서 온 거 아닙니다."

왼쪽 벽에 걸린 닥터 저우의 의사 자격증을 흘깃 보고는 십 분 전 이 병원에 들어간 남자가 닥터 저우임을 다시금 확신했다.

"저우 선생님 좀 뵐 수 있을까요?"

"무슨 용건이시죠?"

"이건 제 명함입니다." 나는 명함을 한 장 건넸다.

간호사는 의심 가득한 눈빛으로 내 명함과 얼굴을 번갈아 쳐다봤다.

"저우 선생님께 제 명함 좀 가져다주시겠어요? 혹시 압니까? 저를 만나고 싶어 하실지."

"잠시만 기다리세요."

몇 분 뒤에 접수처로 돌아오는 간호사를 뒤따라 닥터 저우가 진료실 문을 열고 나왔다. 그 역시 내 명함과 얼굴을 번갈아 쳐다보더니 물었다. "무슨 일로 오셨습니까?"

"무슨 일이 있는지 없는지는 나중에 보면 알겠죠. 뭐 그렇다고 걱정하실 건 없습니다. 악의가 있어서 찾아온 건 아니니까요. 몇 분만 시간을 내 주시겠습니까?"

"미스 천." 닥터 저우가 간호사에게 신호를 보냈다.

간호사가 수화기를 들었다.

"급하게 경찰에 알리실 필요 없어요. 그냥 몇 가지 여쭤보고 돌아갈 겁니다. 첫 번째 질문은 말이죠, 방금 전에 왜 혼자 모텔에 다녀왔냐는 겁니다."

그 순간 간호사의 동작이 멈췄다. 닥터 저우는 얼굴이 창백해졌고, 기운이 빠지는지 파르르 떨었다. 그의 이마에 땀이 송골송골 맺히는 것이 어렴풋하게 보였다.

"진짜로 그냥 몇 가지 물어보기만 할 겁니다. 귀찮게 하지 않을 거예요. 저는 사설탐정이지 협박꾼이 아닙니다."

한참 뒤에 허약한 닥터 저우는 "여기서는 불편하니 다른 곳에서 이야기하죠." 하고 겨우 입을 뗐다.

우리는 병원을 나와 파리만 날리는 어느 한산한 커피숍으로 자리를 옮겼다. 이동 중에 힐금 쳐다보니 톈라이가 미친 듯이 휴대전화로 사진을 찍고 있었다.

나와 닥터 저우가 택시 근처를 지나가자 오래지 않아 어디서 차문 닫히는 소리가 났다. 돌아보니 약간 거리를 두고 톈라이가 뒤따라왔다.

"뭘 알고 싶은 거죠?" 자리에 앉자 닥터 저우가 말했다.

커피숍에 손님이라고는 우리밖에 없었다.

"제가 알고 싶은 건 이겁니다. 이 두 사람과 어떤 관계죠?" 나는 카메라를 켜고 BMW 조수석에 앉아 있는 린 선생의 사진을 크게 확대했다. "이 사람은 미스터 린, 미스터 린을 차에 태운 이 여자는 미스 추입니다."

닥터 저우가 움찔하는 것을 보고 마음이 놓였다. 내 꼼수가 먹혀들었다.

"사설탐정이라고 했죠?"

"그렇습니다."

"흥신소에서 나오셨습니까?"

"뭐 비슷한 곳입니다."

"신분증 좀 볼 수 있을까요?"

"그럼요." 나는 배낭에서 신분증을 꺼내 닥터 저우에게 건넸다. "원하시면 신분증 앞뒷면을 복사해 드릴 수도 있습니다."

"누가 고용했죠?" 그가 신분증을 돌려주며 말했다.

"그건 알려 드릴 수 없습니다. 이 두 사람과 어떤 관계죠?"

"아무 관계도 아니에요. 모르는 사람들입니다."

"마음대로 하십시오."

나는 자리에서 일어났다. 그러고는 자리를 완전히 뜨기 전에 마지막으로 테이블 가장자리를 두 손으로 짚고 어깨를 으쓱이며 마치 취조실에서 용의자를 심문하는 경찰처럼 목소리를 낮추고 으름장을 놨다.

"방금 거짓말한 거 압니다. 자, 이제 진실을 말할 마지막 기회를 드리죠. 제 자료 정리가 끝나면 그때는 더 이상 말할 기회가 없습니다."

"협박하는 겁니까?"

"그렇습니다."

우리 둘은 그대로 얼어붙은 것처럼 서로를 노려봤다. 소리 없는 눈싸움이 꽤 오랫동안 이어졌다.

"무슨 뜻인지 확실히 알겠습니다." 내가 말했다.

나는 지금 탐정 놀이를 하는 것도, 돈을 뜯어내려는 것도 아니라는 것을 보여 주기 위해 일부러 매몰차게 뒤돌아 걸어갔다. 세 걸음, 다섯 걸음, 이제 곧 커피숍 자동문이 코앞에 닥칠 즈음…….

"잠깐만요."

나는 일부러 센 척하고 몸을 돌렸지만 과장된 연기력에 손발이 오그라들었다.

"제가 말하면 보장해 줄 수 있습니까?"

"뭘 말입니까?"

"이 일이 새어 나가 세상이 시끄러워지지 않길 바랍니다."

"그건 보장할 수 없습니다. 제 임무는 의뢰받은 일을 책임지고 처리하는 것이라서, 뒷일이 어떻게 될지는 장담할 수 없습니다. 하지만 제가 아는 한 의뢰인은 시끄러운 것을 좋아하지 않습니다. 누구를 해치거나 망가뜨릴 사람도 아니죠. 단지 의뢰인은 무슨 일이 있었는지 알고 싶어 할 뿐입니다."

닥터 저우가 사실을 털어놓을지 말지 망설일 때 점원이 커피 두 잔을 가져왔다. 커피를 쭈뼛쭈뼛 내려놓는 것을 보니 나와 닥터 저우 사이에 흐르는 긴장감을 눈치챈 것 같았다. 겁먹은 점원은 "맛있게 드세요." 하고는 재빨리 카운터로 돌아갔다.

"어떻게 하실 겁니까, 저우 선생님?"

닥터 저우는 여전히 고민했다.

"저우 선생님?"

나는 기본적인 취조 기술에 따라 상대를 '저우 선생님'이라고 불렀다. 또한 그가 압박감을 느끼도록 '저우 선생님'을 반복할 때마다 힘주어 말했다.

"저우 선생님, 선생님이 말씀하시지 않아도 조사하면 다 나옵니다. 세 분이 스리섬을 한 게 그리 큰일은 아니죠. 안 그렇습니까?"

"우리가 뭘 했다고요? 셋이…….” 닥터 저우는 말을 채 끝맺지도 못하고 실소를 터뜨렸다. 웃음소리도 표정만큼이나 처량했다.

"아닙니까?"

추리가 틀렸나? 남자 둘과 여자 하나가 모텔에서 할 수 있는 게 또 뭐가 있을까?

"저는 지금 그 사람들에게 협박을 받고 있어요."

마침내 그가 입을 열었다. 나는 너무 감동한 나머지 잠시 아무 말도 하지 못했다.

"무슨 협박이죠?"

"한 달 전 어느 날, 미스 추라는 여자에게 전화가 왔어요. 제가 보건 복지부에 낸 자료가 사실과 다르다면서요. 미스 추는 자기 친구가 보건 복지부에서 일하는데, 그 친구가 마음만 먹으면 제 보고서를 통과시킬 수도 있고 허위 보고로 신고할 수도 있다고 말했어요. 그 말인즉 앞으로 어떻게 될지는 순전히 제 선택에 달렸다는 뜻이었죠.

원하는 게 뭐냐고 묻자 미스 추는 서두르지 말고, 일단 자료를 보내 줄 테니 자기 말이 진짜인지 거짓인지 직접 확인해 보라고 했어요. 사흘 뒤, 자료가 우편으로 왔습니다. 제가 올린 보고서였죠. 제가 허위로 작성한 부분을 미스 추가 노란 형광펜으로 전부 표시해 놨더라고요. 정말 빈틈없이 작성했는데, 어떻게 귀신같이 발견했는지 도무지 이해가 안 됐어요. 그런데 나중에 이런 생각이 들더라고요. 그녀가 말한 보건 복지부에서 일하는 친구가 고위층이거나 탈세를 조사하는 부서 소속이라면 제 환자들의 자료에 접근해 의심적은 부분에 대해 환자들에게 직접 물어봤을 수도 있겠구나, 환자들에게는 자신이 연락한 것을 비밀로 해 달라고 하면 그만인 거죠.

생각이 여기에 미치자 미스 추가 장난치는 게 아니라는 것을 알겠더라고요. 이틀 뒤에 미스 추가 다시 전화해서 이제 확실히 알겠냐고 말했을 때 그렇다고 대답하고 앞으로 어떻게 할 거냐고 물었어요. 그랬더니 대뜸 어떤 액수를 부르지 뭡니까. 저는 그렇게 많은 돈을 준비할 수 없다고 말했고, 그 뒤로 약간의 흥정을 해서 최종 금액을 정했어요."

"얼마였죠?"

"15만 위안요."

"그 뒤에 어떻게 됐나요?"

나는 머릿속으로 15만 나누기 2를 해서 린 선생과 미스 추가 각각 7만 5000위안씩 나눠 가졌겠구나 생각했다.

"그들이 제게 약속 시간과 모텔을 지정해 줬어요. 저는 두 가지를 요구했죠. 첫 번째는 두 사람 다 만나야겠다, 신분증도 확인해야겠다 하는 것이었어요. 상대가 누군지도 모른 채 큰돈을 날릴 수는 없잖아요. 그들도 똑같이 리스크가 있어야죠. 두 번째는 보고서가 꼭 통과된다는 보장이 있어야 한다, 그리고 그들이 접촉한 환자에게 연락해 일을 바로잡아 달라 하는 것이었어요. 안 그러면 제가 더 큰 손해를 보게 될 테니까요."

"미스 추의 이름이 뭔가요?"

"추이쥔이에요."

"좋은 이름이군요."

"제 사정은 대충 이렇습니다."

"마지막 질문입니다. 모텔에서는 어떻게 거래했습니까?"

"일단 휴대 전화로 연락했어요. 체크인을 하고 미스 추에게 전화했죠. 삼 분 뒤에 미스 추가 문을 열어 줘서 그들이 있는 방에 들어갔어요."

"저우 선생님은 돈을 넘기고 그 사람들은 신분증을 보여 주고, 그걸로 끝이었나요?"

"아니요. 린 선생이 개인적으로 가져온 노트북에 비밀번호를 치고 보건 복지부 내부 자료실에 들어가 제가 보는 앞에서 직접 '통과' 버튼을 눌러 보고서를 제출했어요. 그다음에는 미스 추가 제 환자들에게 전화해 지난번 일은 전산 장애 때문에 빚어진 해프닝이었고 닥터 저우는 아무 잘못이 없다고 해명했어요. 이 모든 게 끝난 뒤에 돈을 건넸습니다."

"그렇군요. 말씀해 주셔서 감사합니다."

내가 막 자리에서 일어나는데, 닥터 저우가 갑자기 몸을 앞으로 숙이며 내 왼손을 잡았다.

"앞으로 저는 어떻게 되는 거죠?"

닥터 저우를 싸늘히 쳐다보자 그는 잡았던 내 손을 놨다.

"저도 모르겠습니다."

"그냥 벌벌 떨면서 기다리는 수밖에 없겠군요." 그가 자조적으로 말했다.

"맞습니다. 그냥 떨면서 기다리십시오."

이 말을 마지막으로 나는 커피숍을 나왔다.

3

반나절 고생한 끝에 린 선생과 미스 추가 한 쌍의 원앙 같은 도둑들이라는 것을 알아냈다. 사건은 내가 생각한 것보다 훨씬 복잡했다. 하지만 사건의 본질이 외도에서 외도가 아닌 관계로 바뀌고, 매개체가 욕정에서 돈으로 변한 점만 빼면 이 사건은 별로 복잡하지도 않고 창의적이지도 않다. 이제 린 선생의 수수께끼는 대략적으로 밝혀졌다. 하지만 여전히 짙은 안개 속에 갇혀 있는 딸의 일은 어떻게 알아내야 할까?

갑자기 휴대 전화 벨이 울렸다.

"여보세요?"

"여보세요 같은 소리 하고 있네. 나다, 이놈아!"

"아, 어머니. 무슨 일이세요?"

"아들한테 전화하는데 꼭 일이 있어야 하냐?"

"그런 뜻이 아니잖아요."

"뭘 하고 다니느라 한동안 연락이 없어? 어느 날 이 어미가 하늘나라로 가도 모르겠다."

"동생이 전화하겠죠."

"망할 놈 같으니라고! 요새 바쁘냐? 돈 좀 벌어?"

"네. 요새 사건 해결 중이에요."

"네가 사건을 왜 해결해! 정신 못 차리고 나쁜 놈들하고 어울려 다니면 큰일 난다!"

"나쁜 놈 잡는 거니까 걱정 마세요. 참, 뭐 좀 여쭤볼게요. 혹시 보건 복지부에 아는 분 계세요?"

"당연하지. 내가 모르는 사람도 있더냐?"

"소개해 주실 수 있어요? 조언 좀 구하려고요."

"조언? 그거 그냥 내가 해 주면 안 되냐?"

"전문적인 거라서 어머니는 몰라요."

"똥을 싸라, 이놈아! 내가 모르는 게 어디 있어!"

"어머니, 저 심각해요. 제발 부탁이에요."

뚜뚜. 전화가 끊겼다. 마지막 인사말도 없이 전화를 끊는 것은 어머니 특유의 전화 예절이다. 어머니는 내게 전화해서 단 한 번도 '우청이니? 엄마야.'라고 대화를 시작한 적이 없다. 그래서 나도 '어머니, 우청이에요.'라고 말하는 단계를 늘 건너뛴다. 우리 모자는 할 말이 있을 때 에두르지 않고 단도직입적으로 본론에 들어가고, 전화를 끊을 때도 굳이 '아들아, 잘 지내라.'나 '어머니, 건강 잘 챙기세요.'라고 말하지 않는다. 우리 모자의 소통 방식은 어머니의 표현을 빌리면 신속히 불을 끄고 총총히 사라지는 소방대의 행동 방식과 같다.

아니나 다를까, 십 분 뒤에 다시 어머니에게 전화가 왔다.

"한 명 찾았다. 천 씨야. 아샤의 작은 외삼촌. 아샤가 누군지는 알지?"

"몰라요."

어머니는 인맥이 넓어서 각계각층에 모르는 사람이 없다. 그러니 그 많은 사람들 중에 아샤가 누구인지 내가 어떻게 알겠는가.

"아샤가 누구냐면……."

어머니는 긴 시간에 걸쳐 아샤가 언제 결혼했다가 언제 이혼했고, 언제 다시 남자를 만나기 시작해 언제 재혼했는지 일대기를 쭉 설명했다. 가만히 듣고 있자니 손목이 쑤셔서 수화기를 어깨에 걸친 채로 술도 마시고 담배도 피웠다.

"전화번호가 어떻게 돼요?" 마침내 끼어들 틈을 찾았다.

"불러 줄 테니 받아 적어."

어머니는 전화번호를 불러 주고 나서 잊지 않고 당부의 말을 남겼다.

"누굴 대하든 친절해라. 꼭 예의도 지키고."

"알겠어요."

"천 씨가 술을 그렇게 좋아한다더라. 술 한잔 사 주면 술술 알려 줄 게다."

"잘됐네요. 저기……."

아직 할 말이 남았건만 전화는 이미 끊어졌다.

시계를 보니 8시 전이었다. 술 좋아하는 사람에게는 이제 겨우 초저녁일 것이다. 잘하면 지금 당장 전화해도 충분히 만날 수 있을 것 같았다.

나는 자기소개부터 했다. 시큰둥하던 천 선생의 말투는 '우 여사의 아들'이라는 말을 듣자마자 친절하게 바뀌었다. 아무래도 약방의 감초처럼 끼어들기를 좋아하는 어머니가 미리 연락해 놓은 모양이었다.

오늘 밤 술 한잔할 수 있냐는 내 말에 천 선생은 더없이 밝은 목소리로 대답했다.

"좋죠. 어디서 만날까요?"

"일대가인 어떻습니까?"

앉은 지 십 분도 안 돼 천 선생은 맥주를 두 병이나 비웠다.

의료계를 은퇴하고 지금은 보건 복지부 고문으로 일하는 천 선생은 자기 입으로 보건 복지부에서 두 번째로 잘나가는 실세라고 말했다.

"보건 복지부에 대해 말하려면 한도 끝도 없어요." 천 선생은 후유 하고 긴 한숨을 쉬었다. "1994년 3월 1일 격랑의 한복판에서 전 국민에 대한 의료 보험이 시행됐습니다……."

"천 선생님, 보건 복지부의 역사에 관한 이야기는 잠시 접어 두

셔야 할 것 같습니다. 저는 보건 복지부의 폐단에 대해 듣고 싶습니다."

"아이고! 폐단이 어디 한두 가지여야지. 세상에 완벽한 제도는 없잖아요."

"보건 복지부의 재정이 열악한 것이 혹시 내부적인 폐단 때문인가요?"

"총 세 가지 측면에서 말할 수 있어요. 첫 번째는 공무원들이 살림을 너무 엉망으로 했어요. 타이베이시만 봐도 그래요. 지금까지 보건 복지부에서 수백억 위안을 빌려 썼지만 갚기는커녕 행정 소송을 걸었어요! 두 번째는 못돼 먹은 병원과 의사들이 각종 방법을 동원해 의료 보험금을 편취해서 그래요. 젊은 양반, 이건 그냥 인간의 본성이에요. 마지막으로 의료 보험이 실시된 이후에 타이완 사람들이 아픈 것을 너무 좋아하게 됐어요. 사람들은 조금만 아파도 병원에 가고, 심지어 아무 이상이 없는데도 병원에 가요. 가 봤자 한 번에 200위안밖에 안 드니 얼마나 쌉니까. 약도 탈 수 있고. 병원 가기가 주방을 들락날락하는 것만큼 쉬워진 거죠."

"의사들은 어떤 방법으로 돈을 타내나요?"

"의료 보험이 생겨서 국민들은 좋아했지만 의사들은 울상을 지었어요. 왜냐? 수입이 거의 절반으로 줄었거든."

"그래도 일반 국민보다 많이 벌잖아요."

"젊은 양반, 내가 뭐랬어요. 이건 그냥 인간의 본성이라니까."

"맞습니다."

"의료 보험금을 어떻게 타내냐, 뭐 방법은 셀 수 없이 많아요. 병원과 의사가 한패가 되는가 하면, 의사와 환자가 한통속이 되기도 하고, 환자 몰래 의사가 서류를 꾸미고, 환자 수를 조작하기도 해요. 아주 가지가지죠. 당신이 상상할 수 있는 모든 꼼수를 다 쓴다고 생각하면 될 겁니다. 보험금을 허위로 청구하는 명목도 다양해요. 환자의 내원 기록을 조작하거나 아예 없는 병력을 만들고, 중복 치료한 것으로 꾸미기도 하고, 약값이나 물리 치료 비용을 허위로 청구하기도 하고, 아주 각양각색이에요."

"천 선생님, 내부적으로 도둑질을 할 수도 있습니까?"

"무슨 뜻이죠?"

"보건 복지부 직원이 중간에서 보험금을 가로챌 수도 있냐는 겁니다."

천 선생은 잠시 생각하더니 신중하게 말했다. "가로챌 수도 있죠. 하지만 아직까지 그런 사례는 없었어요."

"가능하다면 어떤 방식으로 가로챌까요?"

"어떤 방식이라……. 두 가지 가능성이 있어요. 첫 번째는 안팎으로 결탁하면 돼요. 무슨 말인고 하니, 보건 복지부 직원이 의사나 병원과 짜고 심사할 때 비리를 축소하거나 아예 눈감아 주는 거죠. 이러려면 보건 복지부 직원이 반드시 고위층이거나 감사부 소속이어야 해요. 두 번째 가능성은 거의 불가능한데……."

"네?"

천 선생이 취해서 혀가 꼬인 건지 내가 취해서 잘못 들은 건지 잠시 분간이 되지 않았다.

"보건 복지부 직원이 허위 보고서를 발견했는데, 윗선에 보고하지 않고 허위 보고서 작성자를 협박할 수도 있어요. 하지만 이럴 가능성은 희박해요."

"왜죠?"

"리스크가 너무 커요. 공격을 다 앞뒤에서 받을 수 있으니까요.

앞에서는 윗선을 방어해야 하고, 뒤에서는 협박받은 사람이 경찰에 신고하지 못하도록 입을 막거나 아예 죽여야 해요!"

"누군가 감히 저지를 수도 있죠."

"감히 저지르고 말고 할 문제가 아니라 수지가 안 맞아요! 수작을 부린다면 대형 병원은 좀 힘드니까 소형 병원을 건드릴 텐데, 그래 봤자 얼마나 받겠어요. 안 그래요? 리스크에 비해 이윤이 턱없이 적어요. 만에 하나 죄상이 백일하에 낱낱이 드러나면 횡령과 협박 두 가지 죄를 다 짊어져야 하는데, 나라면 이런 짓 절대 안 해요. 미치지 않고서야!"

"그런 미치광이가 있습니다."

술을 한 모금만 더 마시면 내가 알고 있는 내용을 전부 털어놓을 것 같았다.

"누구요?"

천 선생이 눈을 가늘게 뜨고 나를 쳐다봤다.

"뭐 아는 거 있습니까?"

4

이 사건의 핵심은 린 부인의 딸에게 있다. 사건의 진상이 절반 정도 밝혀지기는 했다. 문제는 상대적으로 덜 중요한 부분이라는 것이다. 린 부인이 가장 궁금해하는 것은 대체 딸에게 무슨 일이 일어났는가 하는 것이다. 물론 린 부인의 딸을 미행할 수도 있다. 하지만 온종일 학교에 있다가 수업이 끝나면 집에 돌아가는 것이 일과의 전부인 딸에게 어떤 뜻밖의 일이 일어나겠는가. 딸의 돌변은 반드시 린 선생과 관계가 있다. 이 점은 의심의 여지가 없다. 하지만 린 부인은 남편이 딸을 건드렸을 리 없다고 몇 번이나 장담했다. 그렇다고 린 부인의 말을 철석같이 믿을 수도 없다. 강간의 비극은 대부분 한쪽 배우자 몰래 또는 배우자가 의심스럽지만 현실을 인정하고 싶지 않아 외면할 때 계속 일어난다. 물론 린 선생의 경우 성폭행 가능성은 매우 낮다. 린 부인은 결코 타조처럼 땅에 머리를 박고 '난 아무것도 몰라요.' 하고 말할 사람이 아니다. 그녀는 매우 예민하고 눈치가 빠르다. 그리고 지금까지 린 선생을 관찰한 결과, 몹쓸 짐승이기는 하지만 딸에게 그런 짓을 할 개돼지는 아니다.

나는 노트 왼쪽에 '린 부인의 딸'이라고 적고, 오른쪽에 '린 선생과 미스 추'라고 적은 다음 선을 그어 둘을 연결했다. 선을 따라서 또 선을 그리고 더 굵은 선을 긋고 계속 선을 따라 그리다 보니 얇은 선이 어느새 굵어지고 종이가 찢어지려고 했다. 나는 펜을 내던지고 한숨을 쉬었다. 이 빈약한 상상력을 어쩌면 좋을까. 아무리 머리를 쥐어짜도 당최 다른 가능성이 떠오르지 않았다. 어떻게 하면 두 평행선을 맞닿게 할 수 있을까? 물리적으로 불가능한 일이지만 사람의 일이라면 또 어떻게 될지 모른다. 물리적으로 불가능한 일이 사람들 사이에서 빈번하게 일어나니 말이다.

나는 다음 페이지로 넘어가 '린 부인의 딸', '린 선생', '미스 추'라고 적고 각각의 이름에 동그라미를 쳤다. 그러고는 하나씩 제거하기 시작했는데, 맨 먼저 '린 부인의 딸'에 엑스 표시를 하고 뒤이어 '린 선생'에 엑스 표시를 했다. 두 사람에게 직접적으로 강간 여부를 묻는 것은 거의 불가능했다. 이제 남은 사람은 '미스 추', 유일하게 손을 쓸 수 있는 대상이다. 나는 그녀의 이름에 동그라미를 치고 다시 '큰 행동'에 나서기로 했다.

나는 몇 가지 전략을 짠 다음 모든 사진을 CD 한 장에 담았다. 린 선생과 미스 추가 만나는 과정이 고스란히 담긴 사진도 물론 중요하지만 나와 닥터 저우가 만나는 모습을 톈라이가 휴대 전화로 찍은 증거 사진이 더더욱 중요했다. 뒤이어 나는 컴퓨터로 익명의 편지를 썼다.

미스 추에게

CD에 사진이 들어 있습니다. 나는 당신이 어떤 수작을 어떻게 부렸는지 다 알고 있습니다. 앞으로 이십사 시간을 줄 테니 그 안에 '0922……'로 전화하십시오. 그러지 않으면 뒷일을 책임져야 할 것입니다.

추신 : 미스터 린과 상의할 생각은 마십시오. 그에게 어떤 말이라도 흘리면 경찰에 신고하겠습니다. 뭐, 그렇게 되면 내게 전화할 필요도 없겠군요.

마지막으로 부칠 물건들을 모조리 가죽 봉투에 담았다. CD와 협박 편지 외에 Bonsai가 린 선생에게 보낸 이메일 두 통과 노란 형광펜으로 의심스러운 부분을 표시한 보고서도 첨부했다.

지룽루와 허핑둥루의 경계에 있는 우체국에서 미스 추가 근무하는 병원에 빠른우편으로 소포를 보냈다.

그날 저녁에 극도로 흥분하고 초조해진 나는 휴대 전화가 꺼지지 않도록 가득 충전해 놨다. 게다가 미스 추가 킬러를 고용해서 나를 처리하면 어쩌나 겁이 덜컥 나서 현관문과 창문을 제대로 잠갔는지 두 번 세 번 확인했다.

밤새 아무 일도 일어나지 않았지만 나는 한숨도 못 잤다. 전화가 온 건 이튿날 오전 10시가 넘어서였다.

"여보세요? 미스 추입니다." 목소리가 찬물을 뒤집어쓴 것처럼 차가웠다.

"아, 안녕하세요. 소포는 잘 받았습니까?"

"당신 누구야?"

"알 거 없습니다. 만나면 자연히 알게 되겠죠."

"뭘 어떻게 하려는 거죠?"

"……." 나는 일부러 대답하지 않았다.

"돈을 원하는 거라면……."

"돈 이야기건 뭐건 만나서 합시다."

"언제 만날까요?"

"오늘 오후 12시 30분 어떻습니까? 미스터 린과 허튼수작 부리는 건 아니죠?"

"아니에요."

미스 추의 목소리에서 내 조롱 섞인 말투를 싫어한다는 것이 확느껴졌다.

"내가 시키는 대로 하지 않고 미스터 린에게 알린 건 아니겠죠?"

"안 알렸어요."

"정말입니까? 내 친구가 미스터 린을 감시할 겁니다. 만에 하나 그에게서 이상한 조짐이 발견되면 바로 연락이 올 거고, 그러면 오늘 만나기로 한 약속은 자동으로 취소됩니다."

"안 알렸다니까요. 정말이에요."

"좋습니다. 적으세요. 타이완 방송국 옆, 시립 사회 교육 회관 맞은편 카페에서 만납시다. 파더루에 있어요."

"당신을 어떻게 알아보죠?"

"걱정 마십시오. 내가 당신을 알아볼 겁니다."

5

나는 약속 시간보다 사십 분 일찍 도착했다.

12시 25분, 미스 추가 소포를 들고 자동문 앞에 모습을 드러냈다. 사방을 두리번거리던 그녀는 손을 번쩍 든 나를 발견하고 천천히 걸어왔다. 내가 어떤 사람인지 조심스럽게 관찰하는 것 같아서 아예 대놓고 실컷 보라는 뜻에서 자리에서 일어나기까지 했다.

"뭐 좀 마시겠습니까?"

"아니요. 빨리 본론으로 들어가죠."

"좋습니다. 내 명함입니다." 나는 명함을 건넸다.

미스 추가 명함을 살폈다. "흥신소 직원인가요?"

나는 대답하지 않았다. 다음번에 누가 나를 또 흥신소에서 나온 직원 취급하면 그때는 그 자리에서 멱살을 잡고 '사설탐정과 흥신소 직원의 같은 점과 다른 점'에 대해 일장 연설을 해 줄 테다.

"누가 고용했죠?"

"나를 고용한 분은…… 린 부인입니다."

미스 추의 얼굴에 긴장이 풀리고 혈색이 돌아왔다. 내가 깡패 집단의 일원이 아닌 것에 매우 기뻐하는 눈치였다.

"린 부인은 당신과 린 선생이 바람피우는 것만으로도 충분히 화가 났습니다. 그런데 둘이 간통 파트너일 뿐 아니라 협박 파트너인 것을 알고 완전히 분노했죠. 세상에 폭로하려는 것을 간신히 말렸습니다."

물론 거짓말이다. 나는 아직 린 부인에게 최신 상황을 보고하지 않았다.

"듣기 거북하네요. 우리는 간통하는 그런 사이가 아니에요."

"그러면 그냥 같이 협박만 하는 거다?"

"린 부인이 원하는 게 뭐죠? 당신은 뭘 원해요?"

"린 부인은 돈을 원하지 않습니다."

"당신은요?"

"나 역시 돈은 필요 없어요. 잘 들어요. 난 사설탐정이에요. 협박꾼이 아니라 사설탐정이라고요."

미스 추는 '당신들이 원하는 게 대체 뭐야.' 하는 표정이었다.

"제가 알고 싶은 것이 한 가지 있습니다. 당신과 린 선생 사이의 일을 린 선생의 딸에게 들켰습니까?"

갑자기 미스 추의 안색이 확 바뀌었다. 붉으락푸르락하고 시선을 한곳에 두지 못해서 잠시 그녀의 표정을 읽을 수 없었다.

6

그날 오후에 부글부글 끓는 속을 꾹 참고 있는 린 부인을 리샹 공원의 오른쪽 고무나무 그늘 아래 돌 벤치에서 만났다.

"따님은 아무 일도 당하지 않았습니다."

이 말을 시작으로 사건의 전후 관계를 줄줄 말했다.

"사모님도 알다시피 남편분은 보건 복지부에서 보고서를 심사하는 일을 합니다. 그런데 남편분이 담당하는 지역이 타이베이현인 건 잘 모르셨을 거예요. 일 년 반 전쯤 어느 날, 남편분은 싼충시의 한 병원이 올린 보고서에서 의심스러운 정황을 발견했습니다. 허위 보고가 의심됐죠. 그래서 신중을 기하기 위해 해당 병원 책임자에게 보충 자료를 요청했습니다. 그런데 뜻밖에도 이튿날 미스 추라는 책임자에게 전화가 왔습니다. 미스 추는 해당 병원 원장의 외손녀이자 회계부장이었죠. 보건 복지부에 보고서를 제출하는 것은 그녀의 중요한 업무 중 하나였습니다. 미스 추는 남편분께 만나서 이야기하자고 했고, 남편분도 그러자고 했습니다. 남편분이 왜 미스 추를 만났는지 모르겠지만, 이때 이미 뇌물을 받기로 결심한 것 같습니다.

중간 과정은 예상이 가능하니 생략하겠습니다. 결국 남편분은 30만 위안을 뇌물로 받고 미스 추가 근무하는 병원의 허위 보고서를 통과시켰습니다. 이후에 미스 추는 남편분께 둘이 팀을 이뤄 현에 있는 다른 병원에게도 같은 방법으로 돈을 뜯어내자고 제의했습니다.

두 사람은 환상의 파트너였습니다. 미스 추는 보고서 작성 업무를 손바닥 들여다보듯 훤히 알고, 제도의 허점과 허위 보고 수법에 대해서도 매우 잘 알았습니다. 남편분은 직급이 높고 타이베이 현에 있는 모든 병원의 보고서를 직접 다루기 때문에 보건 복지부 내부 컴퓨터로 기밀 자료를 쉽게 빼낼 수 있었습니다. 환자의 전화번호와 주소 같은 거 말이죠. 돈맛을 알게 된 남편분은 미스 추와 손잡고 일 년여 동안 병원 여섯 곳을 협박했습니다. 물론 이건 미스 추의 말이고, 저는 그 이상일 거라고 추측합니다.

두 사람은 안팎으로 뛰어나게 활약했습니다. 남편분이 문제의 보고서를 발견하면 미스 추가 한 번 더 검토해서 문제점을 확실히 파악하고 해당 병원 의사에게 연락했어요. 두 사람은 겁이 없었습니다. 믿는 구석이 있었으니까요. 의사들이 감히 경찰에 신고하지 못할 걸 알았던 거죠. 그들은 10만 위안에서 15만 위안 등 다양한 금액을 요구했습니다. 둘이 모든 상황을 통제했기 때문에 정말 의사들은 눈 뜨고 코 베이는 꼴로 당할 수밖에 없었죠. 남편분과 미스 추가 유일하게 조심한 건 '절제'였습니다. 남편분이 일일이 협박하기 힘들 정도로 보고서를 허위로 작성한 병원이 많았습니다. 그래서 남편분은 큰 문제가 있는 보고서만 골라서 병원을 협박했고, 윗선의 의심을 피할 수 있었습니다.

협박 초기부터 얼굴을 내밀 필요는 없었습니다. 미스 추는 전화로 상대를 탐색하고 그 의사가 미끼를 덥석 물면 증거를 보내 쩔쩔매면서 순순히 말을 듣게 만들었죠. 가격, 지불 방식, 시간에 관한 건 모두 전화로 이야기를 끝내고 남편분과 미스 추는 돈을 받는 당일에만 모습을 드러냈습니다. 원래 남편분은 끝까지 신분을 노출하지 않고 투명 인간처럼 남을 계획이었지만, 상대 의사들도 바보가 아니었죠. 전부 타이완에서 내로라하는 수재들이니까요. 그들은 남편분이 직접 나타나야 돈을 주겠다고 말했습니다. 이렇게 해서 협박 하는 자는 신분이 노출되는 약점을 갖게 되고, 협박 당하는 자는 보고서의 안전한 통과를 보장받았습니다.

남들의 이목을 피하기 위해 남편분과 미스 추는 네티즌의 평점이 좋지 않은 외진 모텔만 골라 거래를 진행했습니다. 게다가 남편분은 동료들에게 들킬까 봐 먼저 시내버스를 타고 이동한 뒤에 미스 추를 만나는 방법을 썼습니다. 미스 추는 상황을 심각하게 생각하지 않았기 때문에 이 방법을 번거로워했습니다. 까짓것 들켜 봐야 바람피운다는 오해를 받으면 그만이니까요. 하지만 남편분은 이 방법을 끝까지 고수했고 미스 추는 따를 수밖에 없었습니다. 두 사람이 정보를 주고받은 곳은 인터넷입니다. 남편분은 스카이프로 Bonsai라는 아이디와 채팅을 하며 문제가 있는 보고서에 대해 토론한 다음 목표를 정했죠. 그러고는 회사에서 자료를 몰래 빼내

CD에 저장하고 미스 추를 만났을 때 건넸습니다. 손안에 든 쥐를 잡으러 가는 길에 새로 잡을 쥐를 정한 셈이죠. 남편분은 극도로 신중했고 빈틈없이 행동했습니다. 점심시간에 외출할 때마다 신문을 들고 다녔는데 가끔씩 그 속에 CD를 숨겼습니다.

사건은 5월 23일에 일어났습니다. 아빠를 대하는 따님의 태도가 돌변하게 된 사건 말이죠. 그날 남편분과 미스 추는 문제의 보고서를 제출한 의사와 선컹의 어느 모텔에서 만나기로 약속했습니다. 계획대로 거래가 끝나고 상대가 모텔을 떠난 것을 확인한 뒤에 남편분과 미스 추도 타이베이로 돌아갈 준비를 했습니다.

차에 앉은 두 사람이 리모컨으로 철문을 열고 나와 좌회전할 때였답니다. 날카로운 비명 소리와 함께 따님이 반쯤 열린 맞은편 철문에서 뛰어나와 BMW 앞을 가로막더니 보닛을 힘껏 내리치고 울면서 '부탁이에요. 저 좀 태워 주세요!'라고 말했대요. 미스 추도 깜짝 놀랐고 남편분도 크게 놀랐습니다. 그렇게 두 사람이 놀라서 얼이 빠져 있을 때 따님이 그만 차 안에 있는 남자가 아빠라는 것을 알아채고 말았죠. 남편분이 뒤늦게 차 문을 열고 나갔을 때는 이미 따님이 그 자리에 없었고, 모텔 밖까지 나와 봤지만 어디서도 따님을 발견할 수 없었답니다.

미스 추는 따님의 매무새가 단정했던 것으로 봐서 큰일을 당한 것 같지 않다고 말했습니다. 모텔을 떠나기 전에 남편분이 경비에게 물었더니, 따님이 오 분 전에 어떤 남자의 차를 타고 모텔에 들어왔고, 잠시 딴 일을 하다가 뒤돌아보니 죽기 살기로 모텔 밖으로 뛰어나가 택시를 타고 떠났다고 말했답니다.

이후 따님은 아빠가 엄마를 배신하고 바람피운다고 생각했지만 사실을 털어놓을 수 없었어요. 그러려면 자신이 모텔에 있었던 이유를 설명해야 하니까요. 남편분도 사모님이나 따님에게 솔직하게 털어놓을 수 없었습니다. 지난 일 년여 동안 뇌물을 받은 사실을 알리고 싶지 않았던 거죠.

가장 이해할 수 없는 점은 이 일이 있은 뒤에 남편분이 왜 협박 행위를 완전히 또는 일시적으로 멈추지 않았냐는 것입니다. 이유를 물어보니 미스 추는 남편분이 멈추지 못할 정도로 심각하게 중독됐다고 말했습니다. 뭐에 중독됐냐, 범죄에 중독됐냐고 묻자 미스 추는 그게 아니라 남편분 머릿속에는 오로지 식물밖에 없다고 대답했습니다. 거의 귀신에 홀린 정도라고 했어요. 처음 미스 추가 건넨 30만 위안을 받은 뒤에 함께 범죄를 저지른 것도 돈을 마련하기 위해서였는데, 진짜 목적은 돈이 아니었습니다. 남편분이 욕심낸 건 따로 있었죠. 바로 온실에 최신 설비를 갖추고 최고급 분재를 사는 것입니다."

생애 최초로 맡은 사건이 이렇게 끝났다. 하지만 사건을 해결한 기쁨은 폭포처럼 흐르는 린 부인의 눈물에 흔적도 없이 씻겨 내려 갔다.

사소한 것도 놓치지 않고

1

사건을 해결하고 이틀이 지나도록 린 부인에게 아무런 기별이 없었다. 뒷일이 걱정되기는 했지만 린 부인을 방해하지 않기로 했다. 그런데 사흘째 되는 날 별안간 린 부인이 휴대 전화로 문자 메시지를 보냈다.

'탐정님 계좌로 비용을 송금했습니다. 조회해 보세요.'

나는 답신을 보냈다.

'감사합니다. 잘 지내시는지요? 도움이 필요할 때 언제든지 연락 주십시오.'

몇 분 뒤 린 부인에게 답장이 왔다.

'이제부터는 제가 알아서 하겠습니다. 감사합니다.'

이후 수일간 다시 연락이 끊겼다.

2

막다른 골목에서 펼쳐지는 삶에도 미약하나마 무시할 수 없는 변화가 일어났다.

활동 범위가 점점 넓어지고, 자기방어를 위해 스스로 입은 갑옷을 하나둘 벗어던지는 것은 은거 생활에서 크게 벗어나는 행위다. 자고로 숨어 살려면 깊은 산속에 들어가는 것이 자연스러운 수순이다. 하지만 그러다가는 나 자신이 미치고 팔짝 뛰리라는 것을 잘 안다. 내 이런 모순된 습성을 일찍이 간파한 아내는 마지막 대화에서 이렇게 말했다.

"당신은 사람들을 증오하면서도 필요로 하는 불쌍한 인간이야!"

온종일 아내를 의심하느라 바쁜 텐라이를 말리기 위해 같이 술이나 한잔하자고 연락했다. 놀랍게도 텐라이는 늦은 시간에 아내혼자 집에 두기 싫다면서 내가 사는 곳 근처에 있는 호프집까지 자기 아내를 데리고 나왔다. 예상 밖의 상황에 나는 부부 문제를 상담해 주려고 했던 머저리 같은 계획을 집어치우고 이참에 나와 텐라이가 천생연분 같은 파트너가 된 것을 축하하기로 했다.

아신에게도 술 한잔하러 나오라고 전화했더니 아내가 웬일로 집에 일찍 들어와서 얌전히 있어야 한다고 했다. 나는 한턱낼 테니 부인과 아이들까지 다 데리고 나오라고 말했다. 몇 골목 떨어져 있었지만 아신이 쏜살같이 문을 닫고 달려오는 소리가 들리는 것 같았다.

잠시 뒤 두 부부와 나 그리고 아이들이 한 테이블에 둘러앉아 한바탕 신나게 먹고 마셨다. 텐라이와 아신은 서로 대화가 잘 통했고, 아신의 부인과 텐라이의 베트남 부인 샤오더도 마음이 잘 맞았다. 나는 아신의 아이들 샤오후이, 아저와 천진하게 장난쳤다. 텐라이의 말대로 샤오더는 타이완 사투리도 약간 할 줄 알고 표준어도 제법 잘 구사해서 일상적인 대화를 하는 데는 아무 지장이 없었다.

"샤오더, 혹시 일하고 싶은 생각 있어요? 우리 친정이 훠궈 식당을 하는데 괜찮으면 같이 일해요." 아신의 부인이 갑자기 말했다.

나는 무슨 소리인가 싶어 아신의 부인과 아신을 쳐다봤다.

아신이 설명했다. "아이들이 크니까 집사람 손길이 더 많이 필요하더라고요. 샤오더 씨가 식당에서 같이 일해 주면 집사람이 집에 있는 시간이 좀 더 많아질 거예요."

"어때요? 생각 있어요?" 아신의 부인이 재차 물었다.

"해도 돼요?" 샤오더가 텐라이를 보며 겸연쩍게 물었다.

텐라이는 우물쭈물 미소를 지었지만 좋아하는 기색은 아니었다. 나는 기회가 왔을 때 텐라이의 몹쓸 병을 고쳐 주기로 했다.

"잘됐네요, 텐라이! 아침에 출근하면서 식당까지 태워다 주고 저녁때 데리러 가면 되잖아요."

"그런가? 당신 생각은 어때?" 텐라이가 샤오더에게 물었다.

"잘 못할까 봐 걱정되지만 하고 싶어요." 샤오더가 말했다.

우리는 샤오더의 결정을 축하하며 연거푸 술잔을 부딪쳤다.

술잔이 한 바퀴 돌고 나서 나는 기루에서 담배를 피우며 아신과 나머지 사람들을 쳐다봤다. 그들의 모습은 내가 그토록 경멸한 세상의 또 다른 얼굴이었다. 가끔씩 인정하고 싶지 않거나 받아들일 수 없는 감동이 밀려들 때마다 당황스럽다. 겨우 저런 모습이나 보고 감동하려고 그토록 가정이라는 굴레에서 벗어나기 위해 애쓰고 인간관계를 철저히 박살 냈단 말인가? 대체 내가 어떤 상태였기에 그동안 사람들을 기피하는 오만한 자세로 감동마저 받지 않고자 애썼던 것일까?

"기루에서 담배 피우면 불법인 거 몰라요?"

뒤돌아보니 평상복으로 갈아입은 천 뚱이 서 있었다.

"아이고, 잡아가십시오!"

"공짜로 먹여 주고 재워 주고, 그렇게 세금을 낭비할 순 없죠."

"나를 재워 주겠다고? 그러면 너무 징그럽잖아."

"이런 분이 대학에서 학생들을 가르쳤다니, 믿기지가 않아요."

"아 참, 그 두 사건…… 어떻게 됐어?"

"함구령이 떨어졌어요." 천 뚱이 검지를 인중 근처에 갖다 댔다.

"말 안 해 줄 거면 가서 벌주나 세 잔 마셔. 참, 부인도 불러."

"부인요? 저 아직 총각이에요."

"어떤 여자를 만나려고 여태 장가를 안 갔어?"

"우리 쓸데없는 말은 그만하고 그냥 술이나 마셔요."

"이리 와. 소개해 줄 친구들이 있어."

술고래이자 분위기 메이커인 천 뚱의 합류로 모임은 더욱 즐거워졌다.

3

열흘 뒤, 마침내 린 부인이 전화를 걸어 리샹 공원에서 만나자고 했다.

우리는 또다시 고무나무 아래 돌 벤치에 앉았다.

"남편이 짐을 싸서 나갔어요. 탐정님께 사실을 전해 듣고 사흘 뒤에 딸아이를 친정에 보냈어요. 그러고는 집 안의 불을 모두 끈 채 어두컴컴한 옥상 작업실에 혼자 앉아 남편이 오기를 기다렸죠. 이윽고 남편이 현관문을 열고 들어오는 소리가 났고, 십 분쯤 뒤에 옥상 작업실 문이 열렸어요. 남편이 나를 보고 얼마나 놀랐는지 몰라요. 나는 남편을 놀래 주고 싶었어요."

"린 여사님, 그건 매우 위험한 행동이에요."

"이제 린 여사는 없어요. 천제루라고 불러 주세요."

"안녕하십니까, 천 여사님."

이렇게 말하고 나니 나 자신이 그렇게 바보 같을 수 없었다.

"단도직입적으로 조건을 말했어요. 네 가지 조건을요. 갑자기 생각이 안 나면 어쩌나 싶어서 종이에 적어 뒀는데 다행히 잊어버리지 않고 침착하게 잘 말했어요. 첫째, 최대한 빨리 이혼한다. 둘째, 집 명의를 내 앞으로 돌린다. 셋째, 남편이 벌이고 있는 추악한 짓을 당장 그만둔다. 넷째, 딸에게는 거짓말한다."

"거짓말요?"

"오랫동안 고민하고 결정한 일이에요. 처음에는 딸에게 사실대로 다 말해 줄까 생각했지만 딸이 더 큰 충격을 받을 것 같더라고요. 탐정님은 제 마음 이해하실 수 있나요? '사실 아빠는 바람피운 게 아니라 범죄를 저지르고 다녔어. 그리고 딸보다 식물이 더 중요하대.'라고 말한다면 어떨까요? 딸이 감당할 수 있겠어요? 그래서 남편에게 외도를 인정하는 거짓 편지를 쓰라고 했어요. '아빠가 엄마가 아닌 다른 여자를 좋아하게 됐어. 미안해.' 이런 내용으로요."

"따님 일은요?"

"그건 나중에 이야기해요."

"오늘 만난 김에 그냥 다 이야기해 주세요."

"그럴까요? 남편이 집을 나간 뒤에 딸에게 편지를 줬어요. 딸은 방에서 혼자 편지를 읽고 눈물범벅인 채로 나오더니 나를 꼭 안아 줬어요. 간신히 딸을 진정시키고 모텔에서 무슨 일이 있었는지 아빠가 다 이야기해 줬다고 말했어요. 그랬더니 갑자기 딸이 더 크게 우는 거예요. 저는 어릴 때 안아 줬던 것처럼 딸을 품에 안고 등을 토닥이면서 괜찮다, 어떤 일이 있었어도 다 괜찮다고 말해 줬죠. 딸은 아무 일도 없었고, 단지 자신이 너무 바보 같아서 창피하다고 말했어요. 그러고는 그날 있었던 일을 천천히 털어놨어요.

딸이 다니는 고등학교 옆에 패스트푸드점이 있어요. 딸은 학교가 끝나면 가끔 그곳에서 친구들과 감자튀김도 먹고 콜라도 마셔요. 그런데 갈 때마다 대학원생으로 보이는 젊은 남자가 있었대요. 그 남자는 늘 테이블에 영어 원서를 펼쳐 놓고 뭔가를 적었대요. 그러다가 옆 테이블에 앉은 여학생들과 눈이 마주치면 싱긋 웃어 주기도 했나 봐요. 그 남자가 늘 영어 원서를 펴 놓고 있으니까 어떤 여학생들은 그 남자에게 영어 문제를 물어보기도 했대요. 어쩌다가 한두 명씩요. 어느 날이었죠. 딸이 혼자 그곳에 갔는데 그 남자가 말을 걸었어요. 영어 단어를 외우는 비결도 가르쳐 줘서 딸은 전혀 의심하지 않고 그냥 친절한 오빠구나 생각했대요. 그러다 점점 좋아하게 된 거죠.

한번은 딸이 다음 주 화요일, 그러니까 5월 23일 학교 축제에 쓸 미술 재료를 사기 위해 점심시간에 밖에 나갈 거라고 이야기했대요. 그랬더니 그 남자가 친구들 몰래 자기랑 같이 교외에 바람 쐬러 가자고 하더래요. 딸은 그래도 되나 망설이다가 결국 그러기로 마음먹었고, 그 뒤에 그런 일이 일어난 거예요. 저는 딸이 무사해서 천만다행이라고 생각해요. 그 남자가 차를 몰고 선컹의 그 모텔에 들어갈 때 딸은 뒤늦게 뭔가 잘못됐다는 것을 알아차리고 모텔 철문이 닫히기 전에 잽싸게 뛰쳐나갔대요."

"따님이 어느 고등학교에 다니죠?"

"그건 왜요?"

"그냥 물어보는 겁니다."

천제루는 딸이 다니는 고등학교 이름을 말해 줬다.

헤어지기 전에 그녀는 내 손을 잡으며 고맙다고 말했다. 멀어져 가는 그녀의 뒷모습을 보고 있자니 뭔가 일이 깔끔하게 마무리된 것 같지 않은 찜찜한 기분이 들었다.

나는 잠시 생각한 끝에 행동을 취하기로 결정하고 텐라이에게 전화를 걸었다.

"내일 시간 돼요?" 내가 물었다.

"몇 시요?"

4

오후 4시 20분, 고등학교 수업이 끝나기 삼십 분 전에 나는 텐라이와 함께 린 부인의 딸이 다니는 고등학교가 있는 골목의 패스트푸드점 2층에 자리를 잡고 앉았다. 근처에 감자튀김을 파는 곳이 여기밖에 없으니 이곳이 틀림없을 것이다. 여기 오기 전에 텐라이에게 린 부인의 딸 이야기를 해 줬다. 그러자 텐라이는 불끈 화내며 그런 잡놈의 새끼는 당장 잡아야 한다고 말했다. 사전에 충분히 공부해 뒀으니 엉뚱한 사람을 잡는 일은 없을 것이다. 나는 린 부인, 아니 천제루를 놀래지 않으려고 다른 사람으로부터 정보를 입수했다.

"내가 누군지 기억납니까, 추이쿤 씨?"

"무슨 일이죠?"

미스 추에게 나는 검찰과 경찰에 이어 세 번째로 가장 만나기 싫은 사람일 것이다.

"뭣 좀 물어보려고 전화했습니다."

"뭐죠?"

"모텔에서 미스터 린의 딸과 마주친 날 말입니다. 혹시 그 남자가 어떤 차를 끌고 왔는지 봤나요?"

"……."

대답하고 싶지 않은 건지 기억이 안 나는 건지 알 수 없었다.

"차종은 모르겠지만 빨간색이었던 건 확실히 기억나요. 차체가 날렵하고 낮은 것이 꼭 스포츠카 같았어요."

"확실합니까?"

"색깔은 확실해요."

"감사합니다."

"우 탐정님, 저와 미스터 린의 일은……."

"요즘도 그러고 다닙니까?"

"이제 그런 짓 안 해요. 정말이에요. 미스터 린은 저하고 관계를 끊었어요. 다시는 연락하지 말라고 경고까지 했어요."

"안 한다니 다행이네요." 나는 반신반의하며 대답했다.

사실 귀찮아서 린 선생과 미스 추를 고발하지 않았다. 그들이 죄 없는 사람을 협박한 것도 아니고, 겨 묻은 개가 똥 묻은 개를 괴롭히는 이 싸움에서 대체 누가 진짜 피해자란 말인가. 더욱이 천제 루에게 모든 자료를 넘긴 뒤에 컴퓨터, 휴대 전화, 디지털카메라에 있는 기록을 일찌감치 싹 지웠기 때문에 내가 가진 자료는 하나도 없다.

이틀 동안 그놈이 나타나기를 기다렸지만 수상한 그림자도 구경하지 못하고 허탕만 쳤다.

"이놈이 여기서만 여학생들을 꼬시지는 않았을 거예요." 텐라이가 걱정에 싸여 말했다.

"아마도." 내가 말했다.

"그런데 이런 변태들이 외려 간은 콩알만 해요. 불안해서 늘 똑같은 패턴으로 행동하기 때문에 날마다 여기저기 돌아다니며 여학생들을 꼬시지는 못할 거예요. 확실한 날짜는 모르지만 언젠가 여기에 꼭 다시 나타날 겁니다."

그놈이 모습을 드러낸 것은 잠복 나흘째 되던 날이었다. 며칠 동안 눈이 빠지게 기다린지라 금세 알아봤다. 나이는 스물다섯 살쯤 돼 보였다. 반팔 셔츠에 청바지, 한껏 볼륨을 넣어 단정하게 빗어 넘긴 헤어스타일과 검정 뿔테 안경, 거기에 노트북까지, 누가 봐도 착실히 공부하는 대학원생 차림새였다. 하지만 나는 단번에 그가 가짜라는 것을 알아차렸다. 내가 아는 대학원생들은 죄다 가난해서 차를 끌고 다니며 여자를 꼬시는 일 따위 감히 꿈도 꾸지 못한다. 그리고 가짜 티가 가장 많이 나는 것은 그가 테이블 가장자리에 올려놓은 간단한 제목의 영어 원서 네 권이었다.(그냥 지나가는 척하며 책 제목을 자세히 봤다.) 각각 생리, 화학, 수학, 영어였다. 나 원 참, 요새 어느 대학원생이 이런 책을 보는가. 그 책들은 미끼가 틀림없었다.

5시가 넘어 남녀 고등학생들이 쟁반에 먹을 것을 담아 우르르 올라오자 패스트푸드점은 순식간에 시장 바닥처럼 시끌벅적해졌다.

사냥감이 시야에 들어오자 그놈은 바짝 긴장한 채 키보드를 두드리며 옆 테이블에 앉은 여학생 셋을 힐긋거렸다. 그러면서 대화 내용을 엿듣다가 갑자기 미소를 지으며 여학생들에게 말을 걸었다. 세련된 방법은 아니지만 효과가 있었다. 한 여학생은 그놈의 속내를 눈치채고 눈을 흘겼지만 나머지 두 여학생은 웃으며 대꾸했다. 실내가 너무 시끄러워서 대화 내용을 들을 수는 없었지만 절반 정도는 공부에 관한 이야기인 것 같았다. 그놈이 책을 한 권 꺼내 한 여학생에게 보여 주자 그 여학생은 몇 장 넘겨 보더니 다시 돌려줬다. 그놈은 그다음부터 더 이상 여학생들에게 말을 걸지 않고 오직 노트북에만 집중했다. 정말이지 감탄스러울 정도의 냉정함이었다. 세 여학생 중에 방금 전 책장을 넘겼던 여학생이 집에 가려고 자리에서 일어나면서 그놈에게 먼저 인사를 건넸다. 그놈의 입장에서는 1단계 작전이 성공한 셈이었다.

삼십 분 뒤, 학생들이 우르르 빠져나가고 패스트푸드점은 다시 조용해졌다. 그놈이 주섬주섬 짐을 챙기자 톈라이는 내가 말하기도 전에 먼저 자리에서 일어나 계단 쪽으로 이동했다.

그놈이 주차장으로 가 자기 차에 올라탔다. 선홍색 싸구려 스포츠카였다. 순간 나는 이놈이 그놈이라는 것을 100퍼센트 확신했다! 그놈이 주차장을 빠져나갈 때 톈라이의 택시가 딱 맞춰 도착했다. 역시나 톈라이는 믿음직한 미행 파트너였다.

"이제 어떡할까요?" 미행 중에 톈라이가 물었다.

"한번 생각해 봅시다." 내가 말했다.

빨간 스포츠카는 스린 야시장 근처 오래된 동네의 작은 골목에 멈춰 섰다. 사방을 둘러봐도 오래된 아파트밖에 보이지 않았다.

"어떡할까요?" 텐라이가 또 물었다.

"이제 내가 나설 차례예요."

"어쩌시려고요?"

텐라이의 말이 채 끝나기도 전에 나는 배낭을 챙겨 빨간 스포츠카 주인을 향해 성큼성큼 걸어갔다. 텐라이는 10여 미터 떨어져서 따라왔다. 나는 배낭에서 벙거지를 꺼내 푹 눌러쓰고 손전등을 들었다. 그리고 그놈이 열쇠로 아파트 현관문을 열려고 할 때 쏜살같이 달려가 손전등으로 뒤통수를 퍽 내리쳤다. 마침내 손전등을 가지고 다니는 이유가 명확히 밝혀졌다. 내가 손전등 손잡이에 금이 가고 유리가 깨질 정도로 세게 내려친 바람에 그놈은 꼼짝 못 하고 쓰러졌다. 혼란스러운 중에도 뒤에서 깜짝 놀라 외치는 소리가 들렸다. 내 갑작스러운 공격에 텐라이가 적잖이 놀란 듯했다. 나는 그놈이 뒤통수를 잡고 일어나려고 하자 다시 뒤에서 목을 졸랐고, 한동안 그 상태로 있다가 그놈이 더 이상 반격할 힘이 없을 때 풀어 줬다.

"살인범이다!"

어느 부인의 날카로운 비명 뒤로 무거운 문이 쿵 닫히는 소리가 났다.

"잘 들어! 너 패스트푸드점에서 미성년자 꼬셔서 모텔에 데리고 갔지!" 나는 가쁘게 숨을 몰아쉬며 말했다.

"뭐라고요?" 그놈은 이미 의식을 회복했다.

"갔어, 안 갔어!" 나는 형태가 반쯤 남은 손전등을 들고 다시 때리려는 시늉을 했다.

"때리지 말고 말씀하세요. 제발 부탁이에요!"

"갔어, 안 갔어!"

"갔어요."

손전등을 그놈의 바짓가랑이에 마구 쑤셔 넣자 그놈은 놀라서 엉엉 울었다. 이웃 사람 네댓 명이 주위를 둘러싸고 참견하려는 조짐을 보이자 톈라이가 기지를 발휘해 그들을 쫓았다.

"별일 아니니까 들어가세요. 경찰에 신고했으니까 그 사람들이 알아서 처리할 거예요."

훌륭한 방법이었다!

"네놈이 어디 사는지 다 알아."

그놈의 가방에서 지갑을 찾아 신분증을 꺼냈다.

"네놈 이름이 이거였구먼. 앞으로 계속 감시할 거야. 또다시 허튼수작 부렸다간 그땐 바로 철창행이야! 너 부모님이랑 같이 살지? 같이 올라가서 부모님 앞에서 네가 무슨 짓을 하고 다니는지 다 말해 버릴까?"

"아니요. 제발 부탁이에요. 다신 안 그럴게요. 정말 맹세해요!"

놈을 풀어 주고 택시에 탄 다음부터 가슴이 답답한 것이 토하고 싶었다.

"괜찮으세요? 탐정님 심장 뛰는 소리가 여기까지 다 들려요."

톈라이는 운전하랴 나를 지켜보랴 바빴다.

나는 입을 열었다간 위액을 전부 올릴까 봐 대답하지 않았다. 내 상태는 말이 아니었다. 태어나서 처음으로 누군가와 싸우고 누군가를 때렸다.

집에 온 나는 식욕이 떨어져 그저 맥주로 놀란 가슴을 쓸어내리고 마음을 차분히 가라앉힌 다음 천제루에게 그 변태 자식을 잡아서 혼쭐을 내 주고 경고까지 했다고 문자 메시지를 보냈다. 그러자 바로 답장이 왔다.

'탐정님이 딸아이가 어느 고등학교에 다니냐고 물었을 때 어떤 계획이 있는가 보다고 생각했지만 그 사람을 직접 찾아내실 줄은 정말 몰랐어요. 그 변태가 단번에 변태 짓을 끊기는 어려울 테고, 계속해서 장소를 바꿔 가며 어린 여학생들을 괴롭히겠죠? 그래도 탐정님의 문자 메시지에 힘이 나네요. 감사합니다. 제루.'

제루? 그녀가 문자 메시지 끝에 '천제루'가 아니라 '제루'라고 이름을 남겼다. 나는 그 이름에 가슴이 뛰고 밤새 황홀했다.

5

이후 보름 동안 일이 없다가 어떤 이상한 사건 의뢰가 하나 들어왔는데, 나는 단칼에 퇴짜를 났다.

어느 날이었다. 젊은 연극 감독 후배가 술이나 한잔하며 회포를 풀자고 연락했다.

"회포? 연극 판 떠나고 더 이상 연극도 안 보는 사람이랑 회포는 무슨. 자네 불알 잡고 혼자 풀어!" 나는 곱지 않게 말했다.

"아 참, 선배." 30대 초반의 신출내기 감독은 헤헤 웃으며 말했다. "학교 그만두고 사설탐정 되셨다면서요."

"누가 그래?"

"길 가다 알았어요."

"길 가다 안 것 좋아하네. 누가 말해 줬으니까 들었을 것 아냐?"

"정말 길 가다 우연히 알게 됐어요. 일행이 길바닥에서 명함을 한 장 주웠는데 거기에 선배 이름이 있잖아요. 처음에는 이름이 같은 사람이겠거니 했는데 휴대 전화 번호가 똑같아서 선배란 걸 알

왔어요."

"젠장! 휴대 전화 번호부터 바꿔야겠네."

"선배한테 부탁할 일이 있어요."

"뭔데?"

"사람 좀 찾아 주세요."

장 감독은 주로 내가 잘 모르는 분야의 작품을 했지만, 문학과 예술을 사랑하는 청년들의 지지를 한 몸에 받아 지난 몇 년 동안 인지도가 꾸준히 올라갔다. 예전에 별다른 재능 없는 삼류 감독이었을 때 그에게 뭐 하러 연극 연출을 하냐고 물었다. 그때 이 맹추 같은 장 감독은 정색하고 말했다.

"저는 무대 위에서 죽을 겁니다!"

내가 말했다. "그런 말 마. 지금까지 그런 식으로 무대 위에서 인생을 망친 사람이 한둘이 아니야."

훗날 장 감독에게 똑같은 질문을 다시 했을 때 그는 조금도 생각하지 않고 말했다.

"여배우 꼬시려고요."

이 한마디에 나와 장 감독은 나이 차를 잊고 허물없는 사이가 됐다.

"오랜만이에요. 그날 이후 처음이네요."

장 감독이 맥주를 한 모금 홀짝였다.

"그날 이야기는 꺼내지도 마. 그다음 날 일어나서 얼마나 후회했는지 몰라. 어차피 쇠귀에 경 읽어 봐야 알아듣지도 못할 텐데 괜히 속엣말 다 내뱉어서."

여전히 입은 살아 있었다.

"선배가 학교를 그만뒀다는 말을 나중에 들었어요. 행방이 묘연하니까 쓸데없는 말이 많이 나돌더라고요. 선배가 정신 병원에 입원했다느니, 머리를 밀고 출가했다느니."

"출가했다고?"

"네. 기억 안 나세요? 그 자리에 있던 사람들에게 이튿날 메일 보내셨잖아요. 전날 밤 술이 과해서 말도 안 되는 실수를 저질렀다, 미안하다, 앞으로 연극계를 떠나 내 행동을 속죄하는 마음으로 수행하며 살겠다, 이렇게 쓰셨어요."

기억이 잘 안 나는 것으로 봐서 그 이메일은 숙취의 산물인가 보다.

"다른 사람들이 뭐라고 말하건 저는 신경 안 써요. 그날 선배가 좀 지나치긴 했지만 고심해서 한 말이라는 거 알아요."

"그날 장 감독은 나한테 한 소리 안 들었구면."

"아니에요. 그날 선배 말씀에 저도 공감해요." 장 감독은 잠시 나를 바라보더니 물었다. "무대가 그립지 않으세요?"

"그 이야기는 하지 말지. 그나저나 누구를 찾아 달라는 거야?"

"극본 쓰는 젊은 사람인데, 쑤훙즈라고 기억하세요? 작년에 우리 극단에서 제작한 〈우물 안의 그림자〉라는 연극의 극본을 쓰고 연출한 사람이에요."

"보지도 않은 연극 연출자를 내가 무슨 수로 기억해."

"쑤훙즈가 선배에게 극본을 보낸 적도 있어요. 피드백 좀 달라면서요."

"기억 안 나."

"에이, 제가 잘 봐 달라고 전화까지 했잖아요."

"아, 어렴풋이 기억나네." 나는 어쩔 수 없이 인정했다. "그때 제목부터 읽고 싶은 생각이 전혀 안 들더라고. 상징주의인지 사실주

135

의인지, 경전을 읽는 건지 극본을 읽는 건지, 억지로 열 쪽 정도 읽다가 그냥 덮어 버렸지, 아마. 나중에 피드백을 줬는지 어쨌는지 기억도 안 나네."

"줬어요. 이메일을 보냈어요. 저한테도 보냈고요."

"내가 뭐라고 썼지?"

"그래도 체면은 살려 줘야 하는데, 아주 핵 펀치를 날리셨어요. '이렇게 심오한 내용을 나는 이해하지도 못하고 이해하고 싶은 생각도 없다. 다음에 극본을 써서 보내려거든 인간미 있는 것을 써라.' 그리고……."

"그만하지. 별로 듣고 싶지 않아."

"제가 쑤훙즈에게 이메일을 보냈어요. 원래 삐딱한 사람이니까 너무 개의치 말라고요."

"이거 눈물 나게 고맙네. 그나저나 자네는 어쩌자고 그런 극본을 나한테 보낸 거야?"

"반대로 생각했죠. 선배가 싫어하면 깊이가 있겠구나."

"이야! 건배나 하자!"

"오늘 선배를 찾아온 건 쑤훙즈가 실종됐기 때문이에요."

"뭐?"

"거의 한 달이 다 돼 가요. 쑤훙즈의 행방을 아는 사람이 없어요. 고향 집에 전화해 봤는데 가족들도 모른대요."

"경찰에 신고는 했어?"

"아니요. 진짜 실종된 건지 아직 확실하지 않아서요."

"실종된 게 아니면 다행 아니야?"

"그래도 선배가 한번 찾아봐 주세요. 부탁드릴게요. 사설탐정이 잖아요."

"이 사건은 맡을 수가 없어."

나는 장 감독이 "왜요?"라는 말조차 하지 못하게 원천적으로 차단했다.

"난 이미 연극계를 떠나 조용히 살고 있어. 이 사건을 맡으면 다시 연극계 사람들과 접촉해야 하는데, 그 자체가 나한테는 고통이야. 그리고 연극계 사람들이 얼마나 호들갑스러운지 누구보다 자네가 잘 알잖아. 연극하는 사람들이 왜 드라마를 싫어하는지 알아? 자기들 인생이 드라마 같거든. 연극하는 사람이 사라진 게 처음 있는 일도 아니고, 스스로 자취를 감춘 데는 이유가 있을 거야. 약을 먹었을 수도 있고, 자해했을 수도 있고, 자살했을 수도 있고. 이건 실종이 아니잖아. 쑤 뭐시기도 산에 들어가서 참선하거나 바닷가에서 여자를 꼬시고 있을 수도 있어. 괜히 호들갑 떨어서 작은 일 크게 만들지 말라고. 솔직히 자네가 오늘 나를 찾아온 이유는 따로 있잖아. '선배가 이렇게 궁색하게 사는 줄 몰랐어요. 사람들이 모두 용서하겠다고 해서, 퇴폐적인 광기에서 선배를 구해 주려고 제가 대표로 왔어요.' 맞지? 그러면 내가 대답해 주지. 난 조금도 초라하지 않아."

고개를 푹 숙이고 술을 마시는 장 감독을 혼자 남겨 두고 나는 먼저 자리를 떴다.

나는 장 감독에게 조금도 화나지 않았다. 단지 부끄러워서 화가 났을 뿐이다. 그는 내가 그렇게 잊고 싶어 하는 구이산다오 사건을 언급하지 말았어야 했다.

6

작년 말이었다. 아내가 내 곁을 떠나 1만 수천 킬로미터 떨어진 머나먼 곳으로 가 버린 뒤 감정의 밑바닥까지 떨어진 나는 날마다 술독에 빠져 살았다.

당시 내가 쓴 극본이 연극 무대에 올랐는데 티켓 판매 성적이 추운 날씨만큼 냉랭했다. 하지만 나는 종전대로 스태프와 다른 극단 친구들까지 불러 뒤풀이를 열었다. 삼사십 명쯤 되는 사람들이 안허루에 있는 구이산다오 해물탕 가게에서 떠들썩하게 놀았다.

티켓 판매 성적도 형편없었지만 극본은 더 형편없었다. 내가 좋아하는 무의미한 우스갯소리와 빈약한 기지는 관객들을 짜증 나게 만들었고, 나는 스스로를 혐오했다. 그래서 극본을 그만 쓸 때가 됐구나 생각했다.

하지만 나는 여전히 웃고 떠들면서 술을 크게 한 잔 들이켰다. 열한두 시쯤 되자 다른 손님들은 모두 떠나고, 연극계 사람들만 남아 분위기가 한층 더 뜨거워졌다. 이때 한 단원이 술잔을 들고 일어나 말했다.

"여러분, 연극이 또다시 '폭망'한 것을 미친 듯이 축하합시다!"

"폭망! 폭망!"

단원들이 목청껏 구호를 외쳤다. 뒤이어 또 다른 단원이 자리에서 일어나 소리 높여 말했다.

"해체! 해체!"

또 한 차례 괴성이 울려 퍼졌다. 단원들이 여기저기서 건배할 때 어느 두 단원이 술잔을 너무 세게 부딪치는 바람에 술잔이 깨지고 말았다. 유리 조각과 맥주가 동시에 바닥에 쏟아지자 단원들은 다시 외쳤다.

"해체! 해체!"

단원들은 집단적으로 반미치광이 상태가 됐고, 뒤풀이는 우울한 송년회로 변질됐다.

이때 누군가 "감독님 말씀이 있겠습니다." 하고 말했고, 단원들은 다 같이 함성을 지르며 박수를 쳤다. 과묵한 감독은 가까스로 몇 마디 했지만 분위기는 급격히 가라앉았다. 공기의 흐름이 심상치 않은 것을 느낀 장 감독은 분위기를 띄우려고 "작가님 말씀도 있겠습니다." 하고 서둘러 말했다. 단원들은 다시 "작가님! 작가님! 작가님!"을 외쳤다.

"내 말을 진짜 듣고 싶나요?"

단원들은 박수를 치며 듣고 싶다고 말했다.

나는 다시 한번 물었다. "진짜 듣고 싶어요?"

바로 그 순간이었다. 나는 나사가 풀리고 필름이 끊기고 나무가 쓰러지고 산이 무너지는 것을 느꼈다. 어떻게 하면 그때의 느낌을 정확히 묘사할 수 있을까. 여하튼 머릿속에서 픽 하는 선명한 소리와 함께 영혼이 집을 나갔다고밖에 못 하겠다. 나는 지금껏 단 한 번도 뒤풀이에서 통제력을 잃은 적이 없다. 그리고 통제력을 잃은 모습이 극단적으로 깨어 있는 이성과 논리적인 언어로 표현될 때 상상을 초월하는 살상력이 생긴다는 것을 그때는 미처 몰랐다.

"여러분, 수고 많으셨습니다. 다 같이 건배합시다! 비록 연이어 손해를 봤지만 우리는 예술을 했습니다!"

이 말에 단원들이 테이블을 두드리며 환호했다.

"우리처럼 연극을 올리는 극단은 하루라도 더 버티는 것이 승리하는 겁니다! 자, 다시 한번 건배!"

단원들이 또다시 테이블을 두드렸다. 그런데 이때 칼처럼 날카로운 말들이 방언처럼 터져 나왔다.

"타이완 사람들이 원하는 건 겉만 번지르르한 화려함과 싸구려 감동입니다. 비단 극장을 찾는 관객만 그런 게 아니에요. 거의 모든 대중이 이렇죠. 타이완에 명실상부한 예술가가 있습니까? 프로 사기꾼만 남아 있지 않나요?"

뒤이어 나는 흥행 수익을 위해 품격을 잃어 가는 상업적인 극단들의 잘못을 일일이 열거했다.

이때 한 단원이 말을 끊고 끼어들었다. "작가님도 돈 되는 극본 좀 써 주세요!"

단원들이 함성을 지르며 박수를 쳤다.

"다른 사람들이 프로 사기꾼이면 우리는 약이나 파는 아마추어 사기꾼입니다. 우리는 예술을 하지 않았어요. 실력도 없이 예술을 하는 척했죠! 우리는 미성숙한 극본을 무대에 올렸습니다. 내가 쓴 극본 말이죠. 우리는 이런 극본을, 이게 좋은지 나쁜지도 구분 못 하는 감독에게 건넸습니다. 우리는 발전도 없고 발음도 부정확하고 연기도 형편없는 배우들에게 조명을 비췄습니다."

"당신이 뭔데 난리야!" "너나 잘해!" 예상대로 욕설이 날아왔지만 변태 같은 내가 원한 것이 바로 이런 극적인 효과였다. 누가 내 얼굴에 맥주를 들이붓자 나는 손으로 침착하게 닦았다.

내 이야기는 아직 끝나지 않았다.

"우리가 예술가입니까? 예술을 전공했지만 예술에 대해서 절반이나 압니까? 그러면서 스스로 예술가라고 부를 수 있겠어요? 우리가 내놓는 고만고만하고 보잘것없는 작품들 속에 예술가적 시각이 어디 있습니까? 시장에서 팔리는 가벼운 소재, 가벼운 말투,

가벼운 리듬을 갖고 느슨한 게임을 즐길 때 무대를 비판하는 힘은 사라집니다."

"예술에 꼭 비판이 따라야 하는 건 아니잖아요."누군가 반기를 들고 나섰다.

"비판도 여러 종류가 있죠. 예술의 순수성만을 좇는 사람은 히틀러나 다름없어요!"누군가 또 반대하고 나섰다.

"그래서 작가님은 마구잡이로 비판하는 겁니까?"

참으로 예의가 없었다.

"아니요. 당연히 아니죠. 저도 크게 할 말은 없습니다. 다른 사람들이 한껏 감정을 표출하고 살 때 지난 몇 년 동안 나는 연극을 학대하고 나 자신을 학대하며 살았어요. 그래서 결국 스스로 자신을 무너뜨리는 지경에 이르렀죠. 방금 전에 누가 말했죠. 맞아요. 난 파시스트입니다. 난 무대 위의 예술을 고집하며 살았어요. 모두가 알다시피 난 병이 있어요. 조금 전에 다 같이 장난 삼아 극단을 해체하자고 외쳤죠? 그게 딱 내 심정입니다. 여러분, 뿔뿔이 흩어집시다. 오늘뿐 아니라 앞으로도 쭉 흩어져서 지내요. 젊은 사람들 말로 하면 그만 놉시다. 정중하게 말씀드릴게요. 난 지금 이 자리에서 극단을 나가고 연극계를 떠나겠습니다."

나는 할 말 다 하고 다리에 힘이 빠져 자리에 털썩 주저앉았다. 그러자 사람들이 지진이라도 일어난 것처럼 총총 자리를 떠났다. 그날 나는 떡이 되도록 술을 마셨지만, 내가 제대로 걸을 수 있는지 아무도 신경 쓰지 않았다.

남아 있는 모든 의식과 의지를 쥐어짜 내서 겨우 집에 돌아왔지만 어떻게 왔는지는 전혀 기억나지 않는다.

1

어느 날 오후, 정확히 3시 30분에 나는 가비 카페에서 차를 마시며 신문을 읽었다.

이곳을 방문하는 손님들은 주로 테이크아웃을 한다. 카페에는 단골인 나 외에 한 중년 남자가 고개를 푹 숙인 채 무협 소설을 읽고 있었다. 거의 날마다 출근 도장을 찍는 사람이었다. 지금까지 단 한 번도 말을 섞지 않았지만 그와 나는 서로 눈이 마주치면 여유롭게 눈인사를 주고받았다. 가끔 방문하는 노인도 보였다. 흰 벙거지를 깊게 눌러쓴 그의 얼굴에는 주름이 자글자글했다. 그는 늘 홍차를 시켜 천천히 마시고 마일드 세븐 스카이블루를 피우며 무표정하게 전방을 주시했다. 한번은 이 노인에게 넌지시 말을 건넨 적이 있는데, 그는 그저 미소만 지을 뿐 대답하지 않았다. 라이터를 깜빡 잊고 나오는 바람에 빌려 달라고 하자 주름진 양손을 달달 떨며 불을 붙여 줬다. 고맙다고 인사했지만 이번에도 그는 고개를 끄덕이며 미소만 지었다. 왠지 혼자 있고 싶어 하는 것 같아서 그 뒤로는 더 이상 말을 걸지 않았다.

"안녕하세요."

익숙한 목소리가 귀 뒤에서 들려왔다.

처음에 불쑥 나를 찾아왔을 때처럼 천제루는 다시 한번 나를 놀라게 했다. 나는 그녀에게 자리를 권하고 홍차를 주문했다.

"어떻게 지냈어요?" 내가 물었다.

"잘 지냈어요."

넉넉한 면 셔츠와 청바지를 입은 그녀는 머리를 하나로 시원하게 묶었고, 빨간색과 흰색의 스트라이프 캔버스 운동화를 신었다. 그 모습이 너무 산뜻해 보여 잠시 넋을 잃고 쳐다봤다.

"날씨도 좋은데, 나가서 걸어요."

"아, 그…… 그럴까요? 나가죠."

정말 오랜만에 말을 더듬었다.

"날마다 산책하신댔죠? 그러면 이 주변을 잘 아시겠네요."

"잘 알죠."

"그럼 오늘 하루 제 가이드가 돼 주시겠어요?"

"영광이죠."

이후 며칠 동안 나는 천제루를 데리고 류장리와 싼장리 일대를 천천히 걷거나 신안제 1루에서 꼬불꼬불한 우성제를 거쳐 쑹즈루까지 걸었다. 쑹즈루와 신이루 입구에 도착하면 나는 대부분 왔던 길을 되돌아가자고 말했다.

"왜요?" 천제루가 물었다.

"계속 가면 외국에서 온 관광객들과 싹쓸이 쇼핑을 하는 유커들이 많이 찾는 거리가 나와요. 그 사람들 틈에 섞여 복작대고 싶지 않아요."

"탐정님은 좁고 지저분한 구간은 좋아하고 넓고 아름다운 고급 지구는 싫어하는군요?"

나는 산책 코스에서 부자 동네 거리를 일부러 뺐다고 말했다. 또 두더지가 아니라서 지하도를 안 걷고, 높은 곳을 무서워해서 육교를 안 건넌다고 말했다.

"육교도 무섭다고요?" 그녀는 내 말을 농담으로 받아들였다.

"육교에서 떨어져 봐요. 지나가는 버스에 깔려 살점이 으스러질 것 아니에요."

"제가 모르는 약점이 또 있나요?" 그녀가 웃으며 말했다.

"많죠! 온갖 강박증은 다 갖고 있어요. 좌파적으로 생각하는 강박증, 오른쪽으로만 걷는 강박증, 오바이트하는 사람을 보면 토하는 강박증, 그리고 대칭 강박증요."

"류장리에 대칭이 되는 곳이 있어요?"

"그래서 여전히 자학 중이에요."

어느 날은 천제루와 함께 워룽제를 처음부터 끝까지 걸었고, 어느 날은 러안제를 걸었다.

"저건 뭐 하는 거죠?"

천제루가 오른쪽의 한 동짜리 4층 아파트를 가리켰다. 그 아파트는 파란색 방수포로 앞뒤 좌우가 가려져 있었다. 왼쪽 벽에는 철근과 널빤지로 만든 Z 자 모양 계단이 만들어져 공사하는 사람들이 벽면을 수리하고 벽돌을 나르는 통로로 이용했다.

"타이베이시 도시 계획과에 신청하면 보조금을 받고 오래된 건물의 전면부를 새로 공사할 수 있어요. 류장리에서는 저기 한 곳만 신청했죠. 온종일 때리고 부숴서 먼지가 얼마나 날리는지, 근처 주민들이 시청에 민원도 엄청 넣고 건물주하고 몇 번이나 싸웠는지 몰라요. 그런데 웃긴 게 뭔지 알아요? 원래는 건물 전면부만 공사하려고 했는데, 보수 공사를 맡은 시공사에서 왼쪽 벽이 무너지기 일보 직전이라고 진단한 거예요. 큰일이잖아요. 결국 건물주는 잠시 다른 곳으로 이사하고 벽을 전부 허물었어요. 공사 시작한 지 일 년도 더 됐는데 여태 저 모양이에요. 소문에는 건물주가 돈이 없어서 하루 공사하고 사흘 쉬고 그런다네요. 원래 이 아파트는 러안제에서 가장 좋은 건물이었는데 지금은 거의 폐허가 됐어요. 특히 밤에 불 하나 켜져 있지 않은 모습을 보면 꼭 묘비에 수의를 걸쳐 놓은 것 같다니까요."

"에이, 설마 그 정도로 무서우려고요."

천제루는 미간을 찌푸리고 다시 한번 그 아파트를 쳐다봤다.

그곳에서 두 골목만 더 가면 내가 사는 집이 나온다. 나는 서양 사람들처럼 그녀를 집으로 초대해 자연스럽게 "뭐 마실래요?"라고 묻고 싶었지만 그녀가 거절할까 두려워 그냥 마음을 접었다.

2

이후 며칠 동안 천제루는 문자 메시지도 보내지 않고, 가비 카페에도 오지 않고, 산책하러 가자는 전화도 없었다. 그렇다고 그녀가 먼저 전화하는 전례를 깨고 싶지는 않았다.

나는 뭔가 잃어버린 기분으로 가비 카페에 앉아 신문을 읽었다.

그때 휴대 전화 벨이 울렸다.

"여보세요?"

"지금 어디예요?" 천제루의 목소리였다.

"여사님이 늘 나를 놀라게 했던 곳에 있어요."

"알았어요. 지금 가는 길이에요."

전화를 끊고 나는 엉덩이를 들썩이며 신문을 접었다.

십여 분 뒤에 그녀가 도착했다.

"안녕하세요." 나는 아주 환하게 웃었다.

그녀는 자리에 앉아 마치 피부가 늘어지는 병에 걸린 것 같은 옆 테이블의 노인을 쳐다봤다.

"며칠 시간 괜찮아요?" 천제루는 일부러 목소리를 낮췄다.

"시간요? 괜찮아요. 남는 게 시간이에요."

"저랑 같이 해변에 가는 거 어때요?"

"좋죠." 침착한 척했지만 배 속이 뒤집힐 정도로 기쁨이 솟구쳤다. "그런데 따님은요?"

"친구랑 남해안으로 놀러 갔어요."

"그것 참 잘됐네요."

"가요."

"지금요? 잠깐만요. 아직 어디로 어떻게 갈지 안 정했잖아요."

"운전하고 가면 돼요. 숙소는 제가 미리 예약해 뒀어요."

미소가 절로 나왔다. 나는 한 번도 지어 본 적 없는 가장 바보 같은 표정으로 웃었다.

"제가 같이 가리라는 걸 어떻게 알았어요?"

"그냥 직감으로요."

그녀를 위해 주문한 홍차가 나오기도 전에 우리는 카페를 빠져나왔다.

7월 6일 오후 5시 30분쯤 우리는 북쪽 페이추이만에 있는 푸화 호텔에 도착했다. 가는 길에 천제루는 며칠 동안 연락하지 못해서 미안하다고 털어놨다. 자신이 이혼을 고집하는 것을 부모님이 못마땅하게 여겼지만, 그렇다고 남편이 저지른 일을 연로하신 부모님께 설명하기도 어려웠다. 그래서 그녀는 노부모를 안심시키기 위해 갖은 애를 써야 했다. 뒤이어 그녀는 근황을 알려 줬다. 마침내 집 명의가 자기 앞으로 이전됐지만 그 집에 계속 살고 싶은 마음이 없어서 아파트를 팔고 다른 집을 알아볼 계획이고……

나는 그녀의 이야기를 들으면서 몇 시간 뒤에 일어날 수도 있는 일을 문란하게 상상했다. 정말이지 나는 오랫동안 섹스를 하지 않았다. 행여 테크닉이 형편없어서 그녀를 실망시키면 어쩌나, 창피한 건 둘째치고 그 때문에 그녀의 흥이 깨지면 어쩌나, 정말 스트레스가 이만저만이 아니었다. 결국 나는 호텔 방에 들어가면 그녀가 미리 마음의 준비를 할 수 있도록 오랫동안 섹스를 쉬었다고 솔직히 털어놓기로 마음먹었다.

하지만 호텔 방으로 들어가는 순간, 나는 방금 전 차에 앉아 있던 머저리와는 완전 딴사람이 됐다. 문을 닫자마자 뒤를 보이고 서 있는 그녀를 힘 있게 돌려세워 문을 향해 밀친 다음 깊고 진한 키스를 퍼부었다. 그녀는 부드러운 혀로 나를 감싸 안았다.

페이추이만에 머문 사흘 동안 우리는 바다도 잊은 채 호텔 방에서 우리만의 파도를 쳤다. 밀물, 썰물 그리고 다시 밀물. 파도가 밀려오면 한껏 달아오른 흥분을 주체하지 못하고 한 치의 거리낌도 없이 상대의 피부, 주름, 작은 점 하나까지 탐색했고, 파도가 밀려나가면 땀방울이 증발할 때까지, 부드러운 잠에 빠질 때까지, 다음 번 파도가 밀려들 때까지 서로 몸을 포갠 채로 한동안 있었다. 체력이 완전히 소진되고 또 다른 굶주림이 급습하면 며칠 동안 한 끼도 못 먹은 사람들처럼 카펫에 주저앉아 티 테이블에 차려진 볶

음밥과 볶음면을 산해진미처럼 싹싹 긁어 먹었다.

사흘째 되는 날 아침, 눈을 떴을 때 그녀는 먼저 떠나고 없었다.

나는 티 테이블에 놓인 메모지를 발견했다.

'함께 왔다 각자 떠나도 개의치 않으실 것 같아서요. 감사합니다.'

조금 실망했지만 신경 쓰지 않기로 했다.

연쇄 살인과 줄 서는 문화

1

정오 지나서 타이베이에 돌아온 나는 바깥출입을 하지 않고 온종일 침대에 누워 천제루와 불꽃 튀는 사랑을 나누고 서로 떨어지기 아쉬워한 순간을 머릿속으로 반복해서 떠올렸다.

이튿날인 7월 9일 아침에는 폭로성 빅뉴스가 신문 1면을 차지했다.

얼마 전 류장리에서 일어난 살인 사건 두 건은 경찰이 모든 정보를 원천 차단했기 때문에 언론에 시끄럽게 오르내리지 않았다. 그런데 7월 8일, 그러니까 나 혼자 집에서 게으름을 피운 그날 저녁에 류장리에서 또 한 사람이 비참하게 살해됐다. 상황이 이쯤 되자 언론은 임바고(일정 시점까지 보도 중지./옮긴이)를 깨고 저마다 '류장리, 살인 사건 세 건 발생. 경찰 수사는 여전히 오리무중?', '류장리, 연이어 살인 사건 세 건 발생?', '무고한 목숨을 앗아 간 냉혈한, 노인만 골라 살해?'와 같은 자극적인 제목을 달아 경쟁적으로 보도했다.

경찰은 세 사건이 서로 관련됐거나 한 사람의 소행이라는 증거가 아직까지 발견되지 않았다고 재차 밝혔지만 어느 한 신문사는 '류장리 사건은 연쇄 살인?'이라는 타이틀로 기사를 내보냈다.

타이완 언론은 줄곧 자극적인 보도로 대중에게 쓸데없는 공포심을 안겼다. 하지만 고소당하고 법정에 서는 일이 없도록 잊지 않고 헤드라인에 물음표를 달았다. 언론은 대중이 헤드라인의 물음표 유무나 기사의 진위성 따위보다 남들보다 한발 빠르게 뉴스를 접하는 것을 중시하고, 뉴스를 통해 가스활명수를 마신 것처럼 속이 뻥 뚫려야 계속해서 사건에 관심을 가진다는 것을 안다. 이른바 여론이라는 것은 대부분 언론에 의해 조작된다. 여론이 시끄러워지는 것은 기껏해야 기자가 컴퓨터 앞에 앉아 열심히 장난질을 친 결과에 불과하다. 처음에 개 한 마리가 짖고 뒤이어 모든 개가 따라 짖으면 여론은 자연스레 시끄러워진다.

세 살인 사건에 호기심을 느낀 나는 사설탐정의 전문적인 촉을 동원해 모든 기사를 자세히 읽고 기본적인 자료를 노트에 적었다. 얼마 전 천 뚱에게 약간의 정보를 얻은 첫 번째 사건을 제외하고 두 번째와 세 번째 사건은 언론 보도만 참고했다.

첫 번째 사건

시간 : 6월 16일 새벽 1시경

장소 : 신하이루에 위치한 아파트 2층

피해자 : 중충셴, 1인 거주, 53세, 초등학교 교사 은퇴.

사인 : 집 안에서 침입자가 휘두른 둔기에 뒤통수를 맞음.

추가 사항 : 조사 결과 강제 침입 흔적 없음.

두 번째 사건

시간 : 6월 24일 새벽 5시 30분경

장소 : 리훙 공원

피해자 : 장지룽, 77세, 퇴역 군인, 딸, 손자들과 함께 거주.

사인 : 새벽에 공원을 산책하던 중 범인이 휘두른 둔기에 뒤통수를 맞음.

추가 사항 : 한밤중에 복면을 쓴 사람이 공원에 설치된 CCTV 두 대를 훼손.

세 번째 사건

시간 : 7월 8일 밤 11시경

장소 : 러룽제에 위치한 아파트 3층

피해자 : 우장슈어, 중풍 환자, 71세.

사인 : 집 안에서 침입자가 휘두른 둔기에 뒤통수를 맞음.

세 피해자는 류장리에 사는 고령자라는 점 외에 어떤 공통점도 없다. 경찰은 피해자들의 집이나 몸에서 없어진 물건이 없는 점으로 보아 범인이 금품을 훔치기 위해 범행을 저지른 것은 아니라고 판단하고 다른 동기에 대해 수사를 진행했다. 신문사는 범인의 동선을 그리고, 방송사는 그래픽으로 범행 과정을 재연했지만, 어디까지나 추측에 불과하고 근거 없는 요소가 많아 참고할 가치가 없었다.

언론은 범행 방식이 똑같은 점을 근거로 내세우며 세 사건이 서로 관련 있다고 입을 모았다. 타이완은 국토는 작지만 방대하게 진을 친 언론 자폭 특공대가 있다. 타이완 언론은 세상 끝까지 쫓아가서라도 정보를 수집하고, CNN보다 늘 한발 앞서 새로운 뉴스를 발견한다. 예를 들어 미국에 중대한 형사 사건이 발생해서 CNN

151

이 '상황 파악 중'일 때 타이완 언론은 이미 용의자의 정보를 파악하고 범행 동기까지 제멋대로 추측한다. 또 CNN이 사상자가 십여 명 발생했다고 보도할 때 타이완 언론은 사상자 수를 일찌감치 수십 명까지 늘려 놓는다. 하지만 계속해서 텔레비전을 보면 사상자 수는 거의 대부분 '수십 명'에서 '십여 명'으로 서서히 수정된다. 죽은 사람을 부활시켰으니, 이것을 타이완의 기적이라고 해야 마땅하다.

언론은 실시간 뉴스를 내보내며 단호한 어조로 연쇄 살인이라고 보도했다. 하지만 내 의문점은 여전히 풀리지 않았다. 사건 이해를 위해 무엇보다 필요한 것은 정확한 정보와 세부적인 내용이다. 그래서 직접 조사해 보기로 했고, 집을 나서기 전에 노트를 배낭에 넣다가 원래 그 안에 들어 있던 새로 산 손전등이 없어진 것을 발견했다.

그날 천제루와 북쪽 해변으로 출발하기 전에 잠시 집에 들러 옷가지와 약을 챙겼다. 그때 배낭에서 손전등을 꺼낸 것은 기억나는데 다시 집어넣었는지는 기억나지 않았다. 그렇다고 열심히 찾지는 않았다. 지저분한 거실을 한번 훑어보고 물건 더미를 뒤적이다가 그냥 포기했다. 워낙 물건을 잘 잃어버리기도 하고, 가끔은 머피의 법칙처럼 뭔가를 새로 사면 잃어버렸던 것이 갑자기 툭 나타날 때도 있다.

밖에 나왔을 때 주민들은 무거운 분위기 속에서 총총걸음으로 바삐 걸어가고 있었다. 내 신경이 예민해서 그런지 실제로 그런 건지 일시적으로 판단이 서지 않았지만 주민들 눈빛에 경계심이 가득한 것이 하룻밤 새 골목 분위기가 완전히 변한 것 같았다.

워룽 지구대에 가니 아직도 엄마 젖을 먹을 것처럼 생긴 어린 기자들이 입구 맞은편에 진을 치고 있었다. 이 모습을 보자 류장리 지구대와 신이 경찰서에도 개들이 모여 독수리처럼 먹잇감을 기다리고 있겠구나 하는 생각이 들었다. 텔레비전을 보면 젊은 기자들은 카메라를 응시한 채 하이 톤으로 한껏 키운 목소리로 사소한 일을 전쟁이라도 난 것처럼 심각하게 보도한다. 그때마다 나는 젊은 기자들에게 양심에 따라 살라고 말하고 싶은 충동이 든다.

독수리들이 호기심 어린 눈빛을 보내건 말건 나는 지구대에 자신 있게 걸어 들어가 당직 경찰관에게 천야오쑹을 만나러 왔다고 말했다.

"천 순경 지금 굉장히 바쁜데 무슨 일로 오셨습니까?"

"지금 그 사건 때문에 모두 바쁜 거 압니다만 그래도 사건 신고를 받을 시간은 있을 것 같은데요."

"무슨 사건이죠?"

"제가 천 순경과 잘 아는 사이라서요. 천 순경에게만 신고할 겁니다."

잠시 뒤에 피곤한 몸을 이끌고 나온 천 뚱은 나를 보자 더 피곤한 표정을 지었다. 차도 권하지 않았다.

"무슨 일로 오셨어요?"

"퇴근하고 우리 집에 잠깐 들르지."

"안 돼요. 오늘 야근해야 돼요."

"늦어도 상관없으니까 꼭 들러." 나는 일부러 신비스러운 척 목소리를 낮췄다. "세 살인 사건을 수사할 좋은 방법이 있어. 그러니까 무슨 일이 있어도 꼭 와!"

나는 멍한 표정의 천 뚱에게 눈을 찡긋하고는, 그가 다른 반응을 보이기 전에 재빨리 지구대를 나왔다.

좋은 방법은 무슨. 이건 그냥 천 뚱을 낚기 위한 미끼고, 그에게 정보를 얻는 것이 진짜 목적이다.

집에 가는 길에 겸사겸사 지구대에서 신하이루까지 걸어가 사건 현장을 둘러봤다. 그러고는 허핑둥루를 거쳐 리훙 공원에 들렀다가 다시 좁은 골목을 지나 러룽제로 갔다. 경찰 한두 명이 지키고 있는 세 사건 현장에는 모두 노란색 폴리스 라인이 쳐져 있었다. 경찰이 제지하는데도 근처에 모여 쑥덕거리는 무수한 호사가들은 좀처럼 현장을 떠날 생각을 하지 않았다. 그 모습을 보고 나는 루쉰의 글에서 같은 동포가 처형당하는 것을 그냥 구경만 하는 '군중'이 떠올랐다.

세 사건 현장에서는 어떤 공통점도 찾기 어려웠다. 신하이루 변두리의 작은 골목에 위치한 첫 번째 사건 현장은 근처에 가로등도 거의 없고 그 흔한 CCTV도 보이지 않았다. 고개를 쳐들고 CCTV를 찾다가 어쩌면 범인(혹은 범인들)도 똑같이 고개를 들고 두리번거렸을 수도 있겠다는 생각이 들었다. 두 번째 사건 현장인 리훙 공원은 상대적으로 넓었다. 범인은 왜 하필 이곳에서 사람을 죽였고, 왜 그날 새벽에 그 수고를 하며 근처의 CCTV를 망가뜨렸을까? 세 번째 살인 사건은 더더욱 이해되지 않았다. 사건 현장은 러룽제의 번화한 지역이어서 CCTV를 확인하면 얼마든지 용의자를 찾을 수 있다. 이것은 곧 경찰이 모든 정보를 다 언론에 공개하지 않고 내부적으로 공유하는 정보가 따로 있다는 것을 의미했다.

세 장소와 세 가지 특색. 이 모든 것이 한 사람의 소행이라면 동기가 뭘까? 세 사건이 서로 무관하다면 모든 피해자가 둔기로 뒤통수를 가격당한 공교로움을 어떻게 설명할 것인가?

워룽제로 향하는 동안 머릿속은 온갖 물음표로 가득 찼지만 어느 것 하나 속 시원한 답을 찾을 수 없었다. 현관문을 열고 집에 들어갔을 때는 왠지 그래야 할 것 같아서 괜히 손목시계를 보고 시간을 확인했다. 그 순간 아직 확실한 정황을 발견하지는 못했지만 사건 현장을 둘러본 것이 전혀 소득 없는 일은 아니었다는 직감이 들었다.

거실에 들어가 노트를 펴고 사건 현장을 직접 둘러보고 느낀 점을 적으려고 했지만 쪼가리 글밖에 나오지 않았다. 나는 여전히 이번 사건을 연쇄 살인이라고 생각하지 않았지만 그래도 인터넷에서 약간의 자료를 검색했다.

2

연쇄 살인범에 대한 흐릿한 인상은 할리우드 범죄 수사 영화나 탐정 소설에서 얻은 것이 전부다. 나 자신의 정신 상태가 불안했기에 한 번도 반사회적인 변태에 대해 연구해 볼 생각을 못 했다.

구글에 들어가 '연쇄 살인범'을 치자 34만 건이 검색됐다. 대부분 미국에서 발생한 사건이었다. 그중 「연쇄 살인범에 대한 분석」이라는 글을 고등학교 2학년 여학생이 썼다는 사실에 깜짝 놀랐다. 타이완의 고등 교과 과정에 범죄학이 있으려나?

영어로 'serial killer'를 검색하자 3150만 건이 검색됐다.

먼저 위키피디아에서 연쇄 살인의 기본 개념과 주요 사건을 이해한 다음 몇 가지 유명한 사건을 더 깊이 파고들었다. 거짓말 같은 실제 사건의 숨은 이야기를 알수록 피비린내 나는 흉악함에 놀라 마음이 심하게 요동쳤다. 초조함이 온몸을 휘젓고 다니는 통에 자료를 검색하는 내내 허벅지와 양 볼을 꼬집었다. 컴퓨터를 껐을 때는 이미 한밤중이었다.

어휴, 이러고도 사설탐정이라고 할 수 있을까? 전문적인 수사 지식도 없고, 내로라하는 사건 해결 경험도 없고, 범죄 심리학 책 한번 읽어 본 적도 없고, 책꽂이에 추리 소설은 한가득이지만 범죄 관련 서적은 단 한 권도 없고, 정말이지 나는 위키피디아가 없으면 큰일 날 사설탐정이었다. 이렇게 사설탐정으로서 자질이 부족한 것을 깨달았을 때 천 뚱이 왔다. 밤 11시 30분, 천 뚱이 이렇게 늦은 시각까지 야근하는 경우는 극히 드물었다.

"괜히 잠잘 시간만 빼앗으면 안 돼요." 천 순경이 눈을 비비며 현관에 들어섰다.

"눈이 아파?"

"하루 종일 컴퓨터 화면을 쳐다봤더니 양쪽 눈이 다 뻑뻑해요."

나는 천 순경에게 물을 따라 줬다. "CCTV 확인했어?"

"괜히 에두르지 말고 하실 말씀 있으면 빨리 하세요. 안 오려고 했어요. 세 사건 다 제 담당도 아니고, 저는 그냥 CCTV만 확인하면 되거든요. 탐정님한테 어떤 아이디어가 있든 별 관심 없어요."

"맥주 마실래?"

"좋죠."

맥주라는 말에 천 순경의 반쯤 감긴 눈이 번쩍 뜨였다.

"시원하게 한잔 들이켜고 싶은 생각이 간절했어요."

천 순경은 캔 맥주를 따서 크게 한 모금 들이켰다.

"언론에 보도된 내용이 다 맞는 거야?"

"한 가지는 확실해요. 경찰 수사가 여전히 오리무중이란 거요."

"그럼 그렇지! 연쇄 살인이니 어쩌니 하는 말들 다 언론이 제멋대로 지어냈을 줄 알았어."

천 순경은 아무 말 없이 오른손으로 맥주 캔을 들다 말고 힐끔 나를 쳐다봤다. 그러고는 고개를 푹 숙이고 뭔가 골똘히 생각했다.

"나한테 말 못 할 게 뭐 있어. 내가 기자도 아니고."

"이번 사건에 왜 그렇게 관심이 많아요? 경찰도 아니고, 사설탐정이잖아요."

"그냥 궁금하니까. 이참에 공부도 하고 좋잖아. 그리고 세 사건 모두 엎어지면 코 닿을 거리에서 일어났어. 나도 혼자 사는 독거 중년인데 어떻게 긴장이 안 되겠어. 천 순경은 그냥 CCTV를 확인할 뿐이라고 하지만 그러다가 사건 해결에 중요한 열쇠를 발견할 수도 있어. 그동안 타이완에서 발생한 중대 사건들이 어떻게 해결됐는지 보라고. 대부분 CCTV로 해결한 거, 천 순경이 나보다 더 잘 알잖아. CCTV가 없으면 타이완 경찰은 아예 범인도 못 잡을······."

천 뚱이 눈을 흘겼다.

"미안해. 그런 뜻은 아니었는데."

"그런 뜻이었으면서 뭘 그래요."

둘 사이에 몇 초간 어색한 침묵이 흘렀다.

"후유." 천 뚱이 한숨을 쉬었다. "정말 탐정님도 대단하세요. 말씀드릴게요. 그게 저한테 도움이 될지 모르겠지만요."

천 뚱은 사건이 발생한 순서대로 차근차근 말했다.

"첫 번째 사건은 지난번에 대략 말씀드렸죠."

"그걸 어떻게 기억해. 부탁이야. 다시 한번 말해 줘."

"사망한 중충셴은 53세로, 오 년 전에 이혼하고부터 혼자 살았어요. 초등학교 교사로 일하다가 퇴직했죠. 세 아들은 엄마와 함께 반차오에 살아요. 시체를 발견한 건 막내아들이에요. 아버지한테 아무리 전화해도 안 받더래요. 이틀이나 전화를 받지 않길래 이상해서 열쇠로 문을 열고 들어갔다가 시체를 발견하고 곧바로 경찰에 신고했죠."

"아들에게 열쇠가 있었어?"

"네, 그건 별거 아니에요. 막내아들은 부모님이 이혼하기 전까지 그 집에서 살았어요. 아들 셋 모두 열쇠를 가지고 있어요. 엄마는, 그러니까 피해자 전 부인은 아니라고 말하지만 열쇠를 갖고 있는 것 같아요. 중요한 건 가족 구성원 모두 범행 당시 사건 현장에 없었다는 거예요. 알리바이도 확실하고요. 경찰 조사 결과 피해자는 생전에 주로 혼자 생활했고, 원한을 사기는커녕 사람들과 다툰 적도 없어요. 피해자 집은 막다른 골목에 있는데, 거긴 가로등도 없고 CCTV도 없어요."

"범인이 어떻게 집 안에 들어갔지?"

"강제로 침입한 흔적이 없어요. 그래서 피해자와 범인이 서로 아는 사이였을 가능성에 큰 무게를 두고 있어요."

"그러면 쉽게 해결되겠네."

"문제는 목격자가 없다는 거예요. 게다가 피해자는 백지장처럼 인간관계가 깨끗해요."

"두 번째 사건은?"

"피해자는 장지룽이라는 퇴역 군인이에요. 이혼한 딸이랑 외손자 셋과 함께 아파트에 살았어요."

"어디에 있는 아파트?"

"워룽제요. 거기 있잖아요, 터널 가까운 쪽에. 장지룽은 새벽마다 산책하는 습관이 있어서 날이 밝으면 워룽제를 따라 리훙 공원까지 천천히 걸어갔어요. 가족들이 그러는데 보통 5시에 나갔대요. 시체는 아침 일찍 일어나 산책하던 또 다른 할머니가 발견했어요. 그때가 5시 30분경이었으니까 피해자는 공원에 도착하고 얼마 안 돼서 살해된 거예요."

"범인은 어떻게 근처의 CCTV를 망가뜨렸지?"

"리훙 공원에는 CCTV가 총 두 대 있었어요. 범인은 범행 당일 새벽 3시 넘어서 한 대는 돌로 렌즈를 깨고 한 대는 아예 박살 내 버렸어요. 오토바이 헬멧을 쓰고 검은 망토를 둘렀기 때문에 남자라는 것과 대략적으로 키가 얼마나 되는지만 알아냈어요. 나머지는 여전히 오리무중이에요."

"망토를 둘렀다고? 드라큘라처럼?"

"무섭죠? 망토 펄럭이는 소리를 듣고 할아버지가 얼마나 무서웠겠어요. 대체 어떤 미친놈이 타이완에서 이런 게임을 벌이는 걸까요?"

"비록 놈이 공원 CCTV를 망가뜨렸지만 어느 방향에서건 공원까지 걸어갔을 거야. 하늘에서 뚝 떨어졌을 리 없잖아?"

"무슨 말씀인지 알아요. 6월 24일에 범인은 어딘가에서 공원으로 걸어가 CCTV를 망가뜨리고 어두운 곳에 계속 숨어 있었어요. 그러다 피해자가 나타나자 살해하고 공원을 떠났죠. 그런데 이상한 건 주변 CCTV를 전부 살펴봤는데도 새벽 3시부터 5시 30분 무렵까지 아침 일찍 일어난 노인들만 있고 의심스러운 인물은 안 보인다는 거예요."

"거참, 이상하네."

"탐정님도 이 부분에 대해 곰곰이 생각해 보세요. 진짜 머리가 터져라 생각해도 도무지 이해가 안 되는 부분이에요."

"세 번째 사건은?"

"세 번째 사건은 어제저녁에 발생했어요. 피해자는 70대의 우장슈어예요. 중풍에 걸려서 오랫동안 휠체어 생활을 했고, 인도네시아 국적의 간병인이 돌봐 주고 있었어요."

"간병인이 있었어? 신문에는 그런 말 없던데."

"언론에 공개되지 않은 내용이에요. 사건이 일어난 날 저녁에 범인은 장을 보러 나온 간병인을 몰래 따라다니다가 주위에 아무도 없을 때 둔기로 때려서 기절시켰어요. 감식반은 범인이 금속으로 된 흉기를 썼을 거예요. 쇠파이프 같은 거요. 경찰은 간병인의 몸에서도, 피해자의 집에서도 열쇠를 못 찾았어요. 따라서 범인이 열쇠를 훔치기 위해 간병인을 기절시켰고, 훔친 열쇠로 문을 열고 아파트로 들어갔을 가능성이 커요. 뒷부분은 탐정님이 아시는 대로예요. 피해자는 반격할 힘도 없이 범인이 휘두른 둔기에 뒤통수를 맞고 사망했어요. 병원 보고서를 확인한 결과 피해자는 중풍 때문에 거의 말을 못 했어요. 겨우 몇 마디 더듬거리는 정도였죠. 조사해 보니까 남편은 이미 몇 년 전에 죽었어요. 자식은 셋인데, 하나는 호주로 이민 갔고, 또 하나는 중국에서 사업을 하고, 나머지 하나는 절도와 마약으로 복역 중이에요."

"간병인은 어떻게 됐어?"

"혼수상태로 병원에 입원해 있어요. 신이 경찰서장이 관내 경찰들에게 이 내용을 절대 외부에 누설하지 말라고 직접 함구령을 내렸어요. 경찰은 지금 유일한 목격자가 깨어나서 사건 해결의 돌파구를 찾기만을 기다리고 있어요."

"경찰은 세 사건이 서로 관련 있다고 생각해?"

"어떻게 보면 관련이 있는 것 같기도 하고 어떻게 보면 없는 것 같기도 하고, 아직까지 정해진 입장은 없어요. 세 살인 사건의 공통점이라면 세 피해자 모두 류장리 일대에 살았고 나이가 많았다는 거예요. 특히 셋 다 금속으로 된 둔기에 맞은 점이 중요하죠. 하지만 일치하지 않는 점도 있어요. 범행 방식도 다르고 피해자의 집에 들어간 방식도 다 달라요. 경찰 수사가 지지부진할 수밖에 없는 게 단서가 너무 적어요. 세 피해자 모두 인간관계가 굉장히 단순했어요. 사람들과 왕래하지도 않고 금전적으로 얽힌 관계도 없고 원한 관계도 없어요. 대부분 집에서 시간을 보내고 외출이라고는 가끔씩 산책하러 나가는 것이 전부였어요. 탐정님께만 드리는 말씀이지만 CCTV가 없었으면 아예 어디서부터 수사를 시작해야 할지도 몰랐을 거예요.”

“세 살인 사건 사이에 관련성이 있는지는 나중에 밝히더라도 세 번째 사건은 뭔가 이상해. 사망자는 아파트 3층에 살았어. 앞뒤 베란다에 모두 철창이 달려 있고. 이 집은 창문이 별로 없어. 남향에만 두 군데 있지. 이게 무슨 말이냐. 범인이 스파이더맨이거나 밧줄을 타지 않는 한 들어가기 어렵다는 거야. 그래서 열쇠가 필요했을 거야.”

“어떻게 그렇게 잘 아세요?”

“사건 현장에 가 봤으니까.”

“정말 열혈 탐정이시네요.”

“한 가지 물어보자. 피해자 집에 현관문이 몇 개지?”

“두 개요. 안쪽은 나무 문이고 바깥쪽은 철문이에요. 경찰은 범인이 상습 절도범일 가능성을 아예 배제했어요. 집 안을 뒤진 흔적이 전혀 없고, 피해자의 현금이나 간병인의 통장, 현금 카드, 여권 등이 모두 고스란히 있었어요.”

“범인은 상습 절도범이 아니기 때문에 열쇠가 필요했어. 이건 범인이 우발적으로 범행을 저지른 게 아니라 일찌감치 목표물을 정하고 간병인부터 처치했다는 의미야."

"그러네요." 천 뚱은 큰 가르침을 얻은 것처럼 고개를 끄덕이다금세 표정을 바꿨다. "아마 신이 경찰서 쪽에서도 알 거예요. 잊지 마세요. 저는 사건을 해결해 본 경험이 없는 일개 경찰이라는 걸요."

"일개 경찰도 큰 공을 세울 수 있어. 지금까지 어디어디 CCTV를 확인했지?"

"아파트 근처요."

"그것만으로는 안 돼. 범위를 더 넓히는 게 좋겠어." 나는 노트를 꺼내 새 페이지를 펴고 정삼각형을 그려 보였다. "세 살인 사건이 일어난 지점이야. 여기, 여기, 여기. 이 안에 있는 CCTV를 모조리 확인해 봐."

"잘난 척 좀 그만하세요. 탐정님이 형사 콜롬보라도 돼요?"

술고래 천 뚱은 겨우 네 캔을 마셨을 뿐인데 두 눈이 풀리고 쉽게 흥분했다. 피곤한 게 틀림없었다.

"탐정님이 말씀하신 거 우리도 다 알아요. 단지 단기간에 결과를 얻기 어려운 거죠. 시간이 오래 걸리는 일이라고요. 두 사건을 해결하기도 전에 또 한 건이 터졌어요. 그러면 CCTV 영상을 얼마나 더 봐야 하는지 아세요?"

"나는 그냥 천 순경에게 귀띔해 주고……."

"귀띔해 주면 뭐 해요? 저는 일개 말단 경찰일 뿐이라고요!"

"미안해."

우리는 말없이 맥주만 마셨다. 천 뚱은 다섯 개째 캔을 다 못 비우고 돌아갔다. 돌아가기 전까지 괜히 화내서 미안하다고 몇 번이나 사과했는지 모른다. 그저 사소한 일만 도맡고 야망이 없다고 해도 천 뚱 역시 경찰이었다. 큰 사건을 맡은 이상 스트레스를 안 받을 수가 없었다. 천 뚱이 자신을 두고 말단 경찰이라고 자조하는 말에서 그의 무력감을 느낄 수 있었다.

천 뚱이 돌아간 뒤에도 나는 계속 삼각형을 주시했다. 왠지 모를 불길한 예감이 피어올랐다. 소 뒷걸음치다 쥐 잡는 격으로 어쩌면 이번에는 언론이 맞을 수도 있다. 아무리 생각해도 세 사건은 연쇄 살인이다.

비교적 정확한 삼각형을 그리려면 지도가 필요했다. 예전에 분명 타이베이 지도책을 사 놨는데, 책꽂이를 아무리 샅샅이 뒤져도 나오지 않았다. 평소 물건을 아무 데나 놔두면 진짜 필요할 때 꼭꼭 숨어 버려 찾을 수가 없다.

3

고유 명사로서 연쇄 살인범의 정의는 간단명료하다. 일정 기간 동안 세 명 또는 그 이상을 죽인 흉악범에게 이 꼬리표가 붙는다. 방금 살인을 저지른 연쇄 살인범은 다음번 살인을 저지르기 전까지 일정 기간 '휴식기'를 가진다. 연쇄 살인범은 연속 살인범(spree killer)과 다른데, 후자는 짧은 시간에 많은 사람을 마구잡이로 죽이는 데다 한동안 살인을 멈추는 '휴식기'도 없다. 연쇄 살인범은 도쿄 지하철 사린 사건을 저지른 대량 살인범(mass murderer)과도 구별된다.

연쇄 살인범은 일반적인 정신병자와 큰 차이가 있다. 심각한 정신병자는 환각으로 인해 때때로 현실과 동떨어지거나 무질서한 행동을 한다. 연쇄 살인범은 대부분 사이코패스라서 겉으로는 정상인 것처럼 보이지만 ―대부분 친화력이 뛰어나고 개인의 매력을 잘 활용한다.― 내적으로는 공감 능력이 부족할 뿐 아니라 이해심과 동정심이 없고 무정하다. 또 매우 이성적으로 사고한다. 하지만 환각 증상이 있는 경우, 일상생활과 관계없이 자신이 만든 이미지에 갇혀 산다. 정상적인 세계가 강조하는 논리, 도덕, 양심 따위는 이들에게 전혀 중요하지 않다.

미국은 변태의 온상이다. 그래서 연쇄 살인 사건이 유난히 많다. FBI 행동 분석 팀의 보고서에 따르면 세상에 알려진 연쇄 살인범의 85퍼센트가 미국인이다. 찰스 맨슨, 테드 번디, 조디악 킬러, 힐사이드 교살범, 샘의 아들. 하나같이 '명성'이 자자한 계획적인 미국인 살인마들이다. 이런 이유로 연쇄 살인에 관한 미국의 연구는 다른 국가들보다 훨씬 선진적이다. 미국의 범죄 예방 시스템에는 프로파일링이라는 것이 있다. 끊이지 않는 연쇄 살인에 대응하기 위해 사례를 세분화하다가 범죄학의 한 계통으로 탄생한 이 프로파일링 기법에 따라 전문 요원이 범인을 분석한다.

1968년부터 1969년까지 찰스 맨슨은 비틀즈의 〈헬터 스켈터〉라는 노래의 영향을 크게 받았다. 또 자신이 하늘의 계시를 받았다고 생각했고 인종 문제를 죄악의 근원으로 여겼다. 1969년에 맨슨은 자신의 추종 집단인 '맨슨 패밀리'를 이끌고 '헬터 스켈터 계획'에 따라 수십 명을 잔인무도하게 살해한 뒤 체포됐다. 그는 법정에 처음 출두했을 때 이마에 X 자를 새기고 나왔는데, 이는 자신이 곧 미국이라는 체제에서 제거될 것임을 상징하는 부호라고 말했다. 얼마 뒤 재판을 받으러 나온 맨슨 패밀리의 또 다른 여자 구성원도 맨슨을 똑같이 따라 했다. 훗날 사람들을 놀랜 X 자는 오른쪽

164

방향으로 획 네 개가 더해져 나치의 상징처럼 변했다. 판결을 기다리는 동안에는 머리를 삭발하고 언론을 향해 "나는 악마다. 악마의 진면목은 대머리다."라고 말하기도 했다.

전 세계 연쇄 살인 순위 차트에서 미국에 이어 2위를 차지한 것이 바로 영국이다.

미국에 미치광이가 많은 것은 인종의 용광로이기 때문일까, 배타적 애국주의가 판치기 때문일까? 어쩌면 인종의 용광로인 데다 배타적 애국주의가 판치기 때문에 미치광이가 유난히 많은 것일 수도 있다. 인종이 복잡하고 다원화되면 다른 인종을 배척하는 심리가 고개를 쳐든다.

자유의 반대는 구속이다. 나는 미국처럼 가장 자유로운 곳을 자처하면서도 많은 것을 구속하는 국가를 본 적이 없다. 내 집 정원의 잔디가 지저분해서 깎는데 이웃들이 항의하고, 돈이 있다고 해서 아파트 한 채를 마음대로 살 수 있는 게 아니라 심사를 거쳐야 하고, 구입한 아파트를 남에게 세줄 때도 주민 위원회의 눈치를 봐야 하고, 아파트에서는 개나 고양이를 키울 수 없고……. 온갖 규정에 숨이 막힐 지경이다. 수박 겉핥기로 아는 사람들은 미국을 혼란스럽고 지나치게 자유롭고 제멋대로 할 수 있는 국가라고 말한다. 하지만 자유와 방종의 가면 뒤에는 보수와 구속이라는 또 다른 얼굴이 숨어 있다. 많은 분야에서 미국은 영국보다 더 봉건적인데, 청교도주의에서 그 이유를 찾을 수 있다.

신교 중에서 가장 보수적이고 극단적인 청교도는 근면함, 엄격함, 적극성, 진취성, 도덕, 깨인 정신, 정화를 강조한다. 달리 말하면 온갖 미덕을 다 강조하면서도 마지막에 관용을 깜빡했다. 청교도는 천국에 갈 자와 지옥에 떨어질 자를 자기 자신이 아니라 하느님이 선택한다는 생각으로, '미국은 세상에서 가장 위대한 국가다.'라는 말을 전 세계에서 유일하게 천연덕스레 하는 것인지도 모른다.

청교도주의와 자본주의의 조화로우면서도 이질적인 조합은 모순된 국혼을 낳았다. 그렇기 때문에 오바마가 대통령으로 뽑힌 국가의 한쪽에서 티파티 운동이 벌어지는 것도 전혀 놀랍지 않다. 티파티(미국의 강경 보수주의 시민 단체./옮긴이)는 공개 석상에서도 냉정하고 극단적인 말을 마구 내뱉는다. 하물며 보이지 않는 곳에서는 어떤 말을 할까? 자기들끼리 모여 표현을 절제하지 않아도 될 때는 아마 몇 배 더 공포스러운 말을 쑥덕댈 것이다. 티파티는 입만 열었다 하면 도덕과 정화를 외치지만 내 귀에는 이것이 구약 성경을 읽는 것처럼 들리고 봉건적으로 느껴진다. 또 티파티가 성전에 임하는 전사인 것처럼 행세할 때는 나도 모르게 찰스 맨슨이 떠오른다. 티파티와 찰스 맨슨은 서로 앞서거니 뒤서거니 하며 묘하게 연결되는 점이 있다.

영국은 단 몇 초 만에 맑은 날씨가 흐린 날씨로 바뀔 정도로 날씨 변화를 예측하기 어렵다. 북쪽 지방과 지대가 높은 지역으로 갈수록 더 습하고 쌀쌀하고 복합적인데, 가을과 겨울에는 그 정도가 더 심하다. 물론 여행객은 이런 날씨마저 낭만적으로 느낀다. 영화 〈프랑스 중위의 여자〉에서는 흐린 하늘도, 살을 에는 찬 바닷바람도 문제 되지 않는다. 하지만 이런 날씨가 대대손손 그 땅에서 살아온 사람들에게 어떤 영향을 끼쳤을지는 직접 살아 보지 않아도 쉽게 상상할 수 있다. 자외선의 공로라고 할까? 햇볕을 오래 쬐면 사람을 죽이고 싶은 충동이 줄어드는지 열대 지방과 아열대 지방은 살인마의 숫자가 상대적으로 적다. 물론 내 멋대로 지껄인 이

'위도 이론'은 조금만 검증해도 엉터리라는 것이 드러난다. 러시아는 영국보다 더 북쪽에 있는데도 왜 연쇄 살인 순위에서 성적이 부진할까? 어쩌면 KGB 때문에 연쇄 살인범이 설치고 다니지 못할 수도 있고, 연쇄 살인범이 아예 KGB 요원이 됐을 수도 있다.

날씨를 제외하고 영국이 연쇄 살인 순위에서 2위를 차지한 중요한 요인은 종교관이다. 신교가 죄악을 강조하고 개인에게 동물적인 본능을 무시하고 욕구를 억누르라고 강요한 결과, 영국인은 억눌린 성향을 갖게 됐다. 섹스를 죄악으로 여기는 곳에서는 필연적으로 성범죄가 많이 일어나게 마련이다. 상대적으로 천주교를 믿는 프랑스 사람들은 섹스는 곧 해방이며 부끄러운 것이 아니라고 여긴다. 천주교도 똑같이 죄악을 설교했지만, 죄악에 대한 신교의 집착은 천주교를 훨씬 뛰어넘는다. 프랑스 소설가 앙드레 지드는 온종일 양심, 진실함, 정직함만 생각하는 신교도를 흥을 깨는 사람들이라고 비판했다. 종교와 고질적인 계급 의식 때문에 영국은 경계 짓는 것을 중시하게 됐고, 무수한 경계는 다시 경계를 넘는 행위를 불러일으켰다.

요코미조 세이시가 쓴 『나비 부인 살인 사건』의 시대적 배경은 2차 세계 대전이 끝난 직후의 일본이다. 이 소설에서 탐정 유리는 기자에게 알려 주듯 말한다.

"요즘 같은 시대에는 살인 사건이 치밀한 범죄 축에도 못 껴요. 가뜩이나 마음도 흉흉한데 공들여 살인 계획을 짤 여력이 어디 있겠어요. 살인 사건이 사람들에게 불안감을 불러일으키는 것도 다 세상이 태평하고 생명이 존중받을 때 이야기예요. 지금처럼 사람 목숨이 들풀 취급을 받는 시대는 어쩌면……."

기자는 비꼬는 투로 묻는다. "그러면 계획적인 살인이 일어나고 탐정이 사건 현장에서 활약하는 시대가 오면 좋은 건가요, 나쁜 건 가요?"

그러자 탐정은 정색하고 말한다. "그걸 꼭 말로 해야 알아요? 당연히 좋은 거죠! 계획범죄가 일어난다는 건 그 사회에 어느 정도 질서가 존재한다는 의미니까요."

기자는 문득 깨닫고 말한다. "교묘한 계획범죄가 많을수록 발전한 사회겠군요?"

탐정과 기자의 대화는 질서를 중시하는 사회에서 계획적인 연쇄 살인범이 등장할 가능성이 더 높다는 역설적인 진리를 알려 준다. 질서는 질서에서 벗어나고 싶은 충동을 불러일으키고, 이성은 비이성을 조장하고, 생명의 가치가 높아질수록 생명을 꺼뜨리고 싶은 욕구도 높아진다.

다른 생활 방식으로 설명하면 줄을 서는 문화가 없는 사회의 경우 연쇄 살인범이 나타날 가능성이 낮다.

서양 사람들은 줄을 잘 선다. 현관문을 나서기 전에 진정제를 한 알 먹고 나온 것처럼 불안해하는 기색도 없이 가지런히 줄을 서서 자연스럽게 기다린다. 새치기하는 경우도 드물기 때문에 줄을 서다가 싸움이 일어나는 일도 거의 없다. 유리 탐정이 말하는 발전적인 사회에 어울리는 교양 있고 이성적인 행위다. 하지만 같은 이유로 질서에 반대하고 이성을 무시하는 반발력도 강하다. 미국과 영국에 비해 연쇄 살인 사건이 매우 적은 남유럽의 프랑스, 이탈리아, 스페인은 예절과 종교의 속박을 받지 않는다.

일본은 줄을 설 때도 선종의 의미를 찾는 국가다.

동아시아 국가 중에서 일본은 연쇄 살인 사건이 독보적으로 많다. 단순히 인구수만 놓고 비교하면 일본은 중국과 인도에 크게 못 미친다. 그런데 연쇄 살인범 숫자를 보면 중국과 인도 두 나라의 연쇄 살인범을 모두 합쳐도 일본을 못 따라간다. 왜일까? 종교가 다르기 때문이다. 불교 신자들은 역사적으로 불교의 이름으로 대규모 전쟁이 일어난 적이 없는 것을 매우 자랑스럽게 말한다. 어느 불교 대사도 '지금까지 불교 신자들은 스스로 부끄러운 일을 한 적이 없다. 불교가 널리 퍼지는 과정에서 폭력은 어떤 역할도 하지 못했다.'라는 글을 써서 불교의 자비심을 알렸다. 불교를 깊게 믿는 동남아시아 국가의 경우, 종교 관련 범죄라고 해 봤자 불교를 광적으로 믿는 것이 전부다. 가끔 승려가 자기 몸에 불을 질러 죽었다는 말은 들었지만 무고하게 죽은 순교자 이야기는 한 번도 들어 본 적이 없다. 중국은 불교와 유가 사상이라는 이중 장치가 있는데, 이것이 서로 한 몸처럼 조화롭게 녹아들어 뜬구름을 좇지 않고 실용적인 것을 추구하는 중국의 민족성을 형성했다.

일본은 신도, 불교, 신도와 불교의 중간쯤 되는 사무라이도가 있다. 신도, 불교, 사무라이도는 한데 섞여 다시 사쿠라주의가 됐다. 그런데 어쩌면 사쿠라주의가 일본 내 모든 골칫거리의 근원일지도 모른다. 일본 사람들은 눈꽃처럼 하얀 벚꽃에 기어코 피를 묻혀야 아름답다고 생각하는 걸까? 일본 하면 떠오르는 할복, 손가락 자르기, 가미카제 모두 피를 보는 행위다. 일본 사람들은 함축적이지 않으면 아름답지 않다고 생각하고, 자제하지 않으면 예의에 어긋난다고 여긴다. 하지만 배 속에 술이 들어가면 자기도 모르게 억눌림 모드가 해제돼 고삐 풀린 망아지가 되고 물이 끓으면 삑삑 우는 주전자가 된다. 일본인은 술에 취하면 온갖 추태를 부리는 것으로 전 세계에서 유명하다.

일본인은 병적으로 궁극적인 것을 추구한다. 하지만 일본인에게 궁극은 완벽한 상태도 아니고 숫자 10처럼 꽉 찬 상태도 아니다. 조금은 부족하지만 아름다운 상태인데, 9라고 하기에는 모자라고 11이라고 하기에는 넘친다. 일본이 추구하는 궁극의 미는 소리 내어 말하는 순간 아름다움을 잃는다. 이 개념은 일본인의 정신에 스며들어 문학, 예술, 음악, 패션, 말과 행동에 무의식적으로 많은 흔적을 남겼다. 미국의 낭만파 시인 에드거 앨런 포의 아름다운 미학과 잔혹한 정서는 일본 추리 소설의 아버지 에도가와 란포를 통해 일본 토양에 심어진 뒤 거부감 없이 자연스레 꽃을 피우고 열매를 맺었다.

일본에 연쇄 살인범이 많은 또 다른 이유는 민족적인 우월감이다. 민족적인 우월감은 일본인뿐 아니라 중국인에게도 있었다. 하지만 중국인은 일본의 침공, 국공 내전, 문화 대혁명을 겪는 동안 피눈물을 흘리며 모두 잃어버렸다. 일본인이 태어날 때부터 다른 민족보다 우월한 것은 아니다. 사쿠라주의의 최면에 걸려 머리에 흰 띠를 두르고 목청껏 '필승'을 외치는 순간 일본인은 순수한 아름다움을 느끼고 두려움을 떨쳐 버린다. 일본인이 여러 분야에서 뛰어난 면모를 과시하는 것을 보면 이 최면은 실제로 효과가 있다.

일본인은 이상한 민족이다. 사는 동안 죽음의 경지를 갈망하고, 생명의 강이 흐르는 이쪽에서 저승의 강 너머를 간절하게 바라본다. 중국인과 인도인은 오랫동안 굶기를 밥 먹듯 하고 외세의 침략을 받느라 한가하게 이런 생각을 하고 있을 시간이 없었다.

타이완은 비정해서 민족적인 우월감도 없고, 국토가 작아서 크게 개발된 도시도 없다. 종교적인 분위기가 희박해서 청교도를 양성할 수도 없고, 되는 대로 살아가는 정신이 팽배해서 사쿠라주의가 나올 수도 없다. 타이완 사회는 서로 먼저 비집고 가려는 문화에서 순순히 줄을 서는 문화가 자리 잡기까지 이삼십 년이 걸렸고, 범죄 유형도 세월 따라 기괴하고 다양하게 변했다. 하지만 타이완은 일본이 아니다. 타이완의 본래 모습은 '혼란'이다. 도시 외관은 지저분하고, 도로는 마구잡이로 개발됐다. 사람들은 교통 신호를 무시하고, 함부로 말하고, 단점을 잘 인정하지 않고, 사고방식이 혼란스럽다. 간단히 말하면 비이성적이고 제멋대로 행동한다. 구성원 스스로 규칙을 잘 지키지 않는 사회는 잠재적인 연쇄 살인마들에게 충분한 자양분을 주지 못한다. 지금까지 타이완에서 발생한 사건들의 동기는 대부분 돈을 훔치거나 욕구 불만을 해소하는 것이었다. 찰스 맨슨처럼 자신이 하늘을 대신해서 옳은 일을 한다고 생각하는, 사람의 탈을 쓴 악마는 아직까지 타이완에 출현한 적이 없다.

1

뒤이어 며칠 동안 당황스러울 정도로 한가했다. 새로운 의뢰인이 찾아오지 않자 밥만 축내지 않으려면 임시방편으로 다른 일거리라도 찾아야겠다는 생각이 들었다.

비록 엉뚱한 추측으로 끝날 때가 많았지만 수시로 세 살인 사건에 대해 생각했다. 또 틈틈이 연쇄 살인범에 관한 자료를 읽었고, FBI가 연쇄 살인범의 특징을 사례별로 모아서 정리해 놓은 '특징 프로파일'의 모든 항목도 일일이 노트에 적어 뒀다. 어제는 호주의 범죄 아카데미가 작성한 보고서를 읽었는데, 1989년부터 2006년까지 연쇄 살인 사건이 총 열한 건 일어났으니 이 방면에서 결코 성적이 나쁜 것은 아니다. 사우스오스트레일리아 주도인 애들레이드는 연쇄 살인범의 근거지다. 이 역사적인 고도는 종교색이 짙고 도시 곳곳에 교회가 셀 수 없이 많아 '교회의 도시'라는 아름다운 별명으로 불린다. 하지만 범죄가 빈번하게 발생해서 '시체의 도시'라는 오명도 가지고 있다. 애들레이드가 호주 전역에서 줄 서는 문화의 미덕을 가장 잘 이해하는 대도시라는 점은 매우 흥미롭다.

스웨덴 국적의 또 다른 작가는 1990년대부터 지금까지 발생한 모든 연쇄 살인 사건을 연구한 결과, 냉혈한 살인마들의 나이가 계속 젊어지는 추세라고 지적했다. 작가는 모든 것이 인터넷으로 연결된 요즘 시대에 젊은이들이 현실 감각을 잃고 허구의 세계에 빠져 즐거움과 고통마저 잘 못 느끼게 됐다고 말했다.

2

7월 11일, 상황이 급반전됐다.

나는 갑자기 경찰의 출석 요청을 받았다. 아무리 생각해도 일이 왜 이렇게 커졌는지 도무지 이해할 수 없었다. 마음의 준비 같은 것을 할 시간도 없었다. 경찰이 직접적으로 말하지 않았지만 나는 이미 살인 사건 세 건 중 두 건의 용의자가 돼 있었다.

상황은 이랬다. 오후 4시가 넘어 기루에서 차를 마시던 중 도로 맞은편에서 천 뚱을 발견했다. 나는 천 뚱에게 손을 흔들고 두 손을 나팔 삼아 입가에 대고 크게 소리쳤다.

"건너와서 차 한잔 마시고 가!"

천 뚱도 손을 흔들었다. 살며시 웃었지만 어딘가 불편해 보였고, 예전처럼 친근해 보이지도 않았다. 나를 볼 때마다 귀찮다는 듯이 지었던 장난스러운 표정도 짓지 않았다. 손을 흔드는 모습도 힘이 없어 보였고, 미소는 쓴웃음에 가까웠다. 당시에는 그저 천 뚱이 그날 저녁의 일로 난감해서 그런 줄만 알았다.

천 뚱은 핑둥루를 가로질러 기루를 따라 걸어왔다. 나는 자리에서 일어나 천 뚱과 인사하고 뭘 마시겠냐고 물었다. 천 뚱은 아무 것도 안 마시겠다고 말하고 자리에 앉았다. 뭔가 괴로운 일이 있어 보였다.

"이걸 어떻게 말씀드려야 할지……."

미안해서 어쩔 줄 몰라 하는 천 뚱의 낯빛이 몹시 어두웠다.

"일부러 탐정님을 해하려고 한 건 아닌데……."

"무슨 말이야? 자네가 나를 해할 수나 있어?"

여전히 미소를 지었지만 뭔가 싸한 느낌이 들어 슬슬 걱정되기 시작했다.

"지난번에 탐정님이 노트에 정삼각형을 그리면서 범위를 넓혀서 CCTV를 확인해 보라고 하셨잖아요. 이튿날 출근해서 사건 발생 지점을 연결한 정삼각형을 지도에 그리고 지구대장님께 보여 드리면서 CCTV 영상 확인 범위를 넓혀야 할지 여쭤봤어요. 그랬더니 지구대장님이 한심하다는 듯이 쳐다보는 거예요. 기본적인 것 까지 일일이 다 가르쳐 줘야 하냐는 듯이 말이에요. 지구대장님은 사건이 두 건에서 세 건으로 늘었는데 당연히 범위를 확대해야지 축소해야겠냐면서 지금은 인력이 부족하니까 먼저 사건 발생 지점 근처 CCTV부터 확인하고 나서 점차 범위를 넓혀 가라고 말했 어요. 괜히 말 꺼냈다가 본전도 못 찾고 혼나기만 했죠. 그래서 결심했어요. 지금까지 숱하게 돌려 본 CCTV는 쳐다보지도 말고 정 삼각형 중앙부의 CCTV를 확인하는 데 집중하기로."

"그랬더니?"

"교집합을 찾았어요." 천 뚱이 한 박자 쉬고 말했다. "이 교집합 은 세 사건 중 두 사건과 걸쳐져 있어요."

"이야, 좋은 소식이네."

"그 교집합이 탐정님이에요."

"뭐?"

"너무 흥분하지 마세요. 저도 이 실마리를 처음 발견하고 기쁘기는커녕 얼굴이 하얗게 질려 버렸다는 것만 일단 알아주세요. 그런데 어쨌든 지구대장님께 보고는 해야 되잖아요. 그래서…… 그랬더니……."

"그랬더니?"

"탐정님을 지구대에 데리고 오래요."

"나를? 안 가면 어떻게 되는데?"

"탐정님, 부탁드릴게요. 이 기회에 탐정님이 다 밝혀 주세요."

"밝히긴 뭘 밝혀? 대체 그 실마리가 뭔데 나하고 관련이 있다는 거야?"

"지금은 말씀드리기 곤란해요. 탐정님, 한 번만 협조해 주세요. 원래는 직원들을 보내서 연행하려는 걸 제가 잘 말해서 데리고 오겠다고 한 거예요."

"그럼 일단 가 보자."

우리는 동시에 자리에서 일어났다.

핑둥루와 푸양제가 만나는 입구에서 신호등이 바뀌길 기다리는데 사방팔방에서 경찰들이 따라오는 것이 느껴졌다. 천 뚱의 말을 듣지 않았다면 분명 저들 손에 끌려갔을 것이다. 천 뚱을 뒤돌아보자 그는 미안한 표정으로 머쓱하게 미소 지었다.

마침내 지구대에 도착했다. 그동안 지구대에 가더라도 늘 입구 왼쪽에 있는 탕비실만 구경하다 나왔기에 내부가 어떻게 생겼는지 꼭 보고 싶었다. 하지만 막상 용의자 신분으로 들어가니, 관광객처럼 마냥 즐겁지도 않고 자세히 구경하고 싶은 생각도 들지 않았다. 입구 오른쪽으로 들어가자 안에 있던 경찰들이 하던 일을 멈추고 일제히 나를 쳐다봤다. 마음을 가라앉히려고 해도 너무 떨려서 온몸이 사시나무 떨듯 했다.

3층 건물인 워룽 지구대는 류장리 일대의 다른 오래된 아파트들처럼 숨이 턱턱 막히게 좁고 현기증이 날 정도로 길었다. 2층으로 올라가 취조실에 들어가기 전에 3층으로 통하는 계단 입구의 철문을 쳐다봤다. 3층은 구류 처분을 받은 사람들이 임시로 머무는 유치장인 것 같았다. 취조실을 나설 때 내 운명이 1층행이 될지 3층행이 될지 전혀 감이 잡히지 않았다. 나 스스로는 분명 죄가 없고, 경찰이 오해하고 있다는 것을 알지만 앞날이 어떻게 될지 모르니 불안하기만 했다.

대체 천 뚱이 뭘 본 걸까?

취조실은 영화 속 모습과 사뭇 달랐다. 손바닥만 하게 좁고, 사방이 온통 벽이었다. 거울 같은 것은 아예 있지도 않았다. 형광등 아래 앉아 있는 내 얼굴이 얼마나 창백할지는 안 봐도 훤했다.

이십 분이 지났는데 아무도 들어오지 않았다. 목마르세요? 집에 전화하시겠어요? 변호사 필요하세요? 이렇게 물어보러 오는 사람도 없었다. 짜증이 나다 못해 초조해지자 긴장감을 풀기 위해 직사각형 테이블 주변을 천천히 걸으며 CCTV가 숨겨져 있는지 두리번거렸다. 취조실을 들여다볼 수 있는 유리창이 없다면 어딘가에 녹화 장치나 녹음 장치라도 설치해 뒀을 것이다.

나는 경찰이 무슨 수작을 부리는지 안다. 지금 누군가는 CCTV로 내 일거수일투족을 관찰하고 내 표정을 연구할 것이다. 일부러 나를 기다리게 하는 것이다. 할리우드 영화에 나오는 미국 경찰의 표현을 빌리면 일부러 진땀을 빼게 하는 것이다. 하지만 나는 진땀을 흘리기는커녕 추웠다. 에어컨 바람이 너무 세서 바람을 줄이려고 스위치나 리모컨이 있는지 살폈지만 결국 찾지 못했다.

삼십 분이 지나도 달라진 것은 없었다. 나는 배낭에서 담배와 라이터를 꺼내 불을 붙이고, 이렇게 하면 누구라도 들어오겠지 생각했다. 연달아 두 대를 피웠더니 입안이 바싹 말랐다. 세 번째 담배를 물었을 때 편한 복장의 경찰이 꽤 많은 자료를 들고 들어왔다. 체크무늬 셔츠를 입은 그는 첫 번째 단추를 잠그지 않았다. 당장 담배 끄라고 소리칠 줄 알았는데 "잠깐만요, 재떨이 좀 가져올게요."라고 말하고 다시 나갔다. 잠시 뒤 재떨이와 담배를 들고 온 경찰은 자료를 오른쪽에 놓고 재떨이를 가운데 놓고 나서 담배를 한 대 물었다. 경찰의 목에 걸린 금 목걸이가 눈에 들어왔다.

"여기서 담배를 피워도 됩니까?" 나는 담배 연기를 내뿜으며 물었다.

"선생님이나 저나 다 담배 피우는 사람이잖아요. 불평할 사람도 없는데 그냥 피우세요."

"에어컨 바람 좀 줄일 수 있을까요?"

"추우세요? 바로 꺼 드릴게요."

경찰이 나갔다가 다시 들어왔다. 말만 하면 경찰이 다 들어주는 취조실은 봄처럼 분위기가 따뜻했다.

경찰이 서류 더미에서 소형 녹음기를 꺼내 위쪽 버튼을 몇 번 누르고 재떨이 옆에 뒀다.

"죄송합니다. 녹음해야 해서요. 우 선생님이시죠? 안녕하세요. 리융취안입니다. 여기 제 명함입니다."

리 요원은 깡패 같은 생김새와 달리 예의가 발랐다.

"타이베이시 형사국 수사 4조 3과."

나는 한동안 명함을 쳐다봤다.

"선생님께 몇 가지 여쭤볼 문제가 있습니다."

"시작하기 전에 몇 가지 대답해 주세요."

"말씀하시죠."

"제가 형사님에게 장난치는 일은 없을 겁니다. 체포된 게 이번이 처음……."

"선생님은 체포된 게 아니라 조사받으러 오신 겁니다."

"조사요? 그럼 그냥 전화로 물어보면 되잖아요. 무슨 저격범도 아니고, 사람 하나 데리고 오겠다고 그 많은 경찰들을 동원한답니까?"

"그 부분은 제가 잘 모르겠네요. 제가 맡은 일은 선생님을 조사하고 기록하는 거라서요."

"그렇군요. 어쨌든 조사받는 게 이번이 처음이에요. 저한테 어떤 권리가 있는지 궁금합니다. 제 말이 무슨 뜻인지 아시죠? 사람들은 경찰서에 몇 번 들락날락하면 알게 돼요. 자신이 법률 상식에 대해 얼마나 무지한지요. 제 권리를 알고 싶어요."

"먼저 선생님은 묵비권을 행사할 수 있습니다."

"진짜요? 그런데 왜 사람들은 묵비권을 행사할 테면 해라, 하지만 마냥 입 다물고 있으면 경찰에게 된통 깨질 것이다, 이렇게 말하죠?"

"오해예요. 적어도 지금은 그렇지 않습니다."

"알겠습니다. 또 어떤 권리가 있습니까?"

"변호사를 선임할 수 있습니다."

"또 있습니까?"

"이 정도입니다."

"한 가지 더 있죠. 조사받는 전 과정에 대해 녹음과 녹화를 요구할 수 있잖아요."

"맞아요. 제가 깜빡했습니다."

"제 질문은 끝났습니다. 다시 말하지만 저는 형사님에게 장난칠 생각이 전혀 없어요. 그냥 궁금해서 그러는데 왜 조사를 시작하기 전에 묵비권을 행사할 권리, 변호사를 선임할 권리, 전 과정에 대해 녹음과 녹화를 요구할 권리가 있다고 미리 말해 주지 않았습니까?"

"죄송합니다, 제 불찰입니다. 우 선생님, 당신은 묵비권을……."

"저는 묵비권을 행사하지도 않고 변호사를 선임하지도 않을 겁니다. 녹음은 합시다. 자, 이제 시작하죠."

"감사합니다. 먼저 우 선생님, 류장리에는 언제 이사를 오셨습니까?"

"5월 1일요."

"혼자 사십니까?"

"그렇습니다."

"하루 일과가 어떻게 되십니까?"

"눈이 뜨이면 일어나고 감기면 잡니다. 아침에 일어났을 때 비가 오지 않으면 산에 가고, 돌아와서 샤워한 다음 음악을 들으며 책을 읽습니다. 정오에는 밖에서 점심을 먹고, 식사가 끝나면 산책해요. 발길 닿는 대로 무릎이 아플 때까지요. 3시 30분이 되면 조금 전에 경찰이 나를 찾아낸 카페에서 한두 시간 머물다가 밖에서 저녁 식사를 하고 예닐곱 시쯤 집에 들어갑니다. 저녁에는 주로 집에서 텔레비전을 보고, 가끔 DVD도 봐요. 마지막에는 침대에 누워 책을 보다가 잡니다. 거의 이 정도예요."

내 생활은 정말 이랬다. 처음 보는 사람 앞에서 아무 감정 없이 하루 일과를 말해 놓고 보니 갑자기 내 삶이 고인 물처럼 느껴졌다. 하지만 이렇게 살기를 바랐으니 다른 사람을 탓할 수도 없다.

"평소 몇 시에 주무세요?"

"그때그때 달라요. 어느 때는 한두 시에 자고 어느 때는 더 늦게 잡니다."

"잠이 안 오면 밖에 나가서 걷습니까?"

"뭐가 궁금한 겁니까? 그냥 직접적으로 물어보세요."

"6월 16일 몇 시에 주무셨습니까?"

"그걸 기억하겠어요? 6월 16일에 형사님은 몇 시에 잤습니까?"

"저도 기억이 안 나네요."

"괜한 질문으로 시간 낭비하지 맙시다. 그냥 말씀드리죠. 6월 24일과 7월 8일에 몇 시에 잤는지도 기억 안 납니다. 형사님, 이제 아시겠어요? 제가 얼마나 곤란한 상황에 빠졌는지. 세 살인 사건은 한밤중과 새벽에 발생했어요. 모두 잠든 시간에요. 그런데 혼자 사는 저는 알리바이를 증명해 줄 사람이 없습니다. 제가 몇 시에 잤다고 말해도 형사님은 안 믿으실 거고, 또 믿어서도 안 됩니다."

"세 살인 사건에 대해 잘 아시나 봅니다."

"그럼요. 그냥 취미 삼아 알아봤습니다."

"선생님은 사…… 사설탐정입니까?"

"그렇습니다."

"사건을 의뢰받은 적이 있습니까?"

"아직 없습니다. 개업한 지 얼마 안 됐어요."

무슨 일이 있어도 천제루를 끌어들여서는 안 된다.

"방금 전에 하루 일과를 말씀하실 때 공원을 빠뜨리셨습니다."

"그랬네요. 공원도 자주 갑니다. 가서 가만히 앉아 있다 옵니다."

"우 선생님, 경찰이 지금 당혹스러워하는 점은……."

리 요원이 서류 파일을 들고 자리에서 일어나 내 쪽으로 왔다. 그 모습이 꼭 칼을 들고 닭 모가지를 치러 오는 백정 같았다.

"공교롭게도 CCTV 영상을 확인한 결과 선생님이 피해자 두 명과 접촉한 사실이 발견됐습니다. 번번이 공원에서요."

당시 내 표정이 어땠는지는 기억나지 않지만 목이 빠르게 움츠러든 것은 기억난다. 가까스로 침을 한 모금 크게 삼켰는데 아래턱과 후두 사이에서 꿀걱 소리가 났다. 갑작스럽게 훅 들어온 리 요원의 한 방에 정신적으로 나가떨어졌지만 다행히 앉아 있었기에 뒤통수가 찌릿찌릿한데도 테이블을 잡고 상반신을 지탱할 수 있었다.

나는 깜짝 놀란 나머지 온몸에 힘이 빠졌고, 더 이상 배짱 좋게 앉아 있을 수 없었다.

CCTV 영상을 캡처한 사진은 해상도가 낮고 윤곽도 모호했지만 분간하지 못할 정도는 아니었다. 확실히 사진 일곱 장에는 나와 살해된 피해자 두 명이 공원에 앉아 있는 모습이 고스란히 찍혀 있었다.

리 요원은 앞쪽에 있는 사진 네 장을 가리키며 말했다. "여기 몇 장은 선생님과 첫 번째 피해자 중충셴이 같은 날 자싱 공원에 있는 모습이 서로 다른 각도에서 찍힌 사진입니다. 선생님과 피해자는 같은 돌 벤치에 앉아 담배를 피웠습니다. 뒤의 세 장은 선생님과 두 번째 피해자 장지룽이 린광역 옆 정자에 있는 모습이에요. 사진 왼쪽 윗부분에 날짜와 시간이 나와 있습니다."

리 요원의 오른손 말고는 그의 몸이 거의 보이지 않았다. 리 요원은 내 의자 등받이에 왼손을 올려놓고 몸을 구부린 채 내 뒤에 서 있었다. 그의 그림자가 사진에 비치고 그의 숨소리가 귀 뒤에서 들렸다. 내게 압박감을 주려고 그런 것이라면 더할 나위 없이 효과적이었다.

목덜미가 순식간에 서늘해졌다.

"어떻게 이런 우연이 있을 수 있죠?" 한참이 지나서야 나는 겨우 웅얼거리듯 말했다.

"저희도 그게 궁금합니다. 어쩜 이렇게 공교로울 수가 있을까요?" 리 요원이 자리로 돌아갔다. "왜 모든 영상 속에서 선생님 혼자 피해자 두 명과 접촉했을까요?"

"이게 어떻게 접촉한 거예요?"

해명하느니 차라리 나조차 이해하기 어려운 이 상황에 대한 의혹을 털어놓는 게 나을 것 같았다.

"저는 이 두 사람이 근처에 있는지도 몰랐어요. 이야기해 본 적은 더더욱 없고요. 산책할 때 류장리와 쌴장리 일대의 공원을 자주 갑니다. 그냥 혼자 벤치에 앉아 담배도 피우고, 심심하니까 공원에 있는 사람들도 구경합니다. 신나게 뛰어노는 아이들, 바둑을 두면서 싸우는 어르신들, 속닥거리면서 남의 흉을 보는 아줌마들, 노숙자, 실업자, 그냥 쳐다보기만 해요. 그러다 보면 가끔 또라이도 한두 명 보고요."

"평소에 사람들과 이야기를 잘 안 하십니까?"

"저는 모르는 사람들과 대화하는 걸 좋아해요. 사람들의 사연에 호기심이 많은 편이죠. 하지만 저를 보세요. 거만하기 짝이 없는데 어떤 사람이 제게 말을 걸고 싶겠어요. 제가 피해자 둘 중 어느 한 사람과 대화를 나눴다면 분명 기억할 겁니다. 하지만 사진들을 보면 그냥 우연히 그들과 같은 공원에 있었을 뿐입니다. 예를 들어 여기 첫 번째 사건의 피해자요. 저와 2미터 정도 떨어져 있습니다. 앉은 자세를 보면 피해자는 동쪽을 보고 있고, 저는 완전히 서쪽을 보고 있어요. 거리와 자세로 봤을 때 두 사람이 뭔가를 같이하고 있다고 보기 어렵습니다."

"선생님이 피해자들을 관찰하는 것일 수도 있죠."

"저는 밖에 나가면 길을 걷든 공원에 앉아 있든 늘 사람들을 조용히 관찰해요. 그렇다면 이게 다 다음 범행 대상을 물색하기 위해 사람들을 몰래 관찰한다는 겁니까? 뭐 하나 물어봅시다. 경찰은 왜 저와 세 번째 피해자가 공원에 있는 모습을 못 찾았습니까?"

"세 번째 피해자는 휠체어 생활을 했고, 엘리베이터가 없는 아파트의 3층에 살았어요. 외출 자체가 불가능했습니다."

그 이후에는 리 요원이 뭘 묻든 건성으로 대답했고, 자꾸 떠오르는 잡생각을 떨쳐 내느라 바빴다. 마침내 두 시간 삼십 분 가까이 이뤄진 '조사'가 끝났다. 멀쩡히 풀어 주는 것으로 봐서 경찰 쪽에서 나를 이십사 시간 동안 구류할 만한 충분한 증거를 찾지 못한 것 같았다.

계단을 내려가자 천 뚱이 1층 계단 입구에서 기다리고 있었다.

"괜찮으세요?" 천 뚱이 물었다.

"아무래도 큰일 난 것 같다." 내가 말했다.

"죄송해요. 제 임무가 그거라서 어쩔 수가 없었……."

"괜찮아. 이게 왜 자네 잘못이야. 그냥 내가 왜 할 일 없이 공원을 들락날락했나 싶네."

나는 천 뚱의 어깨를 토닥였다.

"혼자 가셔야 돼요. 밖에 기자들이 많아서 같이 나가면 안 좋을 것 같아요. 그냥 볼일 보러 잠깐 온 사람처럼 나가세요. 그러면 기자들이 의심하지 않을 거예요."

나는 심장이 요동치는 것을 꾹 참고 태연한 척 지구대를 빠져나갔다. 기자들의 시선을 한 몸에 받자 죄가 없는데도 죄가 있는 것처럼 느껴졌다. 다행히 기자들이 미친개처럼 달려들지는 않았다.

그날 저녁 빈속에 연이어 맥주를 벌컥벌컥 들이켰다. 최근에 린 선생과 미스 추의 사건을 해결하고 한껏 들떴던 기분과 세 살인 사건에 대해 가졌던 직업적인 호기심이 한순간에 연기처럼 사라졌다.

처음에는 소파에 처박혀 한숨만 쉬었다. 내가 용의자라니! 어쩌다 이런 젠장 맞을 용의자가 됐을까? 투지가 사라진 자리에 놀라움, 걱정, 우울함, 분노가 들어차자 욕밖에 안 나왔다. 세상 이치를 꿰뚫어 본다고? 주제 파악도 못 하고, 점점 더 깊은 수렁에 빠지는 것도 모르고 혼자서 온갖 잘난 척은 다 하더니, 이런 꼴을 당해도 싸다!

하지만 술기운이 올라 무서운 게 없어지고 마음이 어느 정도 가라앉자, 모든 것이 우연의 일치에 불과하고 하늘이 내게 이런 개같은 장난을 칠 리가 없다고 스스로를 다독이기 시작했다. 이어서 술기운의 부추김을 받아 바보 같은 용기가 솟아났다. 경찰의 그림자를 보고 놀라지 말자. 나는 아무 짓도 하지 않았다. 그러니 두려워할 것도 없다. 자고로 병사가 오면 장군이 막고 물이 밀려오면 흙으로 막으라고 했다. 경찰의 반응을 보고 적절하게 대응하자.

3

이튿날 아침 9시가 조금 넘어서 끊임없이 울리는 초인종 소리에 잠을 깼다. 겨우 일어나 반쯤 감긴 눈으로 추리닝을 입고 전실 문을 열고 나가 바깥쪽 철제 현관문을 열었다.

그렇게 판도라 상자가 열리고 말았다. 카메라 플래시들이 순식간에 몰려들어 번쩍거리는 통에 눈이 멀 지경이었다. 가까스로 시력을 회복하고 보니, 현관문 밖에 기자들과 카메라맨들이 벌떼 같이 몰려 있었다. 기자들은 내 얼굴을 향해 마이크를 들이밀고 저마다 한마디씩 했다.

"이번 사건과 어떤 연관이 있습니까?"

"어제 왜 조사를 받았습니까?"

"이번 사건과 관련해서 하고 싶은 말이 있습니까?"

나는 너무 놀란 나머지 그리스 신화에 나오는 머리카락이 꿈틀거리는 뱀으로 변한 메두사를 본 듯, 멧돼지 같은 송곳니가 난 바다의 요정 세이렌을 본 듯, 그 자리에 돌처럼 굳어 버렸다.

겨우 정신을 차린 나는 번개 같은 속도로 현관문을 닫았다. 거실로 돌아온 뒤에도 초인종이 쉴 새 없이 울리자 전실 문 오른쪽 벽에 붙은 도어폰을 산산이 부숴 버렸다. 하지만 세이렌은 여전히 현관문 밖에서 저주를 퍼붓듯 시끄럽게 울려 댔다.

도대체 무슨 일이 벌어진 걸까?

나는 아무렇게나 벗어 놓은 옷더미 속에서 정신없이 휴대 전화를 찾았다. 부재중 전화만 수십 통이 넘었다. 천 뚱의 전화번호를 찾아 막 통화 버튼을 누르려는데 갑자기 벨이 울리는 바람에 자연스럽게 전화를 받고 말았다. 어떤 남자였다.

"우 선생님이시죠? 저는 XX 방송국 기자……."

기자가 말을 채 끝내기도 전에 나는 "전화 잘못 거셨습니다." 하고 황급히 전화를 끊었다. 그러고는 가장 빠른 속도로 천 뚱에게 전화했다.

"대체 어떻게 된 거야? 지금 집 밖에 온통 드라큘라 천지야!"

"안 그래도 지금 막 가려던 참이었어요. 제가 알아서 처리할게요. 전화는 일절 받지 마시고요."

구원병을 기다리는 동안 나는 안절부절못하며 바닥에 앉았다가 다시 일어나서 거실을 왔다 갔다 하며 별의별 생각을 다 했다. 오래지 않아 현관문 밖에서 한차례 소동이 일어나는가 싶더니 천 뚱의 목소리가 들렸다. 왠지 모르게 마음이 조금씩 안정됐다. 천 뚱이 기자들과 카메라맨들에게 주민들이 불편하지 않게 골목 어귀에서 기다리라고 말하자, 기자들은 처음에 고분고분 말을 듣는 것처럼 굴더니 이내 천 뚱을 인터뷰하려 들었다. 한동안 소음이 이어진 뒤에야 현관문 밖이 겨우 조용해졌다.

"탐정님, 저예요. 천 뚱요. 문 좀 열어 주세요." 천 뚱이 현관문을 두드렸다.

나는 천 뚱을 집 안으로 들였다.

"기자들이 어떻게 알았지? 왜 나한테 이번 사건과 무슨 관련이 있냐고 묻는 거야?" 나는 다짜고짜 물었다.

그러자 천 뚱이 대답했다. "제가 말씀드릴게요. 지구대 직원 짓이에요. 어떤 놈 소행인지 아직 모르지만 푼돈 좀 벌어 보겠다고 수사 결과를 언론에 흘린 것 같아요. 망할 놈의 새끼! 어떤 놈인지 알면 불알을 확 차 버릴 텐데!"

"수사 결과가 나왔어?"

"곧 나와요. 걱정 마세요. 지금 지구대장님이 조사 중인데 곧 결과가 나오면 기자 회견을 열고 언론에 발표할 거예요."

"언론은 얼마나 알지?"

"신문사는 이미 기사를 냈어요. 헤드라인으로 다룬 곳도 있고요."

"뭐라고 썼는데?"

"근거도 없이 제멋대로 결론을 썼더라고요. 다행히 탐정님 이름은 안 나왔어요."

맙소사!

"신문 좀 사다 줄 수 있어? 아무래도 직접 봐야겠어."

천 뚱은 곤란해했다. "안 될 것 같아요. 상부에서 단독으로 탐정님과 접촉하지 말라는 분부가 있었어요. 지금도 지역 사회 안녕 유지라는 명목으로 간신히 온 거예요."

이 말을 듣고 화가 치솟은 나는 천 뚱을 차갑게 쏘아봤다. 하지만 이내 생각을 바꿨다. 천 뚱의 잘못도 아니고, 그에게 화를 낸들 뭐가 달라지겠는가.

"그래? 그럼 알아서 방법을 찾아볼 테니, 자네는 어서 돌아가서 상부에 보고나 해."

가뜩이나 미안해하던 천 뚱은 내 말을 듣고 더 미안해하며 자신을 탓했다.

"괜찮으니까 어서 돌아가 봐."

현관문을 반쯤 열고 천 뚱을 보낸 뒤에 얼른 텔레비전을 켜고 채널을 돌리며 뉴스를 봤다. 오 마이 갓! 모든 방송사가 최신 속보라는 타이틀과 함께 온통 나에 관한 소식으로 도배하고 있었다.

"경찰이 류장리 연쇄 살인 사건의 단서를 포착하고 용의자 우 씨를 소환해서 조사했습니다."

"류장리 연쇄 살인 사건의 수사가 급물살을 타고 있습니다. 경찰이 용의자로 우 씨를 지목했다는 소식을 정보원을 통해 단독 입수했습니다."

"경찰이 CCTV를 확인한 결과 우 씨 성을 가진 중년 남자를 용의자로 지목하고 이미 수차례 소환해서 조사한 사실이 뒤늦게 드러났습니다."

"여러분께 발 빠른 뉴스를 전해 드리기 위해 현재 기자가 용의자 우 씨 집 앞에서 대기 중입니다."

개새끼들! 나는 화를 주체하지 못하고 리모컨을 냅다 던져 버렸다. 벽에 힘껏 부딪힌 리모컨은 우당탕 소리를 내며 건전지를 요란하게 뱉어 냈다.

이때 누군가 힘껏 현관문을 두드렸다.

"우 형, 아신이에요. 텐라이랑 같이 왔어요."

나는 미친개들이 냄새 맡고 쫓아오기 전에 얼른 문을 열어 줬다.

"신문 보고 당장 오고 싶었는데 탐정님이 어디 사는지 알아야 말이죠. 그래서 아신한테 부탁했어요." 텐라이가 황급히 말했다.

"일단 들어가서 이야기하죠." 아신이 말했다.

우리는 현관문을 잠그고 거실에 앉았다.

"대체 무슨 일이에요?" 아신이 물었다.

"내가 묻고 싶은 말이야. 정말 뭐가 어떻게 된 건지 모르겠어." 나는 소파에 털썩 주저앉았다.

"기자들이 헛소리한 게 어제오늘 일인가요? 경찰이 오해한 게 분명해요. 탐정님, 걱정 마세요. 방금 전에 제가 기자들에게 '우청은 내 형제다. 내 형제는 결코 천벌 받을 짓을 하지 않았다!'라고 속 시원하게 말했어요." 텐라이가 말했다.

나는 내 귀를 의심하며 소파에서 벌떡 일어났다.

"진짜로 그렇게 말했어요?"

"이 바보가 진짜로 그렇게 말했어요." 아신이 고개를 절레절레 흔들며 말했다.

"서프라이즈!" 텐라이가 말했다.

"서프라이즈요? 언론은 내가 우 씨인 것만 알고 아직 이름은 몰라요. 그런데 그걸 알려 줬으니, 그것도 현장 생중계로."

"죄송해요! 제가 충동적으로 그만." 텐라이가 자책했다.

"뭐 어쩌겠어요. 앞으로는 나를 위해 언론에 대고 어떤 말도 하지 마세요. 형제니, 형님이니 이런 말도 하지 말아요. 안 그러면 다음번 뉴스에 내가 조폭으로 나올지도 몰라요."

"일단 앉아서 이야기해요. 그리고 우 형, 무슨 일이 있었는지 우리한테는 대충 말해 줄 수 있잖아요. 우리가 도울 일이 있으면 도울게요." 아신이 말했다.

나는 경찰 조사를 받게 된 경위를 설명했다. 그러자 묘하게도 마음의 파도가 잠잠해졌고, 설명을 마쳤을 때는 완전히 냉정을 되찾았다. 앞으로 직면하게 될 현실과 대응책도 저절로 떠올랐다.

"그냥 우연의 일치잖아요!" 텐라이가 말했다.

"별로 큰일도 아니네요." 아신도 맞장구쳤다.

나를 찾아와 준 아신과 텐라이에게 크게 감동했다. 하지만 동시에 큰 결심을 해야 한다는 생각이 갑자기 들었다.

"진심으로 말하는데 난 정말 아무도 안 죽였······."

아신과 텐라이가 황급히 내 말을 막았다. 하지만 나는 양해를 구하고 끝까지 말했다.

"어떤 일들은 확실히 밝혀 두는 게 더 좋아. 아, 걱정 마. 이번이 처음이자 마지막으로 하는 말이니까. 일단 나를 믿어 주는 건 고맙지만 내 말을 끝까지 들어 주면 좋겠어. 우리가 서로 알고 지낸 지는 그리 오래되지 않았지. 그래서 두 사람이 나에 대해 모르는 점도 많을 거야. 아니, 부탁이니까 끝까지 내 말을 들어 줘. 두 사람이 냉정해져야 나도 불편한 일을 겪지 않아. 먼저 아신은 이 근처에 살고 사업도 해야 하니까 이 진흙탕 싸움에서 빠지는 게 좋겠어. 되도록 이 일과 엮이지 마. 그게 내 바람이야. 한동안은 먼저 연락도 하지 마. 아신의 도움이 필요하면 톈라이를 통해 연락할게. 다음은 톈라이, 지금 당장 도와줘야 할 일이 있어요."

"말씀하세요."

"모든 신문사의 신문을 전부 사다 주세요. 기자들이 뭐라고 썼는지 알아야겠어요. 그리고 먹을 것도 좀 사다 줘요. 아무래도 며칠 동안 꼼짝없이 집 안에 갇혀 있어야 할 것 같아요."

나는 주머니에서 현금을 꺼냈다.

"됐어요. 저도 있어요."

두 사람이 떠난 뒤 나는 노트에 작전 계획을 적었다. 지금은 마냥 앉아서 경찰들과 기자들 탓만 할 때가 아니었다. 공황 장애가 재발한 것도 아니고, 단지 재수 없는 외부 요인 때문에 삶이 무너지는 것을 가만히 두고 볼 수 없었다.

나는 '언론 대응 전략', '통신 연락', '운동', '살인 사건 연구', 네 항목을 적었다. 그리고 '언론 대응 전략' 항목에는 다시 '1) 신경 쓰지 않는다, 2) 무슨 일이 있어도 화내지 않는다, 3) 언론의 자비를 바라지 않는다, 4) 최악의 상황을 가정한다.'라고 몇 가지 중요한 사항을 적었다. 다른 사람들과 연락할 때는 톈라이의 수고가 필요했다. 이 밖에 어머니와 여동생에게 연락하는 것도 잊지 않았다.

어머니와 여동생도 뉴스를 봤을까? 혹시 찾아가서 귀찮게 하지 않았을까? 그렇지, 천제루도 있다. 부디 기자들이 나와 천제루 사이의 일을 끝까지 모르기를 바랐다. 나는 날마다 운동도 해야 한다. 제자리 뛰기를 하든 맨손 체조를 하든 무슨 수를 써서라도 몸을 움직여서 압박감을 풀어 주기로 했다. 마지막으로 단순히 우연의 일치라고 치부할 것이 아니라 세 살인 사건에 대해 좀 더 자세히 조사해 보고 나와 피해자들 사이의 연결점을 찾아 보기로 했다. 이렇게 하면 나 자신이 미쳐 버리는 일은 없을 것 같았다.

대응 전략을 짜고 난 뒤에 내가 아직까지 약을 먹지 않았다는 사실을 알아챘다. 아침에 눈을 뜨면 맨 먼저 하는 일이 모든 걱정을 덜어 주는 약을 한 알 먹는 것이었다. 수년을 매일같이 그렇게 살아왔는데 경찰 조사를 받는 통에 잠시 잊고 말았다. 나는 곧바로 침실에 들어가 공황 장애 약과 진정제를 한 알씩 삼켰다.

텐라이는 컵라면과 빵도 모자라 콜라, 맥주, 홍차까지 넉넉히 사 왔다. 밖에 나가지 않아도 족히 네댓새를 지낼 수 있는 양이었다. 텐라이가 돌아가기 전에 나는 언론과 접촉하지 말라고 다시 한번 강조했다. 특히 린 선생 사건은 무슨 일이 있어도 외부에 발설하면 안 되는데, 언론이 어떻게 알고 캐물어도 끝까지 모른 척하라고 당부했다.

'류장리에서 발생한 연쇄 살인 사건 용의자 등장!'

어느 신문사는 이렇게 자극적인 헤드라인을 달았다. 하룻밤 새 세상이 바뀌었는지 지금까지 물음표를 즐겨 달던 언론이 갑자기 느낌표를 달기 시작했다. 또 세 살인 사건의 연관성에 대해 유보적인 입장을 취했던 언론도 이제는 연쇄 살인이라고 단정 지어 뉴스를 전하고 범인에게 '류장리의 살인마'라는 별칭까지 붙여 줬다.

이것이 진짜 연쇄 살인이라면 지금쯤 범인은 꽤 만족해하고 있을 것이다.

"어머니세요?"

"우청이냐? 마침 전화 잘했다. 안 그래도 너한테 전화했는데 통화가 계속 안 되잖아. 네가 사는 데가 류장리랬지?"

수화기 너머의 어머니는 매우 다급한 목소리였다.

"네."

어머니도 80퍼센트 정도 아는 것 같았다.

"당장 이사 가야겠어. 거기에 산지사방 사람을 죽이고 돌아다니는 놈이 산대. 지금 텔레비전에 생방송으로 나오는데 기자가 그놈 집 앞에 찾아갔어."

나는 사실대로 말해야 하나 잠시 망설였다.

"여보세요? 듣고 있니? 당장 이사를 가든지 여기로 피난을 오든지 해라."

"걱정 마세요. 며칠 동안 밖에 나갈 일도 없고, 문도 다 잠가 뒀어요."

시간이 지나면 오보로 밝혀질 텐데, 괜히 연로한 어머니를 걱정시키고 싶지 않았다.

뒤이어 여동생에게 전화했다.

"무슨 일 생겼지?" 여동생은 언제나 돌려 말하는 법이 없다.

"무슨 일?"

"요즘 신문에도 크게 나고 텔레비전 뉴스에도 계속 나오는 거 있잖아. 그 우 씨라는 용의자, 처음에는 별로 신경 안 썼는데, 웬 원숭이 같이 생긴 남자가 카메라 렌즈에 대고 '우청은 내 형제.'라고 말하잖아. 그래서 그 우 씨가 너라는 걸 알게 됐어. 대체 어떻게

192

된 거야? 어쩌다가 살인 사건에 얽혔어?"

"말 다 끝났냐?"

"다 끝났어."

"별것 아닌 것 갖고 놀라지 마. 우연한 무슨 일 때문에 경찰 조사를 받았지만 용의자는 아니야. 언론이 소설 쓰고 있는 거야."

"엄마한테 전화했어?"

"했어. 어머니는 아직 그 원숭이가 말하는 걸 못 보셨나 봐."

"지금 이 상황에서 농담이 나와?"

"긴장 좀 하지 마. 경찰서에 가서 조사를 받든 용의자로 의심을 받든 내가 안 죽었으면 그만이야."

"네가 안 죽인 건 알지만 그래도 마음 놓지 마. 타이완에서 억울하게 옥살이한 사람이 얼마나 많은지 알지?"

여동생의 말에 갑자기 정신이 번쩍 들었다. 억울하게 옥살이한 사람이 많다는 것은 타이완 사람들의 실제 생각이다. 타이완에서 사법부를 개혁하자는 구호는 이미 십여 년 전부터 나왔지만 여태 구호만 외치고 있다.

나는 피해자들을 죽이지 않았다. 하지만 그렇다고 무조건 내가 무사하리라는 보장은 어디에도 없었다.

4

점심때 라면을 먹는데 마치 감옥에서 먹는 것 같았다. 라면을 다 먹고 다시 기운을 차린 다음 집중력을 발휘해 세 가지 가능성을 분석하고 그것을 노트에 적었다.

1. 단순한 우연

가능성이 가장 높다. 5월에 이사 오고 지금까지 나는 매일 한두 시간씩 공원에 나가 시간을 보냈다. 피해자 두 명도 공원을 자주 찾았으면 그들과 공원에서 우연히 만났을 확률이 높을 수밖에 없다.

2. 누군가의 모함

가능성이 거의 없다. 남의 원한을 산 적도 없고 돈이나 감정적으로 얽힌 관계도 없는데 누가 생고생해 가며 나한테 죄를 뒤집어씌우겠는가. 세 살인 사건이 감정이나 금품과 무관하다면 범행 동기에 대해 더 깊이 생각해 봐야 한다. 세 사건이 동일 인물의 소행이라면 왜 노인만 골라서 범행을 저질렀을까? 노인을 적대시하고 혐오하는 걸까? 어떤 사람들이 노인을 적대시할까? 범인은 노인이 아니라 젊은 사람일 가능성이 높다. 하지만 이것이 나와 어떤 관계가 있을까?

3. 운명의 장난

진짜 운명의 장난이라면 어떻게 반격할 길도 없고, 그냥 잠자코 당하는 수밖에. 젠장! 왜 하필 내게 이런 일이 생겼을까?

연구할 수 있는 것은 두 번째 사항뿐이었다. 하지만 경찰 보고서는커녕 기본적인 자료조차 없는데 무슨 수로 연구하겠는가. 그저 이론적인 공부를 하는 것 말고는 달리 방법이 없었다.

연쇄 살인범의 범행 동기는 복합적인 면이 있지만 크게 네 가지 유형으로 나뉜다.

첫 번째 유형은 종교적인 환상이다. 현실 감각이 떨어지는 정신질환자인 경우가 많고, 본인이 신이나 악마의 지시를 받는다고 굳게 믿는다. '샘의 아들' 데이비드 버코위츠는 샘이라는 악마가 이

옷의 개를 통해 살인 명령을 내렸다고 주장했다.

두 번째 유형은 강한 사명감이다. 병적으로 '도덕적' 결벽이 있는 범인이 세상 문젯거리와 '불결'한 성분을 제거하기 위해 사람을 죽인다. 어떤 연쇄 살인범은 동성애자만 골라서 살해하는데 이런 경우는 대부분 본인도 동성애자다. 지금까지도 정체가 미스터리인 잭 더 리퍼는 매춘부만 골라서 살해했다. 이 유형에 속하는 연쇄 살인범의 성장 과정에서 중요한 요소로 작용하는 것이 종교다.

향락지상주의자에 속하는 세 번째 유형의 연쇄 살인범은 살인의 쾌감으로 성욕을 풀거나 자극을 즐기며 모종의 이익을 얻는다. 조디악 킬러는 신문사에 보낸 편지에서 여자와 섹스할 때보다 사람을 죽일 때 더 큰 쾌감을 느낀다고 밝힌 바 있다.

마지막 유형은 권력욕과 지배욕의 영향을 받는다. 이런 유형의 연쇄 살인범은 피해자를 완전히 장악하기 위해 살인을 저지르고, 가끔은 성욕이 아니라 지배욕을 충족하기 위해 성범죄를 저지르기도 한다. 테드 번디가 이 유형에 속한다.

류장리의 살인마는 어느 유형에 속할까?

노트를 앞쪽으로 넘기다가 '특징 프로파일'을 적어 놓은 페이지를 발견했다. FBI와 다른 국가의 범죄학 통계를 종합해 보면 연쇄 살인범은 몇 가지 공통적인 특징을 가지고 있다.

- 대부분 백인 남성이다. 아이큐가 높지만 화이트칼라는 아니고, 수시로 직업을 바꾼다.
- 대부분 변장과 위장에 능하다. 군중 사이에서는 튀는 법이 없지만 목표물 앞에서는 대단한 친화력을 발휘한다.
- 대부분 결손 가정에서 자랐다. 일부는 어릴 때 가장에게 학대를 받았거나 가

족 구성원에게 성적 학대를 당한 경험이 있다.

- 대부분 어려서부터 이성을 몰래 훔쳐보거나 물건을 훔치거나 이상 성욕 증상을 보인다. 일부는 S-M 서적이나 영상에 심취한다.
- 대부분 어려서부터 동물 학대나 방화의 성향을 보인다.
- 나이는 25~40세 사이다.
- 대부분 계획적으로 살인한다.
- 남자 연쇄 살인범은 목을 조르거나 칼로 찌르거나 구타하고, 여자 연쇄 살인범은 독극물을 이용한다.
- 대부분 남의 도움을 받지 않고 혼자 살인을 저지른다.

나는 가능성이 전혀 없는 인종적 요소와 종교적 요소를 제외하고, 류장리의 살인마에 대해 다음과 같은 결론을 제멋대로 내렸다. 먼저 인적이 드문 야밤에 범행을 저지르고 범행 전에 미리 현장 CCTV를 훼손한 점으로 봐서 계획적인 살인이다. 나이는 25~40세 사이일 가능성이 높고, 지금까지 간병인 습격을 포함해 네 차례 모두 금속 물질의 둔기를 범행 도구로 사용함으로써 일치된 수법을 보였다. 범행 동기는 금전이나 사적인 원한과 무관하다.

또 뭘 빠뜨렸을까? 외국의 '특징 프로파일'을 그대로 타이완에 적용해도 될까? 그렇지. 세 피해자는 모두 뒤통수를 가격당했다. 어쩌면 범인은 초범이라서 감히 피해자들을 정면으로 보지 못했을 수도 있다. 세 번째 사건의 피해자는 저항 능력도 없고 소리조차 못 지르는 늙은이였는데도 똑같이 뒤통수를 공격했다. 이것은 범행 동기가 개인적인 원한이 아님을 증명한다.

하지만 이 모든 것은 아마추어의 추론에 불과했다.

5

오후 4시가 넘어 체조하며 텔레비전 뉴스를 봤다. 오전에 리모 컨을 던져 박살 낸 터라 채널을 돌리려면 텔레비전 앞에 쪼그리고 앉아 일일이 버튼을 눌러야 했는데, 이것이 체조보다 더 힘들었다.

마침내 내게 유리한 소식이 흘러나왔다.

워룽 지구대장이 기자 회견을 열고 미리 준비한 원고를 한 글자 한 글자 신중하게 읽어 내려갔다.

"비공개 수사 원칙에 따라 본 지구대는 전 직원에게 언론을 비롯한 외부에 수사 진척 사항과 내용을 발설하는 것을 엄격하게 금지했습니다. 하지만 어느 부주의한 직원이 규정을 따르지 않고 임의로 언론에 정보를 넘겼습니다. 본 지구대는 통신 기록 조회를 통해서 이미 그 직원의 신분을 확인하고 전직 처분을 내렸습니다.

현재 언론 보도에 오르내리는 우 씨 성을 가진 남자는 용의자가 아닙니다. 다시 한번 강조합니다. 그는 용의자가 아니며, 이번 사건과 아무런 관련이 없습니다. 우 씨를 소환 조사한 것은 이번 사건에 대한 간접적인 자료를 얻기 위해서였습니다. 언론은 더 이상 무고한 사람을 괴롭히지 말기를 바랍니다.

마지막으로 언론에서 말하는 '류장리의 살인마'나 '노인 킬러'는 근거 없는 주장입니다. 지금까지 세 살인 사건이 서로 연관돼 있거나 한 사람의 소행이라는 증거는 발견되지 않았습니다. 이 부분에 대한 보도를 자제해 사회에 불필요한 공포심을 조장하지 않기를 바랍니다. 이상 기자 회견을 마칩니다. 감사합니다."

지구대장이 준비한 말을 마치고 지구대 안으로 들어가려 하자 기자들이 우르르 질문을 쏟아 냈다.

"정보를 넘긴 경찰이 누구입니까?"

"우 씨는 왜 소환 조사를 받았습니까?"

"우 씨는 경찰에 어떤 간접적인 자료를 제공했습니까?"

잠시 뒤 어느 뉴스 채널이 텔레비전 출연이 잦은 투야오밍 변호사를 찾아갔을 때 그는 이렇게 말했다.

"방금 전 워룽 지구대장의 큰 모션은 공권력 해이로 해석해야 합니다. 경찰의 부주의로 우 씨는 인권과 사생활을 침해받았어요. 제가 우 씨라면 경찰을 가만두지 않을 겁니다. 반드시 고소해서 끝까지 책임을 물을 겁니다!"

투야오밍은 주로 명사들의 소송을 진행하고 텔레비전에서 사법 개혁을 주장하면서 유명해진 변호사다.

경찰을 고소한다고? 왜 그 생각을 못 했지?

저녁이 되자 아파트 입구에 진을 치고 있던 기자들과 카메라맨들이 뿔뿔이 흩어졌다. 하지만 그런 것에 쉽게 속아 넘어갈 내가 아니었다. 분명히 기자 한두 명쯤은 골목 어딘가에 숨어 있을 것이다.

뒤이어 사흘 동안 일체 바깥출입을 삼가고 독서, 사건 분석, 음악 감상, 텔레비전 시청, 목욕, 자위 등 심신에 좋은 활동을 하며 초조함과 일정한 거리를 뒀다. 나는 이번에 나 자신이 타고난 쌍놈임을 다시 한번 느꼈다. 삶이 순조롭고 모든 게 수월하면 갑자기 공황 장애의 공격을 받는다. 하지만 압박감을 느끼면, 예를 들어 해야 할 일을 기간 내에 마치지 못하거나 신경 쓰이는 일이 있으면 그 일에 집중하느라 공황 장애를 깡그리 잊어버린다. 지난 며칠 동안 나는 살인 사건을 조사하는 데 집중했다. 그러자 마음의 소음이 상대적으로 조용해졌고, 초조감과 걱정도 크게 줄었다.

모처럼 시간이 난 김에 바닥을 쓸고 닦고, 옷을 빨고, 옷장을 정리하고, 집 안을 말끔히 청소했다. 또 지금까지 한 번도 시도해 본적이 없는 일까지 마쳤다. 장장 사흘에 걸쳐 모든 책을 국어, 외국어, 소재, 작가별로 분류해 책꽂이에 가지런히 꽂았다. 책을 꽂을 때는 벽까지 닿도록 끝까지 밀어 넣었는데, 지진이 났을 때 앞으로 쓰러진 책꽂이에 깔려 죽고 싶지 않아서였다. 물론 대칭 강박증 때문이기도 했다. 천제루에게 이런저런 강박증이 있다고 되는 대로 지껄였는데, 그중 대칭 강박증은 사실이었다.

마침내 그토록 찾아도 나오지 않던 타이베이 지도책이 나타났다. 나는 신이구 페이지를 펼치고 세 살인 사건이 일어난 지점을 찾아 자를 대고 삼각형을 그렸다. 하지만 여전히 손전등은 보이지 않았다. 페이추이만에 가져갔다가 잊어버리고 온 것을 내가 착각하고 있는 걸까? 가능성이 아예 없지는 않았다. 날마다 약을 먹기 위해 가방을 열고 닫다가 떨어뜨렸을 수도 있고, 담배를 꺼낼 때 같이 꺼냈다가 다시 집어넣는다는 것을 깜빡했을 수도 있다.

혼자 사는 사람의 집은 어느 정도 그 사람의 내면을 반영한다. 슬쩍 둘러본 거실, 서재, 침실은 매우 만족스러웠다. 질서 정연하고 티끌 하나 없는 모습에 내 마음이 다 맑고 깨끗해지는 것만 같았다.

6

경계심을 풀고 바깥 공기를 쐬러 나가려던 7월 16일 아침 8시쯤, 기자 회견에서 세 살인 사건이 나와 무관하다고 발표했던 경찰이 다시 수사 팀을 이끌고 들이닥쳐 나를 체포했다.

나는 더 이상 사건 관계자로 소환 조사를 받는 것이 아니었다. 내 신분은 갑자기 용의자가 돼 있었다.

경찰차 세 대가 경광등을 켜고 사이렌을 울리며 허핑둥루를 빠르게 지나갔다. 나는 중간에서 달리는 경찰차 뒷좌석에 탔고, 내 옆에는 경찰 두 명이 앉아 있었다. 앞에는 운전하는 경찰 외에 어깨에 무궁화 두 개를 단 경감이 조수석에 앉아 수시로 나를 돌아보며 감시했다.

일이 정말 커져 버렸다. 비록 나는 결백했지만 겁에 질려 벌벌 떨었다. 모든 것이 탈탈 털리고 빈 거죽과 불안감에 껌뻑거리는 두 눈만 남은 것 같았다. 하지만 심상치 않은 상황에서도 의식을 집중해서 두 번 다시 겪기 어려운 이 상황을 이해하려고 노력했다. 마침내 나는 범죄 수사 영화에서 경찰에 체포돼 이송되는 범인의 심정을 이해할 수 있었다. 양쪽에 앉은 무표정한 경찰을 쳐다보면서 내게 필살기가 있었으면 어땠을까 상상했다. 있다면 맨 먼저 경찰 둘을 제압하고 뒤이어 운전자를 공격해 경찰차를 전복시켰을 것이다. 또 경찰 네 명이 피를 흘리며 정신을 못 차릴 때 창문으로 유유히 빠져나와 다른 경찰들의 추격을 따돌리고 사람들 틈에 조용히 숨어들었을 것이다. 그러면 지금쯤 경찰은 나를 잡기 위해 전국적으로 대대적인 수색 작전을 펼치고 있지 않을까?

처음에는 경찰이 지룽루에서 우회전해 신이 경찰서로 진입할 줄 알았다. 그런데 지룽루의 로터리를 돌아 러리제에 진입하더니 다시 우회전해서 안허루를 탔다.

경찰은 궈타이 병원 후문 앞에 차를 세웠다.

무슨 수작이지? 이것들이 나를 정신 병원에 집어넣으려고 하는

구나! 생각이 여기에 미치자 지금까지의 모든 불안감이 두려움으로 바뀌었고, 당장 먹을 진정제가 없다는 사실을 떠올린 순간 초조함이 온몸을 점령했다. 이제 난 끝장났다.

경찰이 상황을 심각하게 판단하고 병원 쪽과 미리 노선을 짜 놨는지 내가 경찰차에서 내리자마자 곧바로 엘리베이터를 타고 7층으로 올라갔다. 허리를 주무르고 머리를 긁어서 긴장을 풀고 싶었지만 경찰이 양팔을 붙잡고 있는 터에 그러지 못했다. 초조한 나머지 나도 모르게 두 손을 움직이자 경찰 둘은 내가 도망치려는 줄 알고 더욱 세게 잡았다. 몸속에 쌓인 두려움이 무서운 기세로 발작을 일으킬 준비를 했다.

7층에서는 말도 안 되는 상황이 벌어지고 있었다. 어디를 봐도 의사와 간호사는 없고 명령을 수행하는 경찰들만 보였다. 하지만 어느 병실에 끌려 들어간 나는 이마에 두꺼운 거즈를 댄 채 병상에 누워 있는 한 여자를 보고 순식간에 긴장이 싹 풀렸다. 중증 정신 병원이 아니라 천만다행이었다.

그녀는 세 번째 살인 사건에서 범인이 휘두른 둔기를 맞고 혼수상태에 빠진 인도네시아 국적의 간병인이었다.

어느 햇병아리 경찰이 병상 아래쪽에 쪼그려 앉아 침대 각도를 조절하는 손잡이를 시계 방향으로 빠르게 돌렸다. 그러자 병상 발치가 끽끽 소리를 내며 천천히 올라왔다.

"반대로 했잖아! 눈이 발에 달렸어?" 경감이 소리쳤다.

햇병아리 경찰이 얼굴을 새빨갛게 물들인 채 재빨리 위치를 옮겨 오른쪽에 있는 손잡이를 시계 방향으로 힘껏 돌렸다.

"환자 몸을 부러뜨릴 작정이야? 아래쪽부터 제 위치로 돌려놓고 침대 머리를 세워야 할 거 아냐."

햇병아리 경찰이 황급히 시계 반대 방향으로 손잡이를 돌렸다. 그러자 약간 올라온 침대 머리가 천천히 내려갔다.

"지금 나랑 장난하나? 비켜!" 경감이 햇병아리 경찰을 왼쪽으로 거의 밀치다시피 하고 직접 웅크리고 앉아 손잡이를 조절했다. "왼쪽 손잡이를 시계 반대 방향으로 돌려서 병상 아래쪽을 원상태로 내려!"

두 사람이 각기 병상 좌우에 서서 한 명은 시계 반대 방향으로 손잡이를 돌리고 또 한 명은 시계 방향으로 손잡이를 돌리는 모습이 정말 우스꽝스러웠다.

간병인의 머리가 30도 정도 올라오자 경감은 자리에서 일어나 나를 붙들고 있는 경찰 둘에게 눈짓을 보냈다.

경찰이 나를 병상 앞으로 데리고 갔다.

"겁먹지 마시고요." 경감이 간병인에게 말했다. "그놈이 맞는지 자세히 보세요."

겨우 눈 한 번 마주쳤을 뿐인데, 간병인은 겁을 먹고 미친 듯이 울음을 터뜨렸다. 하지만 더 놀란 것은 나였다. 처음 보는 여자가 나를 보자마자 괴물을 본 것처럼 표정을 일그러뜨리고 엉엉 우는 이 악몽 같은 상황을 어떻게 해석해야 할까?

"괜찮습니다. 그놈이 맞는지 말씀만 해 주시면 됩니다."

간병인은 두 번 다시 나를 쳐다보지 않고 얼굴을 돌린 채 흐느끼며 믿을 수 없는 말을 했다.

"맞아요."

듣고 싶은 대답을 들은 경감은 득의양양하게 허리를 곧게 펴고 뒤에 있는 부하들에게 말했다.

"데리고 가!"

이십 분 뒤, 나는 신이 경찰서 8층 독방에 갇혔다. 독방은 지구대보다 몇 배나 더 큰 경찰서의 규모에 어울리지 않게 좁았고 무시무시했다.

독방에 있는 동안 면회도 금지됐다.

1

나는 신이 경찰서 6층의 현대적인 취조실에 앉았다. 맞은편에는 나보다 여남은 살 더 많아 보이는 노련한 경찰이 앉아 있었다. 취조실의 삼면은 벽으로 둘러싸였고 한쪽은 밖에서 취조실을 들여다볼 수 있는 유리 거울이 설치돼 있었다. 테이블 위에 녹음기 따위는 없고, 유리 거울에 설치된 녹화 장치가 내 표정과 목소리를 고스란히 담았다.

"변호사를 선임할 권리를 스스로 포기했다고 들었습니다."

말하는 사람은 수사 팀의 왕 팀장이었다. 큰 키에 비적 말랐고, 길쭉한 얼굴은 양 볼이 옴폭 팬 것이 꼭 폐렴 환자 같았다. 말하지 않을 때는 전체적으로 기다란 여주를 닮은 모습이 어딘가 모르게 돈키호테를 연상시켰다.

"맞습니다." 내가 말했다.

막 경찰서에 도착했을 때 경찰은 내게 묵비권을 행사할 수 있고 변호사를 선임할 수 있다고 알려 줬다. 나는 경찰의 예상을 깨고 두 권리를 주저 없이 포기했다. 하지만 한 가지 요구 사항이 있었다. 변호사도 필요 없고 기꺼이 수사에 협조할 테니 최대한 빨리 집에 가서 약봉지를 가져다 달라고 부탁했다. 죄의 유무를 떠나 이런 상황에서 변호사의 도움 없이 경찰 수사에 기꺼이 협조하는 것은 스스로 자기 무덤을 파는 것이나 다름없다. 하지만 나는 죄를 짓지 않았으므로 떳떳했고, 괜히 변호사가 끼어들어 상황을 복잡하게 만드는 것이 싫었다. 다만 신경 쓰이는 것이 한 가지 있다면 무슨 일이 있어도 공황 장애가 발작을 일으키지 않도록 막는 것이었다. 나는 아침저녁으로 약을 먹는다. 간간이 깜빡 잊고 먹지 않을 때도 있지만, 위기의 순간에 먹지 않으면 어떻게 되는지 상상하고 싶지도 않았다. 경찰 심문을 받으려면 반드시 마음을 차분히 가라앉혀야 하는데, 한편으로는 발작이 일어나 요양원에 들어가는 것도 나쁘지 않겠다는 생각이 들었다.

"간병인이 당신을 범인으로 지목했습니다."

"무슨 근거로 나를 지목한 거죠?"

"간병인의 증언에 따르면 범인은 그날 어두운색 벙거지를 쓰고 있었습니다. 집에 벙거지 있죠?"

"많습니다."

"여섯 개요. 경찰이 집에서 벙거지 여섯 개를 찾아냈습니다. 모두 검은색이더군요."

"검은색을 좋아해요."

"왜죠?"

"검은색 좋아하는 것도 이유가 필요합니까? 지금 좋아하는 색깔 놓고 토론합니까?"

"왜 간병인이 우청 씨를 보고 귀신이라도 본 것처럼 크게 놀랐을까요?"

"그걸 내가 어떻게 압니까? 병실에 가기 전까지 그 여자를 한 번도 본 적이 없어요."

"하지만 간병인은 당신을 본 적이 있습니다. 그것도 아주 똑똑히요."

"그건 있을 수 없는 일이에요."

"사건 당일 저녁, 범인은 간병인 뒤에서 소리를 냈습니다. 간병인은 소리를 듣고 뒤돌아보는 순간 범인에게 맞고 정신을 잃었죠. 순식간에 일어난 일이었지만 범인의 키, 옷차림, 특징을 아주 잘 기억하고 있었어요. 범인의 키는 175센티미터 정도입니다. 당신과 비슷하죠. 범인은 어두운색 벙거지를 썼습니다. 우청 씨는 검은색 벙거지를 많이 가지고 있고요."

"그게 다입니까?"

"서두르지 마세요. 중요한 건 아직 나오지도 않았으니까요. 범인은 수염을 길렀습니다."

왕 팀장은 서류 파일에서 흰 도화지를 꺼내 테이블에 올려놓고 중지로 톡 밀었다. 내가 손을 뻗으면 닿을 곳까지 밀려온 것으로 보아 오랫동안 연습한 것이 틀림없었다.

나는 손을 뻗지 않고 그냥 몸만 앞으로 숙이고 살펴봤다.

"이건 몽타주 화가가 간병인의 진술을 토대로 수염을 기른 범인의 모습을 그린 겁니다."

나는 눈앞의 상황을 도저히 믿을 수가 없어서 한참 동안 아무 말도 못 하고 그저 도화지만 멍하니 쳐다봤다. 범인은 단순히 닮은 정도가 아니라 판에 박은 듯 나와 똑같았다.

"완전히 똑같네요." 나도 모르게 바보처럼 말해 버렸다.

"뭐라고 하셨죠? 큰 소리로 말씀해 주세요."

"완전히 똑같이 생겼다고요."

그는 전략적으로 입을 다물고 내가 말을 이어 가기를 기다렸다. 하지만 범인이 휘두른 망치에 맞은 것처럼 혼이 나간 나는 아무 말도 하지 않았다.

"자백한 겁니다." 마침내 왕 팀장이 말했다.

"몇 분만 시간을 주세요." 내가 말했다.

"뭐라고요?"

"생각할 시간이 필요합니다. 삼십 분만 혼자 있을게요. 나머지 이야기는 그다음에 계속합시다."

"십오 분 주겠습니다." 왕 팀장은 문을 닫기 전에 손짓으로 유리 거울 쪽을 가리키고 말했다. "경찰들이 보고 있으니까 허튼짓할 생각은 마세요."

왕 팀장이 나간 뒤 나는 미동조차 없이 제자리에 앉아 양손으로 깍지를 끼고 스탠드처럼 턱을 받친 채 초조함을 쫓으며 생각을 정리했다. 그래도 불안할 때는 아래턱을 문지르고, 아플 때까지 손가락을 비틀었다.

노트가 없으니 기억에 의존하는 수밖에 없었다. 나는 머릿속으로 원하는 페이지를 찾다가 이번 사건과 관련해서 단순한 우연, 누군가의 모함, 운명의 장난이라고 세 가지 가능성을 추측했던 것을 떠올렸다. 간병인의 증언에 따르면 단순한 우연일 가능성은 아예 없었다. 동시에 운명의 장난이라면 받아들이는 수밖에 없다고 생각했다. 하지만 이성적인 추리 기능이 여전히 멀쩡한 상태에서 모든 것을 운명 탓으로 돌리는 실패론을 받아들이기에는 아직 일렀다. 따라서 두 번째 가능성에 대해 필사적으로 생각했다. 어쩌면 온갖 수단을 동원해 내게 죄를 뒤집어씌우고 싶어 하는 사람이 있을 수도 있다. 하지만 그것이 가능할까? 비록 내 심사가 꼬여서 거침없는 말로 사람들을 언짢게 했다손 치더라도 원수를 질 만큼 큰 원한을 산 적은 없다.

십오 분이 쏜살같이 지나가고 왕 팀장이 문을 열고 들어왔다.

"어떻습니까?"

여유롭게 의자에 기대앉은 왕 팀장이 오른쪽 팔꿈치를 테이블에 올려놓고 피아노 치듯 다섯 손가락을 두드렸다.

"몇 가지 묻고 싶은 게 있습니다."

"말씀하세요."

"간병인은 둔기에 맞기 전에 어떤 소리를 들었죠?"

"그게 중요합니까?"

"나는 알 권리가 있습니다."

탁! 왕 팀장이 손바닥으로 테이블을 내리치는 소리에 나는 깜짝 놀랐다.

"지금 샴페인 잔이나 부딪히면서 장난하는 줄 알아!"

제법 경찰다운 대사와 표정이었다.

"왕 팀장님, 무죄 추정의 원칙 모르세요? 경찰이 증거에 따라 나를 의심하는 건 당연합니다. 하지만 내가 범인이 아닐 가능성도 아예 배제하지는 마세요. 서둘러 사건을 종결하고 싶을 겁니다. 내가 자백하지 않으면 겁을 주고 고문하고 테이블을 내리치며 소리도 지르고요. 그런데 말입니다. 내가 진짜 범인이라면 이런 뻔한 수작에 놀라겠습니까?"

"간병인이 뭐라고 증언했는지는 이미 말했습니다."

"자세한 내막을 듣고 싶습니다. 팀장님이 말해 주지 않으면 바로 변호사를 선임할 거고, 그러면 시시콜콜한 것까지 다 말해야 될 겁니다."

"좋습니다. 뭐가 궁금합니까?"

"간병인은 왜 뒤돌아봤죠?"

"범인이 소리를 냈습니다."

"소리를 냈다고요?"

"그렇습니다."

"그냥 발소리가 난 게 아니고요?"

"아닙니다."

"뭔가 이상하지 않아요?"

"뭐가요?"

"범인은 세 차례 살인을 저지르는 동안 지문 하나 남기지 않았어요. 범인을 봤다는 목격자도 없고요. 그런데 왜 간병인을 내리치기 전에 소리를 내서 일부러 돌아보게 했을까요? 또 왜 죽이지 않고 살려 둬서 이런 후환을 남겼을까요? 내가 범인이라면 그렇게 어리숙하게 했겠습니까? 타이완 남자 중에 수염을 기른 사람은 거의 없어요. 그래서 수염이 길면 눈에 띌 수밖에 없죠. 그런데도 내가 범행을 저지를 때 마스크를 써야 한다는 기본적인 상식조차 몰랐을 것 같습니까?"

왕 팀장은 머뭇거리다가 이내 입가에 맴도는 말을 그냥 삼켜 버렸다.

"마스크를 쓰고 있었군요?" 오랜 침묵을 깨고 왕 팀장이 말했다.

"난 범인이 아니에요. 정정해 주세요."

"범인은 마스크를 썼습니다."

"범인이 마스크를 썼는데 그가 수염을 길렀는지 간병인이 어떻게 알죠?"

"범인은 마스크를 턱에 걸치고 있었습니다."

"그러면 끝난 거 아니에요?"

"뭐가 끝났다는 거죠? 위대하신 탐정님이니까 시원하게 한번 말씀해 보시죠."

"범인은 공격하기 전에 마스크를 턱까지 내리고 간병인을 돌아보게 했어요. 목숨도 살려 줬고요. 이건 간병인에게 일부러 얼굴을 보여 줘서 경찰이 나를 의심하도록 유도한 거예요."

"추리력이 대단하군요, 위대하신 탐정님."

"자꾸 위대하신 탐정님, 위대하신 탐정님 하지 말아요. 위대하신 탐정님이니, 훌륭하신 변호사님이니, 존경하는 교수님이니, 텔레비전 연속극에나 나오는 말을 진짜로 쓰는 사람들이 있나 했는데, 왕 팀장님 말을 듣고 보니 경찰들이 쓰는군요."

빈정거리는 왕 팀장에게 화가 나서 나는 계속 조목조목 따졌다. "경찰들 눈에 사설탐정이 얼마나 우습게 보일지 잘 압니다. 하지만 적어도 당사자 앞에서는 빈정거리지 말고 최소한의 예의를 지켜 주시기 바랍니다. 입장을 바꿔서 내가 말끝마다 위대하신 경감님, 위대하신 팀장님, 이러면 듣기 좋겠습니까? 쓸데없이 머리 쓰면서 입씨름하지 말고 사건에 대해서만 토론합시다."

"좋습니다. 괜한 입씨름도 안 하고 쓸데없이 머리도 안 쓰죠. 하지만 우리는 사건에 대해 토론하는 게 아니에요. 당신은 용의자고 난 경찰입니다. 경찰은 용의자와 사건을 토론하지 않아요."

"여하튼 방금 전 내가 분석한 것에 대해 생각해 보세요."

"그러겠습니다. 하지만 우청 씨가 간과한 게 있어요. 방금 전 당신의 분석은 절반만 맞습니다. 당신 말대로 범인이 간병인에게 일부러 얼굴을 보여 줬을 수도 있어요. 하지만 그 동기가 경찰을 오도하는 게 아니라…….”

“오도하는 게 아니라 뭐요? 말을 꺼냈으면 끝까지 해야죠.”

“경찰에 잡히고 싶은 것이라면요?”

“내가 왜 경찰에 잡히고 싶어요?”

“뭐라고 했습니까?”

“범인이 왜 경찰에 잡히고 싶겠냐고요?”

“처음으로 자백했군요.”

나는 내 따귀를 냅다 갈기고 싶은 심정이었다.

“자백한 게 아니라 흥분해서 말이 잘못 나온 겁니다.”

“논리 정연하고 말 한마디도 신중하게 하는 사람이 이런 실수를 저질렀다?”

나는 의자에 기대고 어깨를 축 늘어뜨린 채 길게 한숨을 내쉬었다. 왕 팀장이 창으로 찌르면 나는 방패로 방어하며 서로 대등하기 싸움을 벌인다고 생각했는데, 결국은 기울어진 운동장에서 싸우는 것이나 마찬가지였다. 왕 팀장은 내가 아무리 솔직하게 말해도 계속 수를 쓴다고 생각했다. 왕 팀장이 ‘범인은 경찰에 잡히고 싶었을 수도 있다.’라는 논리를 펴는 순간 논쟁할 기운이 싹 사라졌다.

이론적으로나 실제 사례를 보나 왕 팀장의 주장이 허무맹랑한 것은 아니었다. 실제로 많은 범인이 경찰의 손아귀에서 벗어나고 싶은 동시에 체포되고 싶은 모순적인 심리 상태에서 범죄를 저지른다. 그때 문득 간병인의 이마에 난 상처가 떠올랐다.

“경찰이 한 가지 놓친 부분이 있습니다.”

“뭐죠?”

"간병인은 왼쪽 이마를 가격당했어요. 범인은 정면에서 간병인을 가격했고요. 이건 범인이 오른손잡이라는 것을 의미해요."

"그런가요?"

"다른 피해자들은 어떻습니까? 모두 범인이 뒤에서 가격했으니까, 혹시 오른쪽 뒤통수에 상처가 있지 않나요?"

"알려 줄 수 없습니다."

"알려 주지 않겠다고요?"

"나보다 더 잘 알겠죠. 맞아요. 모든 피해자들은 오른쪽 뒤통수를 가격당하고 사망했습니다. 하지만 이게 무슨 의미가 있죠?"

"나는 왼손잡이예요."

"우청 씨 사진을 많이 봤는데, 오른손으로 글씨를 쓰던데요."

"그건 어릴 때 강제로 고친 거예요."

"젓가락질도 오른손으로 하는 걸 봤습니다."

"내가 말했잖아요. 어릴 때 강제로 고친 거라고요. 나는 당구를 치거나 마작을 하거나 사람을 때릴 때, 그러니까 나쁜 짓을 할 때는 다 왼손을 써요."

"그래요?"

"네."

"받으세요!"

왕 팀장이 들고 있던 볼펜을 갑자기 내 오른쪽으로 힘껏 던졌다. 나는 무의식적으로 그것을 오른손으로 받았다. 염병할, 속아 넘어갔다.

"할 말 있어요?"

"할 말이 없군요." 나는 씩씩거리며 볼펜을 테이블에 던졌다. "팀장님은 나를 범인이라고 생각해요. 그것도 경찰에 잡히고 싶어 하는 범인요. 하나만 물어봅시다. 내가 바라던 대로 경찰에 체포됐다고 칩시다. 그렇다면 왜 고분고분 심문을 받지 않을까요?"

"그게 인간의 신비하면서도 모순적인 면 아니겠어요?"

"이번엔 철학자 흉내를 내시겠다?"

"나같이 무식한 사람이 어떻게 철학을 알겠어요. 하지만 범죄 심리학은 조금 압니다."

"그저 내가 할 수 있는 말은 사람들을 죽이지 않았다는 거예요."

"어떤 마음인지 충분히 이해합니다."

"난 그 정도로 변태가 아니에요."

이때 왕 팀장이 갑자기 고개를 돌리더니 유리 거울에 대고 손짓했다.

"뭡니까?"

"잠시 CCTV를 끄라고 지시했습니다."

"왜죠?"

"그래야 하고 싶은 말을 솔직히 할 수 있으니까. 잘 들어. 넌 똑똑한 놈이야. 그런데 자기가 똑똑하다는 걸 알고 멋대로 까부는 꼴을 계속 봐주고 싶지 않아. 네 말이 맞아. 우리는 네가 상상하는 것보다 10만 배 그 이상으로 더 빨리 이 사건을 끝내고 싶어. 지금까지 발견된 모든 증거가 너를 범인으로 지목하고 있어. 네가 자백하든 말든 그건 내 알 바 아니야. 앞으로 검찰이 알아서 판단할 테니까. 이제 목격자도 깨어났겠다, 살인죄는 몰라도 최소 중상해죄로는 기소할 수 있어. 내가 충고 하나 해 주지. 네 다음 전쟁터는 취조실이 아니라 법정이야. 그냥 속 시원히 자백하고 돈을 써서 변호사 구하고 정신 이상자라고 해."

"왜 멀쩡한 사람에게 정신 이상자라고 말하라는 겁니까?"

"네 정신 병력에 대해 다 알아봤어."

왕 팀장의 말에 나는 벙어리가 되고 말았다.

간접 증거가 돼 버린 공원에서 찍힌 사진의 파괴력은 엄청났다. 이 사진을 근거로 검찰이 나를 세 살인 사건의 범인이라고 판단하면 법정에서도 어려운 싸움을 해야 할 것이다. 더욱이 나는 타이완 판사들을 신뢰하지 않는다. 이들은 증거가 확실한 사람을 무죄로 석방하는가 하면 증거가 부족한 사람에게 사형 판결을 내린 눈부신 기록을 갖고 있다.

간병인 사건에서 나는 기적이 일어나지 않는 한 혐의를 벗기 어려울 것 같았다.

그리고 정말 걱정되는 것이 따로 있었으니, 바로 내 '병력'이다.

내 병력은 경찰에게 무한한 상상의 공간을 제공했을 것이다. 일단 나를 '비정상'으로 판단했을 것이고, '정신이 비정상인 용의자'라는 좌표는 사건을 처리하는 내내 경찰의 판단을 좌우할 것이다. 비록 폭력 전과와 정신과 병력이 없어도 경찰은 기꺼이 수사에 협조해 전문적인 견해를 제공할 의사를 한두 명 찾아낸 다음, 주변 환경과 개인적인 성향으로 인해 전혀 위협적이지 않은 환자였던 내가 눈 하나 깜빡하지 않고 사람을 죽이는 살인마로 변했다고 발표할 것이다. 범죄의 역사에서 이런 사례는 수두룩하다.

중간에 잠깐 쉬는 시간을 제외하고 밤늦게까지 취조가 이어졌다. 경찰은 내가 피곤한 틈을 타서 모든 것을 포기하고 사실대로 털어놓기를 바랐다. 경찰이 똑같은 질문을 하면 나는 똑같은 대답을 하는 것이 꼭 비디오테이프를 틀어 놓은 것 같았다. 이것은 경찰 수사에 진전이 없다는 것을 의미했다. 경찰이 사건 현장에서 머리카락이나 지문, DNA 등을 대조할 수 있는 중요한 증거를 찾아

내서 내가 범인이라는 것이 확실해졌다면, 괜히 내 자백을 끌어내려고 똑같은 질문을 퍼붓지는 않을 것이다.

아무리 생각해도 간병인 습격 사건은 이상했다. 세 살인 사건에서 범인은 흠잡을 데 없이 완벽하게 정체를 숨겼는데, 이 사건에서는 일부러 흔적을 남겼다. 범인이 고의적으로 나를 모함하는 것이라면 왜 사건 현장에 나에 관한 증거를 남기지 않았을까? 그렇게 어려운 일도 아닌데 말이다. 오랫동안 나를 미행했다면 내가 날마다 산책한다는 것을 알았을 테고, 길가 쓰레기통에 버린 컵이나 종이봉투나 샌드위치 포장지에서 내 지문을 쉽게 구할 수 있었을 것이다.

그렇지! 갑자기 흔적도 없이 사라진 손전등이 생각나 아연실색했다. 혹시 범인이 몰래 집에 들어와 그 손전등을 훔쳐 간 걸까?

그렇다면 왜 훔쳤을까? 만에 하나 범인이 손전등을 사건 현장에 흘리거나 사건 현장에 있었던 물건을 내 집에 가져다 놨다면 나는 죽은 목숨이다. 이 사건은 귀신이 장난치는 것처럼 모든 면에서 이해할 수 없는 점이 많았다.

왕 팀장과 나는 몇 차례나 똑같은 질문과 대답을 주고받았다. 이 과정에서 왕 팀장은 어느 때는 부드럽게 달래다가 어느 때는 겁을 주고 소리를 질러 댔다. 꼭 인격이 둘인 사람처럼 책장을 넘기듯 수시로 표정이 바뀌었다. 왕 팀장이 어떤 표정을 지어도 나는 별로 신경 쓰이지 않았다. 그는 내가 가방끈이 길고 법률 상식을 조금 아는 것을 두고 '지식인'이라고 비꼬았지만 동시에 같은 이유에서 함부로 선을 넘지 못했다. 세상 물정을 모르는 용의자였으면 일찌감치 왕 팀장의 손바닥 안에서 놀아나다 혼비백산했을 것이다. 내가 배짱 좋게 버티며 최소한의 존중을 해 달라고 말할 수 있었던 것은 범인이 아니기 때문이다. 또한 최악의 상황에 대비하기로 이미 마음을 먹었다. 설령 기소돼 재판을 받더라도 사법부에 아첨하며 법정에서 눈물을 흘리지는 않을 것이다.

정신병으로 나 자신을 변호하는 일도 결코 없을 것이다! 이 순간 오랫동안 잠들어 있던 투사가 내 안에서 다시 깨어났다.

독방으로 돌아왔을 때는 이미 한밤중이었고, 수면제를 먹어도 잠이 오지 않을 정도로 몸과 마음이 지쳐 생각할 기력조차 없었다.

경찰은 이튿날 아침 8시에 나를 깨워 또다시 같은 연극을 되풀이했다.

2

"최근 이 년 동안 일이 잘 안 풀렸네요?" 왕 팀장이 손에 든 서류를 보며 중얼거렸다. "먼저 작년에 부인이 캐나다로 이민을 갔고 혼자 타이완에 남았네요. 그다음에는 학교를 그만두고 집을 팔아서 워룽제의 낡아 빠진 아파트로 이사했어요. 맞습니까?"

"대충 비슷합니다."

물론 완전히 틀렸다. 일 년여 동안의 자유분방한 생활을 묘비에 새기는 것처럼 단 두세 마디로 간단히 정리할 수 있겠는가. 하지만 그는 내 속마음을 귀 기울여 듣고 싶은 생각이 없었고, 나도 툭하면 꼬투리를 잡는 사람 앞에서 속마음을 털어놓고 싶지 않았다. 그래서 그가 내 결혼 생활에 어떤 문제가 생겼고 왜 학교를 그만뒀는지와 같은 사적인 것을 물었을 때 "사생활입니다."라는 말로 대답을 거부했다.

216

왕 팀장의 전략과 의도는 명확했다. 직접적인 증거가 부족한 상황에서 그는 모든 초점을 내 정신 상태에 맞추려 했다. 무슨 말인고 하니, 나를 실의에 빠진 정신병자로 만들어 환각 상태나 정신분열 상태에서 살인 사건을 세 건 저지른 것으로 만들려고 했다.

왕 팀장의 전략에 조금도 협조하고 싶은 마음이 없었던 나는 세 살인 사건과 관계없는 질문에는 일절 대답하지 않았다. 왕 팀장은 내 비협조적인 태도에 자제력을 잃고 몇 번이나 소리를 질렀다. 그때마다 나는 겁먹기는커녕 되레 큰 소리로 반격했다.

"핵심을 파고들지 못하고 자꾸 사적인 것과 내 정신 상태에 대해서만 묻는데 여기가 고해 성사를 하는 방입니까, 취조실입니까? 왕 팀장님은 신부님이에요, 경찰이에요? 대체 팀장님이 뭔데 자꾸 내 속마음이 어떻고 최근에 어떻게 살았는지 말하라는 겁니까?"

"음, 그 부분에 대해 말하기 싫으면 하지 마세요. 언론에서 이미 다 알려 줬으니까."

왕 팀장이 우쭐하며 웃음을 흘렸다.

"방금 뭐라고 했습니까?"

"지금 밖에서 얼마나 유명한지 모르죠? 어제오늘에 걸쳐 언론은 온통 우청 씨 관련 뉴스로 도배됐어요. 우청 씨가 어떤 사람이고, 어떤 글을 썼고, 어디에 살면서 무슨 일을 했는지 만천하에 드러났어요."

"그렇게 하는 건 불법 아니에요? 난 그저 용의자일 뿐이란 말이에요!"

"이 나라 언론은 약간의 틈만 있으면 비집고 들어가서 취재하는 거 우청 씨도 잘 알잖아요. 경찰이 항의하고 인권을 존중해 달라고 호소해도, 알죠? 항의가 거셀수록 더 득달같이 달려들어서 특종을 캐낸다는 걸!"

"언론이 뭐랍디까?"

"보도해도 되는 건 하고 하면 안 되는 건 안 하고, 뭐 그 정도죠. 언론은 우청 씨의 정신과 병력까지 다 알고 있어요."

"언론이 어떻게 알아요? 경찰 짓이죠?"

"누가 알겠어요. 경찰과 언론은 애증의 관계예요. 어느 때는 언론 때문에 이가 갈릴 정도로 화나다가도 어느 때는 고맙기도 하죠. 우리보다 노력을 더 많이 하거든요."

"두고 보세요. 나중에 한꺼번에 고소할 테니까!"

너무 화난 나머지 왕 팀장에게 삿대질하며 큰 소리로 경고했다.

사실 분노보다 두려움이 더 컸다. 어제 아침 집에서 경찰에게 체포되고 스무 시간도 더 지난 지금까지 세상과 단절돼 지내는 동안 외부 세계의 존재조차 완전히 잊고 있었다. 원래 내게는 싸워야 하는 전쟁터가 두 곳 있었다. 그런데 내가 잠시 다른 곳에 있는 동안 나머지 한 곳에서 전쟁이 시작됐다. 물론 내가 있는 곳의 상황도 말이 아니었다. 언론이라는 괴물과 싸워 이긴 사람이 있을까? 언론은 나에 대해 뭐라고 떠들었을까? 어머니와 여동생은 괜찮을까? 내 친구들, 그리고 예전에 내가 비웃고 조롱하고 비판하던 사람들은 또 어떻게 생각할까? 이런저런 생각에 어려서부터 차곡차곡 쌓여 온 수치심이 한순간에 온몸을 집어삼켰다.

나는 죄인이었다. 그렇다. 언론이 어떤 내용을 덧보탰든 간에 나는 죄인이었다.

3

체포된 지 사흘째 되는 날은 왕 팀장 외에 수사 팀의 자오 요원
도 합류해 번갈아 가며 나와 전쟁을 치렀다.

안경을 쓴 자오 요원은 젊고 점잖은 모습이 경찰처럼 보이지 않
았다. 주 임무는 내 자백을 받아 내는 것이 아니라 심리 상담사처
럼 수사 과정에서 내 심리 상태가 어떤지 이해하는 것이었다.

"추리 소설 좋아하세요?"

"좋아합니다."

"책꽂이에 100권 넘게 있던데요."

"많은 건 아니죠."

"제목에 연쇄 살인이 들어가는 책도 꽤 있던데요."

"경찰 대여섯 명이 밤새 소설 읽느라 바빴겠네요."

"괜찮았어요. 경찰도 추리 소설 좋아합니다."

"추리 소설과 실제 인생은 괴리가 커요."

"비슷한 부분도 있죠." 자오 요원이 갑자기 화제를 바꿨다. "우청
씨는 왜 류장리 살인 사건에 관심이 많죠? 지도에 삼각형도 그렸
던데요."

"집 근처에서 발생했고, 나도 나이가 적지 않은데 사망자들이 다
노인이지 않습니까."

"노트에 외국 연쇄 살인범의 특징에 대해서도 적으셨더군요."

"별거 아니에요. 구글 뒤지면 나오는 겁니다."

"연쇄 살인범의 특징에서 한 가지가 빠졌던데요."

"뭐죠?"

"연쇄 살인범 중에는 심각한 결벽증에 걸린 사람이 많습니다."

"맞아요."

"도덕, 심리, 일상생활에 대한 결벽증이 있는 편이죠."

"맞습니다."

"우청 씨의 집을 예로 들어 볼까요? 우청 씨는 깔끔하고 질서 정연한 것을 좋아하는 듯하더군요. 집이 먼지 하나 없이 깨끗하고, 책도 국어, 외국어 순으로 가지런히 꽂혀 있었어요."

"그건 오해예요." 정말이지 소리라도 지르고 싶었다. "여기 끌려오기 며칠 전에 집에만 있기 답답해서 청소 좀 했어요. 평소에는 돼지우리가 따로 없을 지경이라고요. 못 믿겠죠?"

자오 요원은 고개를 가로저었다. "정신적인 문제에 대해 말해 볼까요?"

"내 정신은 멀쩡해요. 약만 먹으면."

"언제부터 신경 정신과에 다녔습니까?"

"경찰에 자료 다 있지 않아요?"

"최근 것밖에 없어요. 전산화되기 이전 자료들은 찾기가 어렵습니다."

"열아홉 살 때부터 다녔어요. 병원 이름은 매카이예요. 서류에다 나와 있겠지만. 아니, 없으려나. 여하튼 그다음에는 타이베이 대학 병원을 다녔고, 중간에 궈타이로 바꿨다가 지금은 다시 타이베이 대학 병원을 다녀요."

"참 편하게 말씀하시네요."

"신경 정신과를 다니는 게 부끄러운 일은 아니잖아요."

"우울증 때문에 갔습니까?"

"엄격히 말하면 공황 장애에 따른 염려증과 우울증 때문에 갔어요. 진료 기록에 자세히 나와 있어요."

"공황 장애가 뭡니까?"

"통제력을 잃을까 봐 두려워하는 증상입니다."

"통제력을 잃으면 어떻게 되죠?"

"나도 모르죠. 다행히 아직까지 한 번도 통제력을 잃어 본 적이 없어요."

"올해 1월 25일 저녁에 안허루에 있는 구이산다오 해물탕 가게에서 보여 준 모습은 어떤가요? 통제력을 잃은 거 아닙니까?"

나는 입술을 살짝 벌린 채 아무 말도 하지 못했다. 경찰은 별걸 다 알고 있었다.

"그날 아주 용맹했다고 들었습니다. 모든 일행을 적으로 만들 정도로."

"그걸 어떻게 알았습니까? 혹시 언론 보도를 보고?"

"맞습니다. 하지만 경찰에도 증거가 있어요. 당시 현장에 있었던 한 청년의 진술을 인용해 볼까요? 그 청년은 우청 씨가 '귀신이 씌었는지 혀에 채찍을 달고 모든 사람들을 후려치는 것 같았다.'라고 말했어요." 자오 요원이 서류에 적힌 글자를 또박또박 읽었다.

"그날 일은 제가 잘못했습니다. 술을 너무 많이 마시고 추태를 부렸어요. 입이 열 개라도 할 말이 없습니다."

"하지만 경찰 인터뷰에 따르면 그날 한 소리 들은 사람들은 우청 씨가 술을 마시고 추태를 부리는 것이 아니라 그게, 그러니까……."

"미친 것 같았다?"

"미친 것 같았다, 맞아요. 그렇게 말했습니다."

"그렇게 보였을 수도 있어요. 하지만 중요한 점은, 다시 한번 강조하지만, 난 폭력적인 성향이 없어요. 나도 모르게 속에 쌓인 불만 같은 게 있을 수는 있겠죠. 하지만 그걸 신체적 폭력으로 표현한 적은 없습니다."

"6월 28일 스린 야시장 근처에서 손전등으로 한 청년을 뒤에서 습격한 건 폭력을 행사한 것 아닙니까?"

또다시 곤란한 상황에 빠졌다.

"대답하십시오."

"폭력을 행사한 건 맞지만 통제력을 잃은 건 아닙니다."

"그 청년을 왜 공격했습니까?"

"경고한 겁니다. 그 자식, 변태예요. 학교 근처에서 미성년자만 골라서 꼬신다고요."

"그 청년의 말은 다르던데요. 언론 인터뷰에서 아무 이유 없이 맞았다고 했어요. 당신을 정신병자라고 했고요."

"개새끼! 창피한 줄도 모르고!"

"만약 그 청년이 당신 말대로 변태라면 왜 경찰에 신고하지 않았습니까?"

직업 윤리라는 게 있는데, 무슨 일이 있어도 천제루의 사건에 대해 말해서는 안 된다. 안 그러면 사설탐정과 의뢰인 사이의 불문율인 비밀 유지의 원칙을 내 손으로 깨뜨리는 꼴이 된다.

"어떤 사건 때문인가요?"

"어떻게 알았어요?"

자오 요원 앞에서 활짝 펼쳐진 책 신세가 된 나는 놀란 표정을 감출 힘도 없었다.

"우청 씨의 조수 왕톈라이 씨가 직접 나서서 설명해 줬습니다."

망할!

"톈라이는 내 조수가 아니라 고용된 운전사입니다. 괜히 이 일에 끌어들이지 마세요."

"본인 스스로 걸어 들어온 거예요. 텐라이 씨는 이미 경찰에 그 청년이 무슨 짓을 하고 다녔는지 다 말했어요. 그 뒤로 경찰 조사가 이루어졌고, 그 결과 공공장소에서 음란 행위를 한 전과가 밝혀졌습니다."

"그랬군요. 이 이야기는 여기까지 하죠."

"의뢰인을 보호하고 싶은 건가요?"

"내가 맡았던 사건과 류장리의 살인 사건은 일말의 관계도 없어요. 의뢰받은 사건에 대해서는 어떤 대답도 하지 않겠습니다."

"잠깐만 기다리십시오."

자오 요원이 취조실을 나갔다.

텐라이까지 이 일에 끼어든 것을 보면 아무래도 상황이 심상치 않았다. 충동적인 텐라이를 어쩌면 좋을까. 무슨 일이 있어도 그가 린 선생 사건에 대해 경찰에 말하지 않기를 바랐는데. 안 그러면 천제루와 딸의 사생활이 침해된다.

문이 열리더니 자오 요원이 두꺼운 서류함을 들고 들어왔다.

자리에 앉은 그가 서류함을 열자 갈색 가죽 표지의 내 노트가 눈에 들어왔다.

자오 요원이 노트를 천천히 넘겼다. "누구를 보호하고 싶은 겁니까? 린 부인? 미스 추?"

자오 요원의 입에서 갑자기 이들의 이름이 나왔다.

나는 대답하지 않고 침묵을 지켰다.

"우청 씨의 노트가 경찰 수중에 있다는 걸 잊지 마세요. 노트에 적힌 전화번호로 경찰이 다 연락해 봤고, 이들과 우청 씨의 관계도 조사했습니다."

"결과는요?"

"천 선생이라는 사람이 우청 씨를 한 번 만난 적이 있다고 말했어요. 일대가인에서 만났고, 우청 씨가 자신에게 보건 복지부의 폐단에 대해 물었다고요. 미스 추는 당신과 단순히 아는 관계일 뿐 별로 친하지 않다고 말했어요. 미스 추에 관해서는 앞으로 더 조사할 겁니다. 린 부인은……."

자오 요원은 일부러 뜸을 들여 내 반응을 유도했지만 나는 미끼를 물지 않고 침묵을 지켰다.

"통화 기록과 이메일을 통해 우청 씨가 한동안 린 부인과 빈번하게 연락한 사실을 알아냈습니다. 이미 방문 조사도 마쳤는데요. 린 부인의 말에 따르면 남편과 미스 추가 바람피우는 줄 알고 당신에게 뒷조사를 부탁했고, 그 이후에 이혼했다고 했습니다. 당신에게 3만 3500위안을 사례비로 줬고요. 은행에서 계좌 이체 내역도 확인했습니다. 맞습니까?"

"린 부인이 그렇게 말했으면 맞는 거겠죠. 나머지는 말하기 곤란합니다."

"린 부인은 이제 린 부인이 아니던데요. 이름이 천제루로 바뀌었어요."

"그래요? 사건을 해결한 뒤에는 연락한 적이 없어서 몰랐네요."

"그럴까요? CCTV를 확인해 보니까 지난주에 계속 같이 있었던데요."

"별일 아니에요. 그냥 같이 산책한 겁니다."

"그게 다입니까?"

"산책한 게 전부예요. 한 가지 물어봅시다. 여기 노트에 적힌 사람들, 언론에서도 냄새를 맡았습니까?"

"아직은 아닙니다."

"부탁이니 꼭 비밀을 유지해 주십시오. 안 그러면 무고한 사람들이 피해를 봐요."

"걱정 마세요. 그 부분에 관해서는 제가 보장하겠습니다."

4

정오에 독방에서 도시락을 먹고 다시 취조실에 가서 앉았다. 하지만 아무리 기다려도 경찰이 들어오지 않는 것이 뭔가 이상했다. 나는 유리 거울을 손가락으로 톡톡 두드리며 "심문 안 합니까? 안 하면 방에 가서 낮잠이나 잡시다."라고 말했다. 그러자 잠시 뒤 어느 경정이 들어와 "계속 두드릴 거야? 또 두드렸다간 의자에 묶어 놓을 줄 알아!"라고 소리쳤다.

나는 순순히 자리에 돌아가서 앉았다.

잠시 뒤 자오 요원과 왕 팀장이 연이어 들어왔다. 자오 요원은 내 맞은편에 앉았고, 왕 팀장은 왼쪽 다리는 땅을 딛고 오른쪽 다리는 허공에 걸친 채 테이블 중간쯤의 가장자리에 걸터앉아 나를 쳐다봤다. 왕 팀장의 긴 허리가 내 시야를 가렸지만 눈을 마주치고 싶지 않아 고개를 숙이고 테이블만 쳐다봤다. 이렇게 있어야만 하는 내 처지가 분했다.

"이제는 빼도 박도 못하겠어요." 왕 팀장이 말했다.

"무슨 말이에요?" 내가 물었다.

"경찰이 목격자를 찾았어요."

"어떤 목격자요?"

"어떤 사람이 7월 7일 밤 10시 이후에 러룽제를 배회하는 당신을 봤어요."

"7월 7일이 무슨 날이죠?"

"계속 모르는 척할 거야!" 왕 팀장이 목소리를 높였다. "7월 8일에 간병인을 습격하고 휠체어에 탄 우장슈어를 죽이기 하루 전이잖아."

가만있자! 나는 7월 8일 점심때쯤 페이추이만에서 돌아왔다. 7월 7일은 하루 종일 타이베이에 있지도 않았는데 어떻게 목격자가 있을 수 있단 말인가!

"목격자가 대체 뭘 봤다는 겁니까? 믿을 만한 사람이에요?" 내가 물었다.

"믿을 만하고말고요. 둘이나 됩니다. 그것도 서로 모르는 사람들요." 왕 팀장이 말했다.

"목격자들이 방금 전 유리 거울을 통해 그날 본 사람이 우청 씨가 맞는다고 확인해 줬습니다." 자오 요원이 덧붙였다.

세상에 이런 일이! 나는 놀라서 입을 다물지 못했다.

"어때요? 아직도 할 말이 더 남았어요?" 왕 팀장이 말했다.

"솔직히 말할게요. 7월 7일 밤에 난 타이베이에 없었어요." 나는 마지막 카드를 제시했다.

"그래요? 그럼 어디에 있었습니까? 알리바이를 확인해 줄 사람 있어요?"

당연히 있다. 천제루. 나는 그녀와 함께 2박 3일 동안 호텔에 있었다. 하지만 이 정보가 왕 팀장에게 또 다른 빌미를 제공할 수 있기 때문에 상황을 확실히 파악하기 전까지는 함부로 말할 수가 없었다.

"그날 어디에 갔었는지 생각 좀 해 볼게요."

"시간 끌지 말고 말해요! 어디 갔었습니까? 당신이 타이베이에 없었다는 걸 증명해 줄 사람이 있어요?"

"갑자기 생각이 안 나네요. 알리바이 증명해 줄 사람도 없고요."

"그러니까 어디에 갔었는지 더 알고 싶어지는군요."

말을 마친 왕 팀장은 몸을 일으키고 우쭐한 표정으로 취조실을 나갔다.

"그날 진짜 타이베이에 없었습니까?" 자오 요원이 내게 물었다.

"없었어요. 진짜예요."

"어디에 있었는지 말하는 게 더 편하지 않겠어요?"

"일시적으로 밝힐 수 없습니다."

"경찰에 항의하는 뜻으로 몽니를 부리는 겁니까, 아니면……."

"이봐요. 사지가 철도에 묶인 상황에서 기차가 달려오고 있는데 몽니 부리게 생겼습니까? 지금 경찰이 무슨 작전을 쓰는 건지도 잘 모르겠고, 내가 뭐라고 말하면 이튿날 언론에 대문짝만 하게 날까 봐 겁나서 말도 못 하겠어요. 실질적으로 도움이 되는 정보가 아니면 굳이 말할 필요 없지 않겠어요?"

"머잖아 경찰이 알아낼 겁니다."

"내가 말하지만 않으면 됩니다. 그러면 밖에서 뭐라고 떠들어 대든 내 책임이 아니니까요."

"제가 보장할게요. 지금부터 우청 씨가 하는 말을 언론이 알게 될 일은 결코 없을 겁니다."

"장담합니까?"

"장담합니다."

"좋습니다. 일단 CCTV부터 꺼 주세요. 아니지, 경찰이 진짜로

끄는지 못 믿겠으니까 내 방으로 갑시다. 그날 행적을 다 말해 줄
테니까."

"그럼 잠깐만 기다리세요."

잠시 뒤에 자오 요원이 취조실로 돌아왔다.

"가시죠. 8층에 데려다줄게요."

자오 요원이 나와 나란히 엘리베이터를 탔고, 그 뒤에 경찰 둘이
따라왔다. 7층 계단에서 모퉁이를 돌 때 자오 요원이 갑자기 내 귀
에 대고 속삭였다.

"타이베이에 없었다는 확실한 증거가 있으면 우청 씨에게 매우
유리할 겁니다."

물론 나도 그 증거가 혼란의 구렁텅이에서 빠져나올 수 있는 한
가닥 희망이라는 것을 잘 안다. 하지만 증거를 밝혀도 될지 선뜻
판단이 서지 않았다. 내 입장만 생각하면 말하는 것이 유리하다.
하지만 그러면 천제루가 만천하에 드러난다. 남녀 한 쌍이 호텔에
서 즐거운 시간을 가진 것이 그리 큰일은 아니다. 하지만 일단 이
사실이 공개되면 다른 일들도 잇따라 공개될 것이다. 린 선생과 미
스 추의 더러운 협박 게임은 내가 상관할 바 아니지만, 천제루의
딸에 관한 일은 결코 모르는 척할 수가 없었다.

어떻게 하면 좋을까? 천제루에 대해 말하려면 먼저 그녀에게 양
해를 구해야 한다. 졸지에 살인범이 될지도 모르는 판국에 처음으
로 내게 유리한 증거를 찾았는데 마냥 정의감에 불타는 용사 행세
를 할 수는 없었다. 그날 내가 천제루와 함께 페이추이만을 여행했
다고 말하는 것이 린 선생과 그 딸의 사건에 대해 직접적으로 발
설하는 것은 아니라고 애써 자신을 위로하며 천제루에게 연락하
기로 결정했다.

이제 필요한 건 전화! 천제루와 연락해야 한다!

나는 철창 너머에 있는 자오 요원에게 말했다. "부탁 하나만 들어주세요."

"말씀하세요."

"천제루 씨에게 전화해서 7월 7일 밤에 어디 있었는지 물어봐 주세요. 물어보기 전에 언론이 이 일에 대해 알게 될 일은 결코 없고, 경찰이 몰래 조사할 일도 결코 없을 것이며, 그녀가 이 사건에 얽힐 일도 없을 거라고 꼭 약속해 주세요."

"지금 바로 전화해 볼게요."

자오 요원이 재빨리 가고, 혼자 독방에 남은 나는 두 손으로 철창을 움켜잡았다. 결국 나 하나 살기 위해 천제루의 이름을 팔아 버렸다. 이런 나를 그녀는 어떻게 생각할까? 먹잇감을 발견한 야수처럼 언론이 일제히 달려들어 현미경 아래 발가벗은 신세가 된 나를 어떤 사람으로 볼까? 내 무고함을 그녀가 믿어 줄까?

그녀가 나를 나쁘게 생각한다 해도 그녀를 탓할 수 없다는 비관적인 생각이 스치고 지나갔다. 나는 침대에 누워 조용히 눈을 감고 심호흡하며 자오 요원이 들고 올 소식을 기다렸다. 한 시간이 조금 안 돼 자오 요원이 다시 돌아왔다.

"왜 이렇게 오래 걸렸어요?" 나는 다급히 물었다.

"몇 가지 확인할 일이 있어서요."

"뭘 확인해요?"

"천 여사님이 다 말해 줬어요. 7월 7일에 우청 씨는 천 여사님과 함께 페이추이만 호텔에 있었더군요. 호텔 측에서도 확인해 줬어요. 아, 걱정하지 마세요. 진산 경찰서에 있는 동료에게 부탁해서 다른 사건을 조사하는 척하고 알아봤으니까요. 전부 다 확인했어요. 두 분은 7월 6일 오후 5시 이후에 체크인을 하고 7월 8일까지 호텔에 있었어요. 천 여사님이 8일 아침 7시 30분에 체크아웃을 하며 숙박비를 지불했고, 우청 씨는 10시 조금 넘어서 호텔을 떠났더군요."

나는 모처럼 편하게 긴 숨을 내뱉었다.

"천 여사님이 자기 걱정은 하지 말라고 전해 달라더군요. 우청 씨에게 도움이 되는 일이라면 뭐든지 다 말해 주겠다면서요. 또 우청 씨가 경고를 준 변태를 미성년자 유괴 혐의로 고발하기로 결정했답니다."

천제루가 큰 결심을 한 것 같았다.

"어떻게 된 일인지 이제는 말해 줄 수 있습니까?" 내가 물었다.

"7월 7일 밤 11시가 넘은 시각에 우청 씨와 똑같이 생긴 사람이 러룽제 근처를 배회하는 것을 봤다고 목격자 두 명이 각각 진술했어요."

"믿을 만한 사람들입니까? 수사에 혼선을 주려고 일부러 그렇게 말한 거 아니에요?"

"그럴 가능성은 거의 없어요. 언론에 우청 씨 사진이 매일 나오긴 하지만 경찰 말고 벙거지에 대해 아는 사람은 없거든요. 목격자 두 명은 용의자가 어두운색 벙거지를 깊게 눌러써서 얼굴은 안 보이고 수염만 보였다고 말했어요. 이제 경찰은 그 시간에 우청 씨와 똑같이 분장하고 러룽제를 돌아다닌 사람을 찾으면 돼요. 이게 무슨 의미인지 알아요? 우청 씨가 노트에 적은 두 번째 가능성이 이 사건의 가장 유력한 동기라는 거예요."

"그러니까 누가 나를 고의적으로 모함하는 거다?"

"틀림없어요."

"고맙습니다."

"별말씀을요. 일찍 쉬세요."

5

체포된 지 나흘째 되는 7월 19일, 나는 점심 식사를 하고 6층에 내려갔다. 이날 일정은 평소와 달랐다. 이제는 이른 아침부터 심문을 받는 것이 자유가 없는 군인이 명령에 따라 행동하는 것처럼 익숙했다. 그런데 갑자기 오전 내내 시간이 텅 비어, 아무것도 하지 않은 채 무료함과 불안감 사이를 왔다 갔다 했다.

취조실에서 나는 늘 같은 자리에 앉았다. 왕 팀장은 내 맞은편에 앉고 그 왼쪽에 자오 요원이 섰다.

"솔직히 자백해요. 밖에 공범 있죠?" 왕 팀장이 날카롭게 물었다.

"무슨 말이죠?" 나는 영문을 몰라 왕 팀장과 자오 요원을 번갈아 쳐다봤다.

두 사람 다 무표정했다.

"다시 묻겠습니다. 같이 사건을 꾸민 공범이 누굽니까?"

"공범요? 나한테 공범이 어디 있어요?"

그런데 문득 이들이 왜 이런 말을 하는지 깨닫고는 어림짐작으로 말했다.

"살인 사건이 또 일어난 거죠? 맞죠?"

아무도 대답하지 않았다.

"그렇죠? 내게도 알 권리가 있어요!"

"맞습니다." 자오 요원이 대답했다.

왕 팀장이 그에게 책망하는 눈길을 보냈다.

가뜩이나 쪼그라든 여주처럼 생긴 왕 팀장은 지난 며칠 동안 눈이 더 퀭해지고 양 볼이 더 쏙 팬 것이 꼭 풍차 날개에 걸려 들판에 나가떨어진 돈키호테를 보는 것 같았다.

"오늘 푸양 공원 동쪽에서 시체 한 구가 발견됐어요. 이번에도 뒤통수를 공격당했습니다."

"누군가 나를 모함하고 있는 게 확실해요."

이 말을 하고 나니 등골이 오싹했다. 처음에는 추상적이고 모호한 가능성에 불과했던 '모함론'이 사실로 드러났다. 어느 살인마가 내 분장을 하고 류장리 일대를 돌아다니며 연이어 네 사람을 죽였다고 생각하니 절로 소름이 돋았다. 누굴까? 무슨 의도로 이러는 걸까?

"당신을 모함하려고 이러는 거라면 이미 목적을 달성했는데 왜 또 사람을 죽였을까요?" 왕 팀장은 여전히 의심의 끈을 놓지 않았다. "당신과 살인마가 짜고 경찰을 골탕 먹이는 거라면 또 모를까."

"공범과 연합해서 경찰을 골탕 먹이는 게 무슨 의미가 있죠?"

"타이완에는 미친놈들이 많잖아요. 안 그래요?"

"내가 무고하다는 것을 아직까지 인정하지 않는 이유가 뭡니까? 그냥 내가 마음에 안 들어요? 아니면 잘못을 인정할 줄 몰라요?"

"당신이 마음에 안 들기도 하지만 다른 이유도 있어요. 범인은 앞서 세 살인 사건에서는 아무런 흔적을 남기지 않았지만 이번에는 물증을 남겼어요. 자오 요원, 보여 줘."

자오 요원이 테이블에 놓인 두 서류함에서 각각 검은색 물건과 판지를 꺼냈다. 두 물건 모두 증거물을 담는 비닐 봉투에 들어 있어 자세히 보이지는 않았다.

"이건 검은색 벙거지, 그리고 이건 더 말도 안 되는 물건이에요."

왕 팀장이 말하는 동안 자오 요원이 내게 잘 보이도록 판지를 들어 올렸다. 가짜 수염이었다. 가짜 수염이 범인의 몽타주가 그려진 판지에 붙어 있었다.

"이게 뭐 같습니까?"

"내 수염요."

가짜 수염은 연필로 가볍게 스케치된 범인 몽타주의 윗입술, 아래턱, 양 볼에 그럴듯하게 붙어 있었다. 가짜 수염이지만 터럭 한 올까지 내 것과 똑같았다.

"가짜 수염에 벙거지까지, 경찰이 엉뚱한 사람을 체포하도록 범인이 이 모든 걸 다 준비했다고 칩시다. 그가 왜 그랬을까요? 왜 처음에는 당신을 함정에 빠뜨렸다가 지금은 벗어나게 해 주려는 걸까요?"

"그놈이 경찰을 갖고 놀고, 나 또한 갖고 노는 거겠죠."

"가능성이 하나 더 있습니다. 당신과 범인이 함께 경찰을 갖고 노는 것."

"맙소사! 아직도 나를 의심합니까? 진지하게 요구하는데, 지금 바로 풀어 주세요."

"안 됩니다."

"범인이 노리는 사람이 우청 씨라면 밖에 있는 게 더 위험하지 않을까요?" 자오 요원이 끼어들었다.

"그러니까 나를 보호하려고 독방에 가두고 언론이 내 인격을 마구 짓밟도록 내버려 둔 거군요?"

"모든 의문이 풀리기 전에는 풀어 줄 수 없습니다." 왕 팀장이 거듭 입장을 밝혔다.

"지금 그 굳은 머리로 이해할 때까지 기다리라는 겁니까? 미안합니다. 지금 당장 변호사를 선임하겠습니다."

내가 이 패를 들고 나오리라고 미처 예상하지 못했는지 왕 팀장은 잠시 멍하니 있었다.

"변호사를 선임하려면 전화가 필요해요."

"데리고 가." 나를 매섭게 쏘아보던 왕 팀장이 윗입술도 움직이지 않고 말했다.

자오 요원이 나를 사무실에 데리고 갔다.

"투야오밍 변호사 전화번호가 어떻게 됩니까?"

"그 변호사를 선임하려고요?"

"아는 변호사가 있어야죠. 그나마 이 변호사도 텔레비전에 자주 나와서 아는 거예요."

"그 변호사 좀 요란하지 않아요? 큰 스캔들만 맡으려 하고."

"지금 나한테 딱 필요한 사람이 바로 큰 스캔들 좋아하는 요란한 변호사입니다."

"잠깐만 기다리세요."

자오 요원이 컴퓨터를 켜고 경찰 내부 자료실에 들어가 투 변호사의 휴대 전화 번호를 찾았다.

"실례지만 투야오밍 변호사입니까?"

"누구시죠?"

"안녕하세요. 우청이라고 합니다. 류장리……."

"우청 씨! 익히 들었습니다. 지금 어디서 전화하시는 겁니까?"

"신이 경찰서요. 변호사님을 제 변호사로 선임하고 싶습니다."

"이십 분 안에 도착하겠습니다."

6

빳빳하게 다린 양복을 차려입은 투 변호사는 번개 같은 속도로 도착했다. 그렇잖아도 비좁은 독방에 한 사람이 더 들어오자 숨이 턱턱 막혔다. 나는 투 변호사에게 경찰이 입수한 증거물과 최신 소식을 전부 설명했다.

"경찰은 이유 없이 나를 계속 붙잡아 두고 있어요. 이곳에서 나가게 해 줄 수 있습니까?"

"저한테 맡기세요. 내려가서 경찰과 이야기해 보겠습니다." 투 변호사는 자신만만했다. "이제 슬슬 짐 싸세요."

"잠시만요, 투 변호사님. 사실은 제가 선임비를 드릴 돈이 없습니다."

"돈은 신경 쓰지 마세요. 이번 변호는 무료로 진행할 거니까요. 우청 씨도 아시겠지만 저는 빅 케이스를 좋아합니다. 그럼 아래층에 다녀올게요. 좋은 소식 기다리고 계세요."

마흔 살 가까이 된 투 변호사는 헬스클럽에서 사는지 몸이 좋았다. 책벌레 같으면서도 어딘가 대장부 같은 분위기를 풍겼고, 왁스를 발라 단정히 빗어 넘긴 머리에, 은테 안경을 썼다. 검정색 고급 양복을 입었는데, 그가 텔레비전에 출연해 사법 관련 주제를 놓고 토론할 때마다 입는 시그니처 패션이었다. 투 변호사는 텔레비전에서 받은 인상처럼 일처리가 시원시원하고 말솜씨가 뛰어났다. 또 말할 때는 연극배우처럼 손을 많이 썼는데, 그래서인지 흡인력이 강했다.

짐은 쌀 필요도 없었다. 몸에 걸친 옷 말고는 독방에 내 물건이 전혀 없었다.

나는 침대 가장자리에 앉아 투 변호사에게 받은 명함을 만지작거렸다. 찢어지지 않는 종이로 만든 고급스러운 명함에는 '투야오밍 변호사 사무소 대표', '민간 사법 개혁 촉진 위원회 이사', '광친 기업 특별 고문 변호사' 등 보는 사람의 기를 죽이는 대단한 직함 다섯 개가 눈부시게 찍혀 있었다.

평소 같으면 튀는 것을 좋아하고, 명예욕이 강하고, 머리끝부터 발끝까지 아르마니로 휘감고 다니는 투 변호사를 속물 취급했을 것이다. 물론 자신감이 하늘을 찌르고 자기 잘난 맛에 사는 투 변호사도 스스로 모든 것을 포기한 나 같은 보잘것없는 사람을 상대하는 일은 없었을 것이다. 하지만 억울한 상황은 우리를 잠시 사이 좋은 전우로 이어 줬다.

하루에 두 번이나 먹은 족발 국수

1

두 시간 뒤, 투야오밍 변호사는 신이 경찰서 밖에서 열린 기자 회견장에 모습을 드러냈다. 나는 그가 기자들의 주의를 끄는 동안 몰래 경찰서를 빠져나갔다. 우리는 저녁 8시에 내 집에서 다시 만나기로 약속했다.

기자 회견을 하기 전에 그는 무슨 말을 할지 미리 알려 줬다.

"네 번째 살인 사건이 또다시 일어난 것으로 미뤄 범인은 따로 있고, 경찰이 지금 엉뚱한 사람을 체포했음을 알 수 있습니다. 우청 씨는 무고합니다. 되레 범인의 죄를 뒤집어썼습니다. 지금까지 발견된 증거를 보면 우청 씨는 범인의 범행 대상 중 하나일 가능성이 높습니다. 우청 씨의 변호사로서 경찰이 조속히 우청 씨를 석방하고 경찰 병력을 파견해 우청 씨를 안전하게 보호해 줄 것을 요청합니다."

투 변호사가 카메라 앞에서 침을 튀기며 잘나가는 변호사 연기를 할 때 나는 신이 경찰서 6층에서 자오 요원의 손을 잡고 고맙다고 인사했다. 엘리베이터를 타러 가는 길에 왕 팀장의 사무실을 힐 곳 쳐다보자 돈키호테가 중지를 까딱거리며 블라인드 틈으로 나를 빤히 쳐다보고 있었다.

그가 여전히 나를 모든 사건의 배후 조종자로 믿고 있다는 의미였다.

나는 텐라이의 엄호를 받으며 아무 소동 없이 경찰서를 유유히 빠져나왔다.

"형님, 집으로 갈까요?" 택시에 타자 텐라이가 급하게 물었다.

독방에 갇힌 나흘 사이에 나는 갑자기 '형님'이 돼 있었다.

"어머니 댁으로 가 줘요. 무사히 나왔다고 알려야죠. 민성 단지로 갑시다."

어머니 댁으로 가면서 텐라이에게 바깥세상 소식을 물었다. 텐라이는 언론이 나에 대해서 몹시 안 좋게 말했는데, 궁핍하게 생활하고, 정서적으로 불안하고, 폭력적인 성향을 가진 정신병자로 만들어 놨다는 것이었다. 자기도 말하면서 열이 받는지 한두 마디마다 욕을 섞었다. 나는 그에게 흥분하지 말라고 했지만 속에서는 나도 모르게 욕이 터져 나왔다.

택시는 싼민루의 로터리를 돈 다음 좌회전해 푸진제를 달렸다.

어머니가 사는 아파트의 출입문을 훑어보고 기자들이 없다는 것을 확인한 다음 택시에서 내렸다. 택시에서 내리기 전에 텐라이에게 먼저 돌아가라고 했지만 그는 곧 죽어도 기다리겠다며 미안해하지 말라고 했다.

"누구세요?" 도어폰에서 여동생의 목소리가 들렸다.

"나야."

출입문이 열림과 동시에 도어폰에서 흥분한 여동생의 목소리가 들렸다. "엄마! 우청이 돌아왔어요!"

엘리베이터에 타자 눈물이 고이는 것을 억지로 참았다. 배를 타고 몇 년 동안 바다를 떠돌던 탕아가 폭풍우에 배가 전복되는 재난을 겪은 뒤에 노모와 재회하는 것처럼 감정이 복받쳤다.

엘리베이터가 4층에 도착해 내리려는데 어머니가 이미 문 앞에 서 있었다.

"거기 그냥 잠깐 서 있어."

"왜요?"

"경찰이 널 풀어 줬다는 뉴스를 방금 전에 봐서 족발 국수를 못 사다 놨잖아. 아민한테 얼른 사 오라고 할 테니 조금만 기다려라."

"뭘 그렇게까지 해요. 그냥 먹은 걸로 쳐요."

내가 엘리베이터에서 내리려고 하면 어머니가 다시 안으로 밀어 넣고, 우리가 서로 밀치락달치락하는 바람에 엘리베이터 문이 쉴 새 없이 열렸다 닫혔다 했다.

"네가 어려서부터 미신을 안 믿어서 이런 일이 생긴 거야. 어미 말 들어. 1층에서 기다렸다가 족발 국수 오면 먹고 들어와. 갑자기 와서 준비를 못 했는데 원래는 우리가 1층에서 불을 지피고 네가 그 위를 넘어가야 하는 거다."

노인네를 무슨 수로 이기겠는가. 나는 할 수 없이 엘리베이터를 타고 다시 1층에 내려가 텐라이의 택시로 돌아갔다. 택시에 앉아 있으니 여동생이 아파트 출입문을 나와 싼민루 쪽으로 족발 국수를 사러 뛰어가는 게 보였다.

"벌써 다 만났어요?" 텐라이가 물었다.

"아직 집에 들어가지도 못했어요. 어머니가 족발 국수를 먹어야 집에 들어갈 수 있다잖아요."

"원래는 불도 한 번 넘어가야 해요."

"어머니도 그렇게 말씀하셨어요."

"그런 건 미신이라도 꼭 해야 돼요." 텐라이가 그답지 않게 진지하게 말했다.

솔직히 며칠 동안 안 좋은 일로 독방에 갇혔다 나오니 미신이라도 함부로 무시하기가 두려웠다. 하지만 의식이라는 행위는 늘 원래의 감정을 희석하게 마련이다. 아버지가 돌아가셨을 때 나는 겨우 일곱 살이었지만 맏아들이라는 이유로 줄곧 영정 앞에 서 있었다. 그런데 며칠 동안 반복해서 두 손을 모으고 절을 하고 있으니 조금씩 마음이 흐트러지고 아버지를 잃은 슬픔도 옅어졌다. 심지어 참을 수 없을 만큼 지루할 때도 있었는데, 그럴 때면 까치발을 들고 비구니의 염송을 들으며 목탁을 몇 번이나 두드리는지 숫자를 셌다.

여동생이 돌아왔을 때는 이미 마음이 꽤 편안해져 있었다. 어머니 댁에 들어가 족발 국수를 먹는 행위는 결과적으로 어머니와 한바탕 눈물바다를 이루는 진부한 연출을 건너뛰는 효과를 낳았다.

"요 며칠 네가 계속 어머니를 돌봐 드렸던 거야?" 나는 족발을 뜯으면서 여동생에게 물었다.

"여기 돌봐 줘야 할 사람이 어딨어." 어머니는 시답잖은 말을 들은 것처럼 말했다.

"달리 방법이 없잖아. 기자들이 어찌나 초인종을 눌러 대던지, 엄마가 몇 번이나 빗자루 들고 내려가서 기자들을 쫓아냈는지 몰라. 난 뉴스 보다가 깜짝 놀라서 바로 뛰어왔어."

"난 기자 고것들 하나도 안 무서워. 고것들 그렇게 함부로 떠들다가 나중에 천벌 받지."

"네가 어머니가 아니라 기자들 보호하러 왔구나."

어머니의 말을 듣고 있자니 절로 웃음이 나왔다.

"난 보호 같은 거 하나도 필요 없다. 우청아, 기자들이 얼마나 지저분하게 떠들어 댔는지 아냐? 내가 늙었으니 망정이지 조금만 젊었어도 그것들 가만 안 뒀다. 네가 우울증을 앓는다느니, 평생 아파서 빌빌거렸다느니, 뉴스 보면 그냥 화가 나서 피가 거꾸로 솟을 지경이었다!"

"언론에서 뭐라고 떠들든 신경 쓰지 마세요."

나는 어머니와 여동생을 쳐다봤다. 두 사람은 내 병력에 관한 언론 보도가 전부 날조된 것은 아니고 일부는 맞기도 하다는 것을 알고 있다. 하지만 나는 어머니와 여동생이 아는 것보다 더 많은 질환을 앓고 있다. 이 점에 대해 솔직히 털어놓을까도 생각했지만 모처럼 온 가족이 모인 즐거운 분위기를 깨고 싶지 않았다. 나는 어머니 댁에 들어간 지 한 시간쯤 됐을 때 돌아갈 준비를 했다. 어머니는 내가 아예 짐을 싸 들고 와서 당신과 함께 살기를 바랐지만 내가 싫었다.

집으로 돌아가기 전에 어머니가 내게 작은 약병을 건넸다.

"수면제야. 시간 맞춰 먹어."

"저도 있어요."

"그래도 가져가. 난 여기 많으니까." 어머니는 약국이라도 연 것처럼 말했다.

잠시 후 나를 태운 택시가 워룽제에 도착했다. 텐라이에게 일찌감치 통보를 받은 아신이 아파트 출입문 앞에 자그마한 도자기를 놓고 기다리다가 내가 택시에서 내리자 지전에 불을 붙였다. 그러고는 한사코 그 위를 넘어가라고 하면서 액운을 깨끗이 없애 줬다.

241

아신의 부인도 그 자리에 있었는데, 그녀의 두 손에 족발 국수가 들려 있었다. 이들의 환영식은 내게 뜻밖의 감동을 줬다.

많은 이웃들이 나와서 이 광경을 구경했고, 몇몇 방송사에서 취재를 나오기도 했다. 그중 기자 두 명이 내 앞을 거칠게 가로막고 마이크를 턱 밑까지 경쟁적으로 들이밀었다. 이들의 행동에 분노가 치민 나는 인터뷰에 응하는 척하고 마이크를 스리슬쩍 빼앗아 카메라에 대고 냅다 내리쳤다. 팍! 나는 화가 났다는 것을 숨기지 않았다. 카메라맨은 마이크를 피해 뒤로 물러나다가 옆에 있던 오토바이를 건드렸다. 그러자 이 오토바이가 쓰러지면서 도미노처럼 다른 오토바이들도 차례차례 쓰러졌다.

"왜 폭력을 써요? 방금 전에 그거 폭력 행사한 겁니다!"

기자 둘이 소리를 지르며 따지고 들자 톈라이가 호위병처럼 막아서고 말했다.

"터진 입이라고 지금 함부로 지껄이는 거지? 한 걸음만 더 와 봐. 그때는 진짜 폭력이 뭔지 확실히 보여 줄 테니까!"

쓰러진 오토바이 주인들도 난리 통에 합세했다. 그들은 카메라맨에게 오토바이를 순순히 세워 놓지 않으면 진짜 폭력이 뭔지 본때를 확실히 보여 주겠다고 으름장을 놨다. 나를 보호하기 위해 집 앞에 미리 파견돼 있던 경찰 두 명은 눈앞의 상황이 심상찮게 돌아가자 서둘러 수습에 나섰다.

혼란스러운 틈을 타서 나는 아신의 부축을 받고 불 위를 건넌 다음 재빨리 문을 열고 들어갔다.

그리고 또 한 번 족발 국수를 먹었다.

나는 아신과 그의 부인, 톈라이에게 다시 한번 고맙다고 인사했다. 아신은 형님 아우 하는 사이에 자꾸 예의를 차리면 앞으로 모르는 척하겠다고 타박을 줬다. 텐라이에게 택시비를 주자 이번에는 그가 자꾸 이러면 자기를 무시하는 것으로 생각하겠다며 발끈했다. 타이완 사람들은 친한 사람들을 부를 때 습관적으로 형님, 아우, 형수님, 어머님 같은 호칭을 쓴다. 나는 줄곧 이런 식의 호칭이 마음에 들지 않았다. 하지만 이들의 진심 어린 배려에 앞으로 내 인생을 환히 밝혀 줄 진실하고 따뜻한 감정을 찾은 것만 같았다. 당시에는 미처 몰랐지만 이 감정은 단지 괴팍하고 거만한 모습에 오랫동안 억눌려 있었을 뿐 사실은 줄곧 내 안에 있었다.

"아직 사건이 종결되지 않았어. 범인이 또다시 살인을 저질렀어. 어쩌면 그놈은 나를 노리고 있는지도 몰라. 당분간 서로 만나지도 말고 연락하지도 말자. 괜히 여러분까지 말려들면 곤란하니까. 지금은 의리고 뭐고 따질 때가 아니야. 그러니까 이번만은 제발 내 말을 들어. 아무 일 없이 지나가면 내가 크게 한턱낼 테니." 내가 말했다.

모두 돌아간 뒤에 거실, 서재, 침실을 둘러봤다. 경찰이 집을 수색했다는 것조차 모를 정도로 모든 것이 내가 떠나올 때의 모습 그대로였다. 하지만 책은 조금 달랐다. 순서는 그대로지만 책 끝이 벽에 닿지 않아 들쑥날쑥한 것이 자꾸 신경 쓰여서 일일이 다시 밀어 넣었다.

그다음에는 휴대 전화를 켰다. 부재중 전화 메시지와 문자 메시지가 수십 통 와 있었지만 확인하지 않고 전부 삭제했다. 그러고는 캐나다의 현지 시간도 확인하지 않고 무작정 아내에게 전화를 걸어 경찰서에서 무사히 풀려났다고 알려 줬다.

"소식 듣고 얼마나 놀랐는지 알아요?" 아내가 말했다. "타이완에 있는 친구가 전화해서 당신이 체포됐다는 거예요. 어쩌면 멀쩡한 사람을 그렇게 만들어 놓을 수 있는지, 인터넷으로 뉴스를 검색해 보고 깜짝 놀랐어요."

"타이완 언론의 수준이 어딜 가겠어." 나는 어쩔 수 없다는 듯이 말했다.

"혼자 있어도 괜찮겠어요? 내가 같이 있어 줄까요?"

"괜찮아. 경찰이 크게 한번 오해한 건데 뭘 그래." 나는 대수롭지 않게 말했다. "괜히 비행기 탈 생각하지 마. 비행기에 타자마자 기자들이 인터뷰하자고 달려들 테니까. 무슨 일 있으면 다시 연락할게."

전화를 끊고 나서 천제루에게 어려울 때 도와줘서 고맙다고 짧게 문자 메시지를 보냈다. 그녀는 바로 답장을 보냈다.

'고맙긴요. 저는 탐정님의 결백을 믿어요.'

천제루가 보낸 문자 메시지를 막 읽었을 때 전화가 걸려 왔다. 나는 망설임 없이 통화 버튼을 눌렀다.

"실례지만 우청 씨입니까?"

"그렇습니다만."

"안녕하세요. TVCS 방송국 〈뉴스를 말하다〉 PD입니다. 지난 며칠 동안 고생 많으셨죠? 괜찮으시면 저희 프로그램에 나오셔서 그간의 심경이 어땠는지 말씀해 주시면 어떨까 해서 전화드렸습니다."

"지금 당장 말씀드리죠."

"정말요?"

"그럼요. 내 심경이 어땠나 하면 좆나 엿 같았습니다!"

그러고는 바로 전화를 끊었다.

투 변호사를 기다리는 동안 나는 텔레비전 앞에 앉아 나에 관한 뉴스와 영상 기록을 모조리 봤다.

'경찰, 마침내 류장리 살인 사건 용의자 특정!'

'범인 얼굴 본 간병인, 공원의 살인마 체포는 시간문제!'

언론은 가족 관계, 학력, 경력, 성격, 논문, 극본, 언론 인터뷰 등 내가 어느 브랜드의 팬티를 입는지만 빼고 나에 관한 모든 정보를 보도했다. 현미경으로 들여다보는 것처럼 낱낱이 파헤친 언론 보도 속의 우청은 진실한 면도 있지만 왜곡된 가치관을 훨씬 더 많이 가진 어두운 인간이었다.

내 수업을 들은 적 있는 학생들의 인터뷰도 이어졌다. 먼저 한 학생은 "우 교수님은 수업할 때는 재미있지만 화가 나면 다른 사람이 된 것처럼 굉장히 무서웠어요. 감정 조절에 문제가 있는 것 같았어요."라고 말했다. 뒤이어 인터뷰에 응한 학생도 "학생들 사이에서는 예전부터 우 교수님이 주정뱅이에다 우울증이 있다는 소문이 돌았어요. 유머는 단지 이런 문제들을 가리기 위한 수단이지 않았을까요?"라고 말했다.

이름을 밝히길 꺼리는 어느 연극계 인사는 구이산다오 사건을 언급하고, 직접 구이산다오 해물탕 가게를 찾아가 그날의 일을 생생하게 재연했다. 그가 재연한 나는 왼손에 술잔을 들고 오른손으로 참석자들을 손가락질했으며, 테이블에 올라가 고래고래 소리를 질렀다.(흥분해서 테이블에 올라간 것은 생각조차 나지 않는다.) 화면에 목소리가 입혀지지 않았기에 망정이지 안 그랬으면 나 자신을 더 용서할 수 없었을 것이다.

대중의 알 권리를 충족하기 위해 '열일' 마다하지 않는 언론은 스튜디오에 심리 분석 전문가까지 불렀다. 그는 재연된 영상 속의 내 행동을 보고 '붕괴'니 '탈선'이니 하며 심리적으로 완전히 무너진 상태라고 진단했다. 어떤 프로그램은 자칭 인문학에 조예가 깊은 정신과 의사를 불러 내가 쓴 잡문과 극본에 대한 견해를 물었다. 고서의 내용을 인용하고 풍자적인 문학의 목적을 들먹이며 한껏 떠들던 이 의사는 내 해학적인 창작물에 대해 빈약한 내면과 파괴적인 정신을 표출한 증오의 문학이라고 지적했다.

어느 채널을 틀어도 다 나를 흠잡는 소리만 들렸다. 나는 스스로를 꾸짖으며 깊이 뉘우쳤다. 젠장, 나는 진짜 죄인이었다.

우청을 혐오하는 '우혐' 토론 프로그램만 몇 개나 됐다.

그중 하나는 '사설탐정'이라는 주제로 타이완에 실제로 사설탐정이 있는지 토론했다. 어느 패널이 "우청은 기껏해야 혼자 뛰는 흥신소 직원이다."라고 말하자, 다른 패널도 "옳은 말씀이다. 우청은 정부의 허가를 받지 않았다. 그가 사설탐정이라는 것은 거짓말이다."라고 덧붙였다. 패널들은 나를 사설탐정도 뭣도 아닌 사기꾼으로 몰면서 무고한 피해자가 있는지 경찰이 철저하게 수사해야 한다고 말했다. 또 다른 프로그램은 전 경찰서장, 전 검찰청장, 전 수사과장처럼 직함 앞에 죄다 전 자가 붙은 패널들만 불러 모았다. 이들은 "사건 해결이 임박했다. 경찰이 우청의 심리 방어선을 무너뜨리기만 하면 된다."라고 일치된 의견을 내놨다.

하지만 진짜 구경거리가 아직 기다리고 있었다.

신이 경찰서 소속 경찰이 몰래 정보를 빼돌리는 바람에 언론은 내가 타이베이 대학 병원에서 정신과 진료를 받은 것을 알아내고 처방전까지 입수했다. 어느 토론 프로그램은 장장 한 시간에 걸쳐 내 처방전을 분석하며 현재 내가 어떤 질환을 앓고 어떤 증상이 있는지 추측하기에 바빴다. 그런데 출연진은 오만 가지 주제에 대해서 논하는 입만 살아 있는 명사들뿐이었고, 정작 정신과 전문의는 단 한 명도 없었다. 창피한 줄도 모르고 날마다 텔레비전에 나와 정치 비화, 연예인 스캔들, 유명인의 사생활에서 고대 문명, 외계인, 심령 현상까지 장르를 가리지 않고 시끄럽게 떠드는 이들은 저팔계 엄마가 와도 입으로는 당해 내지 못할 대단한 수다쟁이들이었다. 그날 저녁에도 이 수다쟁이들은 저마다 단독 입수한 정보가 있다고 우쭐대며 '우혐 전문가'가 되는 데 열을 올렸다. 놀랍게도 이들 중 한 명은 타이완에 나 같은 사람이 점점 늘어나고 있다면서, 개개인 모두 잠재적인 시한폭탄이나 마찬가지라는 조금 과격한 결론을 내렸다.

잠재적인 시한폭탄인 나는 수없이 쏟아지는 나에 관한 뉴스에 거의 폭발할 지경이 돼 의자를 들어 창문을 향해 집어던지고, 사람들의 목을 마구 베어 버리고, 방송국에 페인트를 뿌리고 싶었다. 하지만 나는 아무것도 하지 않고 그대로 욕실에 들어가 찬물로 샤워하고 대책을 마련했다.

2

투 변호사는 옷을 갈아입고 약속 시간에 맞춰 도착했다. 연분홍 와이셔츠에 짙은 남색의 투 버튼 재킷, 검정 양복 바지와 반짝거리는 이탈리아제 갈색 구두, 보는 사람의 눈이 다 어지러울 정도로 조화라고는 눈곱만큼도 찾아볼 수 없는 투 변호사의 패션 센스에 놀려 주고 싶은 생각이 들었다.

"밖은 가을인가 봐요?"

원래는 타이베이에 서커스단이 왔냐고 물어보려 했지만 서로 잘 아는 사이도 아니고 공짜로 나를 변호해 주겠다는 사람에게 함부로 까불 수는 없었다.

"조금 있다가 파티에 가야 하니 어떡합니까. 에어컨 있죠?"

투 변호사를 위해 어쩔 수 없이 거실에 에어컨을 틀었다. 아니, 사실은 나를 위해 에어컨을 틀었다. 한여름에 쪄 죽을 것처럼 옷을 입은 그를 보기만 해도 땀이 절로 났다.

거실에 앉자 투 변호사는 손목시계를 한 번 쳐다보고 본격적으로 일 이야기에 들어갔다. 내게 할애할 수 있는 시간이 그리 많지 않아 보였다.

"우 선생님, 이번 케이스에 대해 간단하게 말씀드리겠습니다. 제가 알기로 우 선생님은 더 이상 변호사가 필요 없습니다. 오늘 아침의 기자 회견은 무료 봉사라고 생각하세요. 프리 오브 차지. 프로 보노(사회적 약자를 돕는 공익 활동./옮긴이)."

"변호사님이 뭐라고 말했길래 경찰이 나를 풀어 준 겁니까?"

"신이 경찰서장에게 우 선생님을 기소할 거 아니면 당장 풀어 주라고 법전에 나와 있는 대로 말했어요. 경찰이 제시한 조건 기억하시죠?"

"한동안 나라 밖으로 나가지 못하고, 언제든지 경찰 조사에 협조한다."

"솔직히 말해 다른 사람이 범인이라는 걸 알았을 때 조금 디서포인티드 했어요."

"내가 살인범이 아니라서요?"

"네. 저는 바쁜 몸이라 하이 프로필(세상의 이목을 끄는 태도./옮긴이) 한 케이스만 받는데 우 선생님이 중대 사건의 용의자라면 얼마나 재미있겠어요. 선생님은 O. J. 심슨 같은 범인이고, 저는 선생님의 꿈의 변호사고.”

“괜히 디서포인티드 하게 만들어서 미안합니다.” 나도 그를 따라 영어를 섞어 썼다.

“노 프로블럼. 오늘 아침 기자 회견만으로도 충분히 재미있었습니다.”

“더 재미있는 일이 있을 수도 있어요.”

“뭐죠?” 투 변호사가 재빨리 내 쪽으로 몸을 기울였다.

“투 변호사님이 계속해서 제 변호를 맡아 몇 가지 일을 처리해 주셨으면 좋겠어요. 제 이름으로 경찰을 고소할 생각입니다.”

내 말에 투 변호사의 두 눈이 갑자기 반짝거렸다. 벌써부터 그의 두뇌가 가동되는 소리가 들리는 듯했다.

“흥미롭네요. 계속 말씀하세요.”

“수사 비공개 원칙을 위반하고 나를 언론에 팔아넘긴 워룽 지구대와 내 인권을 무시하고 내 진료 기록을 언론에 흘린 신이 경찰서를 고소할 겁니다.”

“훌륭해요!” 투 변호사가 허벅지를 쳤다.

“아직 더 있어요. 언론과 텔레비전 패널들도 고소할 겁니다. 내 사생활에 대해 멋대로 지껄인 기자와 텔레비전 패널 전부 다요.”

“그건…… . 우 선생님, 언론을 상대하는 게 얼마나 어려운지는 아시죠?”

“언론 건드려 봤자 좋을 것 하나 없다는 거 잘 압니다. 하지만 이번에 언론이 사람 잘못 건드린 줄 알라고 하세요. 언론은 나를 추악한 인간으로 만들었어요. 똥통에 처박힌 신세가 됐는데 무서울 게 뭐가 있겠습니까? ‘사람 죽이는 언론, 세 치 혀로 죄짓는 논객.’ 이렇게 피 묻은 고소장을 남기고 집에서 번개탄 피우고 자살할 수도 있어요. 하지만 그래 봤자 내 목숨만 아깝지 변하는 게 없잖아요. 차라리 두 눈 시퍼렇게 뜨고 그들이 죗값을 치르도록 하는 게 낫죠."

"알겠습니다. 이렇게 된 이상 같이 한번 신나게 놀아 보죠! 마이 갓, 타이완 송사에 길이 남을 사건이 되겠네요. 타이틀도 생각났어요. '골리앗에 도전한 다윗!'"

"괜찮으시면 내일 아침 일찍 기자들을 부르고 검찰청에 고소장을 제출하세요. 경찰부터 고소하고 그다음에 언론을 고소할 겁니다. 언론에는 모든 보도 자료를 검토해서 사실에 근거하지 않은 보도로 내 명예를 더럽히고 실추한 사실이 확인되면 일제히 손해 배상을 청구할 거라고 수류탄을 던지세요."

"대단하세요! 타고난 변호사 같네요."

뒤이어 세부 사항을 논의한 우리는 투 변호사 쪽이 언론 보도를 검토하면 내 확인을 거친 뒤 일제히 손해 배상을 청구하기로 의견을 모았다. 투 변호사는 나도 기자 회견에 참석해서 다 죽어 가는 모습을 연출해 동정심을 얻자고 제안했다. 나는 투 변호사의 제안을 거부하고 처음부터 끝까지 전면에 나서지 않는 전략을 고수하기로 마음먹었다. 마지막으로 비용 문제만 남았다.

"투 변호사님에게 선임비를 많이 줄 수 없다는 거 아시죠?"

"잘 압니다."

"이렇게 하죠. 언론에서 얼마를 받아 낼지도 변호사님이 정하고 그중 얼마를 가져갈지도 변호사님이 정하세요. 저는 아무래도 상관없어요."

"잠시만요. 일반적으로 하이 프로필 한 명예 훼손 소송을 진행할 때 원고가 배상금 전액을 자선 단체에 기부하겠다고 미리 밝히는 경우가 많아요. 무슨 뜻인지 아시죠? 대중에게 돈 때문이 아니라 명예 때문이라는 것을 알리기 위해서죠."

"아, 오해하지 마세요. 나는 공익을 위해 싸우지 않습니다. 대중의 동정도 필요 없고 여론이 내 편인지 아닌지도 관심 없어요. 사람들이 나를 욕해도 신경 안 써요. 무슨 뜻인지 아시죠? 난 그저 법원에서 언론에 한 방 먹이고 싶을 뿐입니다. 소송에 유리한 것이라면 뭐든지 기꺼이 수용할 거예요. 예의 차릴 생각 없습니다."

"용감하시군요!" 투 변호사가 돌아가기 전에 투지를 불태우며 말했다. "내일 아침 10시 정각에 텔레비전에서 뵙겠습니다."

3

반격의 순간이 찾아왔지만 사실 나는 마음속으로 다른 계산을 하고 있었다. 이번 소송으로 곧 죽어도 자신들의 잘못을 인정하지 않는 두 체제인 경찰과 언론에게 공식적인 사과를 받아 낼 수 있을 거라고 순진하게 생각하지 않았다. 경찰에게는 그저 약간의 배상금을 얻어 내면 그만이고, 언론과는 한번 요란하게 싸워 보고 싶었다.

이튿날 아침, 그러니까 7월 20일 오전 10시가 되기 조금 전부터 나는 텔레비전 앞에 쪼그리고 앉아서 재미있는 구경거리를 기다렸다.

역시나 투 변호사는 내 기대를 저버리지 않고 10시 15분에 기자들에게 둘러싸인 채로 고소장을 제출했다. 예전에는 텔레비전에서 누가 고소장을 제출하면 그 모습이 그렇게 가소로워 보일 수가 없었다. 그런데 지금 투 변호사가 그들과 똑같이 기자들 앞에서 내 이름으로 고소장을 제출하는 어리석은 제스처를 취하는 것을 보자 감동과 냉소가 교차하는 것이 마음이 복잡했다.

투 변호사는 내게 변호사감이라고 말했고, 나는 그에게 연기자 감이라고 말했다. 타이밍을 잡거나 의문을 제기하거나 긴장감을 고조하는 면에서 투 변호사는 흠잡을 데 없는 연기를 했고, 마치 관중의 우레와 같은 박수 소리 속에서 연기하듯 모든 것을 즐겼다. 그는 특종에 목마른 기자들 앞에서 고소장을 제출하는 포즈를 취하고는, 의뢰인을 대신해 수사 비공개 원칙을 위반하고 내 인권을 심각하게 훼손한 점에 대해 워룽 지구대와 신이 경찰서에 각각 1000만 위안의 손해 배상금을 청구한다고 발표했다. 뒤이어 질문이 쏟아지자 그는 양팔을 들어 기자들의 주의를 끌고 마저 이야기했다.

"기자 여러분, 수고 많으십니다. 오늘의 고소는 서막에 불과합니다. 워룽 지구대는 1차, 신이 경찰서는 2차, 그 뒤에 더 큰 규모의 3차 고소가 있을 예정입니다. 그리고 고소할 대상이 또 있는데요. 바로 여러분, 언론입니다. 그렇습니다. 신성불가침의 영역이고, 언론의 자유라는 무기를 마구 휘두르는 그 위대한 언론 말입니다. 언론은 늘 국민의 알 권리를 말합니다. 하지만 오늘 이 자리에서 강조하고 싶군요. 국민에게 알려지고 싶지 않은 권리도 있습니다. 경찰의 실수로 우청 씨는 언론에 사생활이 낱낱이 공개돼 회복될 수 없을 정도로 명예가 훼손됐습니다. 가족들이 사생활 침해를 당한 것은 말할 것도 없고요. 사실과 다른 보도로 피해를 입은 것에 대해 우청 씨는 법의 힘을 빌리기로 했습니다. 현재 제 변호사 사무실에서 그간의 모든 언론 보도를 검토하고 있습니다. 그리고 확인 작업이 끝나면 사실과 다른 보도, 억측, 악의적인 비방에 대해 언론 및 개개인에게 소송을 제기할 것입니다. 사흘 내로 많은 사람들의 피를 말릴 긴 명단을 발표하겠습니다.

마지막으로 우청 씨는 어떤 인터뷰에도 응하지 않을 것이고, 모든 문제는 제 사무실을 통해 대답할 것입니다. 우청 씨의 사생활을 존중해 주시기 바랍니다. 그러지 않으면 언론은 그 결과에 대해서도 책임지게 될 것입니다. 감사합니다!"

박수갈채는 당연히 쏟아지지 않았고 히스테리에 가까운 기자들의 질문만 이어졌다.

"누구를 고소할 겁니까?"

"현재 고소 대상이 다 정해진 상태입니까?"

기자들의 질문에 투 변호사는 일부러 신비로운 척 미소를 짓고 가까이 있는 기자들을 손가락으로 가리키며 말했다.

"어쩌면 이분일 수도 있고, 옆에 있는 분이 될 수도⋯⋯." 마지막에 그의 손가락이 카메라를 향했다. "당신일 수도 있습니다."

투 변호사가 기자 회견에서 투척한 원자탄은 거대한 에너지를 방출하며 핵분열 연쇄 반응을 일으켜 나에 관한 또 다른 파장을 불러일으켰다. 방송 매체는 내 고소 소식을 실시간 속보로 전하며 상황을 분석하고 경찰과 법조계 인사들에게 의견을 묻느라 바빴다. 때문에 류장리의 살인마는 잠시 언론에서 잊혀졌다.

하지만 나는 잊지 않았다. 나는 책상 앞에 노트를 펴고 앉아 모든 사건을 다시 한번 검토하고 새롭게 발견한 정보를 적었다.

11시쯤 누군가 문을 두드렸다. 아직 고소 소식을 못 들은 언론이 있나 싶어 사람을 때릴 준비를 하고 문을 열었다.

천 뚱이었다.

"무슨 바람이 불어서 이렇게 일찍 찾아왔어?"

"탐정님이 일으킨 회오리바람요."

천 뚱이 들어오자 나는 문을 닫기 전에 고개를 빠끔히 내밀고 밖을 한번 훑어봤다.

얼굴이 퍼렇게 질린 천 뚱이 주저주저하며 미소만 짓기에 나도 소리 없이 그저 미소만 지었다.

"그게 그러니까…… 에이, 그냥 사실대로 말씀드릴게요. 지구대 장님이 보내서 왔어요. 제가 그래도 탐정님이랑 잘 아는 사이잖아요. 탐정님이 우리 지구대를 고소한 일에 관해서……."

"워룽 지구대 건은 지구대장이 직접 기자 회견을 열어서 수사 내용이 새어 나갔다고 인정한 확실한 증거가 있어. 내가 없는 사실을 지어낸 게 아니야."

"그거야 저도 잘 알죠. 사실은 당시에 신이 경찰서가 우리에게 총대를 메고 기자 회견을 열라고 했거든요. 그런데 지금은 되레 증거를 남겼다고 난리예요. 투 변호사의 기자 회견이 끝나고 상황이 완전히 바뀌었어요. 고위층도 우리를 압박하고, 여론도 그렇고, 특히 인터넷에서 네티즌들이 탐정님을 지지하는 서명 운동을 벌이고 있어요. 탐정님에게 끝까지 싸우라고 응원하는 댓글이 줄을 잇고요."

"인터넷은 신경 쓰지 마. 네티즌들은 폭도들이야."

"지구대장님의 뜻은…… 원래는 직접 찾아오려고 했지만 그렇게 되면 기자들이 또 알게 될 테고……."

"무슨 말을 하려는지 알겠어, 천 뚱. 나 때문에 자네가 곤란해지는 일은 없을 거야. 가서 전해. 신이 경찰서에서 높은 사람이 찾아오면 협상할 수도 있다고. 뭐 이야기가 잘되면 고소를 취하할 수도 있고."

"워룽 지구대 것도요?"

"내 주요 타깃은 신이 경찰서지 자네 지구대가 아니야. 얼른 돌아가서 신이 경찰서에 전해. 빠르게 움직일수록 좋다고. 안 그러면 협상이고 뭐고 없어."

나는 일을 질질 끌지 않고 서둘러 계획을 실행하고 싶었다. 물론 경찰을 상대로 협상하기는 쉽지 않을 것이고, 머리싸움도 해야 할 것이다. 하지만 나와 생각이 다르면 돌려보내고 상대하지 않으면 그만이다. 복수가 목적인 것도 아니고, 끝까지 추잡하게 물고 늘어지는 것은 내 스타일이 아니다.

신이 경찰서는 예상보다 빨리 움직여 정오 즈음 사람을 보냈다. 나를 찾아온 사람은 홍보과를 책임지는 장 과장이었다. 경찰서에서 얼마나 영향력이 있는지는 알 수가 없었다.

"우 선생님, 안녕하세요. 선생님께 보고드릴 일이 있습니다."

나를 '선생님'이라고 부른 장 과장은 자신을 '저'라고 낮추고 내게 '보고를 드리겠다.'라고 비굴하게 말했다.

"장 과장님, 그냥 편하게 말씀하세요. 선생님이라고 부르는 게 꼭 욕하는 것처럼 들리네요. 보고드린다는 말씀도 듣기 불편하고요. 저는 장 과장님의 상관이 아닙니다. 그저 귀하의 경찰서에서 나흘간 콩밥을 먹다 나온 일개 피해자일 뿐이죠."

장 과장은 억지 미소를 걷고 원래 표정으로 돌아갔다. 그 모습이 꼭 사람이 아닌 피규어 같았다.

"농담도 잘하시네요, 우 선생님."

나는 그를 똑바로 쳐다봤다.

"죄송합니다, 우 선생님. 신이 경찰서에서 저를 선생님, 아니 우청 씨에게 파견한 이유는 오해를 풀기 위해서입니다."

"오해한 거 없습니다. 신이 경찰서는 제 진료 기록 및 기타 개인적인 자료를 외부에 유출했습니다."

"그랬다는 증거가 있습니까?"

"취조실 CCTV에 다 찍혔습니다. 이미 변호사를 통해 취조실 녹화 영상들을 압수해서 증거물로 삼을 것을 법원에 요청해 뒀어요. 똑똑히 기억하는데, 신이 경찰서 수사 팀의 왕 팀장이 이미 언론이 내 자료를 입수해서 경찰 수사를 돕고 있다고 우쭐대면서 말했습니다. 그때 말하는 기세 한번 대단했는데, 진짜 더도 말고 덜도 말고 딱 그렇게 말했습니다."

"그렇게 말했다고 해도 우리 쪽에서 정보를 유출했다는 증거가 되지는 못합니다."

"판사가 어떻게 해석할지는 두고 보면 알겠죠. 그냥 모험이나 즐기세요."

"우 선생님, 아니 우청 씨, 저희가 어떻게 하면 마음을 푸시겠습니……."

"수사에 참여하게 해 주십시오."

"무슨 말씀을 하시는지 잘 모르겠네요."

피규어 같은 표정에서 사람 같은 표정으로 바뀐 것을 보니, 진짜 이해가 안 되는 모양이었다.

"경찰이 사건을 해결할 때까지 집에서 가만히 기다리지 않겠다는 겁니다. 나는 이미 범인이 쳐 놓은 덫에 한 번 걸렸고, 범인이 노리는 다음 범행 대상일 수도 있습니다. 내가 수사에 적극적으로 협조할 수 있도록 사건과 관련한 모든 자료를 제공해 주십시오. 경찰과 힘을 합쳐 범인을 잡겠습니다."

"우청 씨, 뭔가 잘못 알고 계신 것 같은데요. 허 참!" 장 과장은 자기도 모르게 헛웃음을 쳤다. "본인이 완전히 혐의를 벗은 줄 아는데, 당신은 법적인 문제 때문에 운 좋게 풀려난 겁니다. 왕 팀장은 여전히 당신을 가장 유력한 용의자로 보고 있어요. 그뿐인가요? 이 모든 것이 당신의 장난이라고 생각해요. 허튼짓거리요!"

포커페이스를 잘 유지하는 홍보과 경찰들은 대개 두 얼굴을 가지고 있다. 첫 번째는 권력자에게 아부하며 예의를 지키는 얼굴이고, 두 번째는 약자에게 신랄하게 독설을 퍼붓는 얼굴이다. 비록 장 과장은 최대한 숨기려고 노력했지만 결국 두 번째 얼굴을 드러내고 말았다.

"아직 혐의를 완전히 벗은 게 아니라면 날마다 신이 경찰서에 가서 보고하겠습니다. 아니, 아예 거기서 잘게요. 살인 사건이 일어날 때마다 경찰에 체포되는 일은 없어야 하지 않겠습니까. 경찰서에 돌아가면 서장에게 보고하세요. 내 조건은 간단합니다. 나를 수사에 참여시키고, 수사 과정에서 괜찮으면 이 아마추어의 의견도 들어 주세요. 내 조건을 들어주면 바로 고소를 철회하죠. 그러지 않으면 원래대로 진행할 겁니다. 어쨌든 강 건너 불구경하듯 가만히 있지는 않을 겁니다."

경찰서, 집, 경찰서

1

"범인은 내가 아는 사람이거나 혹은 나를 아는 사람입니다."

7월 21일, 나는 신이 경찰서 6층 취조실의 가시방석 같았던 그 자리에 다시 앉았다. 예전과 다른 점이 있다면 이번에는 용의자가 아닌 경찰 수사를 돕는 관계자의 신분이었다. 관계자가 돼 수사에 참여하는 기분은 최고였다. 특히 득의양양하게 자리에서 일어나 자료와 사진들이 널브러진 테이블에 두 손을 올리고 그럴듯한 자세로 내 생각을 거침없이 말할 때는 경험 많은 노련한 경찰이 된 것 같은 착각마저 들었다. 권총을 차고 입에 담배 한 개비까지 물면 런던 경찰 부럽지 않을 것이다.

신이 경찰서장은 상부 기관에 보고를 올리고 나서 이튿날 바로 내 조건을 받아들였다. 왕 팀장은 수사에 나를 참여시키는 것은 범인을 안방에 들이는 것이나 다름없다면서, 이 조치가 중대한 실수가 될 것이라고 강력하게 반대했다. 하지만 법정 싸움을 피하는 것이 최우선이라고 생각한 고위층의 결정을 막기에 그의 목소리는 계급만큼 작았다. 믿을 만한 소식통에 따르면, 내가 원하는 대로 일이 착착 진행될 수 있었던 또 다른 요인은 경찰 내부의 분열이었다. 경찰들 중에는 왕 팀장과 같은 생각을 하는 사람들도 있었지만 내가 무고하다고 생각하는 사람들도 있었다. 왕 팀장의 말대로 내가 공범과 짜고 안팎에서 모든 사건을 저지르고 언론의 스포트라이트를 받으며 경찰과 아슬아슬하게 살인 게임을 벌이는 것이라면, 타이완 초유의 가장 병적이고 상상을 초월하는 돌연변이 살인마가 나타난 셈인데 설마 그럴 리가 있겠냐 하는 것이었다. 이번 사건이 기록 면에서나 확률 면에서 타이완의 범죄 역사상 전례를 찾아볼 수 없는 것이기에 내 조건은 비교적 쉽게 받아들여질 수 있었다.

왕 팀장은 나와 함께 일하기를 거부했고, 나도 그와 함께 일하고 싶지 않았다. 경찰서장은 내 요구를 받아들여 수사 팀의 자오 요원과 워룽 지구대의 천 뚱을 보내 줬다. 그리고 자오 요원과 천 뚱보다 한 계급 더 높은 자이엔췬이라는 여자 경위도 우리 팀에 강제로 끼워 넣었다. 서른 살쯤으로 보이는 자이 경위는 단발머리에 왜소했지만 두 눈은 생기에 넘치고 화법은 꽤 직설적이었다.

팀 회의 진행을 맡은 자이 경위는 회의 시작 전 내 맞은편에 앉아 "그 인간이 뭐라고 떠드는지 그때그때 보고서 올려."라는 왕 팀장의 말을 충실히 따르는 것이 자신의 임무라고 솔직하게 말했다.

"우 선생님, 자리에 앉아 주세요. 여긴 강의실이 아니에요."

나는 얌전히 앉았다.

"범인은 우 선생님이 아는 사람일 수도 있다는 말은 이해가 됩니다. 하지만 우 선생님을 아는 사람일 수도 있다뇨. 선생님은 본인이 유명한 줄 아시나 봐요?" 자이 경위가 말했다.

초면에도 억지 미소 한 번 짓지 않던 그녀가 적의를 그대로 드러냈다. 십중팔구 왕 팀장이 나를 방해하기 위해 보낸 끄나풀이 분명했다.

"맞아요. 나는 그리 유명한 사람이 아닙니다. 최근 한두 해 동안 고립을 자처하고 사람들과 떨어져 지내며 더 조용히 살았어요. 하지만 그 전에는 십 년 넘게 교수로서 많은 학생들을 가르쳤습니다. 너무 많아서 일일이 다 기억하지 못할 정도예요. 나는 몰라도 그들은 나를 기억할 겁니다."

"너무 못 가르쳐서요?"

뭐 이런 유치한 공격이 다 있는가. 하지만 자오 요원과 천 뚱은 뭐가 웃긴지 계속 키득거렸다. 뜻밖의 반응에 나도 어쩔 수 없이 바보처럼 따라 웃었다.

"그럴 수도 있겠네요."

내게 무안을 준 자이 경위는 계속 싸늘한 표정을 유지했다. 교수였을 때 그녀보다 더 까다로운 청중을 많이 만나 본 나는 이런 상황에 크게 당황하지 않았다.

"자이 경위, 내 멋대로 떠드는 소리 들으러 온 것이 마음에 들지 않으면 지금 당장 상관한테 가서 다른 팀으로 보내 달라고 요청하세요. 그러지 않고 계속 이 팀에 있을 거라면 내가 마저 말할 수 있도록 조용히 해 주든가요."

꼼짝도 하지 않는 그녀의 눈에서 레이저가 따갑게 쏟아지자 나도 지지 않고 그녀를 뚫어지게 쳐다봤다. 우리 둘은 눈빛으로 전쟁을 치르듯 한동안 그렇게 서로를 노려봤다. 순간적으로 그녀의 눈에 테이블을 내리치고 욕을 퍼붓고 싶은 기색이 살짝 비쳤지만 금세 사라졌다.

자이 경위는 반격하지 않았다. 1라운드는 내가 이긴 셈이다.

"왕 팀장이 어떻게 생각하든 상관없어요. 이 방에는 딱 한 가지 가설만 존재합니다. 범인은 먼저 나를 모함한 뒤에 다시 사람을 죽여 혐의를 벗겨 줬습니다. 경찰을 골탕 먹이기 위해서가 아니라 나를 놀리기 위해서요. 이것이 내가 내린 결론입니다. 범인은 나와 접촉한 적이 있습니다. 다른 가능성은 아예 생각할 수가 없어요. 또 시간도 확인해 봐야 합니다. 내가 류장리에 이사 온 것이 5월 1일이에요. 범인은 그날 이후 나를 미행하기 시작했을 겁니다. 내가 등장하는 모든 CCTV 영상 중에서 5월 1일부터 내가 워룽제에서 조사를 받은 7월 11일까지의 자료가 필요합니다."

"찾으시는 게 그거라면 이미 다 갖고 있습니다. 게다가 기술 요원이 이미 날짜순으로 선생님의 행적을 다 편집해 놨어요." 자오 요원이 말했다.

"훌륭해요. 내가 하나하나 자세히 들여다보고 아는 사람이나 눈에 익은 얼굴을 찾을 겁니다. 그리고 범인은 틀림없이 피해자 넷도 미행했을 거예요. 내 CCTV 영상과 피해자의 CCTV 영상도 서로 대조해 볼 겁니다."

"저희가 이미 다 했어요." 자이 경위가 말했다. "유일하게 겹치는 인물은 선생님뿐이에요."

"네 번째 피해자도요?"

"네 번째 피해자 것은 아직 못 봤어요." 천 뚱이 말했다.

네 번째 피해자 쉬훙량은 35세고, 아침 식사 식당을 운영하며 가족과 함께 신허제에 위치한 아파트에 살았다. 경찰은 쉬훙량과 나머지 세 피해자 사이에서 어떤 공통점도 발견하지 못했고, CCTV 영상에서도 내가 그와 같은 장소에 있는 모습을 찾지 못했다. 경찰은 쉬훙량이 저녁에 등산하다가 범인에게 습격당한 것으로 추정했다. 그의 시신은 푸양 공원 동쪽 산책로 옆 풀숲에서 발견됐다. 쉬훙량의 사인도 둔기에 뒤통수를 맞은 것이었다. 하지만 죽기 전에 양손을 뻗어 범인의 팔이나 목을 잡고 격렬하게 저항한 흔적이 있었고, 경찰은 쉬훙량의 오른손 중지 손톱에서 그의 것이 아닌 피 묻은 피하 조직을 발견했다. 이것은 지금까지의 수사 과정에서 얻은 가장 큰 수확이었다. 이제 용의자를 찾아 DNA를 비교하면 사건은 저절로 해결될 터였다.

비록 네 번째 살인 사건이 발생했을 때 나는 독방에 갇혀 있었지만 경찰은 신중하게 움직여 피해자 시신에서 발견한 DNA와 내 DNA를 비교했다. 결과는 당연히 일치하지 않았다. 결과가 일치했다면 그건 진짜 귀신의 짓이라고밖에 설명할 수 없다!

경찰서장은 내 요구를 마냥 들어주지는 않았는데, 감식 보고서나 기타 관련 보고서를 직접 보여 주지 않고 내가 알아도 되는 정보만 제공해 주겠다고 말했다. 하지만 나는 천 뚱을 통해 적잖은 정보를 몰래 알아냈다. 천 뚱에게 들은 소식에 의하면 경찰은 이미 피해자들의 공통점에서 본적 관련 요소를 배제했다. 네 피해자 중에서 두 사람은 타이완 사람이고, 한 사람은 객가인(중국의 광둥성, 푸젠성 등에 사는 주민./옮긴이)이고, 나머지 한 사람은 본적이 산시(중국의 지방 행정 구역 중 하나./옮긴이)인 퇴역 군인이었다. 이 밖에 피해자 중에는 남자도 있고 여자도 있기 때문에 성별 관련 요소도 고려 대상에서 밀려났다. 네 번째 피해자가 35세인 점에서 '노인 킬러' 이론도 발을 못 붙이게 됐다. 따라서 현재 피해자들의 유일한 공통점은 류장리 주민이라는 점뿐이었다.

"물론 다 확인했겠죠. 안 했으면 나를 찾아냈겠어요? 하지만 경찰은 나를 체포한 뒤에 이 작업을 멈췄어요. 그래서 여러분께 다시 한번 더 확인해 줄 것을 요청합니다. 처음부터 다시 하나씩 하나씩 살펴보되 제삼자를 찾아내는 게 핵심이에요. 그 사람을 찾으면, 제 생각에는 거의 범인을 잡은 것이나 다름없습니다."

"다 끝났어요? 처리해야 할 진짜 경찰 업무가 또 있어서요." 자 이 경위가 오른손을 들고 말했다.

"아직 안 끝났습니다."

"할 말 다 했으면 끝난 거 아니에요?"

탁! 나는 테이블을 세게 내리쳤다. "나가! 가서 왕 팀장에게 전해. 당신 도움은 안 받겠다고!"

테이블을 내리치는 소리에 깜짝 놀란 자오 요원과 천 뚱이 의자에서 용수철처럼 튀어 올랐다가 다시 제자리에 앉았다. 자이 경위는 놀랐으면서도 일부러 안 놀란 척 시퍼렇게 질린 얼굴로 나를 쳐다봤다.

"나가! 당신이 안 나가면 내가 나가겠어!"

강의할 때 매번 통한 수법이었다. 한번은 강의 시간에 마흔 명 남짓한 학생들 중에서 3분의 1만 교재를 가져온 것을 보고 화가 나서 교재를 안 가져온 학생들은 밖으로 나가라고 했다. 그런데 모두 한결같이 얼굴에 철판을 깔고 그대로 앉아 있는 것 아닌가. 그래서 어쩔 수 없이 내가 강의실을 나갔다. 그날 반나절의 갑작스러운 '휴가'를 얻은 나는 KFC에서 미들 사이즈 콜라를 사서 인도 가장자리의 시멘트 의자에 앉아 신문을 읽으며 시원하게 마셨다.

"우 선생님이 뭔가 착각하셨나 본데 여긴 경찰서예요. 마땅히 나가야 할 사람이 있다면 엉뚱한 곳에서 히스테리를 부리는 우 선생님이죠."

자이 경위의 말에 나는 테이블에 늘어놓은 내 물건들을 배낭에 욱여넣고 찬바람을 일으키며 취조실을 박차고 나갔다. 기세 좋게 문을 쾅 닫고 나온 것까지는 좋았는데 막상 나오니 어디로 가야 할지 몰랐다. 일단 엘리베이터를 타고 내려가야겠다고 생각한 나는 툴툴거리고 걸어가면서 일을 너무 감정적으로 처리한 점에 대해 스스로를 꾸짖었다.

이때 자오 요원이 뒤따라왔다. "우 선생님, 어디 가시려고요?"

"경찰서장과 이야기 좀 해야겠어요. 애초에 합의했던 조건과 달라서요."

"우 선생님, 화 푸세요. 자이 경위님이 말을 좀 거칠게 해서 그렇지 원래 좋은 사람이에요."

자오 요원은 어떡하든 상황을 원만하게 수습하려고 했다.

"그 여자 성격이 어떻든 내가 상관할 바 아닙니다. 하지만 사사건건 딴지를 거는 건 참을 수 없습니다."

"자이 경위님이 안에서 기다리세요."

나는 잠시 망설이는 척하다 크게 양보하는 것처럼 취조실에 돌아갔다.

그런데 정작 자오 요원은 취조실에 들어오지 않았다.

자이 경위가 나를 슬쩍 올려다보고 천 뚱에게 눈짓하자 천 뚱이 자리에서 일어나 내 어깨를 가볍게 툭 치고 취조실을 나갔다.

"드릴 말씀이 있습니다." 자이 경위가 말했다.

"뭡니까?"

"일단 앉으세요."

"서 있을 겁니다."

"편한 대로 하세요. 먼저 분명히 말씀드릴 것이 있어요. 저는 왕 팀장님 쪽 사람도 아니고 왕 팀장님이 보낸 스파이도 아니에요. 선생님 말씀에 사사건건 딴지를 거는 건 순전히 제 뜻입니다."

"왜 그러는지 이해가 안 되네요."

"평소에 저는 현장 근무를 많이 해요. 밖에서 단서를 쫓아 가며 수사하죠. 온종일 경찰서에서 회의만 하는 건 숨 막혀요. 제가 이 팀에 들어온 건 서장님이 현장 근무 팀에도 우 선생님이 뭘 하는지 아는 사람이 한 명쯤은 있어야 한다고 생각했기 때문이에요. 그 결과 제 상관은 현장에서 제일 버벅대는 직원을 놔두고 저를 이 팀에 보냈어요. 우 선생님을 관찰할 경험 많은 사람이 필요하다는 듣기 좋은 말을 하면서요. 아마 회식에 참석하지 않고 자기가 웃을 때 따라 웃지 않은 것이 저를 이리로 보낸 가장 큰 이유일 거예요."

"그래서 그렇게 심기가 불편해서 나한테 화풀이한 거군요?"

"꼭 그 때문만은 아니에요. 저는 처음부터 선생님 같은 신분이 수사에 참여하는 것을 반대했어요."

"내 신분이 어때서요? 사설탐정이라서?"

"사설탐정 이야기가 왜 나옵니까? 선생님은 그저 민간인일 뿐이에요. 그리고……." 자이 경위는 잠시 뜸을 들이고 나서 진지하게 말했다. "용의자이기도 하고요."

"왕 팀장 사람이 맞구먼."

"왕 팀장님 판단은 틀린 적이 없어요."

"그런데 어쩌나, 이번에는 완전 헛다리를 짚었는데!" 화가 나자 숨이 가빠 왔다.

자이 경위는 계속 말했다. "모든 것이 다 황당무계해요. 선생님이 경찰을 고소한다고 하니까 고위층은 놀라서 허둥대고, 대체 원칙이란 게 있는지 모르겠어요. 대외적인 이미지만 신경 쓰느라 원칙도 어겨 가며 민간인을 수사에 참여시키고 말이죠."

"내가 전혀 필요 없다고 말할 수 있어요?"

"선생님이 필요한 건 사실이에요. 그렇다고 선생님이 수사를 지휘해도 된다는 의미는 아니에요. 솔직히 말씀드리면 선생님이 지도에 그린 삼각형, 경찰도 이미 생각했던 거예요."

왕 팀장이 가니까 자이 경위가 오고, 상황은 조금도 달라진 게 없었다. 나는 여전히 혐의가 있는 얼어 죽을 민간인이었다.

나는 한발 물러서기로 했다. "내가 어떻게 하면 좋겠어요?"

"모든 CCTV 녹화 영상에서 선생님이 아는 사람이나 선생님을 알 수도 있는 사람을 찾아 주세요."

"내가 했던 말 같은데요."

"제가 말한 것만 유효해요."

"그러니까 나는 소극적으로 협조만 해라?"

"마침내 이해하셨네요."

"내 의견을 말해도 되죠?"

"그럼요."

"말하기 전에 손도 들어야 합니까?"

"마음대로 하세요."

2

대치 끝에 자이 경위와의 싸움에서 진 나는 얌전히 취조실에 앉아 CCTV 녹화 영상을 확인했다. 왼쪽에서는 천 뚱이 또 다른 모니터로 CCTV 녹화 영상을 확인했고, 자이 경위와 자오 요원은 뭐가 그리 바쁜지 계속해서 취조실을 들락날락했다.

천 뚱은 내가 녹화 영상을 볼 수 있도록 설비실을 몇 번이나 왔다 갔다 했다. 내가 도와준다고 해도 그는 계속 괜찮다며 혼자 기계 장치를 열심히 날랐다. 경찰은 이번 사건을 해결하기 위해 신이 경찰서 6층에 특별히 공간을 따로 마련하고 수사본부를 차렸다. 그곳에서 날마다 최소 일고여덟 명의 직원들이 밤낮없이 일했다. 나는 천 뚱에게 수사본부에서 일하는 게 더 낫지 않냐고 물었다. 그러자 그는 내가 그곳에 들어가지 못하도록 감시하라는 지시를 왕 팀장에게 받았다고 말했다.

그저 쓴웃음만 나올 뿐이었다. 왕 팀장은 내 공범을 잡는 데 혈안이 돼 있었고, 나는 나를 모함한 사람을 찾느라 바빴다. 왕 팀장과 나는 완전히 상반된 동기를 가지고 있지만, 사실 의심스러운 제삼자를 찾는다는 점에서는 목표가 같기 때문에 둘이 소통하며 의견을 교환하면 수사 효율을 두 배로 높일 수 있었다. 아무리 생각해도 지금처럼 제각각 수사하는 것은 좋은 방법이 아니었다.

CCTV 녹화 영상 목록을 보자 쓴웃음은 괴로움으로 바뀌었다. 경찰은 큰 공을 들여 5월 1일부터 7월 11일까지 내 일과를 총 일흔두 장의 CD로 편집했다. 이걸 다 보고 앉아 있을 생각을 하니 앞이 깜깜했다. 모니터 앞에 앉아 내가 주인인 연속극을 보고 있으니 기분이 묘했다. 녹화 영상에서 '나'는 이 골목 저 골목 정처 없이 걸어 다녔다. 마치 실제의 내가 아니라 분신이나 유령을 보는 것 같았다.

CCTV가 그물처럼 사방팔방에 촘촘히 설치된 축복으로 인해 모든 CD는 세세한 기록을 담은 다큐멘터리 한 편이 됐다. 나는 아침 일찍 골목에 출현해 위룽제를 걸었고, 푸양제 초입에 있는 편의

점에 들어가 물건을 샀다. 편의점에서 나와 푸양 자연 생태 공원에 있는 산을 탔고, 하산해서 집으로 돌아갔다가 잠시 뒤 다시 나와 허핑둥루를 따라 공원으로 갔다. 대부분의 하루를 이렇게 시작한 나는 조지 오웰이 예상한 것처럼 정부가 모든 것을 감시하는 세상에 살고 있었다.

타이완에 얼마나 많은 CCTV가 있는지 상상할 수 없을 것이다. 일찍이 타이완 정부는 'CCTV 시스템 종합 계획'을 세우고 10억 위안을 들여 전국에 엄청난 숫자의 CCTV를 설치했다. 경찰은 이 설비들을 바탕으로 '디지털 성벽'을 쌓았다. 얼마 전 타이베이시는 16억 위안을 들여 지능형 CCTV를 1만 3000대 설치할 것이라고 발표했다. 시장은 녹화된 영상을 공공 기관만 열람할 것이기 때문에 사생활 침해 문제는 없을 것이고, 공공 기관이 CCTV 자료를 개인적으로 활용하거나 외부로 유출되는 일도 결코 없을 것이라고 큰소리쳤다. 하지만 위키리크스 사건처럼 미국의 외교 기밀문서도 바람에 날리는 민들레 솜털처럼 전 세계 곳곳에 퍼지는 마당에 타이베이시장의 장담은 어딘가 불안하기만 했다.

타이완 인권 위원회 및 일부 학자는 CCTV 확충에 우려의 목소리를 내고 있다. 전면적인 감시 시스템이 표현의 자유를 억압할 수 있다는 것이 이유였다. 어느 학자는 범죄 예방이라는 명목하에 개인의 사생활을 침해해도 되는지 묻기도 했다. 하지만 이런 상황에서도 거리를 감시하는 '디지털 눈'에 쓰이는 예산은 해마다 늘어나는 추세다. '2008년에 CCTV를 통해 해결한 형사 사건이 총 6361건으로, 전년도의 3715건에 비해 2000여 건 이상 늘었다. 이런 점으로 미뤄 볼 때 CCTV는 사건 해결에 도움이 된다.'라는 통계를 근거로 경찰은 정부의 정책을 지지했다. 경찰의 생각을 지지

하는 국민도 더 많다. 한 여론 조사에서 응답자의 45퍼센트가 범죄 예방에 CCTV가 '매우 도움이 된다.'라고 생각했는데, '전혀 도움이 안 된다.'라고 생각하는 응답자는 겨우 4퍼센트에 불과했다.

사람은 결국 이기적인 동물이다. 치안에 도움이 되면 CCTV가 몇 대든 신경 쓰지 않다가 사생활이 침해당하고 나서야 저마다 CCTV 확충에 반대하는 목소리를 높인다. 내 마음도 모순적이기는 마찬가지다. 내 모든 행적이 '디지털 눈'에 고스란히 찍힌 것을 봤을 때 바보가 된 것 같은 무력감을 느꼈다.(그동안 퍽이나 정체를 숨기고 혼자 고고하게 살았다!) 하지만 지금처럼 누명을 벗어야 할 때는 어쩔 수 없이 CCTV에 의존할 수밖에 없다.

CD를 대여섯 장 봤지만 내용은 다 비슷비슷했다.

류장리에 이사 온 뒤로 나는 규칙적으로 생활하고 충분히 쉬며 자유롭고 한가하게 지냈다. 하지만 어떻게 생각하면 지금의 삶은 시간표에 따라 판에 박힌 생활을 하던 교수 시절과 크게 다르지 않았다. 문득 남은 생도 이처럼 무료하게 보낼 것인가 하는 생각이 들었다. 나는 많은 것을 바라지 않는다. 욕심부리지 않고, 가치 없는 문제에 고집스럽게 매달리며 괜한 감정을 소비하지 않고, 그저 내면이 고요해지기를 바랄 뿐이다. 그런데 뜻밖에도 이런 고인 물 같은 삶에 살인 사건의 용의자라는 파문이 일었다.

이럴 때가 아니지, 집중하자.

무엇에 집중할까? 솔직히 모르겠다. 모니터 속 세상에서는 여전히 많은 사람들이 내 뒤에서 걸어 다니고, 어깨를 스치며 지나가고, 나와 같은 식당에 들어가고, 나와 같은 공원에 앉아 있었다. 의심스러운 눈으로 보면 모두가 의심스럽지만 나를 미행하거나 내 움직임을 주시하는 사람은 없었다.

천 뚱도 아무것도 발견하지 못한 눈치였다.

"직원들 사이에서 내기가 벌어진 거 아세요? 어떤 직원들은 '왕 팀장의 판단이 맞는다.'에 걸고, 어떤 직원들은 '아니다. 우 탐정이 억울한 누명을 쓴 것이다.'에 걸고, 이러고 있는 중이에요." 천 뚱이 내 귀에 대고 속삭였다.

"자네는 어느 쪽에 걸었어?"

"그걸 몰라서 물어요? 당연히 탐정님이 무고하다는 데 걸었죠."

내기 판이 벌어진 이상 판돈이 얼마든 간에 끝까지 가 보기로 했다.

3

"우리가 찾아야 하는 사람은 20세에서 40세 사이의 남자야."

나는 CCTV 영상 확인 작업을 하는 천 뚱에게 다시 한번 강조했다. 물론 말은 그렇게 했지만 단순히 외국 통계를 참고한 것일 뿐이었다. 범인이 꼭 그 나이대 남자일 거라는 확신은 없었다. 자이 경위의 지시에 따라 나는 내가 나오는 녹화 영상을 확인하고, 천 뚱은 세 피해자의 생전 모습을 확인했다. 우리는 수상한 인물을 발견하면 해당 날짜와 시간을 적어 놨다가 영상을 반복해서 돌려 보며 의견을 교환했다. 이렇게 하다 보면 언젠가는 범인의 그림자라도 찾을 것이다.

녹화 영상에서 계속 수상한 사람을 찾다 보니 '의린도부(疑隣盜斧)'라는 고사성어가 생각났다. 어느 촌부가 도끼를 잃어버렸는데, 이웃집 아들이 그것을 훔쳐 갔다고 생각하니 그의 걸음걸이도 도끼를 훔쳐 간 것처럼 보이고, 표정도 도끼를 훔쳐 간 것처럼 보이고, 말투도 도끼를 훔쳐 간 것처럼 들리고, 행동도 도끼를 훔쳐 간 것처럼 보인다는 이야기다. 신경과민에 걸린 이 사내는 훗날 계곡에서 잃어버린 도끼를 찾았다. 그러자 이제는 이웃집 아들을 가로로 보고 세로로 봐도 그의 표정, 행동, 말투, 걸음걸이에서 도끼를 훔쳐 간 인상을 전혀 찾을 수 없었다.

이틀 동안 CCTV 영상에서 수상한 사람만 찾고 있으니 나와 천 뚱은 도끼를 잃어버린 그 촌부처럼 선한 사람은 한 명도 없고 모두 다 수상하게 보여 이런 대화를 주고받았다.

"천 순경, 이 사람 수상하지 않아?"

"탐정님, 이 사람은요?"

특별한 일이 없으면 자오 요원도 우리 작업에 동참해 수시로 "이 사람 수상하지 않아요?"라고 물었다. 그동안 자이 경위는 대부분 자리를 비웠다가(아마도 '수사본부'에서 '어른들'의 게임을 하다 오는 것 같았다.) 한두 시간마다 한 번씩 취조실에 들어와 새로운 단서를 찾았냐고 물었다. 그러면 우리 셋은 동시에 고개를 저으며 "아니요."라고 대답했다. 그렇다고 자이 경위가 우리를 원숭이 골리듯 부려 먹었다고 말할 수는 없었다. 이미 피해자가 네 명이나 나온 살인 사건에서 CCTV 영상은 중요한 증거를 담고 있는 경우가 절대적으로 많다. 그러니 누군가는 이런 수고로운 작업을 해야 한다. 범인이 CCTV를 100퍼센트 피해 다니기는 불가능하다. 하지만 이틀 동안 꼼짝 않고 CCTV만 확인하자 처음에 경찰과 동등한 자격으로 수사 팀에 합류할 때 가졌던 낭만적인 환상은 흔적도 없이 사라졌다.

사흘째 되는 7월 23일에는 집에 있었다. 전날 천 뚱에게 전화해 아파서 집에서 쉬어야겠다고 거짓말했다. 사실 메스꺼운 기운이 있기도 했지만 집에서 쉬어야 하는 또 다른 정당한 이유가 있었다. 이론적인 근거는 없지만 모니터를 뚫어지게 쳐다보며 새로운 단서를 찾는 것은 바다 밑에서 바늘을 줍는 것만큼이나 비효율적이었다. 지금쯤 경찰은 뭘 수사하고 있을까? 적어도 몇 가지 수사 방향을 정했을 것이다. 하지만 나는 아무것도 모른 채 온종일 모니터만 쳐다보느라 나무만 보고 큰 숲을 놓치고 있었다.

아침에 등산을 가려고 골목으로 나왔을 때 경찰 두 명이 길을 막았다. 각각 두 명씩 주간조와 야간조로 나뉘어 7월 19일에 내가 독방에서 나온 뒤부터 번갈아 가며 내 안전을 책임졌다. 물론 짐작할 수 있듯이 내 행적을 감시하는 것이기도 했다. 이틀 전부터 신이 경찰서를 오갈 때도 이들이 차로 데려다줬다.

"우 선생님, 편찮으시다면서요."

"조금 괜찮아졌어요."

"지금 서에 가시는 겁니까?"

"아니요. 잠깐 산책 좀 하려고요."

"죄송해서 어쩌죠? 안전상의 이유로 선생님은 집에 계셔야만 합니다."

"왜죠?"

"팀장님의 지시가 있었습니다."

"그러면 나는 경찰서 말고 다른 곳은 아예 못 가는 겁니까?"

"저희도 어쩔 수가 없습니다. 이게 다 선생님의 안전을 위한 것입니다."

"연금당하는 거나 똑같네요?"

"무슨 말씀을 그렇게 하십니까. 경찰 입장도 이해해 주셔야죠.

지금 범인이 누군지도 모르고 어디에 사는지도 모릅니다. 게다가 선생님은 다음번 범행 대상일 수 있습니다. 지금의 경찰력으로는 선생님이 여기저기 다니시면 안전하게 지켜 드릴 수가 없어요!"

"그래도 밥은 먹어야 할 거 아닙니까?"

"당연히 드셔야죠. 드시고 싶은 게 있으면 저희가 사다 드리겠습니다."

이들을 더 이상 난처하게 만들면 안 되겠다는 생각에 나는 그대로 돌아서서 다시 집에 들어갔다.

4

그 어떤 것도 기분이 바닥까지 떨어진 나를 위로하지 못했다. 음악도 듣기 싫고 책도 읽기 싫었다. 소파에 앉기 전에 텔레비전을 쳐다보다가 문득 리모컨을 고쳐야겠다는 생각이 들어 건전지를 새로 갈아 끼우고 건전지 함의 뚜껑 부위를 투명 테이프로 덕지덕지 휘감았다. 리모컨은 다시 작동됐지만 텔레비전을 보고 싶지는 않았다. 대체 뭘 하면 좋을까?

조금씩 초조해졌다. 무료함이 불러일으킨 초조함을 제때 풀어 버리지 않으면 카오스 이론처럼 걷잡을 수 없는 공포로 이어질 것이다. 나는 진정제 한 알을 삼키고 거실을 왔다 갔다 하며 스스로 되뇌었다.

'난 제자리걸음을 하는 게 아니라 산책하고 있는 거야. 난 산책하고 있어. 운동 중이야. 비록 거실을 왔다 갔다 하고 있지만 이것도 운동이야. 초조해서 이러는 게 아니야.'

다년간의 경험에 따르면 공황 장애는 심리 상태의 영향을 많이 받고, 심리 상태는 어떤 생각을 하냐에 따라 크게 달라진다. 생각이 정서에 미치는 영향이 이렇게 대단하건만, 예전에 나는 늘 스스로를 채찍질하기에 바빴다. 하지만 말의 중요성을 알게 된 지금은 수시로 내게 응원의 말을 해 준다. 괜찮아. 단지 조금 심심한 것뿐이야.

점심 식사를 하고 나서(경찰은 인공 조미료 맛이 가득한 50위안짜리 도시락을 사다 줬다.) 노트를 펴고 처음부터 한 페이지씩 읽어 나갔다. 빨리 읽고 현재 경찰이 무슨 생각을 하고 있는지 알아낼 필요가 있었다. 노트를 다 읽은 다음에는 몇 가지 의문점을 적었다.

첫째, 세 번째 살인 사건에서 범인이 간병인을 습격하기 전에 소리를 내어서 간병인이 뒤돌아 '나'의 얼굴을 보게 했다고 치자. 간병인이 내게 불리한 증언을 하도록 말이다. 그런데 범인은 간병인이 죽지 않고 중상만 입을 줄을 어떻게 알았을까? 사람을 몇 명씩이나 죽여 본 살인마라도 그처럼 능숙하게 힘 조절을 하기는 어렵다. 범인은 간병인이 혼수상태에 빠질 거라고는 미처 예상하지 못했을 가능성이 크다. 간병인이 사망하면 아예 나를 범인으로 지목할 수 없기 때문이다. 따라서 내가 신이 경찰서에 연행된 날짜(7월 16일)도 범인의 예상보다 훨씬 늦어진 것인지도 모른다.

이 논리가 맞는다면 범인은 치고 빠지는 전략을 구사하는 중이다. 그는 어느 한 방법이 통하지 않으면 다른 방법으로 나를 또다시 모함할 것이다.

둘째, 범인은 내가 경찰의 의심을 받고 체포된 뒤에 다시 범행을 저지르고 증거물을 현장에 남겨 내 누명을 벗겨 줬다. 어떤 동기로 이렇게 했든 간에(아무리 생각해도 모르겠다.) 가장 궁금한 점은 이 모든 것이 범인의 계획이었냐 하는 것이다. 천 뚱이 CCTV 영상에서 나와 첫 번째, 두 번째 사건의 피해자가 같이 있는 모습을 못 봤다면 경찰은 나를 의심하지 않았을 것이다. 또 워룽 지구대에서 조사를 받지 않았다면 간병인이 깨어나서 증언했을 때 경찰이 바로 나를 떠올리지 못했을 것이다. 범인은 일이 이렇게 전개될 줄 어떻게 알았을까? 답은 하나다. 그는 공원에서 나와 피해자 둘이 우연히 자주 마주치는 것을 보고 이들을 범행 대상으로 골랐다. 그래야 경찰이 CCTV 영상에서 나와 두 피해자 사이의 연관성을 찾을 수 있기 때문이다. 그러면 내가 죽음을 퍼뜨리는 전염병도 아니고, 나와 알게 모르게 마주친 사람들 모두 살해될 가능성이 있다고 봐야 하는 것일까?

셋째, 세 번째 살인 사건에서 나는 중풍에 걸린 노부인을 마주친 적이 없고, 간병인도 노부인을 돌보느라 산책하거나 공원에 드나든 적이 없다. 이런 점에서 이 사건은 '전염병설'에 완전히 어긋난다. 하지만 CCTV에 찍히지 않았을 뿐 어느 날 어떤 장소에서 간병인과 스쳐 지나갔을 수도 있다. 그러므로 '전염병설'은 여전히 유효하다.

마지막으로 네 번째 살인 사건은 범인이 자신의 계획대로 내 누명을 벗겨 줬지만 앞의 세 살인 사건은 CCTV 녹화 영상, 경찰의 눈썰미, 간병인의 생존과 같은 예외적인 요소가 너무 많다. 범인이 앞으로도 나를 집요하게 모함할 계획이라면 그의 비장의 카드는 무엇일까?

네 가지 의문점을 노트에 적어 놓고 보니 눈앞이 더 깜깜하고 행여 '전염병설'이 맞으면 어떡하나 걱정됐다.

나는 티 테이블에 놓인 타이베이 지도책을 펼쳤다. 그러고는 신이구가 나온 페이지를 찾아 예전에 그려 놓은 삼각형을 쳐다봤다. 이제 네 번째 살인 사건 장소까지 표시하면 범인의 행동 범위는 더 넓어질 것이다. 나는 신이구 지도에서 네 번째 살인 사건이 일어난 지점을 찾아봤다. 하지만 아무리 살펴봐도 정확한 위치를 찾기가 어려웠다. 경찰이 '푸양 공원 동쪽 산책로 옆 풀숲'에서 사건이 발생했다고 발표했지만 그 지점을 찾기에는 지도가 너무 작아서 별 도움이 되지 않았다.

　나는 서재에 들어가 컴퓨터를 켜고 구글 지도를 열었다. 그리고 류장리 지도를 불러와 신이구를 크게 확대해 봤다. 그러자 주요 도로명과 골목 이름은 물론 드넓은 푸양 공원까지 모두 나타났다. 신이구 지도를 인쇄해서 첫 번째, 두 번째, 세 번째 살인 사건이 일어난 지점에 검은색 동그라미를 쳤다. 네 번째 살인 사건의 지점은 정확한 주소를 몰라 추측으로 표시했다.

　그러자 새로운 도형이 나타났다.

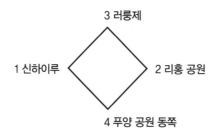

기존의 삼각형은 얼추 꼭짓점을 딛고 서 있는 사각형으로 변했다. '얼추'라는 표현을 쓴 것은 네 번째 살인 사건이 발생한 지점을 정확히 모르기 때문이다.

　이 사각형에는 어떤 의미가 있을까? 한창 그 의미를 생각하고 있는데, 돌연 세 살인 사건이 발생한 장소에 직접 다녀왔던 것과 정확한 주소를 적어 놓은 기억이 났다. 따라서 주소만 입력하면 더 정확한 결과를 얻을 수 있었다. 나는 다시 컴퓨터 앞에 앉아 검색창에 세 곳의 주소인 신하이루 XXX번지 XX아파트, 리훙 공원, 러룽제 XX번지 XXX아파트를 차례로 검색했다. 그러자 위성 지도는 물론 모든 지점의 정확한 위도와 경도까지 나왔다.

신중을 기하기 위해 순서대로 세 좌표를 노트에 옮겨 적었다. 이때만 해도 이 숫자들이 어떤 단서가 될지 몰랐다. 하지만 몇 번이나 비교하고 대조해 본 끝에 놀라운 사실을 발견했다.

나는 배낭을 꾸리고 집을 나섰다.

미처 못 본 나무 한 그루

1

"이렇게 부탁합니다. 여러분이 반드시 들어야 할 말이 있어서 그래요."

7월 23일 오후 3시에 취조실로 들어간 나는 자이 경위, 자오 요원, 천 뚱을 붙잡고 말했다. 얼굴에 짜증이 가득한 자이 경위를 보며 조심스럽게 사정했다.

"이건 인터넷에서 인쇄한 지도예요."

나는 배낭에서 지도를 꺼내 테이블 한가운데 놨다.

자오 요원과 천 뚱은 동시에 엉덩이를 들고 상반신을 숙인 채 기린처럼 목을 쭉 빼고 들여다봤다. 하지만 자이 경위는 돌처럼 꼼짝도 하지 않았다.

"이건 내가 구글 지도의 방위를 기준으로 사건 발생 지점을 연결한 도형입니다. 이 삼각형 때문에 내가 가장 유력한 용의자로 몰렸죠. 그런데 최근에 살인 사건이 또 한 건 일어나는 바람에 도형이 변했습니다. 네 번째 살인 사건 발생 지점은 대략 여기입니다."

나는 설명하며 삼각형(도형 1) 맨 위의 꼭짓점에서 5센티미터 아래쪽에 펜으로 검은 점을 찍고 이 점을 삼각형 맨 위의 꼭짓점과 직선으로 연결했다. 그러자 도형은 순식간에 우산 모양(도형 2)이 됐다. 그다음에 삼각형 밑변 양 끝에 있는 꼭짓점과 밑에 있는 검은 점을 직선으로 연결하자 도형은 삼각형 네 개가 모인 정사각형이 됐다(도형 3). 여기에서 정사각형의 네 변을 지우면 도형은 단순한 십자가 모양으로 변한다(도형 4). 나는 설명한 순서대로 종이에 도형 네 개 그렸다.

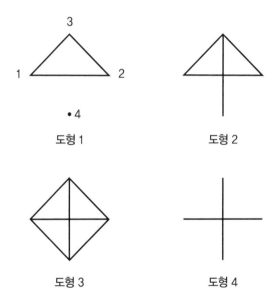

도형 1   도형 2

도형 3   도형 4

"그래서 이 도형들이 뭐 어떻다는 거예요?" 천 뚱이 물었다.
"나도 모르지. 하지만 이 도형들이 아무런 의미가 없거나 범인이 장소를 무작위로 골라서 범행을 저지른다는 결론이 나오기 전까지는 여기에 어떤 정보가 숨어 있다는 전제하에 수사할 필요가 있다고 생각합니다. 물론 이들 도형에 어떤 정보가 숨어 있을 확률이 그리 높지 않다는 것은 나도 압니다. 아직까지 타이완은 북두칠성 별자리를 따라서 살인을 저지르는, 소설에나 나올 법한 살인마가 출현한 적이 없으니까요. 하지만 나처럼 아무 이유 없이 모험을 당할 확률 역시 그리 높지 않은데도 그런 일이 일어났어요. 사회적인 관계 면에서 볼 때 네 피해자는 공통점이 없습니다. 서로 알지도 못하는 사이고, 피해자들의 자녀와 친인척 모두 남에게 어떤 원한을 산 적도 없어요. 네 피해자들은 이러나저러나 류장리 주민이라는 공통점밖에 없습니다. 이건 범인이 범행 대상을 특별히 고르지 않았다는 것을 의미해요. 지금 같은 상황에서 삼각형은 고려할 필요가 없고 도형 2, 3, 4가 뭘 상징하고 어떤 의미가 있는지 곰곰이 생각해 봐야 합니다."

"이 도형들은 우리도 일찌감치 생각했던 거예요." 자이 경위가 말했다.

"일찌감치 생각했어도 이건 몰랐을 겁니다." 나는 노트에서 세 사건이 일어난 지점의 위도와 경도를 적어 놓은 페이지를 폈다.

"이게 뭡니까?" 자오 요원이 손을 뻗어 노트를 들여다보더니 자이 경위에게 넘겼다.

"이건 세 살인 사건이 일어난 현장의 좌표예요. 좌표마다 기호가 두 개씩 있는데, 앞의 것은 'N', 뒤의 것은 'E'라고 쓰여 있죠? 기울기와 시간을 나타내는 부호도 있고요. 모든 좌표의 부호에서 앞의 것은 위도, 뒤의 것은 경도를 나타냅니다. 경도의 1도는 60분으로 나뉘고, 1분은 다시 60초로 나뉘죠. 그래서 분과 초의 부호가 있는 거예요. 경도는 대충 이런 식으로 세분화된다고 보면 됩니다. 그러면 이제는 세 좌표를 자세히 보고 나서 지도를 보기 바랍니다. 첫 번째 사건 현장은 여기 서쪽에 있고, 두 번째 사건 발생 지점은 동쪽의 여기에 있습니다. 공교롭게도 두 곳은 몇 초 정도 미세한 차이가 있을 뿐 거의 같은 위도상에 있습니다. 세 번째 사건과 네 번째 사건 발생 지점은 남북으로 있는데, 두 곳의 경도가 같은지는 조사해 봐야 합니다."

천 뚱은 그저 멍하니 듣고만 있을 뿐이었다. 무슨 말인지 전혀 이해하지 못하는 눈치였다. 그도 그럴 것이 자이 경위는 천 뚱에게 노트를 넘겨주지 않고 세 좌표와 참고 지도를 집중적으로 비교하고 있었다.

"좌표를 어떻게 알았어요?" 자이 경위가 물었다.

"구글 위성 지도에 주소를 입력하면 나와요."

"맙소사!" 천 뚱이 마침내 이해했다.

"휴대용 GPS로 네 번째 사건 현장의 좌표를 측정해 볼게요." 자오 요원이 말하고 나서 자이 경위를 쳐다봤다.

"다녀와요. 간 김에 모든 사건 현장의 좌표를 다 측정해 오세요." 자이 경위가 말했다. "그리고 지도가 너무 작아요. 큰 지도가 있으면 가져오세요."

"구청에 가서 한번 구해 볼게요." 자오 요원이 말했다.

그가 막 취조실을 나가려고 할 때 천 뚱이 갑자기 지도를 가리키며 말했다. "탐정님, 이거 아세요? 도형이 어떤 모양이든 간에 그 중심에는 모두 탐정님이 있어요. 탐정님이 사는 곳요."

천 뚱의 발견으로 나는 미처 몰랐던 사실을 알게 됐다. 내가 자이 경위를 올려다보자 그녀도 내 뜻을 이해하고 어떤 말을 하려던 차에 자오 요원이 말했다. "알겠습니다. 네 살인 사건 현장 외에 우 선생님 댁 좌표도 알아 올게요."

"빨리 다녀와요!"

자이 경위의 두 눈에 흥분의 빛이 떠올랐다.

"빌려주실 수 있어요?" 그녀가 내 노트를 가리키며 말했다. "좌표들을 검증해 봐야겠어요."

취조실을 나가기 전에 자이 경위는 나를 슬쩍 쳐다봤다. 속마음을 알 수 없는 그 눈빛을 보니 그녀는 내게 경의를 표하면서도 여전히 의심의 끈을 놓지 않는 것 같았다.

2

나는 천 뚱과 단둘이 취조실에 남아 하품하며 CCTV 영상을 들여다봤다.

"그거 아세요?" 목소리를 한껏 낮춘 천 뚱이 비밀 이야기라도 하듯 내게 바싹 다가왔다. "왕 팀장이 세운 가설이 있어요. 사실 이건 제가 탐정님한테 말할까 봐 왕 팀장이 부하들에게 일절 외부로 발설하지 말라고 지시한 내용인데 제가 몰래 엿들었어요."

"거참, 복잡하네."

"왕 팀장은 범인이 현관문을 딸 줄 모르니 상습 절도범은 아닐 거라고 생각하고 있어요. 그렇지 않으면 열쇠를 빼앗기 위해 간병인을 공격할 필요가 없잖아요."

"나는 나를 모함하기 위해서 간병인을 공격했을 거라고 생각하는데."

"그것도 목적 중의 하나겠죠. 하지만 왕 팀장은 그걸 모함이라고 생각하지 않고…….”

“내가 범인과 짜고 게임을 벌이는 거라고 생각하지.”

“맞아요.”

“계속 말해 봐.”

“왕 팀장은 세 번째 살인 사건과 나머지 사건들의 연결 고리를 못 찾고 있어요. 첫 번째 사건의 피해자는 남자예요. 범인은 피해자의 집 안으로 들어갔지만 강제로 침입한 흔적은 없어요. 왕 팀장은 분명히 범인이 기회를 봐서 피해자와 친해진 뒤 어느 날 저녁에 찾아가서 죽였을 거라고 보고 있어요. 두 번째 사건 현장은 리홍 공원이고 네 번째 사건 현장은 푸양 공원이니까 이 두 건은 침입하고 상관없어요. 세 번째 사건의 피해자는 외출이 어려운 중풍 걸린 노부인이에요. 여기에 간병인까지 있죠. 범인은 이들과 가까워질 기회를 아예 못 찾았을 거예요. 그러니 그냥 공격해서 기절시키는 수밖에 없었죠. 이해되세요?”

“그래서?”

“왕 팀장은 살해된 세 피해자와 공원에서 접촉한 적이 있는 사람을 찾는 데 수사의 초점을 두고 있어요. 그 사람을 찾으면 범인을 잡는 거라고 생각하는 거죠.”

“일리는 있지만 범인이 왜 노부인을 죽였는지가 설명이 안 돼. 왜 범인은 좀 더 쉽게 손쓸 수 있는 다른 대상을 찾지 않았을까?”

“그건…….”

“잠깐, 사건을 처음부터 다시 순서대로 살펴봐야겠어.”

과연 왕 팀장은 관록 있는 경찰이었다. 결론은 엉뚱했지만 추리 방향은 정확했다.

깜빡하고 아직 경찰에 말하지 않은 사실이 하나 있다.

머릿속에 꼬여 있던 매듭이 스르르 풀리면서 미처 명확하게 정리되지 않고 꽉 막혀 있던 생각이 뻥 뚫렸다.

"첫 번째 피해자인 중충센은 세 동짜리 아파트 중 가운데 동에 살았어. 그의 집은 양옆에 창문이 없고 앞뒤 베란다에는 철창이 달려 있지. 따라서 이 집에 들어가는 가장 쉬운 방법은 현관문을 이용하는 거야. 범인은 현관문을 딸 줄 알거나 피해자와 아는 사이일 거야." 내가 말했다.

"그렇겠네요. 범인이 현관문을 따고 들어갔다면 어떻게 되는 거예요?" 천 뚱이 물었다.

"피해자의 집은 현관과 전실에 각각 문이 하나씩 있어. 그리고 각 문에는 안에서 잠글 수 있는 장치가 있는데, 그렇다면 밖에서 잠그는 장치도 있다는 뜻이지. 그건 잠금장치에 대해 잘 모르는 사람도 다 아는 사실이야."

"잠시만요." 천 뚱은 오른손을 치켜들고 괜히 신비로운 척하며 잠시 뜸을 들이다가 말했다. "피해자 집의 철문에는 안전 고리도 있어요. 이건 어떻게 설명할 건데요?"

나는 몇 초간 생각했다. "철문 밖에 방충망이 있어?"

"있어요. 밖에서 안이 잘 안 들여다보이는 방충망요. 이 방충망이 없었으면 우리도 범인이 직접 문을 따고 들어갔을 수도 있겠다고 생각했을 거예요. 하지만 우리가 자세히 살펴본 결과 방충망은 누가 건드린 흔적 없이 깨끗했어요."

"자네 집은 바깥 현관문에 안전 고리가 있어?"

"있죠."

"그걸 날마다 걸어 놓나?"

"거의 안 걸어 놓죠."

"나도 전에 살던 집은 현관문 두 개에 모두 잠금장치와 안전 고리까지 있었지만 안전 고리를 걸어 둔 기억이 없어."

"저도 그래요."

천 뚱의 얼굴에 놀란 기색이 스쳤다. 왠지 오늘부터 천 뚱이 문단속을 잘하고 잘 것 같은 예감이 들었다.

나는 안전 고리를 걸지 않는 이유를 천 뚱에게 설명하지 않았다. 열아홉 살 때 비명 소리와 함께 잠에서 깨어난 그날 이후 혼자 사는 동안 나는 단 한 번도 안전 고리를 걸어 둔 적이 없다. 발작이 일어나면 나를 구해 줄 사람들이 쉽게 문을 따고 들어올 수 있어야 하기 때문이다.

나는 계속 말했다. "두 번째 피해자 장지룽은 공원에서 살해됐어. 시체를 발견한 노부인의 증언에 따르면 공원에 도착했을 때 시체 말고 아무도 없었어. 이게 뭘 의미하는지 알아? 장지룽은 그날 공원에 도착한 첫 번째 사람이고, 증인은 두 번째로 도착한 사람이라는 거야."

"그게 어때서요?"

"내 추리가 맞는다면 범인은 공원에서 사람을 죽이기로 작심했고, 누가 먼저 도착하건 간에 그 사람을 죽였을 거야. 다시 말하면 증언한 그 노부인이 조금만 일찍 공원에 도착했어도 지금쯤 시체가 돼 있을 거란 말이지."

"하지만⋯⋯." 천 뚱이 고개를 저었다.

"이상하게 들리는 거 알아. 하지만 잊지 말라고. 사건 당일 새벽에 범인은 일부러 공원의 CCTV를 망가뜨렸어. 이게 뭘 의미하냐. 이미 공원에서 사람을 죽이기로 마음먹었다는 거야. 물론 풀리지 않는 의문은 여전히 있어. 장지룽이 공원에 맨 먼저 도착했고, 범인이 장지룽을 죽이기로 결정했다면, 주변에 다른 사람들이 없다는 것을 어떻게 알았을까?"

"장지룽의 하루 일과를 미리 알고 있었을 수도 있죠. 조사 결과 장지룽은 늘 공원에 1등으로 도착했어요." 천 뚱이 말했다.

"아, 그럴 수도 있겠네."

천 뚱의 말에 갑자기 생각의 흐름이 뚝 끊겼다.

"일단 그 문제는 나중에 다시 이야기하고 세 번째 사건으로 넘어가죠." 천 뚱이 말했다.

"세 번째 사건은 가장 말이 안 돼. 사망자가……."

"우장슈어요."

"우장슈어는 반신불수에 정신도 흐릿해서 손쓰기 가장 쉬웠을 거야. 하지만 현관문이 두 개나 있는 3층에 살았어. 범인은 왜 굳이 수고스럽게 이 집을 골랐을까?"

"그래서 간병인을 내리치고 열쇠를 빼앗지 않았을까요?"

천 뚱의 논리는 그럴듯했다.

"현관문이 몇 개인지는 범인에게 중요하지 않았을 거야. 왜 그런지는 나중에 설명할게. 범인은 나처럼 보이게 분장하고 간병인을 습격했어. 게다가 습격하기 전에 일부러 소리까지 냈지. 나를 모함하기 위한 것이 아니라면 괜히 이런 쓸데없는 짓을 할 리가 없잖아? 따라서 이 사건에서 열쇠는 핵심이 아니야. 이번에는 날짜를 살펴보자고. 사건이 발생한 날짜로 판단했을 때 범인은 음력이나 양력 같은 특별한 점을 고려하지 않았어. 사건들 사이의 간격도 일정하지 않고. 이게 뭘 의미하냐. 범인은 시간에 대한 압박감이 없어. 이제 궁금한 건 범인이 범행 대상을 골랐냐 아니냐 하는 거야."

천 뚱은 미간을 찌푸리고 내 추론에 대해 곰곰이 생각했다.

"범행 대상을 고르지 않았다는 건 말이 안 돼요. 하지만 경찰이 피해자 네 명의 배경을 자세히 조사했는데 진짜 눈곱만큼의 연관성도 발견되지 않았어요."

천 뚱이 핵심을 짚어 냈다. 지금까지 나온 증거들만 보면, 범인은 두 번째 범행 때는 미리 CCTV를 부쉈고, 세 번째 범행 때는 간병인을 습격했고, 네 번째 범행 때는 벙거지와 가짜 수염을 현장에 남겼다. 범인은 계획적으로 범행을 저질렀다. 하지만 그가 범행 대상과 시간을 미리 특정하지 않았다면 무작위로 범행을 저질렀다는 것인데, 그렇다면 계획성과 임의성 사이의 모순을 어떻게 해석해야 할까?

"방금 전 왜 범인에게 현관문이 몇 개인지는 문제가 되지 않는다고 말씀하셨어요?"

"그래. 하마터면 깜빡할 뻔했네." 나는 정신을 차리고 천 뚱을 쳐다봤다. "아무래도 범인이 내 집에 들어온 적이 있는 것 같아."

"네?"

나는 배낭을 열고 손전등을 꺼냈다. "이건 류장리에 이사 오고 나서 세 번째로 산 손전등이야. 맨 처음 산 손전등은 그 변태 놈 후려칠 때 망가졌어."

"알고 있어요."

"이건 독방에서 나온 뒤에 새로 산 거고. 두 번째로 산 손전등이 감쪽같이 사라졌거든."

"어떻게요?"

"그야 모르지. 범인이 훔쳐 간 것 같아."

"그게 가능해요?"

"손전등을 안 들고 나간 적이 있어."

"언제요?"

"천 여사와 바닷가로 놀러 간 날."

"확실해요?"

"거의 확실해. 내가 물건을 자주 잃어버려서 100퍼센트 장담은 못 하겠지만 말이야. 그날 출발하기 전에 옷과 약을 챙기러 잠시 집에 들렀을 때 배낭에서 손전등을 꺼낸 것까지는 확실히 기억해. 그런데 며칠 전에 대청소했는데 손전등이 안 보이는 거야. 뒤늦게……."

"그걸 지금 말하면 어떡해요!"

"100퍼센트 확실한 게 아니니까. 게다가 나는 그다음 날 아침에 곧바로 경찰서에 끌려갔잖아. 마라톤 심문을 받느라 이 일을 까맣게 잊고 있었어."

"이건 보통 일이 아니에요. 왕 팀장님께 보고해야겠어요. 손전등 산 영수증 아직 갖고 있어요?"

"그런 걸 여태 갖고 있는 사람이 어딨어? 세 개 다 푸싱난루와 허핑둥루 사이에 있는 성리 백화점에서 샀으니까 그쪽에 기록이 남아 있을 거야."

나는 산더미처럼 쌓인 CCTV 영상 CD를 가리켰다.

"여기에도 있을 테고."

"첫 번째, 두 번째 손전등을 몇 월 며칠에 샀는지 기억해요?"

천 뚱은 CCTV 목록을 내게 건넸다.

"그런 거 기억하는 사람도 있냐!"

목록은 숫자로 빼곡했다. 하지만 숫자를 보는 순간 의식의 전환이 이루어지는 느낌이 들었다. 공황 장애 전조 증상과는 조금 달랐는데, 그냥 갑자기 나를 둘러싼 모든 것이 이해됐다. 맞아! 답은 목록에 있었어!

그동안 우리는 나무도 보고 숲도 봤지만 그 옆에 나무 한 그루가 더 있는 것을 보지 못했다.

"시작하자!"

"어디서부터요?"

"그동안 눈을 허투루 달고 다녔어. 나와 왕 팀장 모두 그 점을 놓치고 있었어." 나는 책상을 내리쳤다.

"귀신이라도 본 것처럼 왜 그래요?"

"목록을 잘 봐. 5월 1일부터 7월 11일까지 모든 CCTV 영상이 다 있지? 딱 하루 내가 류장리에 없던 날이 있어. 7월 7일. 그날 나는 온종일 페이추이만에 있었어. 그런데 왜 7월 7일 CCTV 영상 CD가 목록에 들어 있지?"

"잘못 본 거 아니에요?" 천 뚱이 목록을 뺏어 들고 자세히 살펴봤다. "진짜네!"

우리는 서로 장난감을 빼앗으려는 어린아이들처럼 CD 더미 앞에 앉아 7월 7일의 '유령' CD를 찾았다. 천 뚱이 잽싸게 찾아 부랴부랴 컴퓨터에 넣었다.

우리는 눈앞의 화면을 보고 자기 눈을 의심했다. 그날 아침 8시에 나는 여느 때처럼 워룽제에 나타나 등산하고, 산책하고, 공원을 거닐었다. 정말 귀신이 곡할 노릇이었다!

그 사람이 내가 아니라는 것을 확인하려면 매우 자세히 봐야 했다. 긴 수염을 단 그는 벙거지에 배낭을 멨고, 추리닝 바지에 농구화를 멋스럽게 매치했다. 키와 체형 모두 나와 비슷했다. 해상도가 낮은 CCTV 영상만 보면 영락없는 나였다. 하지만 걷는 자세까지 완벽하게 복제할 수는 없었다. 화면 속의 그는 뛰어난 배우이기는 했지만 확실히 내가 아니었다.

왼쪽 무릎 연골을 다친 나는 절뚝거리는 정도는 아니지만 걸을 때 몸이 약간 왼쪽으로 기운다. 또 오랫동안 요통을 앓아서 앉았다가 일어날 때 몸이 매우 뻣뻣하다. 그런데 화면 속의 그는 실제의 나와 달리 걸을 때 습관적으로 몸이 오른쪽으로 기울었다.

"언뜻 보면 탐정님 같아요." 천 뚱이 눈을 가늘게 뜨고 화면을 들여다봤다. "하지만 걷는 자세가 달라요. 또 탐정님은 모자를 깊이 눌러쓰지 않는데 저 사람은 눈썹까지 눌러썼어요."

CCTV 영상에서 내 흉내를 내는 사람은 류장리 일대를 유유히 돌아다녔지만 내가 날마다 들르는 편의점과 가비 카페는 일부러 피했다. 감히 나와 친한 사람들 앞에서 내 행세를 할 수는 없었을 것이다.

'나'는 깜깜한 골목으로 들어가더니 감쪽같이 모습을 감췄다. CCTV에 기록된 시간은 7월 7일 밤 10시 24분이었고, 그 뒤로는 녹화 영상이 없었다. 알고 보니 그날 밤 목격자 두 명이 본 사람은 내 행세를 하고 다닌 범인이었다.

"범인은 저 골목에서 몸을 숨겼을 수도 있고, 옷을 갈아입고 진짜 모습으로 돌아갔을 수도 있어. 저 골목 근처의 CCTV 영상을 반드시 찾아야 돼." 내가 말했다.

"제가 찾아볼게요."

"잠깐, 먼저 확인할 것이 있어."

나는 천제루와 페이추이만으로 출발한 7월 6일의 CCTV 영상을 찾아냈다.

그러고는 빨리 감기로 보다가 오후 4시부터 정상 속도로 보기 시작했다.

오후 4시 23분. 내가 워룽제에서 골목으로 접어들었다.

오후 4시 37분. 다시 골목을 나왔다.

오후 4시 41분. 택시를 탔다.(이후 통화제에서 천제루를 만났지만 경찰은 이 부분의 CCTV 영상을 갖고 있지 않았다.)

밤 10시 53분. 내가 다시 워룽제에 나타나 골목으로 들어갔다.

그 사람은 내가 아니라 나를 흉내 낸 사람이었다.

그의 모습을 보고 천 뚱은 믿을 수 없다는 듯 혀를 찼다. 나는 놀라움과 두려움에 온몸의 털이 곤두섰다.

범인은 그날 밤 내 집에서 잤을까? 내 책을 읽고, 내 컴퓨터를 쓰고, 내 약을 먹고, 내 침대에서 잤을까?

"범인은 내가 갑자기 문을 열고 들어와도 상관없다고 생각할 정도로 대담하거나 그날 밤 내가 집에 돌아오지 않을 줄 미리 알았거나 둘 중 하나야. 천 순경, 가비 카페가 찍힌 CCTV 영상을 전부 다 줘."

"왜요?"

"페이추이만 여행은 카페에서 천 여사가 즉흥적으로 말한 거야. 어쩌면 범인이 그곳에서 우리 대화를 엿들었을 수도 있어."

"바로 찾아서 가지고 올게요."

나는 가만히 앉아 있기가 힘들어 바깥 공기를 쐬며 생각을 정리하려다가 천 뚱이 금방 돌아올 것 같아 그냥 취조실에서 조용히 기다렸다.

새로운 사실을 발견한 건 고무적이지만 뜻밖의 상황에 너무 당황스러웠다. 내 '분신'이 있었다. 그 '분신'은 내 동향을 쭉 주시했고, 내 집에서 하룻밤을 잤다.

두 번째 손전등은 그가 가져간 것이 확실했다. 하지만 왜?

대체 그는 누구일까?

어쩌면 지금 이 순간에도 그가 내 소파에 다리를 꼬고 앉아 신문을 읽고 있는지도 모른다. 여기까지 생각이 미치자 나는 종이에 두 가지 대응 전략을 적었다.

3

천 뚱이 CCTV 녹화 영상을 찾으러 가고 거의 한 시간 가까이 취조실에 혼자 앉아 있었다. CD 몇 장 찾는데 왜 이렇게 오래 걸리는지 답답하기만 했다.

다시금 취조실 문이 열리고 자오 요원이 들어왔다. 그 뒤에 자이 경위와 천 뚱도 따라 들어왔다.

"CD는?" 천 뚱에게 물었다.

"아직 못 찾았어요." 거짓말이 서툰 천 뚱은 눈동자를 이리저리 굴리다가 자이 경위를 한 번 쳐다봤다.

자오 요원의 손에는 둘둘 말린 큰 지도 몇 장이 들려 있었다. 표정을 보니 뭔가 알아낸 표정이었다.

"이것 좀 보세요."

자오 요원이 둘둘 말린 지도 뭉치를 펼쳤다. 큰 위성 지도였다.

"구청에 있는 지도도 너무 작더라고요. 혹시 시청에서 구할 수 있을까 싶어서 갔는데 다행히 위성 지도가 있었어요. 그런데 한 장뿐이라서 복사하느라 고생 좀 했어요." 자오 요원이 흥분해서 말했다.

"제가 이미 사건 발생 지점에 점을 찍고 서로 연결해 놨어요. 시계 방향으로 서쪽의 이곳에서 첫 번째 살인 사건이 일어났어요. 그 다음 북쪽에서 세 번째, 동쪽에서 두 번째, 남쪽에서 네 번째 살인 사건이 일어났어요. 동쪽과 서쪽을 직선으로 잇고 남쪽과 북쪽을 일자로 연결하면 딱 십자가 모양이 돼요. 그리고 두 직선이 교차하는 지점에 우 선생님의 아파트가 있고요. 그리고 또……."

자오 요원이 주머니에서 전자 기기를 하나 꺼냈다.

"이건 3세대 마이크로칩이 내장된 블루투스 GPS예요. 이전 5.0버전보다 더 편리한 최신식 5.2버전이죠. 블루투스 GPS는 디코딩 방식이 간단해서 다른 장치 없이 스마트폰이나 컴퓨터에 직접 연결할 수 있어요. 이게 크기는 작지만 기능이 어마어마해요. 참새도 몸은 작지만 그 속에 오장육부가 다 들어 있잖아요? 이 GPS는 위치 추적은 기본이고 최대 열두 개 위성을 관측해요. 또 데이터 전송도 편리하게 할 수 있고, 녹음 기능도 있어서 감청 장치로도 활용할 수 있어요. 정말 끝내주지 않아요?"

자오 요원은 사건 설명을 하다가 말고 갑자기 영업 사원이 된 것처럼 블루투스 GPS에 관한 정보를 한 보따리 풀어놨다. 나와 천 뚱은 그저 넋 놓고 쳐다보기만 했고, 자이 경위는 허리춤에 손을 얹고 자오 요원의 설명이 끝나기를 기다렸다.

"설명 끝났습니까?"

"죄송합니다. 다섯 곳의 좌표를 모두 측정해 왔습니다. 한번 보세요."

자오 요원이 지도를 뒤집었다. 지도 뒷면에는 다음과 같은 도형이 그려져 있었다.

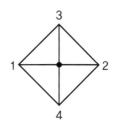

"우 선생님 말씀이 맞아요. 첫 번째와 두 번째 사건 현장이 거의 같은 위도상에 있고, 세 번째와 네 번째 사건 현장의 경도도 거의 일치해요. 게다가 우 선생님 댁의 위도는 첫 번째, 두 번째 사건 현장과 거의 같고, 경도는 세 번째, 네 번째 사건 현장과 거의 같아요. 제가 계속 '거의'를 강조하는 이유는 이들 좌표가 완전히 일치하지 않고 소수점 정도의 차이를 보이기 때문이에요. 하지만 이 자체만으로도 대단한 발견이라고 생각합니다."

"이 정도면 범인이 GPS로 범행 장소를 정했다고 봐도 되겠어요." 자이 경위가 자오 요원의 말을 한마디로 정리했다.

"범행 대상을 정한 것일 수도 있어요." 내가 보충 설명을 했다.

잠시 침묵이 흘렀다. 딱 맞아떨어지는 추론과 믿기 어려운 결론을 소화할 시간이 우리 모두에게 필요했다. 범인은 위치와 좌표를 따라서 피해자들의 생사를 결정지었다. 살인 동기는 뜻밖에도 위도와 경도에 숨어 있었다. 냉담하고, 객관적이고, 비인격적인 전대미문의 살인마는 이렇게 타이완 범죄사의 지평선 위로 떠올랐다.

나는 갑자기 또 다른 세부 사항이 생각났다. "자오 요원?"

"그냥 자오라고 부르세요."

"자오, 여기도 측정했어요? 이 네 지점 사이의 거리와 십자가의 길이요." 나는 지도를 가리켰다.

"측정했어요. 십자가 가로선과 세로선의 길이가 같아요. 그리고 네 지점을 연결한 사각형 네 변의 길이도 모두 같아요. 선생님의 추측대로 정사각형이에요."

나는 워룽 지구대에서 출발해 세 살인 사건 현장을 방문한 그날로 기억을 되돌렸다. 그날 나는 집에 도착했을 때 무심코 손목시계로 시간을 확인했다. 시간에 대해서 매우 예민한 나는 ―오랫동안 교수 생활을 하면서 얻은 직업병이다.― 비록 꼬불꼬불한 골목을 걸어갔지만 A 현장에서 B 현장까지 가는 시간과 B 현장에서 C 현장까지 가는 시간이 거의 비슷하다는 것을 무의식적으로 알아차렸다.

"범인이 원하는 건……." 자이 경위가 말했다.

"대칭요." 나는 자이 경위 대신 말했다.

"맞아요. 완벽한 대칭이에요." 자이 경위가 맞장구쳤다.

내가 쏜 화살이 되돌아와 나를 맞힌 것처럼 내게 대칭 강박증이 있다는 사실이 불현듯 생각났다. 섬뜩하고 당황스러운 나머지 심장이 높은 곳에서 뚝 떨어졌다가 다시 높이 튀어 오르는 것처럼 철렁철렁했다. 범인도 나와 똑같은 강박증이 있는 걸까? 그가 풍자하고 조롱하며 화살을 겨누고 있는 대상이 나일까? 하지만 천제루 말고는 그 누구에게도 이 비밀을 털어놓지 않았다.

내 대칭 강박증을 털어놔야 하나 말아야 하나 망설일 때 천 뚱이 말했다.

"우리의 추리가 맞는다면 범인이 죽여야 할 사람은 다 죽였고, 이제 딱 한 사람만 남았어요. 탐정님요."

천 뚱의 손가락이 사각형의 중심을 가리켰다.

4

한 시간이 지났는데도 세 사람은 돌아오지 않았다. 그들은 왕 팀장과 회의 중이었다.

나는 화장실에 간 김에 몰래 계단에서 담배를 피우며 창문 너머로 아래쪽 거리를 내려다봤다. 담배 맛을 느낄 수만 있다면 그깟 고소 공포증은 잠시 참을 수 있었다. 자동차, 오토바이, 행인, 신호등, 간판, 평당 수백만 위안이 넘는 빌딩……. 창밖 경관은 더없이 익숙했지만 좀처럼 현실감이 들지 않았다. 눈앞의 창문이 나와 바깥세상을 단절시켰다. 더 솔직히 말하면 내 마음을 차지한 수수께끼가 진짜 세계를 더 이상 진짜가 아닌 것처럼 만들었다. 나는 진공 상태에서 범인과 머리싸움을 하는 것 같은 착각이 들었다. 밤새 마작을 하고 나서 눈을 감고 침대에 누웠는데 여전히 머릿속에서 패가 보이는 것과 같았고, 집필을 끝내고 거리에 나갔는데 여전히 허구의 문학 세계에 있는 것과 같았고, 먹고 자는 것도 잊은 채 컴퓨터 게임을 하고 나서 현실 세계로 돌아오지 못하는 것과 같았다. 얇디얇은 종잇장이 되고 바싹 마른 낙엽이 된 것처럼 기분이 모호했다.

우산이든 정사각형이든 십자가든 피로 물든 도형은 잠시 세상에서 벗어나 범인의 살해 동기를 탐구하게 만들었다. 피해자의 연령, 성별, 감정, 계층, 생김새 같은 구체적인 요소들이 더 이상 중요해 보이지 않았다.

모든 것이 추상적으로 변했다.

범인은 형체 없는 귀신 같았다. 비록 나는 귀신은 아니지만 명상 상태에서 범인의 정신 속으로 들어가 보기로 했고, 거의 가까이 다가갔다. 물론 과도한 몰입은 좋을 것이 없었다. 그의 정신에서 빠져나온 뒤에 내가 여전히 숨을 쉬면 공황 장애가 나를 가만두지 않을 텐데, 남의 정신 속을 몰래 들여다보면 당연히 그에 따른 대가를 치러야 한다.

5

자이 경위, 천 뚱, 자오 요원이 차례로 들어왔다. 막 회의 결과를 물어보려고 하는데 왕 팀장도 나타났다.

"모두 앉으세요."

나지막이 말하는 왕 팀장에게서 어떤 감정도 읽을 수 없었다.

"축하합니다. 여러분이 매우 가치 있는 발견을 했어요."

왕 팀장이 나만 쏙 빼놓은 채 자이 경위를 포함한 경찰 세 명에게만 축하 인사를 건넸다.

"사건 발생 지점으로 볼 때 범인은 우발적으로 살인을 저지른 것이 아니라 미리 정교하게 계획을 짜 놨습니다. 그리고 확인 결과 7월 7일에 우 선생님은 천 여사님과 함께 페이추이만에서 휴가를 보냈습니다. 따라서 CCTV 녹화 영상에 등장하는 사람은 우 선생님이 아니라 변장한 범인이 확실합니다.

두 가지 발견으로 수사 방향에도 약간의 변화가 있을 겁니다. 먼저 우 선생님, 7월 7일에 우 선생님이 집에 들어오지 않을 거라는 사실을 범인이 어떻게 알았을지 잘 생각해 보십시오. 우 선생님이 말하지 않았다면 누가 말해 줬을까요? 천 여사님과는 어떻게 약속했습니까? 며칠 전에 약속했습니까, 당일 약속했습니까? 전화나 이메일로 했습니까, 직접 만나서 이야기했습니까? 우리가 CCTV 녹화 영상에서 얻은 정보로는 7월 6일 오후 3시 이후에 우 선생님은 가비 카페에서 천 여사님을 만났습니다. 그 자리에서 약속했다면 내일 CCTV를 보면서 주변에 수상한 사람이 있는지 자세히 살펴보시기 바랍니다. 이상은 우 선생님의 협조가 필요한 일이었습니다.

다음으로 우 선생님을 가장한 용의자는 7월 7일 밤 10시 이후에 우싱제의 골목에서 종적을 감췄습니다. 그가 어떻게 감쪽같이 사라졌는지 여러분이 직접 현장을 조사해 보기 바랍니다. 내 추측으로는 근처에 살거나 어두운 곳에서 옷을 갈아입고 원래 모습으로 돌아간 것 같으니까 그 주변 일대를 탐문 조사해 보세요. 또 주변의 모든 CCTV 영상을 돌려 보고 수상한 사람을 찾아 가비 카페에서 찾은 실마리와 비교 대조해야 합니다.

마지막으로 우 선생님, 덕분에 큰 돌파구를 찾았습니다. 과연 탐정님이었어요. 하지만 여전히 내 용의자 리스트에 올라 있다는 걸 잊지 마세요. 특히 집에서 손전등을 도둑맞고도 우리에게 알리지 않은 점은 대단히 의심스럽습니다. 누가 알겠어요, 이 모든 게……."

"내가 꾸민 계획이라고 생각하는 거 압니다. 왕 팀장님 입장, 뭐 충분히 이해합니다. 그러니까 비꼬지도 말고 칭찬으로 붕 띄웠다가 다시 내동댕이치지도 마세요. 안타깝게도 당시에는 손전등을 도둑맞았는지 단순히 잃어버렸는지 확실하지 않았어요. 게다가 그때는 왕 팀장님이 나를 독방에 가두고 자백하기만을 바랐을 때였고요. 사실대로 말한들 왕 팀장님이 믿었겠어요?"

왕 팀장은 괜히 코를 킁킁거렸다.

"어쨌든 필요하다면 기꺼이 협조할 겁니다. 하지만 그 전에 부탁드릴 일이 두 가지 있습니다."

나는 조금 전에 대응 전략을 적은 종이를 보고 왕 팀장에게 두 가지 면에서 경찰의 지원이 필요하다고 말했다.

6

신이 경찰서에서 나왔을 때는 하루 중 교통량이 가장 많아 짜증이 솟구치는 시간이었다.

지룽루는 온갖 차들로 꽉 막힌 것이 꼭 변비에 걸린 대장 같았다. 원래는 산책도 할 겸 걸어가고 싶었지만 그랬다가는 나를 호송하는 경찰 두 명까지 괜한 고생을 할까 봐 어쩔 수 없이 경찰차를 타고 쑹즈루, 타이베이 대학 병원 앞을 지나 위룽제로 향했다. 중간에 창징루를 지나갈 즈음에는 차가 너무 막혀서 민간인들이 길을 내주도록 경광등을 켜고 가자고 제안했다. 그러자 조수석에 앉은 경찰이 고개를 돌리고 차갑게 쏘아봤고, 운전하는 경찰도 백미러로 나를 흘겨봤다. 그들도 나를 호송하는 것에 짜증이 난 모양이었다.

마침내 집 앞 골목에 도착했다.

경찰 한 명이 집 앞까지 동행했다. 그는 아무 일 없다는 것을 확인한 뒤 자신들은 골목 주변을 순찰할 것이고, 8시쯤에 다른 조가 와서 교대할 것이라고 말했다.

경찰은 이제 197번 골목에 대해 손바닥 들여다보듯 훤했다. 최근에 이사 온 주민 둘을 제외하고 나머지 주민들은 모두 이 골목의 터줏대감들이었다. 새로 온 주민 중에 한 집은 남편은 수도 전기 고치는 일을 하고 부인은 집에서 평범하게 살림을 하며 초등학교에 다니는 두 아들을 키웠다. 197번 골목에는 5월 20일에 전입했다. 나머지 한 집은 남부 지방에서 온 30대 여자가 혼자 살았고, 4월 20일에 이사 왔다. 경찰은 만약의 사태에 대비해 두 집을 모두 방문하고 신분증 확인까지 끝냈다. 197번 골목 주민 중에 수상한 사람은 없었다. 이후 주민들에 대해 '이상 무'라고 판단한 경찰은 워룽제와 이어지는 골목을 물 한 방울 샐 틈 없이 지키는 데 집중했다.

경찰이 시야에서 사라지자 나는 손전등을 꺼내 바닥에 쪼그리고 앉아 현관문 밑부분부터 확인했다. 그동안 범인이 내 집을 몰래 드나들었다는 것을 증명할 길이 없었다. 그래서 며칠 동안 경찰서에 갈 때마다 풀을 묻힌 흰색 실을 현관문과 전실 문에 각각 붙여 났다. 오늘 오후 2시 넘어서 급하게 경찰서에 갈 때도 이 일을 빼놓지 않았다. 007 영화에서 배운 방법인데, 숀 코너리는 머리카락과 침을 이용한다는 점에서 조금 다르다.

현관문에 붙어 있어야 할 흰색 실이 보이지 않았다.

나는 자리에서 벌떡 일어나 경찰에게 알리기 위해 골목으로 뛰어나갔다가 몇 걸음 못 가서 결국 골목 한가운데 멈춰 서고 말았다. 바람에 떨어진 건 아닐까? 택배 기사가 지나가다가 발로 건드린 건 아닐까? 범인이 집 안에 있을 확률이 얼마나 될까? 나는 거의 없다고 봤다. 범인이 이미 멀리 도망쳤으면 경찰에 알린들 소용없었다. 또한 경찰이 나를 믿어 줄지도 의문이었다.

다시 집 앞으로 돌아왔다. 나는 최대한 소리 나지 않게 현관문을 살며시 열고 손전등으로 현관문과 전실 문 사이에 사람이 없는 것을 확인한 다음 조용히 안으로 들어갔다. 그러고는 한 번 더 쪼그리고 앉아 전실 문의 밑부분을 확인했다. 역시나 흰색 실이 보이지 않았다!

이번에는 확실했다. 아무리 바람이 세게 불어도 전실 문에 붙은 실까지 떨어질 리 없었다. 더 생각할 것도 없이 열쇠를 꽂고 문을 열었다. 하지만 겁이 나서 곧바로 들어가지 않고 오른쪽으로 몸을 숨겼다. 그저 나 자신을 보호해야 한다는 생각밖에 없었다. 만에 하나 갑자기 사람이 튀어나와 부딪혀서 다치거나 더 비참한 꼴을 당하면 어떡하는가. 십 초, 이십 초, 삼십 초…… 빠르게 뜀박질하는 심장 박동 수를 따라서 시간을 쟀지만 삼사 분이 지나도 안에서 아무런 인기척이 느껴지지 않았다.

전실 문을 슬그머니 열고 손전등을 비춰 거실에 아무도 없는 것을 확인한 다음 들어갔다. 불을 켜야 하나 말아야 하나? 보통 영화에서는 이럴 때 불을 켜지 않던데, 그래도 나는 켜자. 누가 있든 말든 일단 눈에 뭐가 보여야 쓸데없이 놀라는 일이 없을 것 아닌가.

나는 서재, 거실, 옷장, 욕실을 두 번이나 철저하게 검사했다. 특별히 이상한 점은 없었다. 그다음에는 현관문을 닫고 문을 잠갔다. 생사가 달린 마당에 공황 장애가 대수랴.

한동안 컴퓨터를 뒤지며 범인의 흔적을 찾았다. 일단 '내 PC'와 '문서'에는 의심스러운 파일이 없었다. 내 컴퓨터는 비밀번호가 따로 설정돼 있지 않아 전원만 켜면 누구나 인터넷 검색 기록과 있으나 마나 한 메일 함을 마음대로 열람할 수 있었다. 구글에 들어가 오늘의 인터넷 검색 기록을 확인했지만 어떤 이상 징후도 보이지 않았다. 메일 함을 열어 봐도 이상이 없기는 마찬가지였다.

나는 침실에서 범인이 가져갔거나 남기고 간 물건이 없는지 확인한 다음 거실 한가운데 서서 구석구석 자세히 살폈다. 거실에도 누가 건드렸거나 사라진 물건은 없었다.

창밖에서 바람이 요란하게 불어 댔다. 그가 무턱대고 내 집을 드나드는 이유가 뭘까? 겨우 낮잠이나 자려고? 생각이 여기에 미치자 재빨리 침실에 들어가 침대 주변 바닥에 널브러져 있는 책들을 검사했다. 나는 자기 전에 항상 책을 읽는다. 그리고 다 읽은 책은 그대로 던져 버리기 때문에 항상 바닥에 서너 권이 아무렇게나 흩어져 있다. 이 책들은 아침에 내가 꼭 걸려 넘어진 뒤에나 제자리에 꽂힌다. 바닥에 있는 책들을 자세히 살핀 결과 처음 보는 책은 없었다.

다시 거실로 돌아와 책꽂이를 살펴봤지만 특별히 의심스러운 점은 없었다. 그런데 왠지 모르게 책 한 권이 유난히 거슬렸다. 그 책은 적어도 벽에서 10센티미터 정도 떨어져 있었다.

나는 짙은 남색의 『금강경 강의』를 집어 들었다. 책에 범인이 남긴 글이나 정보가 있을까 하고 빠르게 넘겨 봤지만 아무것도 보이지 않았다. 혹시 놓쳤을 수도 있다는 생각에 다시 한번 천천히 넘겨 봤다. 그때였다. 왼쪽 윗부분이 접힌 페이지를 발견했다.

찾았다!

나는 아버지에 대한 기억이 그다지 많지 않다. 그러나 엄격했지만 누구보다 자상했던 아버지를 기리기 위해 아버지가 생전에 가르쳐 주신 소소한 규칙들을(미처 큰 이치들을 가르쳐 주시기 전에 돌아가셨다.) 어려서부터 진지하게 지켰다. 예를 들어 어느 날 아버지가 돼지고기 수육 한 점을 젓가락으로 집어 주시기에 젓가락으로 받았더니 "그릇으로 받아라. 젓가락으로 음식을 받아먹는 것은 교양 없고 예의 없는 짓이다."라고 말씀하셨다. 이후에 나는 젓가락으로 음식을 받아먹지 않는다.

이외에 책에 관한 규칙도 있다. 내가 초등학교에 갓 입학했을 때 아버지는 책에 줄을 긋고 메모를 남겨도 되지만 귀퉁이를 접는 것은 책을 함부로 대하는 짓이니 무슨 일이 있어도 그러지 말라고 당부하셨다. 일본식 교육을 받고 어깨너머로 할아버지께 한학을 배운 아버지는 선비 기질이 다분하셨다. 어머니는 아버지가 일찍 돌아가시지만 않았으면 명색이 대학 교수인 아들이 양아치 차림으로 돌아다니지 않았을 것이라고 몇 번이나 한탄하셨다. 하지만 어느 때는 대학 교수씩이나 하는 아들이 교양 머리 없이 말하는 꼴을 아버지가 못 본 게 천만다행이라고 안도하셨다. 이럴 때마다 내가 "어머니가 잘못 키워서 이렇게 됐잖아요."라고 응수하면, 어머니는 잊지 않고 "썩을 놈의 새끼 같으니라고!" 하며 욕으로 되받아치셨다.

이것이다! 난 한 번도 책 가장자리를 강아지 귀 모양이건 뭐건 어떤 식으로도 접은 적이 없다.

나는 예전에 그 페이지의 어느 문단에 밑줄을 긋고 여백에 감상을 적어 놨다.

밑줄 친 부분 : 若心有住, 即爲非住.(약심유주, 즉위비주, 마음이 어딘가에 머물러 있으면 머물러 있는 게 아니니라./옮긴이)
감상 : 고대 그리스의 형이상학보다 더 심오하고 현묘하도다.

책꽂이 맨 밑바닥을 1층이라고 했을 때 3층과 4층에는 최근 반년 동안 수집한 불교 관련 책들이 빼곡했다. 그중 일부는 서점에서 돈을 주고 산 것이고, 일부는 등산하거나 산책하던 중 인연 따라 수중에 들어온 것이다. 다른 불교 서적들까지 책장을 일일이 넘겨 귀퉁이가 접힌 것이 『금강경 강의』뿐이라는 것을 확인한 나는 아예 가부좌를 틀고 앉아 해당 페이지를 자세히 읽었다.

'그러므로 수보리여! 보살은 마땅히 모든 형상을 떠나 아뇩다라 삼먁삼보리심(가장 완벽한 깨달음./옮긴이)을 내어야 하고, 형상에 머물러 마음을 내면 안 되느니라. 소리, 냄새, 맛, 느낌, 법에 머물러 마음을 내지 말고, 어디에도 머물지 않은 채 마음을 내어라. 마음이 어딘가에 머물러 있으면 머물러 있는 게 아니니라.'

여느 불교 서적이 그렇듯 『금강경』은 나 같은 문외한에게는 외국어나 마찬가지여서 당최 무슨 말인지 이해할 수 없었다. 심지어 아래쪽에 스님이 문장을 잘근잘근 쪼개어 설명해 뒤도 그 심오한 뜻을 둘은커녕 하나도 알기 어려웠다.

'마음이 어딘가에 머물러 있으면 머물러 있는 게 아니니라.'

이해하기 어려운 이치이건만 제논(고대 그리스의 철학자./옮긴이)의 말처럼 일부러 어렵게 배배 꼬아 놓은 궤변은 아니었다. 스님은 이 문단을 이렇게 풀이했다.

'마음으로 사로잡힌 것이 있다면 그것이 곧 망상입니다. 망상은 겉모습에 집착해 끊임없이 억측하고 분별하고 취사선택하게 만들지요. 이렇게 되면 겉모습을 떠나 어디에도 머무르지 않는 반야와 같은 텅 빈 지혜를 받아들일 수 없습니다. 그뿐인가요. 솔직할 수도 없고, 자유롭지도 못하고, 자꾸 방해물이 나타나 인연 따라 수행하는 삶이 계속 이어져 진심에 머무를 수 없습니다.'

내 얕은 지혜와 지금의 처지에 비춰 봤을 때 '마음이 어딘가에 머물러 있으면 머물러 있는 게 아니다.'는 내가 그동안 고집스럽게 매달렸던 집착과 최근에 얻은 깨달음을 가장 잘 표현한 말이다. 편안하게 살길 바라면서 겉모습에 미혹된다면 이는 편안하게 사는 것이 어떤 것인지도 모른 채 그것을 원하는 것과 같다. 그래서 사람들은 자질구레한 일을 걱정하고, 인간관계 때문에 울고 웃는다. 참된 것에 머무르려면 겉모습에 사로잡히지 않아야 한다.

하지만 말이 쉽지, 보통 사람이 쉽게 도달할 수 있는 경지가 아니다. 내가 모든 직함을 내려놓고 사람들과 인연을 끊은 채 후미진 골목에 숨어든 것은 참된 것에 머무르기 위함이 아니다. 나는 더 이상 공황 장애에서 벗어나려고 하지 않는다. 이것은 내 집착을 내려놓기 위한 일종의 노력이다. 그런데 아이러니하게도 어떤 형상에도 사로잡히지 않기 위한 행위나 노력을 하는 것 자체가 망상이고, 이런 행위나 노력을 할수록 외려 더욱 형상에 사로잡히게 되니, 정말 알다가도 모를 노릇이다. 이건 어디 한번 싸워 보자 하고 마음먹는 것이나, 두 손 놓고 가만히 구경이나 하는 것이나 오십보백보라는 말이다. 나는 이미 구이산다오 사건도 일으켰고 가끔씩 주제넘게 잘난 척하기도 했다. 하지만 이것으로 끝나지 않고 또 다른 함정에 빠져 실수할까 봐 불안하기만 하다. 지금 내가 구원의 길을 걷고 있는지 파멸의 길을 걷고 있는지는 나도 잘 모르겠다.

범인은 무슨 의도로 책을 접어 놨을까? 내게 어떤 메시지를 주기 위해서일까? 이것이 그가 냉혈한처럼 사람을 죽이고 내게 누명을 뒤집어씌운 것과 어떤 관계가 있을까?

나는 노트에 이 경문과 스님의 설명을 베껴 적고 『금강경 강의』를 제자리에 갖다 놨다. 중요한 점은 벽에서 10센티미터 정도 떨어뜨려 꽂아 두는 것이었다. 내가 범인의 흔적을 발견한 것을 어떻게든 범인이 눈치채지 못하게 하고 싶었다.

범인은 겁도 없이 내 집에 또 들어왔다. 하지만 이번에는 나도 만반의 준비를 하고 기다렸다. 조금 전 왕 팀장은 내 요구를 들어 주겠다고 약속했고, 내일 아침이면 경찰이 집 안에 CCTV를 설치 해 워룽 지구대 순찰차에서 CCTV 화면을 조종할 수 있게 된다. 이제 범인이 CCTV에 찍히기만을 기다리자. 범인이 빼도 박도 못 하는 독 안에 든 쥐가 되는 것은 시간문제다.

7

11시 정각에 나는 약속대로 투 변호사에게 전화했다. 경찰서에 서 풀려난 뒤 전화통에 불이 날 정도로 전화가 오는 통에 필요할 때 말고는 항상 휴대 전화를 꺼 놨다.

"진짜 경찰에 대한 고소를 취하하실 겁니까?" 투 변호사는 한창 빨던 사탕을 빼앗긴 아이처럼 실망스러운 투로 물었다.

"경찰 수사에 참여하고 싶은데 다른 방법이 없잖아요."

"안타깝네요. 이번에 우 선생님과 범죄사에 길이 남을 새로운 역 사를 쓰겠구나 생각했거든요."

"그 점은 나도 아쉬워요. 하지만 언론이 남아 있잖아요. 현재 상 황은 어떻습니까?"

"고소 대상을 총 일곱 명으로 정했습니다. 신문 기자 한 명, 방송 기자 두 명, 그리고 토론 프로그램 패널 네 명, 이렇게요."

"잘하셨습니다. 패널들에게는 배상금을 두 배로 청구하십시오."

"저만 믿으세요. 언론에 발표하기 전에 선생님께 최종 컨펌을 받 으려고 전화드렸습니다. 이들이 선생님의 명예를 훼손하고 근거 없 는 비방을 했다고 생각하시면 지금 바로 기자 회견을 열겠습니다."

"앞으로 컨펌 같은 건 받지 마세요. 변호사님의 전문적인 판단을 전적으로 믿겠습니다. 나한테 의견 물을 것도 없이 고소할 수 있으면 전부 다 고소해 주십시오."

"이 사람들이 합의하고 싶어 하면 어떡할까요?"

"오직 한 가지 원칙밖에 없습니다. 기자는 합의해 줘도 패널은 절대 합의해 줄 수 없습니다."

"패널이 그렇게 싫으세요? 저도 따지고 보면 그중 하나인데요."

"다음에 다시 통화하죠."

"알겠습니다. 내일 아침 10시 정각에 텔레비전에서 뵙겠습니다."

"기대하겠습니다."

사실 내일은 아침 일찍 경찰서에 가야 해서 한가하게 텔레비전이나 보고 있을 시간이 없다.

나는 침대에 누워 내일이면 소란스러워질 언론의 반응과 아연실색할 패널들의 표정을 상상하며 기분 좋게 잠들었다. 그리고 이틀날 아침에 깼을 때 전날 밤 수면제를 먹지 않고 잠든 사실을 뒤늦게 알아차렸다.

자칭 불교 신자의 아름다운 신세계

1

종사르 켄체 린포체(19세기의 성인 잠양 키엔체 왕포의 환생임을 인정받은 부탄 출신의 영화감독이자 승려./옮긴이)가 말했다.

"내가 원하는 대로 되지 않아 좌절감이 들어서였는지 야망이 커서였는지 한번은 불교의 정신을 더 단순하고 직접적이고 청교도적으로 개혁하는 상상을 했습니다. 조금 억지스럽지만 모두가 하루 세 번 참선하고, 정해진 복장만 입고, 특정한 의식 상태를 굳게 믿는 수행 방식으로 불교를 더 단순하게 단장해 전 세계인에게 전도하면 어떨까 하고 생각한 것이죠. 이런 수행 방식이 가져올 즉각적이고 실제적인 효과를 우리 모두가 받아들일 수 있다면 분명 더 많은 사람들이 불교도가 될 것입니다. 하지만 상상에서 깨어났을 때 명징한 마음은 내게 자칭 불교도들이 많은 세상이 꼭 더 나은 세상인 것만은 아니라고 말해 줬습니다."

2

7월 24일 오전 9시 30분.

"마음이 어딘가에 머물러 있으면 머물러 있는 게 아니다?" 천 뚱이 내가 노트에 적어 놓은 문장을 소리 내어 읽었다. "거참, 어렵네요. 무슨 말인지 알 것 같다가도 모르겠고, 스님 설명을 읽어 봐도 잘 모르겠어요."

"어렵긴 뭐가 어려워요. 천 순경한테 혜안이 부족한 거겠죠. 사실 불교의 이치는 간단해요." 자이 경위가 말했다.

"여러분, 그 문장 이야기는 이제 그만합시다." 왕 팀장이 더는 못 듣겠다는 듯 팀원들의 말을 단호하게 잘랐다. "범인이 불교 신자일 리는 없습니다. 불교 신자가 사람을 몇 명이나 죽였다고요? 난 도저히 못 믿겠습니다. 그런 케이스가 있다면 내 손에 장을 지지겠습니다!"

"범인이 불교 교리를 제멋대로 왜곡해서 받아들였을 수도 있죠." 내가 말했다.

"불교의 이름으로 살생을 저질렀다고요? 황당하군요!"

"저도 상상이 안 돼요. 그런 전례도 없고요." 자이 경위도 맞장구쳤다.

"우 선생님, 범인이 집 안으로 침입했다고 진작에 알려 줬으면 어제 잡았을 것 아닙니까. 그랬으면 지금쯤 그놈이 밖에서 활개 치고 다니는 일도 없고요. 뭔가 이상한 조짐을 발견했을 때 사설탐정이 맨 먼저 취해야 하는 액션은 밤새 책장을 뒤적이는 게 아니라 경찰에 신고하는 겁니다. 그랬으면 지금쯤 범인의 지문이라도 얻었을 것 아닙니까. 솔직히 난 이번 일도 별로 신뢰가 안 갑니다."

"또 그 이야기입니까?"

"우 선생님이 자꾸 그렇게 만드니까요. 궁금한 게 있습니다. 우 선생님은 불교 신자입니까?" 왕 팀장이 말했다.

"신자까지는 아닙니다."

"그럼 뭔가요?"

"반년 전부터 불교 서적을 읽으면서 불교를 가까이 접했습니다. 약간의 깨우침도 얻었고요. 하지만 좌선이나 수행 같은 건 하지 않아요. 술, 담배 모두 하고, 욕도 하고, 끼니마다 생선, 고기를 먹으니 불교 신자라고 할 수 없죠. 하지만 대학을 그만두고 나서 집을 팔고 워룽제로 이사 온 건 불교에서 얻은 깨달음과 어느 정도 관련이 있습니다."

"반년 동안 불교를 전문적으로 연구했다는 것을 아는 사람이 있습니까?"

"전문적으로 연구한 건 아니고 그냥 시간 날 때마다 조금씩 책을 본 게 전부예요."

"전문적으로 연구한 것이든 시간 날 때마다 조금씩 본 것이든 고상한 척하는 것이든, 어떻게 말해도 모두 같습니다."

왕 팀장의 독설이 다시 살아났다.

"불교에 심취한 것을 아는 사람이 있는가, 그게 중요합니다."

"아마 없을 겁니다."

"대답에 자신이 없네요?"

"잘 모르겠으니까요. 하지만 극단을 나올 때 단원들에게 이메일을 보냈는데 그때 불교에 관한 내용을 언급했습니다."

"우 선생님, 그 사실을 알 만한 사람이 있는지 최대한 기억해 내는 게 중요합니다. 그리고 용의자가 남긴 메시지는 당분간 신경 쓰지 않겠습니다. 우 선생님 말이 사실인지 아직 확신할 수 없으니까요. 우 선생님은 모든 책이 가지런히 꽂혀 있는데 유독 그 책만 눈에 거슬려서 보게 됐다고 했습니다. 이유가 너무 억지스러워요. 용의자가 우 선생님의 팬티를 모두 다림질해서 접어 놨다는 말과 뭐가 다르죠? 세 번째로 우 선생님의 말이 사실이라고 가정하고 즉각 경찰을 파견해 워룽제 197번 골목의 CCTV를 모두 가져와서 분석할 겁니다. 그러면 우 선생님의 말이 사실인지 아닌지 바로 알수 있겠죠. 물론 CCTV에도 사각지대는 있습니다만. 내가 아는 한용의자는 우 선생님처럼 류장리 일대의 CCTV 위치를 손바닥 들여다보듯 훤히 압니다. 어쨌든 우 선생님 댁에 CCTV를 설치했으니, 용의자가 또다시 몰래 들어오면 현장에서 즉각 체포될 겁니다. 오늘 작업은 CCTV 녹화 영상에서 수상한 인물을 찾는 겁니다. 자이 경위, 어제 밤새 분석한 CCTV 녹화 영상을 우 선생님에게 보여 드려. 자, 회의는 이쯤에서 마치고 일 시작합시다."

왕 팀장이 취조실을 나가자 자이 경위가 바통을 이어받았다.

"7월 7일로 돌아가 보죠. 용의자는 우 선생님 분장을 하고 류장리 일대에 모습을 드러냈습니다. 그다음에는 싼장리를 걸어 다녔고, 10시 24분에 우싱제 701번 골목으로 들어간 뒤에 연기처럼 사라졌죠. 경찰이 호구 조사도 하고 어젯밤에는 집집마다 일일이 방문해 주민들을 상대로 조사했지만 그 일대에서 수상한 사람을 발견하지 못했어요. 여전히 CCTV 영상에서 답을 찾아야 하는 상황입니다. 우싱제 701번 골목은 총 두 방향으로 통해요. 왼쪽은 신이루 5번 도로, 오른쪽은 샹원제로 통하죠. 때문에 작업량이 두 배로 많아요. 일단 신이루로 통하는 쪽의 CCTV부터 확인해 보세요."

나는 컴퓨터 모니터 앞에 앉았다. 밤 10시 24분부터 12시까지 총 여덟 사람이 701번 골목을 통해 왼쪽의 신이루로 향했다. 그중 두 명은 늦게 귀가하는 여자였고, 나머지 두 명은 일행으로 보이는 청소년들이었고, 또 나머지 두 명은 부부로 보이는 중년 남녀였다. 달리 말하면 수상한 사람이 두 명 있었다. 하나는 보통 키에 농구화를 신은 젊은 남자였고, 다른 하나는 슬리퍼를 신은 키가 작고 뚱뚱한 중년 남자였다.

자이 경위는 경찰이 조사한 결과 두 명 모두 701번 골목에 사는 주민이라고 말했다. 용의자가 운전했을 가능성에 대해 묻자 자이 경위는 그럴 가능성이 없다며 골목이 좁아서 주차는커녕 오토바이도 지나다니기 힘들다고 했다.

뒤이어 오른쪽 방향의 CCTV 영상을 틀었다. 샹윈제는 신이루처럼 사람이 많이 지나다니지 않았다. 같은 시간대에 701번 골목에서 오른쪽으로 방향을 튼 사람은 네 명뿐이었다. 순서대로 나열하면 열네다섯 살로 보이는 청소년, 노인, 중년 여성, 중년 남성이었다. 나는 영상을 세 번이나 되돌려 보며 중년 남성의 외모, 옷차림, 걷는 자세를 자세히 관찰했다. 확실히 처음 보는 사람이었다. 이번에는 영상을 좀 더 앞으로 감아 중년 여성을 건너뛰고 노인을 자세히 관찰했다. 절뚝거리며 걷는 모습이 어디선가 본 것처럼 눈에 익었다.

"이 할아버지 좀 이상한데. 어디서 본 것 같단 말이지." 나는 확신이 서지 않아 조용히 중얼거렸다.

"이 사람이에요." 자이 경위가 말했다. "오늘 아침 댓바람부터 자오 요원과 같이 이 할아버지 영상을 들고 골목 주민들에게 보여줬거든요? 그런데 이 할아버지를 아는 사람이 아무도 없었어요. 화면이 선명하지 않지만 자세히 보면 추리닝을 입고 농구화를 신었어요. 할아버지치고 패션이 너무 젊지 않아요? 그리고 비교 대조해 보니까 용의자가 사라지기 전에 입었던 스타일과 똑같아요."

"변장!" 불현듯 생각이 스치고 지나갔다.

"맞아요." 자오 요원이 말했다. "더구나 평범한 수준의 변장도 아니에요. 단순히 우 선생님 흉내를 내려고 했으면 벙거지를 쓰고 턱수염만 붙이면 그만이에요. 하지만 노인처럼 분장하기는 쉽지 않죠. 화면 속의 그를 보세요. 주름도 가짜 티가 나지 않고 백발도 진짜 머리카락 같아요. 게다가 걷는 자세는 또 어떻고요. 대낮에 봐도 저 사람이 가짜 노인이라는 것을 아무도 모를 거예요."

그러자 천 뚱이 말했다. "최근에 이런 뉴스가 있었어요. 홍콩의 한 젊은이가 얼굴이 쪼글쪼글한 노인 분장을 하고 공항에 갔는데 발권까지 무사히 마치고 에어캐나다 비행기에 탑승했대요."

나도 그 뉴스를 본 기억이 났다. 홍콩 청년이 얼마나 감쪽같이 분장했는지 허리를 구부리고 캐리어를 끌다가 호기심 많은 주변 승객들의 도움까지 받았다. 하지만 화장실에서 원래 모습으로 바꾸고 좌석에 앉았다가, 노인 대신 웬 황색 피부의 청년이 앉자 이상하게 여긴 옆자리 승객이 신고해서 모든 사실이 탄로 났다.

"대낮에 봐도 가짜 노인이라는 것을 아무도 모를 것이다?" 나는 이 노인을 어디서 봤는지 어렴풋이 생각났다. "빨리 가비 카페 CCTV 영상 좀 찾아 줘요. 천 여사와 페이추이만에 여행 가기로 약속했던 7월 6일 3시 이후의 것으로요."

내 말이 채 끝나기도 전에 천 뚱은 내가 보고 싶어 하는 시간대의 녹화 영상이 담긴 CD를 컴퓨터에 넣었다. 내 말보다 반 박자 빠르게 움직이는 천 뚱을 나는 어리둥절해하며 쳐다봤다. CCTV 속에서 나는 의자에 앉아 신문을 읽고 있었다. 아직 천 여사가 오기 전이었고, 옆 테이블에 한 사람이 더 앉아 있었다. 바로 그 노인이었다. 노인은 한가하게 차를 마시고 담배를 피웠다. 천 여사는 3시 54분에 카페에 도착해 자리에 앉았다. 두 테이블은 나와 천 여사의 대화를 충분히 엿들을 수 있을 만큼 가까웠다.

"틀림없어요. 이 사람이에요!"

이제 보니 가비 카페에서 '약속'이라도 한 듯 우연히 자주 마주쳤던, 피부가 늘어지는 병에 걸린 것처럼 보였던 노인이 줄곧 나를 미행하고 살인죄를 뒤집어씌우고 집까지 몰래 들어온 범인이었다.

"역시 그가 맞는군요." 자이 경위도 거의 동시에 말했다.

역시 그가 맞는다고? 무슨 상황인지 이해되지 않아 자이 경위를 쳐다보자 세 사람이 꿍꿍이를 알 수 없는 미소를 지었다.

"언제부터 알고 있었어요?"

"어젯밤부터 그를 의심하다가 오늘 아침에 주민들에게 직접 물어보고 나서 확신하게 됐어요." 자이 경위가 대답했다.

"왜 진작에 말해 주지 않았어요? 괜히 시간 낭비할 필요가……."

"선생님 반응을 보고 말해 줄지 말지 결정하기로 했거든요."

전날 내가 가비 카페의 CCTV 녹화 영상을 보여 달라고 했을 때 왜 천 뚱이 못 찾는 척했는지 이제야 알았다. 알고 보니 경찰은 어젯밤에 이미 나 몰래 가비 카페의 CCTV 녹화 영상을 모두 검토했다.

"내가 그렇게 말했는데도 아직까지 나를 테스트하다니, 왕 팀장 아이디어입니까?"

"네. 왕 팀장님은 선생님이 노인을 지목하지 않으면 고의적으로 경찰을 속이는 거라고 말했어요."

"지금은요? 노인을 지목했으니까 이제 혐의가 없는 거죠?"

"왕 팀장님은 잘 모르겠어요. 하지만 천 순경은 원래부터 선생님과 잘 아는 사이였고, 자오 요원도 선생님을 심문하면서 어느 정도 알게 됐잖아요. 둘은 일찍부터 선생님이 범인과 한패일 리가 없다고 생각했어요. 저는 처음에는 의심했지만 지금 이 순간부터 선생님의 결백을 믿습니다."

"감사합니다." 자이 경위의 솔직한 고백에 되레 부끄러워진 나는 황급히 화제를 바꿨다. "이제 앞으로 어떡하죠?"

"노인의 종적을 쫓아야죠. 아무래도 범인은 선생님이 이사 오고 이틀째 되는 날부터 선생님을 주시한 것 같아요."

"내 생각도 그래요. 돌이켜 보면 그를 처음 본 곳이 가비 카페예요. 그곳에서 늘 나처럼 담배를 피웠죠. 나와 똑같은 브랜드의 담배를요. 벙거지도 똑같이 썼어요. 마주칠 때마다 눈인사를 건네고 딱한 번 담뱃불도 빌렸는데 서로 이야기를 주고받은 적은 없어요."

"지금 다른 사무실에서 노인의 흔적을 찾는 수사가 한창인데 별다른 진전이 없어요. 툭하면 사람 많은 곳에서 사라지거든요. 린장제의 야시장, 창징루의 샹산, 푸양제의 푸저우산 같은 곳에서 그냥 감쪽같이 사라졌어요."

"귀신같은 새끼! 꼭 잡고 말 거야." 자기도 모르게 불쑥 이렇게 내뱉은 천 뚱은 머쓱해하며 자이 경위를 쳐다봤다. "자이 경위님, 죄송합니다."

"뭘요. 말 한번 시원하게 잘했는데. 그리고 자꾸 경위님이라고 부르지 마세요. 그냥……."

"자이 누나라고 부르세요." 자오 요원이 말했다.

"누나는 무슨 누나야! 천 순경님보다 나이도 어린데."

내가 잘못 봤나? '자이 누나'의 얼굴이 순간적으로 빨개졌다.

타이완 사람들은 일단 나이 따지고 직급 따지기 시작하면 반나절이 지나도 결론이 안 난다. 그래서 내가 중간에 끼어들었다.

"자이 경위라고 부르면 되겠네. 나도 자이 경위라고 부르니까."

내 제안에 모두 동의했다. 이때 자오 요원이 갑자기 신대륙을 발견한 것처럼 흥분했다.

"맞다! 하마터면 중요한 걸 말씀 못 드릴 뻔했네요. 용의자는 먼저 우 선생님으로 변장했고, 골목에 들어가서는 노인처럼 분장하고 돌아다니다가 또다시 어느 곳에서 원래의 얼굴로 돌아갔을 수도 있어요."

"에이, 그게 말이 돼요? 혼자서 변검 쇼를 하는 것도 아니고." 천뚱이 말했다.

"변검?" 자이 경위는 고개를 갸우뚱하고 '변검'의 가능성을 생각했다.

자오 요원의 발견은 특종감은 아니었다. 설령 범인이 원래 얼굴로 돌아갔다고 해도 어두운 곳이나 산속에서 그랬다면 CCTV가 아무리 많아도 원래 얼굴과 노인 얼굴을 연결 지을 방법이 없지 않은가. 하지만 자오 요원의 아이디어와 천 뚱의 변검 발언이 한데 어우러져 내게 뜻밖의 힌트를 줬다.

"자오 요원, 방금 전 천 순경이 말한 홍콩 청년이 변장한 뉴스 말이에요. 그것 좀 찾아서 인쇄해 줄 수 있을까요?"

"금방 해 드릴게요."

"왜 그러세요?" 자이 경위가 물었다.

"자오 요원의 생각과 천 순경의 반응에 핵심이 있어요. 분장 기술은 아무나 할 수 있는 게 아니에요. 전문적인 훈련을 받아야 하고 전문적인 재료도 있어야 하죠."

"그렇네요! 왜 미처 그 생각을 못 했을까요." 자이 경위가 자책하
듯 말했다.

"따라서……."

"따라서 타이완의 어느 상점에서 이런 분장 재료를 파는지 찾아
내면 되겠군요."

내가 하려던 말을 자이 경위가 한 글자도 틀리지 않고 그대로
말했다.

"맞습니다. 나는 전문가를 좀 만나고 오겠습니다."

"누구요?" 세 사람이 이구동성으로 물었다.

"예전에 같이 일했던 동료요."

나는 이들에게 타이완의 영화계와 연극계에서 특수 분장을 할
줄 아는 인재가 없어도 너무 없는데, 영화계에 몇 명 있고 연극계
에는 딱 한 명 있다고 설명했다. 내가 만나러 가는 옛 동료 리웨이
윈은 삼 년 전 미국에서 예술학 석사 학위를 따고 타이완에 돌아
와 교수가 됐다. 그녀는 특수 분장 및 가면 제작에 독보적인 사람
이었다.

3

천 뚱이 운전하는 경찰차를 타고 다시는 갈 일이 없을 거라고
생각했던 예술 대학으로 향했다. 가는 내내 나는 자오 요원이 인쇄
해 준 자료를 읽었다.

감쪽같은 분장 기술로 에어캐나다에 무사히 탑승한 홍콩 청년
은 SPFXMasks 인터넷 쇼핑몰에서 '노인' 가면을 구매했다. 가격

은 가면치고 무척 비싼 1200달러 이상이었는데, 여기에 머리카락까지 추가하면 비용이 더 늘어난다. 이 회사에서 생산하는 가면은 매우 얇아서 감촉이 진짜 사람 피부와 똑같고, 다양한 표정을 짓는 것도 가능하다.

반년 전 미국 오하이오주 신시내티에서 일어난 은행 강도 사건 때 범인인 백인 청년은 SPFXMasks에서 산 흑인 가면을 쓰고 은행 다섯 곳을 털어 대량의 현금을 들고 도주했다. 경찰은 CCTV 영상에서 캡처한 사진으로 지명 수배를 내렸지만 나중에 이것이 변장술로 밝혀져 미국 전역이 발칵 뒤집혔다. SPFXMasks의 사장은 언론 인터뷰에서 "은행 강도가 자사의 상품을 범죄에 이용했다는 믿지 못할 소식에 깊은 충격을 받았다. 물론 자사의 가면이 누군가의 얼굴을 아무도 눈치채지 못하게 완전히 다른 얼굴로 바꿔 줄 수 있다는 것은 사실이지만 말이다."라고 말하며 유감을 표명했다. 하지만 이것이 막대한 돈을 주고도 할 수 없는 어마어마한 광고나 다름없다는 것을 본인이 더 잘 알았을 것이다.

예술 대학 건물에 들어서니 기분이 이상했다. 게다가 경찰 제복을 입은 천 뚱까지 옆에 있으니 더욱 그랬다.

오전 11시가 넘은 시각이어서 학생 대부분이 수업에 들어가고 없었다. 간간이 학생 한둘이 나를 알아보고 인사하려다 천 뚱을 보고는 도로 입을 다물고 반쯤 들어 올렸던 손도 다시 내렸다.

우리는 학과 사무실 앞을 조용히 지나 엘리베이터를 타고 4층으로 올라가 리웨이원 교수의 사무실 겸 작업실 문을 두드렸다.

"들어오세요!"

안에서 청아한 목소리가 흘러나왔다.

리 교수는 나를 보고 깜짝 놀라 소리치며 미국식 포옹을 했다.

"오랜만이에요!"

리 교수는 인사하면서 한쪽에 멀뚱히 서 있는 천 뚱을 쳐다봤다.

"괜찮으세요? 텔레비전에서······."

"괜찮아요. 여긴 천 순경이라고 내 친구예요."

두 사람이 악수했다. 이제 겨우 30대 초반인 리 교수는 키가 크고 귀밑까지 오는 짧은 머리를 했다. 허리띠를 하지 않은 하늘색 청바지에 파란색 티셔츠를 넣어 입은 모습이 꼭 대학원생 같았다.

"리 교수 도움이 필요해서 찾아왔어요."

"살인 사건 수사와 관련된 거예요? 혹시 증인이 필요해요? 제가 해 드릴게요, 천 순경님. 우 교수님은 좋은 분이에요. 좀 괴팍하고 직설적으로 말하는 경향이 있지만요."

천 뚱은 이렇게 젊고 시원시원하게 말하는 여교수를 본 적이 없는지 어떻게 반응해야 할지 몰라 바보처럼 웃기만 했다.

"이 자료를 보고 조언 좀 해 줘요." 내가 말했다.

그녀는 자료를 몇 장 읽어 보더니 자기도 이 뉴스를 봐서 잘 안다고 말했다.

"우리가 궁금한 건 이런 가면을 혼자 힘으로 만들 수 있냐 하는 거예요."

"가면을 제작하는 과정은 매우 복잡하고 전문적이에요. 먼저 얼굴에 재료를 붓고 모양을 잡은 다음 마지막에 색칠 작업을 해요. 중간에 실수하면 그때그때 수정 작업도 해야 하고요. 하지만 가장 중요한 건 역시 재료예요. 수업 시간에 시범을 보일 때는 가격이 싼 액체 플라스틱을 사용하지만 극단에서 특수 분장을 할 때는 폼 라텍스를 써요. 극단에서 제작비가 약간 나오거든요. 할리우드에서는 주로 실리콘을 써요. SPFXMasks도 이걸 쓰고요. 실제 사람

피부와 거의 구별이 안 될 정도로 진짜처럼 보이지만 가격이 어마 어마하게 비싸요. 또 공기가 안 통한다는 단점도 있죠. 그 홍콩 청년이 중간에 화장실에 가서 가면을 벗은 건 아마 더 버텼다간 질식해서 쓰러질 것 같아서였을 거예요."

"가면 쓰고 땡볕 아래 돌아다니면……."

"더위 먹고 쓰러지거나 심장 발작을 일으킬 거예요."

"리 교수라면 어떻게 하겠어요?"

"뭘 어떻게 해요?"

"장시간 착용하고 밖에 돌아다닐 수도 있고, 그러면서도 가면 쓴 걸 사람들에게 들키고 싶지 않을 때 어떤 재료를 쓰겠어요?"

"스파이가 필요한 거군요?" 리 교수가 반짝이는 두 눈을 굴리며 상상의 나래를 폈다.

"아니요. 그냥 가정하고 물어보는 겁니다." 천 뚱이 말했다.

"저라면 라텍스를 기본 재료로 고르겠어요. 라텍스의 원재료는 고무나무 액체예요. 천연 소재라서 공기가 잘 통하죠. 실리콘은 약물을 발포 처리해서 만든 화학 제품이에요. 열을 분산하는 기능이 떨어지고 친환경적이지도 않아요. 실리콘 가면은 제가 직접 만들면 모를까 인터넷에서 사지는 않을 거예요."

"왜죠?" 내가 물었다.

"인터넷에서 파는 건 죄다 백인 아니면 흑인 가면이에요. 직접 재료를 사다 만들고 색칠하는 게 나아요."

"가면을 만드는 데는 전문 기술이 필요하잖아요. 일반인은 못 만들겠죠?"

"인터넷 시대에 안 되는 게 어디 있겠어요. 인터넷 보고 폭탄도 제조하는 마당에 가면 하나 못 만들겠어요?"

"하긴 그렇네요."

"경찰에서 필요하면 제가 가서 수업을 해 드릴 수도 있어요. 반년 전에 극장 기술 협회에서 체험 교실을 연 적이 있거든요." 리 교수가 천 뚱을 보며 말했다.

"그래요? 사람들이 많이 왔나요?" 내가 물었다.

"별별 사람이 다 신청해서 지원자가 꽤 많았어요. 결국 어쩔 수 없이 자격 제한을 두고 영화계와 연극계 종사자들만 참여시켰죠."

"명단 가지고 계십니까?" 천 뚱의 목소리가 갑자기 긴장됐다.

"아하! 지금 용의자를 찾고 있는 거로군요? 세상에나! 류장리의 살인마가 가면을 썼어요?"

"저는 그런 말 안 했습니다." 천 뚱은 황급히 부인했지만 안타깝게도 한마디를 더 해 버렸다. "꼭 비밀로 해 주십시오."

"당연하죠. 말씀 안 하셨어도 비밀로 했을 거예요."

리 교수는 서류함 맨 위 칸을 열고 서류를 몇 개 뒤적이다가 그중 하나를 뽑았다.

"수강생 명단이 여기 있네요."

"끝내주네요. 감사합니다. 복사하고 바로 돌려드리겠습니다." 천 뚱이 말했다.

"안 돌려주셔도 돼요. 진작에 버렸어야 했거든요."

경찰서로 돌아가기 전에 다시 한번 고마움을 전하자 리 교수가 나를 포옹하더니 말했다. "학교 그만두셨다고 같이 맥주도 안 마셔 주면 안 돼요."

"언제 한잔합시다."

"아, 깜빡할 뻔했네요." 막 문을 닫으려고 할 때 리 교수가 갑자기 말했다. "타이베이에 '할리우드 시크릿'이라는 회사가 있어요.

특수 분장과 가면 제작을 하는 회사인데 정기적으로 수강생도 받고 인터넷을 통해 캘리포니아주에서 수입한 재료도 팔아요. 거기도 가서 한번 물어보세요. 그리고 오늘 뉴스에 온통 우 교수님이 기자와 패널들을 고소한 이야기뿐이던데, 진짜 멋지세요. 그 사람들 아주 혼꾸멍내 주세요!"

경찰서로 돌아가는 길에 천 뚱은 자이 경위에게 전화해 리 교수에게 얻은 정보를 보고하면서 리 교수가 말한 회사에 대해 조사해 달라고 요청했다.

"영어 이름이었어요. 빅토리아 시크릿 그 비슷한 거였는데."

"아이고, 머리야!" 나는 옆에서 낄낄거리고 웃었다. "그건 여자 속옷 브랜드고. 할리우드 시크릿이잖아!"

"맞아요! 자이 경위님, 거…… 거기가 아니랍니다." 천 뚱은 얼굴이 시뻘게지면서 말까지 더듬었다. "할리우드 시크릿입니다."

밀려드는 창피함에 천 뚱은 전화를 끊고 스스로에게 "이런 등신!" 하고 욕을 퍼부었다.

"성희롱이라고 생각하지는 않겠죠?"

"그럴 리가! 말이 잘못 나온 거잖아. 하지만 또 모르지. 얼떨결에 속마음을 표현한 건지도."

"지금 저를 위로하는 거예요, 놀리는 거예요?"

"솔직히 말해 봐. 자네 혹시……." 나는 일부러 뜸을 들였다.

"혹시 뭐요?" 천 뚱은 잔뜩 경계하는 눈빛으로 나를 쳐다봤다.

"자네 혹시 좋아하는……."

"에이, 무슨 말도 안 되는 소리예요! 제 상관이에요. 감히 꿈도 못 꾼다고요."

"자네야말로 무슨 뚱딴지 같은 소리야? 난 그냥 빅토리아 시크릿 모델 좋아하는지 물어보려고 한 건데."

"어우, 이런 등신에 음란 마귀까지 씐 놈! 창피한 줄 알아라!"

천 뚱은 웃는 얼굴로 한껏 자조하며 한숨을 내쉬었다.

4

취조실에 들어가자 자이 경위가 할리우드 시크릿에 직원을 보내 수사 협조를 요청하고 관련 자료를 제공받았다고 말했다.

"그런데 어제 워룽제 197번 골목의 CCTV 녹화 영상을 봤는데 그 노인의 모습이 안 보였어요." 자이 경위가 말했다.

"그럴 리가요?" 내가 말했다.

"어쩌면 왕 팀장님 말대로 범인은 CCTV에 안 찍히는 방법을 알고 있는지도 몰라요."

"골목 왼쪽과 오른쪽 다 CCTV가 있잖아요. 그런데도 안 찍히는 곳이 있다고요?"

"워룽제에 달린 CCTV에서 선생님이 사시는 골목까지 약간 거리가 있잖아요. 그래서 카메라에 안 잡히는 곳이 일부 있어요."

"내가 이렇게 빈민촌에 사는지 몰랐습니다."

타이완의 고급 주택 단지는 나비 한 마리조차 숨을 곳이 없을 정도로 CCTV가 지나치게 많이 설치돼 있다. 그에 비해 가난한 동네는 CCTV를 찾기가 하늘의 별 따기고, 달아 놓은 것도 가짜 모형인 경우가 많다.

취조실로 오는 길에 리 교수가 준 명단을 살펴보니 아는 사람이 딱 두 명 있었다. 하나는 내 수업을 들었던 여학생이고 다른 하나는 작은 극단에서 활동하는 남자였다. 극장 출입을 하지 않은 지 너무 오래됐고 사람들의 이름을 잘 기억하지 못하는 나쁜 습관 탓에 명단에 좋은 단서가 숨어 있어도 알아보지 못할 판이었다.

"천 순경, 명단만 봐서는 모르겠어. 사진이 필요해."

"아까 무슨 협회라고 했죠?"

"극장 기술 협회."

"제가 다녀올게요. 지원자들이 신청할 때 제출한 신상명세서가 있을 거예요." 천 뚱이 자이 경위를 쳐다봤다.

"다녀와요."

천 뚱은 취조실을 나가다가 하마터면 들어오는 자오 요원과 정면으로 부딪칠 뻔했다.

"가면 파는 회사가 너무 많아요." 자오 요원이 피곤한 기색으로 말했다. "오프라인에서 파는 곳만 10여 곳이 넘고 인터넷은 더 많아요. 타이완에서만요. 미국, 일본, 홍콩, 중국도 인터넷에서 가면을 파는데, 범인이 꼭 타이완에서 샀다는 보장이 없잖아요."

자오 요원이 컴퓨터에서 인쇄한 자료 한 뭉치를 건넸다.

"이들 회사에서 파는 건 핼러윈 파티나 가면무도회 때 쓰는 것이고, 범인은 더 전문적인 것이 필요했을 거예요." 내가 말했다.

이때 왕 팀장이 들어왔다.

"오늘 아침에 찍은 영상을 확인했는데 노인은 없었습니다."

전날 집으로 돌아가기 전에 나는 왕 팀장에게 두 가지 부탁을 했다. 하나는 집에 CCTV를 설치하는 것이고, 다른 하나는 사복 경찰들이 나를 미행하면서 채증 영상을 찍는 것이었다.

나와 경찰 측은 앞으로 집과 경찰서를 오갈 때 더 이상 경찰차를 이용하지 않고 걸어 다니기로 의견을 모았다. 처음에 왕 팀장은 범인에게 습격당할 위험이 있다며 반대했다. 내가 웃으면서 "왕 팀장님, 지금 내 걱정 해 주는 겁니까?"라고 묻자, 왕 팀장은 내게 의심스러운 점이 있어도 자신에게는 끝까지 나를 안전하게 지켜야 할 책임이 있다고 말했다. 나는 그에게 고맙다고 인사하고 내 생각을 설명했다.

"나는 물론 왕 팀장님도 범인이 오래전부터 나를 미행했을 거라고 의심하고 있어요. 그렇다면 지금도 나를 계속 미행하지 않을 이유가 없죠. 집과 경찰서를 오갈 때 앞뒤로 사복 경찰을 배치하고 몰래카메라로 행인들을 찍는 겁니다. 혹시 압니까? 그놈이 카메라에 찍힐지."

왕 팀장은 한참을 고민한 끝에 내 제안을 수락했다. 하지만 한 가지 조건을 달았다.

"그러면 일단 노선부터 짭시다. 그래야 실수할 확률이 줄어들 테니까요."

그래서 오늘 아침에 나는 경찰이 짠 노선을 따라 워룽제에서 허핑둥루까지 걸어갔다가 다시 지룽루에서 오른쪽으로 돌아 쑹런루까지 걸어갔다. 평소 산책할 때 자주 걷는 코스는 아니었다. 꼬불꼬불한 골목에 비해 허핑둥루와 지룽루는 쭉쭉 뻗어서 좋았지만 자동차 매연과 소음을 감수해야 해서 걷는 재미가 크게 떨어졌다. 경찰서까지 가는 내내 몇 번이나 주변을 두리번거리고 싶었지만 억지로 꾹꾹 참았다. 또 미리 배치된 사복 경찰이 어디 있는지 몰래 관찰했지만 어찌나 감쪽같이 꾸몄는지 당최 알 수가 없었다. 하긴 왕 팀장이 나하고 장난할 사람은 아니었다.

"확실합니까?" 내가 물었다.

"확실합니다. 한 팀은 선생님을 줄곧 미행했고, 사복 경찰 네 명은 정해진 장소에서 대기하고 있었어요. 두 팀에게 카메라가 총 몇 대 동원됐는지 압니까? 다섯 대예요. 반나절 동안 비교 대조한 결과 노인이나 수상한 사람은 없었습니다."

"내가 볼 수 있을까요?"

왕 팀장은 잠시 생각하더니 자이 경위에게 말했다. "보여 드려."

그러자 자오 요원이 자리에서 일어나 자신이 가져오겠다고 말했다.

왕 팀장이 말했다. "아니, 그럴 필요 없이 수사본부에 가서 보여 드려."

나는 물론 자이 경위와 자오 요원도 어리둥절한 눈치였다. 내가 잘못 들었나?

"팀장님, 그게……." 자오 요원이 우물거렸다.

"귀먹었나? 본부에 가서 보여 드려."

"알겠습니다."

나는 왕 팀장을 쳐다봤다. 이제는 그도 나를 믿는 모양이었다. 어색함을 깨려고 가벼운 농담을 한 줄 알았는데 다행히 진짜였다.

마침내 나도 '금지 구역'에 들어갈 수 있게 됐다.

신이 경찰서는 6층의 20평짜리 공간에 수사본부를 차렸다. 사면이 벽으로 둘러싸인 수사본부는 삼면이 각종 자료로 도배돼 있었다. 그중 한쪽 벽은 온통 지도 천지였다. 어떤 것에는 살인 사건 현장의 지리적 위치를 표시했고, 어떤 것에는 사건 발생 일자(음력은 빨간색으로 표시하고 양력은 검은색으로 표시했다.)와 사건 발생 간격을 표시했다. 자오 요원이 복사해 온 위성 조감도는 그중 가장 큰 지도였고, 그 위에 빨강 압정 네 개로 살인 사건 현장이 네 곳 표시돼 있었다.

또 다른 벽에는 피해자, 사건 현장, 주변 환경 등을 찍은 사진이 사건 발생순으로 다닥다닥 붙어 있었다. 머릿속으로 상상만 하던 피해자의 비참한 모습을 사진으로 직접 보는 순간 심장이 벌렁거리고 온몸에 소름이 돋았다. 그 옆 벽에는 피해자들의 사회관계를 정리한 큰 종이가 몇 장 붙어 있었다. 개중에는 피해자들 사이에서 어떤 연관성을 찾아보려고 시도한 것도 있었지만 서로 연결된 선은 하나도 없고 죄 물음표뿐이었다.

자이 경위와 자오 요원 외에 경찰 아홉 명이 심각한 표정으로 일하고 있었다. 어떤 사람은 자료를 읽고, 어떤 사람은 수화기를 붙들고 바쁘게 통화하는 중이었다. 한가운데 사복 경찰 세 명이 회의 때 쓰려고 임시로 가져다 놓은 네모난 테이블에 모여 앉아 사건에 대해 토론하고 있었다. 나머지 네 명은 환하게 빛이 밝혀진 벽을 쳐다보고 있었는데, 모두 의자에 앉아 컴퓨터 모니터를 들여다보고 있는 것이었다.

왕 팀장이 나를 데리고 들어가자 경찰들이 고개를 들고 의아한 눈으로 힐긋 쳐다보다가 이내 하던 일에 다시 집중했다.

녹화 영상이 모두 준비되자 자오 요원이 내게 바퀴 달린 컴퓨터용 의자를 가져다줬다. 자이 경위, 자오 요원과 함께 모니터 앞에 머리를 맞대고 앉은 나는 카메라 다섯 대로 찍은 영상을 한 시간 넘게 돌려 봤다. 중간중간 자오 요원이나 자이 경위가 "저 사람 용의자 같지 않아요?" 하고 물었다. 하지만 그때마다 나는 "아니, 처음 보는 사람이에요." 하고 대답했다.

노인의 그림자는커녕 수상한 사람도 없었다.

자이 경위와 자오 요원이 나를 데리고 수사본부를 나가려고 할 때 왕 팀장이 말했다.

"둘이 먼저 가요. 나는 우 선생님과 따로 할 이야기가 있으니."

왕 팀장이 내게 의자를 빼 주고 문을 닫았다.

"우 선생님, 요 며칠 경찰은 우 선생님을 관찰했습니다. 속마음과 행동 모두를요."

"무슨 말씀을 하시는 건지 모르겠네요."

"자 이 경위를 포함해 세 사람은 내 지시를 받고 우 선생님과 협력했습니다. 필요할 때는 자료를 줘 가면서 우 선생님의 반응을 살폈죠. 우 선생님이 경찰 수사를 엉뚱한 방향으로 흐르게 하는지 알아보려고요. 여기까지는 속마음을 알아보기 위한 조치였습니다."

"행동은요?"

왕 팀장은 아래턱을 살짝 들어 내 뒤쪽을 가리켰다. 나는 그게 어떤 사인인지 몰라 미간을 찌푸렸다.

"행동 관찰은 철통 보안 속에서 진행됐습니다. 자 이 경위와 자오 요원, 천 순경도 모르게요. 취조실과 내 사무실 사이에는 작은 방이 하나 있습니다. 그곳에서 취조실을 들여다볼 수 있죠. 우 선생님이 경찰 수사에 참여해 다시 취조실에 들어온 순간부터 우리는 모든 것을 녹화했고, 심리 전문가들에게 우 선생님의 일거수일투족, 말 한마디까지 전부 분석을 맡겼어요. 우 선생님이 거짓말하는지 알아보기 위해서였죠. 경찰이 심리 전문가들에게 중점적으로 봐 달라고 부탁한 건 우 선생님이 무슨 말을 하고 어떤 행동을 하냐가 아니었습니다. 취조실의 그 투명한 유리 창문을 신경 쓰냐 하는 것이었습니다. 심리 전문가들은 우 선생님이 추리하며 수수께끼를 풀 때는 유리 창문을 아예 신경 쓰지 않는다고 판단했습니다. 나도 전문가들의 의견에 동의하고요. 예전에는 선생님이 꽤나 신경 썼잖아요. 좀 더 신중을 기하기 위해 처음 취조실에서 조사받을 때의 영상도 분석했는데, 그때 불안해하고 초조해하던 신체 동작들이 완전히 사라졌더군요. 더 이상 열 손가락을 서로 교차하지도 않고 몸을 꼬집지도 않고요. 달리 말하면 우 선생님은 더 이상 초조해하지 않았습니다.

우 선생님의 협조로 경찰은 이번 사건에서 큰 돌파구를 찾았습니다. 뭐 그렇다고 오해하지는 마세요. 모든 수사 성과가 다 우 선생님 덕은 아니니까요. 가면에 관해서는 경찰도 일찌감치 생각했습니다. 감식반이 네 번째 살인 사건 피해자의 손톱에서 용의자의 것으로 추정되는 인체의 피하 조직과 혈액을 발견했어요. 이건 우 선생님도 아는 바죠. 하지만 알려지지 않은 것이 하나 더 있었습니다. 감식반은 현장에서 인체에 속하지 않는 미량의 증거를 발견했어요. 바로 실리콘이죠. 도대체 실리콘이 왜 나왔는지 아무도 이해하지 못했습니다. 워낙 다양한 곳에 쓰이잖아요. 장갑, 신발 밑창, 콘돔, 해면 스펀지나 화장 도구 등등에요. 그런데 그때 우 선생님이 고급 가면 제작에 쓰인다고 알려 준 거죠. 나는 이제 우 선생님의 결백을 100퍼센트 믿습니다. 지금처럼 계속해서 경찰과 협조하며 많은 도움 주시기 바랍니다.

그리고 경찰 도움 없이 선생님 스스로 생각해 내야 하는 일이 한 가지 있습니다. 지금까지 어떤 점 때문에 사람들에게 미움을 샀는지 잘 생각해 보세요. 어느 누구하고도 원한을 산 적이 없다고, 또는 금전적으로나 감정적으로 얽힌 사람이 없다고 말하지도 마세요. 예전에 조사받을 때 누구에게도 폭력을 쓴 적이 없다고 말했죠? 나도 그 말은 믿습니다. 하지만 폭력은 꼭 신체에만 가하는 것이 아니에요. 무형의 폭력도 있죠. 무형의 폭력이 때로는 더 깊은 상처를 남깁니다. 살인 동기라는 것도 그래요. 어떤 사람은 구체적이고, 어떤 사람은 추상적이죠. 어떤 사람은 바람피우고도 멀쩡하게 잘 살고, 어떤 사람은 무의식중에 지나가는 사람을 쳐다봤다는 이유만으로도 구타당해 죽죠.

오늘 댁에 돌아가시면 범인이 왜 사람을 죽였을지 곰곰이 생각해 보세요. 누가 선생님을 증오한 나머지 온갖 방법으로 모함했는지 잘 생각해 보시라는 말입니다. 특정 사건이나 누구에게 미움을 샀던 일에만 집착하지 말고, 선생님의 마음과 지난 과거에 대해서도 깊이 생각해 보세요. 힌트를 드리자면 선생님의 가장 못된 구석이 뭡니까?"

평소 남에게 설교 듣는 일이라면 칠색 팔색 했는데 웬일로 왕 팀장의 한마디 한마디가 귀에 쏙쏙 들어와 마음에 콕콕 박혔다.

사무실을 나가려고 할 때 왕 팀장이 다시 말했다.

"사실 선생님의 결백에 대한 믿음과 의심 사이에서 고민 많이 했습니다. 처음부터 선생님을 범인으로 못 박아 놓고 수사했다고 오해하지 마십시오."

"왜 나를 믿습니까?"

"왼손잡이니까요."

"내가 뭐랬습니까?"

"감식 결과 범인은 십중팔구 오른손잡이예요. 그런데 선생님이 손전등으로 그 변태 청년을 공격한 CCTV 영상을 보니 왼손을 썼더군요. 이런 습관은 쉽게 고칠 수 있는 게 아니잖아요. 특히 급박한 순간이나 폭력을 써야 할 때는 더더욱 그렇고요. 선생님이 스스로 왼손잡이라고 밝혔을 때는 의심했던 게 사실입니다. 왼손 오른손을 자유자재로 쓰는 사람도 있으니까요."

"그래서 볼펜을 던졌군요. 어느 손으로 잡는지 보려고."

"별거 아니었어요. 그냥 장난 좀 친 거죠. 선생님이 왼손으로 받았다면 더 의심했을 겁니다."

"당신 같은 노련한 경찰은 도저히 못 당해 내겠군요."

5

취조실에 돌아오니 필요한 자료들이 모두 준비돼 있었다. 천 뚱은 극장 기술 협회에서 회원들에 관한 자료를 얻어 왔고, 또 다른 경찰은 할리우드 시크릿에서 회원 명단을 가져왔다. 내가 두 곳의 자료를 살펴보자 천 뚱도 내 옆에 앉아 미리 복사해 놓은 자료들을 자세히 살펴봤다.

"전문적인 기술을 가진 사람이 이런 기초반 수업을 들었을까요?" 자이 경위가 물었다.

"누구나 처음 시작하는 단계가 있잖아요. 범인도 처음부터 끝까지 인터넷 자료에만 의존하지 않고 어딘가에서 기본기를 배웠을 겁니다. 타이완에서 이런 수업 과정을 찾기는 하늘의 별 따기예요. 나라면 무슨 일이 있어도 꼭 들었을 겁니다." 내가 말했다.

"스승은 문턱을 넘는 방법까지만 가르쳐 주고 나머지 연습은 각자 해야 하는 거죠." 자오 요원이 말했다.

"맞아요."

두 곳의 명단은 출생 연월일, 성별, 학력 등 개인 자료는 있지만 사진이 없어서 모든 이름이 낯설게 느껴졌다. 천 뚱은 고개를 들고 실망한 기색으로 두 명단에 모두 있는 이름은 없다고 말했다. 그런데 천 뚱의 이 말에 갑자기 한 가지 아이디어가 퍼뜩 떠올랐다.

"누가 전화 좀 빌려 줄래요?"

사실 내 휴대 전화를 써도 되지만 독방에서 나온 뒤부터 정해진 시간에 어머니, 투 변호사, 아신, 텐라이와 통화할 때 외에는 전원을 꺼 놓는다. 다른 사람, 특히 언론의 방해를 받고 싶지 않았기 때문이다.

자오 요원이 권총을 뽑듯이 신속하게 휴대 전화를 꺼냈다.

나는 연극 영화과 사무실에 전화했다. 다행히 근로 장학생이 받았다. 내가 잘 아는 조교가 받았으면 돌고래 옥타브로 "어머나! 교수님!"이라고 부르는 소리를 참고 들어야 했을 것이다.

나는 근로 장학생에게 리웨이원 교수의 사무실로 연결해 달라고 부탁했다.

"헬로우!"

"리 교수, 나예요, 우청. 처음에 체험 교실 수업을 개설했을 때 지원자가 너무 많아서 자격 제한을 뒀다고 했죠?"

"그랬어요."

"자격 제한 때문에 탈락한 사람들 명단 아직 가지고 있어요?"

"아마 있을 거예요. 잠깐만요."

잠시 뒤에 리 교수가 다시 수화기를 들었다.

"찾았어요. 그런데 최종 명단과 비교해 봐야 탈락된 사람이 누구인지 알 수 있을 거예요."

"대단하네요. 반년 전 명단까지 아직 가지고 있고."

"현대인의 비애잖아요. 필요도 없는 걸 왜 못 버리는지, 원. 그거 아세요? 저는 삼 년 전 학생들에게 나눠 준 시험지도 여태 갖고 있어요."

"그 마음 충분히 이해해요. 그 명단 팩스로 보내 줄 수 있어요?"

내가 쳐다보자 천 뚱은 바로 종이에 팩스 번호를 적어 줬다. 나는 리 교수에게 그대로 불러 줬다.

"이 번호로 보내 줘요. 빠를수록 좋아요."

자오 요원이 취조실을 나가 팩스를 기다렸다.

"범위를 좁히고 싶으신 거죠?" 자이 경위의 얼굴에 의심의 빛이 가득했다. "양쪽에 동시에 지원한 사람을 찾으려는 거잖아요. 하지만 한쪽만 지원했다고 해서 혐의가 없는 건 아니에요."

"맞아요. 하지만 리 교수의 수업은 올해 1월에 열렸고, 할리우드 시크릿은 그로부터 두 달 뒤에 첫 수업을 열었어요. 내 생각에는 범인이 두 곳의 수업을 모두 신청했을 확률이 높아요. 아, 걱정하지 마세요. 명단에서 겹치는 사람을 찾는 게 좀 더 빠를 것 같아서 그러는 거지, 나머지 신청자들을 아예 배제하지는 않을 거예요. 지금 문제는 내가 사람들의 얼굴은 기억하는데 이름은 기억하지 못한다는 거예요. 그래서 명단만 보는 건 아무 의미가 없어요. 게다가 이름이 가짜일 수도 있고요."

말하다 보니 갑자기 어떤 사람이 생각났다.

"미안합니다. 전화 좀 또 빌릴게요."

자이 경위와 천 뚱이 동시에 '권총'을 뽑았는데 천 뚱이 좀 더 빨랐다.

"멋진 총잡이 형, 고마워요."

자이 경위는 피식피식 웃었고, 천 뚱은 얼굴이 벌게졌다. 나는 무료한 분위기를 깨기에 더없이 좋은 농담이었다는 생각에 어깨를 으쓱했다.

나는 104번으로 전화해 어느 극단의 전화번호를 물어보고 바로 연결해 달라고 부탁했다. 그런데 휴대 전화는 바로 연결할 수 없다고 교환원이 말했다. 나는 어쩔 수 없이 전화번호를 메모지에 적고 직접 걸었다.

"안녕하세요, 이색 극단입니다."

"안녕하세요, 우청이라고 합니다. 지금 장 감독과 통화할 수 있을까요?"

"죄송합니다만 장 감독님은 지금 리허설 중이라서요. 무슨 일이시죠?"

"급한 일이에요. 잠깐이라도 안 됩니까?"

"지금은 곤란해요. 전화번호를 남겨 주시면 조금 있다가 장 감독님이 전화드릴 거예요."

"저한테 휴대 전화가 없어서요. 지금도 빌려서 하는 겁니다."

갑자기 자이 경위가 휴대 전화를 낚아챘다.

"죄송합니다. 신이 경찰서에서 전화드렸는데요. 급한 일로 감독님의 조언이 필요합니다. 지금 바로 통화할 수 있으면 감사하겠습니다."

자이 경위가 다시 내게 휴대 전화를 건넸다. 과연 효과가 있었다. 일 분도 되지 않아 휴대 전화 너머에서 장 감독의 거친 숨소리가 들렸다. 아무래도 단원들과 스트레칭을 하고 있었던 모양이다.

이때 자오 요원이 팩스로 받은 명단을 들고 취조실로 들어왔다. 그는 자리에 앉아 천 뚱과 함께 명단의 이름을 일일이 대조했다.

"선배, 무슨 일인데 이렇게 급해요? 경찰과 관련된 일이에요?"

"지금 신이 경찰서에 있어."

"맙소사! 또 잡혀갔어요?"

"아니, 경찰 수사를 돕고 있어. 지금 자네 도움이 필요해."

"지금은 곤란한데요. 한창 리허설 중이고, 전체적으로 많이 지연

됐거든요."

"하루 이틀 연극했나? 지연되지 않는 연극이 어디 있어. 진짜 중요한 일이야. 지금 당장 여기로 와 줘."

"빌어먹을! 내가 연루된 거죠?"

나는 자이 경위에게 전화를 넘겼다. 자이 경위가 협조를 구하자 장 감독은 내키지 않아도 경찰서에 꼭 와야 하는 처지가 됐다.

"삼십 분 내로 오겠대요. 천 순경님, 죄송하지만 1층에서 대기하고 있다가 도착하면 바로 6층으로 데려오세요."

"알겠습니다."

천 뚱은 취조실을 나가기 전에 자오 요원에게 소곤거렸다."말씀 드려도 될 것 같아요."

"찾았어요. 총 세 명의 이름이 두 명단에 있더라고요. 자료 여기 있습니다."

자오 요원이 세 사람의 자료를 내게 보여 줬다. 남자 두 명에 여자 하나였다. 세 사람은 리 교수의 수업에 지원했다가 탈락하자 각각 서로 다른 학기에 할리우드 시크릿의 회원으로 가입했다.

천위싱, 남, 유명 인사, 특기 : 없음, 취미 : 꾸미기

류중린, 남, 연극과 졸업생, 특기 : 감독, 취미 : 특수 분장 및 가면 제작

쑨야스, 여, 영화과 재학생, 특기 : 무대 연출, 취미 : 특수 분장

리 교수가 왜 세 사람을 탈락시켰는지 언뜻 이해되지 않았다. 그녀는 단순히 흥미로 지원하는 것이 아니라 적어도 의복과 분장에 대한 기초 지식을 가진 사람들이 수업을 듣기 원했다. 할리우드 시크릿은 시쳇말로 오는 사람 막지 않고 수업료만 내면 됐다. 셋 중에

첫 번째 인물인 천위싱은 극단과 아무런 관련이 없는 것으로 보아 나하고 만났을 가능성이 적다. 세 번째 인물 쑨야스는 여자이므로 고려 대상에서 제외했다. 그에 비해 두 번째 류중린은 좀 눈에 띄는 인물이었는데, 내가 가르쳤던 학생이거나 극단에서 같이 일한 적 있는 젊은 후배일 가능성이 있었다. 이름도 어딘가 익숙했다.

나는 빨리 장 감독이 와서 힌트를 주길 기다렸다. 극단 밥을 먹은 지 육칠 년 정도 된 장 감독은 성격이 낙천적이고 원만해서 발이 넓었다. 또 선배들과 두루 친하게 지내고 후배들과도 가깝게 지내며 후배 양성에 힘써 '극장 내 백과사전'이라는 별명으로 불렸다.

장 감독을 기다리는 동안, 자오 요원은 자이 경위의 지시를 받고 인터넷에서 세 사람에 관한 자료를 찾았다.

천위싱은 블로그를 하고 쑨야스는 페이스북을 했다. 그런데 류중린에 관한 자료는 많지 않았다. 그러자 괜히 그가 더 의심스럽게 느껴졌다.

"오셨어요!" 천 뚱이 문을 열고 들어오면서 말했다.

"왜 이렇게 오래 걸렸어요?" 자이 경위가 물었다.

"왕 팀장님이 부르셔서요."

"그래요?" 자이 경위는 뭔가 알겠다는 듯 천 순경을 쳐다봤다.

나는 장 감독이 놀라지 않도록 취조실 밖으로 나가서 맞이했다. 경찰의 에스코트를 받으며 엘리베이터에서 내린 장 감독은 두 눈을 동그랗게 뜬 채 이를 드러내고 환하게 웃으며 주변을 두리번거렸다. 긴장한 기색은 조금도 없었다.

"장 감독!" 나는 그를 향해 손을 흔들었다.

"대박! 드디어 경찰서 내부를 구경하네요. 손에 수갑까지 찼으면 좀 더 완벽했을 텐데 말이죠."

"원한다면 해 줄게. 이쪽으로 들어가지."

"그나저나 대체 무슨 일인데 리허설도 때려치우고 오라고 한 거예요?"

"자네 도움이 필요……."

"장 감독님, 자리에 편히 앉으세요. 저는 자이 경위입니다."

자이 경위는 내가 수사 중인 사건에 대해 말할까 봐 겁이 났는지 얼른 말을 가로채고 장 감독에게 가벼운 톤으로 말했다.

"오호라, 지금 우 선배와 관련 있는 사람을 찾으려는 거죠? 그거라면 문제없어요."

"장 감독, 우선 이 세 사람 자료부터 좀 봐 줘." 내가 말했다.

장 감독은 자료를 넘겨 보고 말했다. "천위싱과 쑨야스는 나도 모르는 걸 보니 극단과 무관한 사람들 같아요. 그렇다면 선배와 아는 사이일 확률도 거의 없겠죠? 하지만 여기, 류중린은 아는 사람이에요. 어쩌면 선배도 알 수 있겠네요. 두 작품에서 특수 분장을 담당했던 사람이에요."

"그 사람이구나!"

나는 너무 흥분한 바람에 감정을 숨기지 못했다.

"그 사람요? 그 사람이 뭘 어쨌는데요?"

장 감독이 잔뜩 경계하는 눈빛으로 나를 쳐다봤다.

"별일 아니에요. 류중린과 연락됩니까?" 자이 경위가 물었다.

"얼마 전에 오토바이를 타고 가다가 사고가 나서 다리가 부러졌어요. 아직도 병원에 입원해 있을 겁니다."

"확실해?" 내가 실망한 투로 물었다.

"확실해요. 이 주 전에 병문안도 다녀왔는걸요."

"어느 병원이죠?" 자이 경위가 물었다.

"런아이 병원요."

"자오, 조사해 봐."

자이 경위의 말에 자오 요원이 자리에서 벌떡 일어나 취조실을 나갔다.

"나를 경찰서까지 부른 이유가 고작 세 사람 이름 때문입니까? 이런 건 그냥 전화로 물어봐도 되잖아요!"

"명단이 또 있습니다." 천 뚱이 세 가지 명단을 장 감독에게 건네주었다.

"명단을 보시고 우 선생님을 알겠다 싶은 사람이 있으면 표시해 주세요. 볼펜 여기 있습니다." 자이 경위가 말했다.

"자이 경위님, 우리 우 선배를 너무 얕보는 거 아니에요? 연극에 관심 좀 있는 사람들은 다 알아요."

"에이, 그 정도는 아니지! 장 감독, 이렇게 하자. 그냥 나를 만났을 가능성이 있는 사람을 표시해 줘."

장 감독은 천천히 훑어보다가 첫 번째 명단(리 교수의 수업에 지원했다가 탈락한 사람들의 명단)에서 두 명의 이름에 동그라미를 치고, 뒤이어 두 번째 명단(리 교수의 수업에 실제로 참여한 사람들의 명단)에서 네 명의 이름에 동그라미를 쳤다. 할리우드 시크릿에서 받은 세 번째 명단은 예순 명 남짓한 이름이 세 장에 걸쳐 있었다. 대부분 연극 영화계와 큰 관련이 없는 사람들인지 장 감독은 처음 두 장을 보는 동안 단 하나의 이름에도 동그라미를 치지 않았다.

그가 세 번째 장을 볼 때였다. 장 감독이 고개를 갸우뚱하며 이상한 기색을 보였다.

나는 무슨 일이냐고 물었다.

"이 사람 이름을 여기서 보네."

"누구?"

"쑤훙즈요."

전혀 기억이 없었다.

"한자가 어떻게 되지?"

"'광대하다'는 뜻의 훙(宏) 자에 '포부'라는 뜻의 즈(志) 자를 써요."

장 감독은 내게 명단을 보여 줬다.

"기억 안 나요? 실종됐다는 그 극본가요. 지난번에 찾아 달라고 했는데 선배가 거절했잖아요."

"그 사람이야?"

혹시 그가 범인일까?

"네, 그 사람이에요."

"어떻게 생겼지?"

나는 무의식적으로 장 감독의 왼쪽 팔꿈치를 잡아끌었다.

"인터넷에서 사진을 찾을 수 있을까요?" 자이 경위가 뒤이어 물었다.

"글쎄요. 극본을 쓰는 사람이잖아요. 주로 무대 뒤에 있고, 연극계에 발을 들여놓은 지 얼마 안 돼서 별로 유명하지도 않아요. 아니지, 잠깐만요! 컴퓨터 좀 빌려 주세요."

천 뚱이 노트북을 건네자 장 감독은 키보드를 두드려 극단 홈페이지에 들어갔다.

"작년에 우리 극단에서 쑤훙즈가 극본 겸 연출까지 맡은 연극을 제작했어요. 아마 홍보용으로 찍은 사진이 있을 거예요."

장 감독이 '작품 소개'를 클릭하자 새로 바뀐 창에서 약간의 글과 사진이 나왔다. 그는 마우스로 화면을 계속 내리다가 마지막에 어느 사진 앞에서 멈췄다.

"여기 있네요. 저, 무대 설비 담당자, 그리고 이 사람이 쑤훙즈예요. 극본가 겸 감독."

연습실을 배경으로 나란히 카메라를 응시하고 있는 세 사람 중에서 맨 오른쪽에 있는 사람이 쑤훙즈였다. 잘생긴 얼굴에 뽀얀 피부, 스포츠머리, 전혀 살인범 같지 않은 외모였다.

"누군지 알겠어요?" 장 감독이 고개를 돌리고 물었다.

"어디서 본 것 같긴 한데 어디서 봤는지 기억이 안 나네."

"여하튼 건망증 심한 건 알아줘야 한다니까. 둘이 얼마나 자주 마주쳤는데요. 최근에 구이산다오 해물탕 가게에서도 봤잖아요. 그날 쑤훙즈도 그 자리에 있었어요."

구이산다오?

자이 경위가 지시를 내리기도 전에 천 뚱이 자리에서 일어나 총총히 취조실을 나갔다.

"대체 무슨 일이에요? 설마 그가…… 그가 설마…… 세상에나!" 장 감독이 믿을 수 없다는 듯 소리쳤다.

"장 감독님, 쑤훙즈에 관한 일로 도움이 필요합니다. 아시는 대로 최대한 정보를 제공해 주세요." 자이 경위가 말했다.

"쑤훙즈예요?"

"그럴 가능성이 높습니다." 자이 경위는 잠시 망설이다가 결국 장 감독이 듣고 싶어 하는 말을 해 줬다.

"그럴 리가요! 내가 알기로 쑤훙즈는 말수가 적고 사람들과 잘 어울리지 않아서 그렇지 얼마나 착한데요. 게다가 아주 신실한 불교 신자예요!"

"불교 신자?" 나와 자이 경위가 동시에 말했다.

천 뚱이 CD 한 장을 들고 들어왔다.

"장 감독님, 이건 감독님이 말씀하신 그날의 구이산다오 CCTV 녹화 영상이에요. 한번 살펴보시기 바랍니다."

천 뚱이 CD를 컴퓨터에 넣었다. 부끄러워서 차마 고개를 들 수 없고 그저 잊고만 싶은 그날의 모습이 다시 한번 내 눈앞에서 상영됐다.

"이 사람이에요!" 장 감독이 모니터를 가리켰다.

천 뚱은 즉각 영상을 정지시켰다.

CCTV 녹화 영상에서 나는 사람들에 둘러싸인 테이블 위에 서 있고, 쑤훙즈는 왼쪽 구석에 서 있었다.

"확대해 보세요." 자이 경위가 말했다.

천 뚱이 쑤훙즈의 얼굴에 구역을 설정하고 클릭하자 흐릿한 화면이 점차 선명해졌다.

"쑤훙즈 맞아요. 틀림없어요." 장 감독이 말했다.

네 사람 다 말없이 모니터만 응시했다.

"잠깐만요. 곧바로 돌아올게요." 자이 경위가 취조실을 나갔다.

"선배, 정말 확실해요? 괜히 엉뚱한 사람 억울하게 만드는 거 아니에요?"

"쑤훙즈가 신실한 불교 신자인 건 어떻게 알아?"

"자기 입으로 직접 말했으니 틀림없겠죠. 기억이 안 나는 모양인데, 쑤훙즈의 작품은 모두 종교와 관련 있어요. 예전에 쑤훙즈가 선배에게 극본을 보낸 적도 있는데. 선배가 읽기 싫다는 걸 내가 몇 번이나 부탁해서 억지로 읽었잖아요. 나중에……."

"아, 기억난다. 그 사람이구나. 내가 인간미 있는 글을 쓰라고 이메일에 써서 보냈지, 아마."

"그렇게만 썼으면 양반이게요! 줄줄이 긴 글을 써서 아예 쑤훙
즈의 작품을 작살내 버렸다고요. 기억 안 나요?"

"안 나."

"차라리 기억 안 나는 게 낫겠네요. 한동안 선배 엄청 무서운 사
람이었어요. 특히 술 먹고 사람 욕할 때는요."

자이 경위가 CD 한 장을 들고 들어와 말없이 컴퓨터에 넣었다.

"뭐예요?" 내가 물었다.

"오늘 아침 댁에서 경찰서까지 오는 길에 찍은 영상이에요."

영상이 시작되자 자이 경위가 빨리 감기를 했다.

"여기."

자이 경위가 다시 정상 속도로 영상을 돌렸다.

화면에서는 하르쭈(일본 문화를 좋아하는 타이완의 청년 집단./옮긴
이) 스타일의 젊은이가 배낭을 메고 기루를 걸어가고 있었다.

"이 사람요." 자이 경위가 말했다.

장 감독이 두 눈을 가늘게 뜨고 자세히 들여다봤다.

"쑤훙즈 맞아요. 틀림없어요."

내가 봐도 그 젊은이는 쑤훙즈였다.

그러나 화면 속의 그는 대머리였다.

1

이제 범인의 신분도 알아냈겠다, 어떻게 생겼는지도 알았겠다, 취조실은 다시 활기가 넘쳐흘렀다. 왕 팀장은 세 팀으로 나눠 포위 망을 좁혀 나가는 작전을 세우고 우리에게 새로운 임무를 나눠 줬다. 먼저 첫 번째 팀인 수사본부는 류장리와 싼장리 일대를 이 잡 듯 샅샅이 뒤져 쑤훙즈가 숨어 있는 곳을 최대한 빨리 찾기로 했다. 두 번째 팀인 자이 경위와 자오 요원은 수색 영장을 들고 타이 난에 있는 쑤훙즈의 고향 집을 찾아가 부모에게 관련 정보를 얻는 동시에 네 번째 사건 현장에서 발견한 DNA와 대조할 쑤훙즈의 DNA를 최대한 많이 확보해 오는 임무를 맡았다. 세 번째 팀은 왕 팀장이 주축이 돼 이끌었다. 그는 장 감독에게 쑤훙즈의 성격과 그 에 관한 모든 정보를 최대한 많이 알려 달라고 부탁하는 한편 장 감독과 나에 대한 관리 책임을 천 뚱에게 맡겼다.

나는 모든 자료가 개인 컴퓨터에 저장돼 있으니 집에 가서 범인 을 연구하겠다고 말했다. 장 감독도 옆에서 고개를 끄덕끄덕하며 거들었다. 하지만 왕 팀장은 안전상의 이유로 허락하지 않았고, 경찰서에 남아 임무를 수행하라고 했다. 그런데 이때 천 뚱이 나섰다. 그는 집 근처에 지금보다 더 많은 경찰을 배치하면 안전에 큰 문제가 없을 것이라면서 자신이 내 안전을 끝까지 책임지겠다고 남자답게 말했다.

왕 팀장은 내심 감탄하는 눈빛으로 천 뚱에게 말했다. "그래? 그럼 우 선생님 안전은 천 순경만 믿지."

경찰차가 장 감독의 극단 입구에 멈춰 서자 장 감독은 경찰 한 사람과 함께 극단 사무실에 들어가고, 나와 천 뚱은 차에서 기다렸다. 잔뜩 긴장한 천 뚱은 두 손으로 핸들을 꽉 잡고 레이다라도 되는 것처럼 고개를 이리저리 돌리며 주변에 수상한 사람이 있는지 살폈다.

"아까는 왕 팀장이 왜 사무실로 부른 거야?" 내가 천 뚱에게 물었다.

"별일 아니에요." 천 뚱은 무심하게 대답했다.

"계속 나를 관찰하라는 거지?"

"탐정님하고 상관없는 일이에요."

"그럼 뭐야, 자네와 관련 있는 일이야? 잘라 버린대?"

"아니요. 외려 그 반대예요. 팀장님이 저를 좋게 봤나 봐요. 사적인 감정에 치우치지 않고 열심히 일한다고요. 제가 CCTV에서 탐정님이 피해자들과 함께 공원에 있는 모습을 발견하고 경찰에 신고했잖아요."

"자기가 경찰이면서 뭘 경찰에 신고했대."

"에이, 무슨 말인지 아시잖아요. 상관에게 보고했다고요."

"사실 정의를 위해서는 부모 형제도 봐주면 안 되지."

"말씀 한번 잘하셨네요. 부모 형제도 봐주지 않는 마당에 탐정님은……."

"여하튼 그렇다 치고. 칭찬만 했어?"

"이번 사건이 마무리되면 본서로 들어오래요."

"큰 사회에 진입하는 거로군."

"그런 셈이죠."

"자네 생각은 어때?"

"잘 모르겠어요. 그동안 별달리 큰 포부도 없고 그냥 시간 가는 대로 살고 싶었어요. 호구 조사나 하고, 순찰이나 돌고, 가끔 주민들이 잃어버린 강아지를 찾아 주면 그게 그렇게 기뻤어요. 이렇게 연쇄 살인 사건 수사에 참여하는 일은 꿈도 안 꿨죠. 그런데 이 사건에 탐정님이 연루됐잖아요. 그 바람에 얼떨결에 참여하게 된 거죠. 아니, 솔직히 말하면 억지로 떠밀려서 수사 팀에 들어온 거예요. 수사하는 내내 얼이 빠져 있을 때도 많았지만 그래도 열심히 했어요. 아, 이런 게 진짜 경찰이 하는 일이구나 싶더라고요."

극단 앞에 다시 나타난 경찰은 좌우를 살피고 아무도 없는 것을 확인한 다음 장 감독을 입구 밖으로 나오게 했다. 잔뜩 긴장한 장 감독은 배가 불룩한 배낭을 메고 경찰차에 탔다.

2

"진짜 믿을 수가 없어요."

장 감독은 끊임없이 이 말을 되풀이했다.

나는 장 감독, 천 뜽과 함께 거실에 앉았다. 천 뜽은 기자처럼 펜과 종이를 들고 연신 장 감독의 말을 받아 적었다.

"나도 쑤훙즈와 그렇게 친한 사이는 아니에요. 하지만 쑤훙즈가 터놓고 이야기하는 몇 안 되는 사람 중 하나인 건 맞아요. 작년 초였죠, 아마. 쑤훙즈가 이메일로 극본을 보냈더라고요. 한번 봐 달라면서요. 나는 감독이고 극본에 대해서는 잘 모르니까 우 선배에게 한번 보내 보라고 답장을 썼죠. 그랬더니 진작에 보냈는데 읽었는지 어쨌는지 감감무소식이라는 거예요."

나도 모르게 눈을 흘겼다.

"그런 눈으로 쳐다보지 마세요. 오래 알고 지낸 사람들이야 선배 성격이 어떤지 잘 알지만, 쑤훙즈 같은 젊은 후배는 잘 모를 수도 있어요. 젊은 후배들에게는 선배처럼 유명한 사람의 관심을 받는 게 얼마나 영광인데요."

"나는 그런 부탁 별로 안 좋아해."

"그럼 그 이야기는 더 안 할게요. 어쨌든 쑤훙즈를 또 실망시킬 수가 없어서 제가 못 이기는 척하고 한번 읽어 봤어요. 그랬더니 등장인물과 말투를 비롯해 전체적인 극본 분위기가 선배와 180도 다른 스타일인 거예요. 뭐랄까, 환희든 분노든 죄다 속에 꾹꾹 눌러 담은 느낌이랄까? 내용이 시종일관 어두운 데다 유머러스한 구석이라고는 전혀 없는 것이 꼭 주인공에게 저주를 내린 것 같았어요. 그래서 이메일에 솔직한 제 감상을 적고, 앞으로 극본가의 길을 계속 걸을 거라면 자기만의 스타일을 찾아라, 내면세계를 솔직히 드러내라 등등 나름대로 조언해 줬어요. 그랬더니 석 달 뒤에 극본을 또 보내왔더라고요. 그 극본은 나중에 우리 극단에서 무대에 올렸어요."

"〈우물 안의 그림자〉?"

"맞아요. 기본 스토리는『설법경』에서 따온 거예요. 어느 날 개 한 마리가 우물에 비친 자기 그림자를 보고 다른 개인 줄 알고 멍 멍 짖었어요. 그랬더니 그림자도 이 개를 보고 멍멍 짖는 거예요. 이 개는 너무 열이 받은 나머지 그 개한테 덤비려고 우물에 뛰어 들었다가 물에 빠져 죽어요. 스토리는 간단한데 추상적인 말로 현 대인의 어려움을 잘 표현했고 내용도 극적으로 잘 꾸몄더라고요."

"기억나. 이상한 옷을 입은 인물 일고여덟 명이 각각 분노니, 어 리석음이니 하며 뭔가를 대표하는 게 꼭 중세 종교극 같았어."

"미숙하긴 했지만 알찬 내용이었어요. 창의적이기도 했고요. 그 런데 선배에게 완전 개무시를 당한 거죠. 선배한테 받은 감상문이 라면서 쑤훙즈가 나한테 이메일을 보냈어요."

장 감독이 잠시 움직거리더니 자료 한 뭉치를 내게 건넸다.

"이건 쑤훙즈의 극본이고, 이건 선배가 쑤훙즈에게 보낸 이메일 이에요."

나는 극본을 한쪽에 내려놓고 서둘러 이메일부터 읽었다.

'안녕하십니까? 내가 술 좀 했습니다. 그래야 모르는 사람에게 이메일을 보낼 기분이 날 것 같아서요. 장 감독이 하도 부탁해서 읽어 보기는 했는데, 사실 3분의 1밖에 안 읽었습니다.

그러면 3분의 1만 읽은 느낌으로 감상문을 적겠습니다. 먼저 한 마디 하자면 문학이나 극본은 상징을 남발하는 놀이가 아닙니다. 상징은 하류나 건드리는 장치예요. 삼류 작가의 지팡이이자 풋내 기가 꽉 붙드는 구명 튜브 같은 것이죠. 이건 뭘 상징하고, 저건 뭘 은유하고, 얼마나 재미없습니까! 솔직히 말하겠습니다. 구린 거 있 으면 다 쏟아 내세요. 그러다가 어느 세월에 재미있는 글을 쓰겠 습니까. 상징주의는 구린 거예요. 시대의 흐름을 역행하지 마세요.

대작들은 하나같이 현대인들의 인간성 상실을 비판합니다. 요즘 같은 시대에 하나 마나 한 소리죠. 냅다 비판만 한다고 다 문학이 아닙니다. 종교를 전도하는 매개물도 아니고요. 보아하니 당신은 불교에 심취한 것 같습니다. 이미 해탈한 것처럼 말이죠. 그렇다면 축하합니다만, 어쩌면 당신의 진정한 '무대'는 극장이 아니라 포광 산이나 어메이산의 사찰인지도 모르겠습니다. 구링제의 소극장이 아니라요.

솔직히 말해 최근에 내 작품들은 별로 좋은 평가를 받지 못했습니다. 나는 극본을 썼다기보다 환멸에 차서 저주를 퍼부었어요. 예술이라는 이름으로 업을 지은 거죠. 그러다 어느 날 깨달았습니다. 내가 극본에서 손을 떼는 것이 나 자신은 물론 관중에게 해탈을 안겨 주는 일이라는 것을요. 당신에게 극본을 쓰지 말라고 권하는 건 아닙니다. 그렇다고 계속 작가의 길을 가라고 권하는 것도 아닙니다. 그냥 당신도 해탈이 필요하다고 말하고 싶군요. 자신의 구린 구석을 내려놓고 예술을 한다는 무게감도 내려놓으세요. 어쨌든 나는 심오한 것에 대해 잘 모를뿐더러 알고 싶지도 않습니다. 다음에는 좀 더 '인간미' 있는 극본을 써서 보내십시오. 아니, 됐습니다. 내 사생활을 존중해 주는 차원에서 앞으로는 이메일도 보내지 마세요. 꼭 기억하시기 바랍니다. 자신이 지은 업은 스스로 푸세요. 인성을 닦는 것도, 창작하는 것도 스스로 하시기 바랍니다.

사실 지금까지는 예의상 한 말이었습니다. 지금부터 내 진심을 말하죠. 다른 사람의 글을 읽을 때 가장 큰 고통은 내가 개업의가 아니라는 겁니다. 의사는 다른 사람의 맥을 봐 주고 신이라도 된 것처럼 체질이 안 좋네, 말기 암이네, 어쩌네 하며 진단하고 돈을 받죠. 이렇게 부탁을 받고 남의 글을 읽을 때는 내 직업이 의사였

으면 좋겠다는 생각이 듭니다.'

내가 쓰긴 했지만 너무 무례하고 가혹한 내용이었다. 나는 이메일을 갈가리 찢어 버리고 싶은 충동을 간신히 억누르고 천 뚱에게 건넸다.

나는 차마 고개를 들 수가 없었다. 부끄러운 마음뿐이었다.

"장난 아니죠?" 장 감독이 조롱하듯 말했다.

"나도 내가 형편없다는 거 알아!"

경찰서를 나선 순간부터 장 감독의 표정이 줄곧 어두웠다. 경찰차에서도 말 한마디 하지 않고 계속 침울한 표정만 지었다. 아직도 쑤훙즈가 살인범이라는 사실을 믿지 못하는 눈치였고, 부글부글 끓는 속을 소리 없이 내게 쏟아붓는 것 같았다. 가뜩이나 부끄러운 마음을 안고 사는데 쑤훙즈에게 보낸 이메일까지 읽고 나니 도저히 나 자신을 용서할 수가 없었다. 장 감독에게 한 방 얻어맞은 지금은 완전히 목 놓아 울부짖고 싶은 심정이었다.

"내가 평가는 야박하게 했지만 그렇다고 사람 죽이고 다니랬어? 내 이메일 때문에 사람을 마구 죽이고 다닌 거야? 내 태도가 사람을 그렇게 쉽게 바꿔 놓는다면 그동안 내가 지껄인 소리에 반응하지 않은 사람들은 뭔데? 나는 한동안 물에 빠져 허우적대고 불구덩이에 빠진 사람처럼 온갖 추한 꼴로 주변 사람들은 물론 나 자신을 대했어. 세상을 포기하고 나 자신을 짓밟았다고.

내 안에 있던 모든 분노가 구이산다오에 다 같이 모였던 저녁에 완전히 폭발한 거야. 그날 이후 단 하루도 후회하지 않은 날이 없고, 단 하루도 자책하지 않은 날이 없어. 아무리 생각해도 내가 왜 이렇게 변했는지, 어디 근육이라도 끊어진 건지, 뇌에 혹이라도 난 건지 지금도 잘 모르겠어. 이게 중년의 위기인지, 갱년기의 징조인지, 수면제를 너무 많이 복용한 탓인지, 우울증 약을 너무 적게 먹은 탓인지 나도 전혀 모르겠다고. 그래서 그냥 포기하는 길을 택한 거야. 내 일도 포기하고, 가정도 포기하고, 친한 친구들도 포기하고, 과거의 모든 생활 방식을 포기하고, 상처 입은 야수처럼 워룽제의 쥐구멍으로 숨어들었다고. 이만하면 스스로 충분히 벌 받은 거라고 생각했는데, 그게 아니었나 봐. 웬 쑤훙즈라는 놈이 돌아다니며 이미 네 사람이나 죽였고, 이제는 나를 노리고 있어. 지금 내 심정이 어떨 것 같아? 이런 마당에 자네까지 나를 조롱할 필요 없잖아!"

온몸이 부들부들 떨렸고, 눈물이 양 볼을 타고 흘렀다.

언제 다가왔는지 천 뚱이 뒤에서 한 손으로 어깨를 감싸 줬다.

"미안해요." 장 감독도 다가왔다.

"내가 미안하지, 뭐." 나는 손을 들어 그가 가까이 다가오지 못하게 했다. "그냥 화풀이 좀 한 거야."

눈물을 닦자 마음이 조금씩 가라앉았다.

"술 좀 마셔야겠어." 내가 말했다.

"내가 사 올게요." 장 감독이 말했다.

"안 돼요. 두 분은 집에 계세요. 밖에 있는 동료들에게 사 오라고 할게요." 천 뚱이 말했다.

내가 주머니에서 돈을 꺼내자 장 감독도 서둘러 돈을 꺼냈다. 그러자 천 뚱이 손사래를 쳤다.

"에이, 비싼 것도 아닌데 제가 살 테니까 두 분은 앉아 계세요."

천 뚱이 현관문 앞까지 갔다가 되돌아왔다.

"아무래도 이 말씀을 드려야 할 것 같아요, 장 감독님. 탐정님 탓하지 마세요. 이메일 한 통 때문에 사람을 죽이겠다고 마음먹는 사람은 없어요. 분명히 다른 이유가 있을 거예요. 히틀러가 미대에 들어갔으면 그런 만행을 안 저질렀을까요? 홍수전이 과거에 급제했으면 태평천국 운동이 안 일어났을까요? 미친놈은 결국 미친놈이에요. 이메일 한두 통 때문에 일어난 일이 아니라고요."

"천 순경, 걱정하지 마. 장 감독은 내 탓을 하는 게 아니야."

"잠시만 기다리세요. 금방 갔다 올게요."

천 뚱이 밖으로 나갔다.

"세수 좀 하고 올게. 자네는 여기 앉아 있어." 나는 장 감독에게 말했다.

한참 동안 나는 욕실에 있었다. 세수하고 수건으로 물기를 닦는데 갑자기 속이 울렁거리더니 구토가 치밀었다. 급한 대로 변기를 부여잡고 앉아 속에 든 것을 모두 게워 냈다. 저녁때 경찰서에서 먹은 도시락은 물론 신물이 올라올 때까지 토했다. 나중에는 식도가 헐었는지 피까지 섞여 나왔다.

모두 게워 내고 나서 다시 세수하고 양치질했다. 그리고 거울에 비친 내 모습을 봤다. 두 눈이 벌겋게 충혈됐고 기운이 없어 보였다. 욕실에서 나오자 장 감독이 수심 가득한 얼굴로 문밖에 서서 괜찮냐고 물었다.

"괜찮아. 원래 다 토하고 나면 외려 속이 편해지잖아." 나는 대답했다.

"술은요? 그래도 마실 거예요?"

"당연하지. 놀란 마음 달래는 데는 술이 최고야."

이때 밖에서 문 두드리는 소리가 났다. 나 대신 장 감독이 나가서 천 뚱인 것을 확인하고 문을 열어 줬다.

천 뚱은 캔 맥주와 안주를 사 왔다. 나하고 장 감독은 각각 한 캔씩 따서 손에 들었지만 천 뚱은 술을 입에 대지도 않았다.

"근무 중에는 맑은 정신으로 있어야죠." 그가 말했다.

"천 순경, 정말 대단해." 나는 캔 맥주를 들고 천 뚱에게 경의를 표했다. "히틀러와 홍수전까지 이 일에 끌어들이다니 말이야!"

우리는 셋 다 크게 웃었다.

"장 감독, 쑤훙즈에 대해서 내가 알아야 할 게 또 있나?" 내가 물었다.

"왠지 모르게 쑤훙즈가 선배를 무척 신경 쓰는 것 같았어요. 선배가 쓴 극본, 잡문, 논문을 모두 읽었더라고요. 아마 선배를 존경해서 그런 것 같아요. 평소에 쑤훙즈는 과묵한 편이에요. 거의 말이 없죠. 하지만 누가 선배 이야기를 꺼내면 바로 달려와서 이러쿵저러쿵 자기 의견을 말하는데 나중에는 거의 연설하다시피 해요. 한번은 우리가 쑤훙즈에게 '우청 전문가'라고 놀리듯이 부르니까 자기가 선배보다 선배를 더 잘 안다고 말하는 거예요.

하지만 말과 다르게 선배에 대한 태도는 매우 모순적이었어요. 누가 선배를 욕하면 귀가 빨개질 때까지 변호하다가도 선배를 칭찬하면 아주 차갑게 반박했어요. 사람들이 보는 건 선배의 겉모습일 뿐이고, 사실은 두 개의 우청이 있다면서요. 하나는 진실하고 선량하고 세상에 기여하고 싶어 하는 우청이래요. 여기서 '우'는 '나'를 의미하는 吾(나 오, 중국어로 '우'라고 발음된다./옮긴이) 자예요. 나머지 하나는 어둡고 차갑고 자신을 숨기려고 하는 우청이래요. 여기서 '우'는 '없다'를 의미하는 無(없을 무, 중국어로 '우'라고 발음된다./옮긴이) 자예요. 어쨌든 쑤훙즈는 선배가 세상의 이치를 깨달았지만 아직까지 자기 자신을 제대로 파악하지 못했다면서 구원이 필요하다고 말했어요."

이 말을 듣는 순간 고슴도치처럼 가시를 바짝 세우고 반박하고 싶었지만 기운이 없어서 그저 허리를 숙이고 묵묵히 듣기만 했다. 이건 쑤훙즈라는 변태의 병적인 지껄임일까, 올바른 진단일까? 분노와 공허함이 동시에 마음을 휩쓸었다.

"참, 아까 경찰차에서 생각난 게 있어요." 장 감독이 계속 말했다. "한번은 갑자기 이런 말을 하는 거예요. '그거 알아요? 저녁마다 쓰레기를 버릴 때의 우청은 집에 들어가지 않고 어디론가 떠나고 싶어 하는 표정이에요.' 이 말을 듣고 자네가 어떻게 아냐고 물었어요. 그랬더니 산책하다가 봤대요. 그때 선배는 여기로 이사 오기 전이었으니까 신뎬에 살았고, 쑤훙즈는 싼충에 살았는데, 서로 얼마나 멀어요. 내가 생각해도 너무 이상해서 어떻게 거기까지 산책을 갔냐고 물으니까 평소에 발길 닿는 대로 걷는 것을 좋아한다고만 말했어요."

"쑤훙즈가 '저녁마다'라고 말했다고요?" 천 뚱이 고개를 갸우뚱하고 물었다.

"네. 나도 어떻게 저녁마다 봤냐고 물었어요. 쑤훙즈는 웃으면서 그냥 추론한 거라고 말했어요. 나도 끝까지 캐묻지 않았고, 그러다가 그냥 잊어버렸죠."

"어쩌면 탐정님이 신뎬에 살 때부터 미행했을 수도 있겠네요. 쑤훙즈가 실종된 게 언제입니까?" 천 뚱이 물었다.

"그걸 잘 모르겠어요. 우리 극단 단원도 아니고, 날마다 보는 게 아니라 필요할 때만 같이 일했거든요. 어느 날 가발이 필요해서 전화했는데 계속 안 받더라고요. 나중에 싼충에 사는 단원이 집에 가는 길에 들러 봤는데 집주인이 이사 갔다고 했대요."

"그게 언제였죠?"

"4월 중순요."

"쌴충 어디에 살았는지 아세요?"

"몰라요. 내일 그 단원에게 물어볼게요."

"쑤훙즈를 마지막으로 본 게 언제야?" 내가 물었다.

"구이산다오 사건 이후로 못 봤어요."

"그날 저녁에 내가 공격했나?" 내가 물었다.

"아니요. 그날 저녁에 선배는 쑤훙즈만 빼고 그 자리에 있던 사람을 거의 다 비판했어요. 내 생각에는 선배가 쑤훙즈를 아예 몰라본 것 같아요."

"그나마 다행이네." 나는 내심 그렇게 생각했다.

"아니요. 그게 더 안 좋은 것 같아요. 그랬다는 건 쑤훙즈가 탐정님의 안중에 없었다는 의미잖아요." 천 뚱이 반박했다.

"이게 사실인지는 모르겠는데, 그날 사람들이 모두 다 선배에게 한 방 먹고 안 좋은 기분으로 헤어졌잖아요. 다음 날 단원들에게 선배가 많이 취했는데 어떻게 집에 돌아갔냐고 물었어요. 모두 알게 뭐냐고 했는데 한 명이 쑤훙즈가 데려다주겠다고 말하는 것을 얼핏 들은 것 같다고 말했어요."

"아무것도 기억이 안 나. 나는 내 의지로 버틴 줄 알았는데."

"에이, 장난해요? 그날 선배 완전 떡이 되도록 마셨어요." 장 감독이 말했다.

나는 다시 모호한 기분에 빠져들었다. 그날 밤 쑤훙즈가 진짜 나를 집까지 데려다줬다면 중간에 다른 일은 없었을까? 혹시 그에게 주워 담을 수 없는 말을 하지는 않았을까? 최대한 기억을 되살려보려고 했지만 헛수고였다.

10시 30분쯤 장 감독이 집으로 돌아가겠다고 하자 천 뚱이 경찰을 한 명 불러 그를 집까지 데려다줬다. 나는 천 뚱에게도 그만 집으로 돌아가서 쉬라고 말했다. 천 뚱이 끝까지 남아 있겠다고 하는 것을 나 혼자 조용히 생각하고 싶다고 고집을 부렸다.

"탐정님, 너무 자책하지 마세요." 현관문 앞에서 천 뚱이 말했다.

"예전에 내가 얼마나 형편없는 사람이었는지 자네는 모를 거야. 진짜 얼마나 사람들에게 못되게 굴었다고. 그때 자네가 나를 알았으면 아마 나한테 침을 뱉었을 거야."

"그랬어도 저는 사람을 죽이지 않았을 거예요. 게다가 이미 변했잖아요. 아니지, 이제 본모습을 되찾았잖아요. 그때는 탐정님에게 마가 꼈던 거고, 지금은 새롭게 깨어났잖아요. 과거의 탐정님은 이미 죽고 없다는 것을 기억하세요. 그럼 편히 쉬시고 꼭 안전 고리 채우세요."

과거의 나는 이미 죽었다고? 나는 이 말을 못 믿겠다. 마음의 악마는 항상 존재한다. 사악한 악령도 여전히 존재한다. 잠시 나를 피해 숨어 있을 뿐 완전히 사라진 것은 아니다. 워룽제에 숨어들어 정말 편안하고 자유롭게 지냈다. 더 이상 경계심을 갖고 살지도 않았고, 공황 장애가 재발할까 걱정하지도 않았다. 초조한 증세도 거의 사라져 가끔은 약을 먹는 것조차 잊는다. 산책은 성찰의 시간이자 관용의 눈으로 세상을 보는 시간이었고, 과거에 무시한 사람들의 마음에 맺힌 응어리를 보듬는 시간이었다. 사건을 수사할 때는 의뢰인을 돕는 마음으로 의뢰인이 기뻐할 때 함께 기뻐하고 슬퍼할 때 함께 슬퍼했다. 연민의 감정까지는 아니더라도 남을 용서하고 나 자신을 용서하는 길로 서서히 나아가고 있었다.

동시에 나는 끊임없이 반성했다. 내 오만함과 부도덕함은 어디에서 생겨났을까? 반복적인 추측과 처절한 반성 끝에 나는 그것이 공황 장애와 밀접한 관계가 있다는 것을 발견했다. 오랫동안 공황 장애로 고생했지만 그것에 무릎 꿇지 않고 외려 건강하게 버티며 작은 것들을 성취해 가는 과정에서 나 자신을 대단한 존재라고 생각하게 됐다. 또 공황 장애와 싸우는 중에 진리를 깨닫고 사람의 인성을 간파하면서 더 오만해졌다. 남들이 모르는 대단한 것을 아는 사람처럼 안하무인으로 사람들에게 이것저것 지적했다. 그렇다. 나는 살아 있었지만 감사하지 않았다. 외려 마음에 미움만 그득해서 사람들이 제대로 살지 않고 값싼 인생을 살고 있다고 원망했다. 이 세상이 내게 큰 빚을 지고 있다고 생각했다. 당시 내게는 그리스 신화에 나오는 복수의 여신처럼 광기와 분노, 잔혹함만 남아 있었다. 그러다가 불교를 알게 됐고, 깨달음에 집착하면서 더 깊고 난해한 망집에 빠져들었다. 스스로 깨어났다고 생각했지만 사실은 더 깊이 잠든 것이었다. 이제는 뭐가 잘못됐는지 깨닫고 집착에서 서서히 벗어나는 중이었는데, 이해할 수 없는 행위를 저지른 쑤훙즈가 돌연 벗어나고 싶은 악몽으로 나를 다시 끌어들였다.

왕 팀장이 내게 곰곰이 생각해 보라며 했던 말이 떠올랐다.

'지금까지 어떤 점 때문에 사람들에게 미움을 샀는지 잘 생각해 보세요.'

답은 내가 쑤훙즈를 대하는 방식에 있었다. 스스로 세상과 단절한 주제에 대단한 사람인 것처럼 착각하고 남의 자존심을 짓밟은 것이다.

샤워를 마치고 〈우물 안의 그림자〉를 조용히 읽어 내려갔다. 겨우 마흔 장 남짓한 원고가 수천수만 장처럼 느껴졌다.

원고 첫 장에는 제목과 지은이의 이름이 인쇄돼 있었고, 두 번째 장에는 『설법경』의 「정중구(井中狗)」를 인용한 서문이 있었다.

'개는 우물을 보고 짖었다. 자기 그림자를 보고 눈을 치켜뜬 채 온몸의 털을 곤두세웠다. 그 개는 우물에 비친 그림자가 자기와 싸우고 싶어 하는 다른 개라고 착각했고, 결국 화를 못 참고 우물에 뛰어들었다가 죽고 말았다.'

다음 장을 넘기니 변호사, 정치인, 기업인, 배관공, 전업 주식 투자자, 노점상, 노숙자, 간호사, 의사, 이렇게 등장인물 아홉 명이 나왔다. 배경 장소는 밀실이었다.

제1막은 요지경 같은 세상을 풍자하며 각각의 인물에 캐릭터를 심어 줬다. 등장인물 아홉 명은 밀실에 모여 끊임없이 싸운다. 시끌벅적한 밀실에 있는 것이라고는 달랑 나무 상자 하나뿐이다. 변호사와 기업인은 어느 고소 사건 때문에 서로 원수가 됐는데, 여기에 정치인도 관련돼 있다. 배관공은 전업 주식 투자자에게 쓸데없이 주식을 사고팔며 사회를 좀먹는 기생충이라고 모함한다. 또 변호사도 못마땅해하고 상인에게도 불만을 품고 정치인을 세상에서 가장 쓸모없는 부류라고 생각한다. 전업 주식 투자자는 자신이 주식 투자에 실패한 이유가 정치인의 속내가 검고 기업인이 내부 거래를 했기 때문이라며 이들을 저주한다. 또 변호사를 턱주가리가 빼족하고 몸이 비썩 말랐다는 이유로 괜히 싫어한다. 노점상은 부침개, 도넛 등을 내다 파는 일에만 골몰한다. 누가 장사 잘되냐고 물으면 그는 기계적으로 "감사합니다. 부자 되세요."라고 상대를 축복한다. 다른 사람들을 무조건 떠받들고 자신을 비천하게 여기는 노점상은 유독 배고프고 수중에 돈 한 푼 없는 노숙자만 보면 떠돌이 개 취급하며 소리쳐서 내쫓는다.

등장인물들이 서로 나무 상자 위에 올라가서 말하겠다고 밀고 당기며 싸울 때 청진기를 든 의사와 큰 주사기를 든 간호사가 의

기양양하게 등장한다. 알고 보니 이 밀실은 정신 병원이다.

제2막은 희극에서 비극으로, 비극에서 다시 희극으로 복잡하게 극이 전개된다. 등장인물들은 의사의 권위에 겁먹는다. 그동안 많은 학대를 당했기 때문이다. 더 잔혹하게 변한 의사는 간호사의 도움을 받아 환자들을 더 심하게 학대하고 모욕한다. 이때 갑자기 어디선가 큰 목소리가 들리고, 어안이 벙벙해진 환자들은 하늘에서 나는 소리인 줄 알고 모두 고개를 들고 하늘을 쳐다본다. 그러나 아무것도 발견하지 못한다. 사실 이 목소리는 줄곧 한쪽 구석에서 가부좌를 틀고 앉아 있던 노숙자의 목소리다. 자리에서 일어난 노숙자는 나무 상자 위에 올라가 맨 먼저 "아미타불."이라고 말하고, 뒤이어 등장인물들의 업장을 풀어 준다. 이 극본에 등장하는 여덟 인물들은 각각 분노, 발광, 어리석음, 용서, 원망, 후회, 사랑, 미움을 상징하고, 이들이 있는 곳도 정신 병원이 아니라 윤회의 지옥이다. 마지막에 노숙자의 말을 듣고 깨달은 죄인들은 겉옷을 벗고 속바지만 입은 채 노숙자와 함께 가부좌를 틀고 명상에 잠긴다. 그리고 무대는 암전된다.

신인의 작품을 응원하는 관점에서 넓은 마음으로 읽으려고 했지만 여전히 〈우물 안의 그림자〉는 쓰레기였다. 그나마 유일하게 건질 만한 장면은 의사로 분한 염라대왕과 간호사로 분한 판관이 서로 힘을 합쳐 나머지 사람들을 학대하는 장면이었다. 쑤훙즈는 온갖 상상력을 동원해 연옥의 풍경을 생동적으로 묘사했다. 잔혹한 아름다움이 있는 연옥은 거의 S-M 분위기를 풍겼다. 이 밖에 인물들의 부자연스러운 캐릭터 형성 과정, 빈약한 대화 내용, 종교적인 색채가 짙은 분위기는 숨이 턱턱 막혔다.

극본을 다 읽고 나니 절로 한숨이 나왔다. 웬만하면 좋게 평가하려고 했는데, 역시 예술적인 감성은 억지로 쥐어짠다고 해서 나오는 게 아니었다.

이게 바로 나와 장 감독의 가장 큰 차이다. 장 감독은 좀 놀아 본 렛츠 플레이 세대다. 그에게 극본은 거리낌 없이 창작하고 감각을 즐기는 영역이다. 그에 비해 고전 세대에 속하는 나는 기본기와 인문적 소양을 중요시하는데, 이 두 가지가 없으면 아예 작품 취급조차 하지 않는다. 창작에 대한 내 고집스러운 기준에 대해 젊은 장 감독은 "그렇게까지 할 필요 있어요?"라고 상투적으로 묻는다. 이 때문인지 장 감독은 늘 형편없는 작품에서 쓸 만한 장면이나 요소를 찾아서 쓰려고 하고, 나는 예술 경찰이라도 되는 듯 그가 주워 온 것들을 가지고 이런저런 트집을 잡는다. 뜬금없는 비유지만 장 감독이 오는 사람 마다 않고 죄다 받는 기녀라면, 나는 웬만해서는 즐거워하지 않는 늙은 오입쟁이다.

이런 생각을 왜 하고 있지? 나는 머리를 세차게 흔들어 정신을 차렸다. 그런데 이 동작 때문에 갑자기 한 가지가 생각났고, 곧바로 장 감독에게 전화했다.

"〈우물 안의 그림자〉 녹화해 둔 거 있나?"

"있어요."

"나한테 보내 줄 수 있어?"

"그럼요. 다시 읽어 봤어요?"

"읽어 봤어."

"어때요?"

"몇몇 괜찮은 내용도 있더군."

"치!"

파일 용량이 너무 커서 다운로드가 끝날 때까지 컴퓨터 앞에 앉아 한참을 기다렸다.

팔십 분이 넘는 연극을 띄엄띄엄 이십 분 만에 대충 훑었다. 그러자 밀린 빚을 다 갚은 것 같은 해방감이 들었다.

뭘 해야 할지도 모른 채 다시 거실로 돌아왔다. 쑤훙즈의 연극 녹화본을 다 보고 나서 눈이 조금 피곤했지만 그렇다고 자고 싶지도, 책이 읽히지도 않았다. 잠시 텔레비전을 볼까도 생각했지만 켜지 않았다. 지난 며칠 동안 단 일 분도 텔레비전을 안 봤더니 조용하고 좋아서 당분간 계속 안 볼 생각이었다. 그런데 이때 갑자기 현관문 밖에서 시냇물 흐르듯 조용히 떠드는 소리가 났다. 12시 넘은 시각에 누가 남의 집 밖에서 수군거리지? 귀를 쫑긋 세우고 가만히 들어 보니 천 뚱의 목소리 같았다. 이 시간에 왜 천 뚱이 밖에 있지? 다시 자세히 들어 보니 이번에는 자오 요원의 목소리가 들렸다.

"밖에 누구요?" 나는 전실 문만 열고 물었다.

"저예요, 천 순경. 시끄러워서 깨셨죠?"

"왜 여태 집에 안 갔어?" 나는 현관문을 열었다. "어, 자오 요원. 자오 요원이 여기 왜 있어요?"

"천 순경님이랑 교대하러 왔죠." 자오 요원이 말했다.

"뭘 교대한다는 거야? 천 순경은 왜 다시 돌아왔고? 설마 집에 안 간 거야?"

"밖에서 보초 섰죠." 천 뚱이 싱겁게 웃었다.

"탐정님 안전을 책임지겠다고 팀장님 앞에서 큰소리쳤는데 어떻게 집에 돌아가겠어요?" 자오 요원이 웃으며 말했다.

"바보 같으니라고." 나는 천 뚱의 말투를 흉내 냈다. "그럴 거면 차라리 안에 들어와서 같이 있지 뭐 하러 밖에서 힘들게 고생해?"

나는 두 사람을 안으로 들였다.

"자이 경위님은 잘 계십니까?" 천 뚱이 자오 요원에게 물었다.

"왜요? 혹시 보고 싶으세요?" 자오 요원이 말했다.

"에이, 애들처럼 왜 그래요. 난 그냥……."

"타이난에 계속 남아서 쑤훙즈에 관해 조사하고 있어요. 그 어머니가 입을 꾹 다물고 아무 말도 안 하나 봐요. 쑤훙즈의 어머니가 뭔가 숨기고 있다는 뜻이죠."

자오 요원이 타이난 소식을 말해 줬다. 먼저 경찰은 타이난에 있는 쑤훙즈의 고향 집을 찾아가 어머니를 조사했고, 옛 스승과 친구들에게 쑤훙즈에 관한 정보를 얻었다. 쑤훙즈에게는 가오슝에 사는 형과 자이에 사는 여동생이 있는데, 경찰은 이미 그들에게도 찾아가서 쑤훙즈의 행방을 캐물었다. 그뿐 아니라 쑤훙즈의 방에서 DNA를 얻을 수 있는 머리카락과 다른 샘플들도 확보했다.

"쑤훙즈는 탐정님의 열성 팬이에요." 자오 요원이 말했다.

그 말을 들으니 기분이 몹시 이상하고 머리카락이 쭈뼛 섰다.

"쑤훙즈의 책꽂이 한 줄은 온통 탐정님에 관한 물건들로……."

그때 자오 요원의 휴대 전화 벨이 울렸다.

"여보세요?"

아무 말도 하지 않고 그저 상대의 말을 듣기만 하던 자오 요원의 얼굴빛이 순식간에 변했다. 처음에는 어두워졌고 그다음에는 놀라는 기색이었으며, 전반적으로 흥분을 가라앉히지 못했다.

"네, 알겠습니다." 자오 요원이 전화를 끊고 말했다. "살인 사건이 또 일어났어요. 쑤훙즈 짓인 것 같대요. 천 순경님, 팀장님이 바로 현장에 출동하랍니다."

"나도 가면 안 되나?" 내가 말했다.

"안 돼요. 탐정님은 집에 계시래요. 경찰 병력도 더 늘릴 거랍니다. 맞다, 팀장님이 이걸 전해 드리라고……." 자오 요원이 주머니에서 휴대 전화를 꺼냈다.

"우리끼리 연락할 때는 이걸 사용하세요. 자이 경위님, 천 순경님, 제 휴대 전화 번호를 입력해 놨어요. 팀장님이 당부하셨는데, 무슨 일이 있어도 휴대 전화 전원은 꼭 켜 놓고 어디든 갖고 다니시래요. 그리고 잊지 말고 이전에 썼던 휴대 전화도 꼭 확인하시랍니다. 팀장님은 탐정님 댁에 침입해서 표시까지 남긴 쑤훙즈가 휴대 전화로 탐정님한테 연락할 수도 있다고 생각해요."

자오 요원과 천 뚱은 황급히 떠났다.

또 다른 살인 사건에 놀란 나는 더 생각할 것도 없이 왕 팀장의 지시대로 이전에 썼던 휴대 전화의 전원을 켰다. 어젯밤 11시 넘어서 전원을 끈 뒤에 지금까지 전화가 서른네 통 걸려 왔고, 문자 메시지 스물여섯 통, 음성 메시지 열다섯 통이 와 있었다. 특이 사항이 없는 것을 확인하고 전부 삭제했다. 개중에는 스팸 문자도 있고, 스트레스를 풀 겸 마작이나 치자고 끈질기게 꾀는 친구들의 안부 문자도 있었다. 톈라이와 아신도 각각 메시지로 근황을 물었다. 톈라이는 나와 함께 사건을 수사하고 싶다는 바람을 전했고, 아신은 같이 술 한잔할 수 있는 날이 빨리 왔으면 좋겠다고 했다. 언론에서 온 메시지도 적지 않았다. 어느 곳은 단독 인터뷰를 하자고 했고, 어느 곳은 토크 쇼에 나와 달라고 했다. 토론 프로그램 패널에게 온 메시지도 있었는데, 서로 어떤 오해가 있는 것 같으니 기회가 되면 제대로 '소통'하고 싶다고 했다. 투 변호사의 전략이 잘 먹혀들고 있는 것 같았다.

앉아 있든 서 있든 불편하기는 마찬가지였다. 수면제를 먹어야 할지, 누워서 책을 읽어야 할지도 갈피를 잡을 수 없었다. 에라, 그냥 내가 할 수 있는 일을 하자. 그런데 뭘 하지? 경찰은 나를 쑤홍즈가 노리는 잠재적인 범행 대상으로 보고 안전하게 지키는 것을 최우선 과제로 삼고 있다. 하지만 모든 것을 경찰이 진두지휘하는 상황에서 내가 개인적으로 취할 수 있는 조치는 없었다.

7월 25일 새벽에 다섯 번째 살인 사건이 일어났다. 피해자는 내가 아니다. 대체 어떻게 된 걸까?

새벽 2시가 넘은 시각. 자오 요원과 천 뚱이 현장에 출동한 지 거의 두 시간이 지났다. 나는 자오 요원이 준 휴대 전화로 천 뚱에게 전화를 걸어 현장 소식을 물어봤다.

"천 순경, 상황이 어때? 쑤홍즈 짓인가?"

"그런 것 같아요. 지금 목격자를 찾고 있어요."

"사건 장소는?"

"그게 참 이상해요. 둔화난루 2가에 있는 녹지대예요."

"자오 요원이 GPS로 측정했어?"

"잠깐만요."

잠시 뒤 자오 요원의 목소리가 들렸다. "측정했어요. 그런데 위성 지도와 이전 사건 현장들의 좌표가 사무실에 있어서 직원한테 대신 대조해 달라고 부탁했어요."

"이전 사건 현장들의 좌표라면 나도 적어 놨어요. 이번 것만 불러 줘요."

나는 자오 요원이 말한 좌표를 종이에 적었다.

"2가의 녹지대가 어디에서 가깝죠?"

"둔화루하고 허핑둥루가 만나는 교차로에서 가까워요. 지룽루 쪽요."

"오케이. 잠시 뒤에 다시 전화할게요."

전화를 끊고 나는 배낭에서 노트를 꺼내 네 곳의 좌표를 적어 놓은 페이지를 찾아 그 밑에 다섯 번째 사건 현장의 좌표를 적었다. 빽빽하게 적힌 다섯 곳의 좌표를 보니 눈이 다 어지러웠다.

나는 배낭에서 지도책을 꺼내 다안구 편을 펼치고 다섯 번째 사건 현장의 대략적인 위치를 확인했다. 범인의 범행 무대가 이미 류장리를 벗어나 신이구에서 다안구로 옮겨 갔다는 생각이 퍼뜩 들었다. 이것은 뭘 의미할까?

설마 범행 무대를 옮겨 또 다른 도형을 만들려는 것일까?

나는 신이구 편과 다안구 편을 왔다 갔다 하며 반복해서 대조해 봤지만 어떤 공통점도 찾지 못해 다시 좌표 연구로 돌아가서 하나하나 위치를 대조했다. 그러면 그렇지! 다섯 번째 사건 현장의 위도는 세 번째 러룽제 사건 현장의 위도와 거의 같았다. 조금 다른 점이라면 다섯 번째 사건 현장의 경도와 첫 번째 신하이루 사건 현장의 경도가 약간 차이 난다는 점이었다. 그리고 이 차이는 앞서 네 곳의 사건 현장 사이에서 났던 차이보다 조금 더 컸다.

그때 휴대 전화 벨이 울렸다.

"저예요, 자오."

나는 발견한 내용을 재빨리 설명했다.

"맞아요. 사무실 직원도 그렇게 말했어요. 그리고 자세히 측정해 보니까 위성 지도상에서 다섯 번째 사건 발생 지점과 세 번째 사건 발생 지점 사이의 거리가 다섯 번째 사건 발생 지점과 첫 번째 사건 발생 지점 사이의 거리와 거의 비슷하대요. 죄송해요. 팀장님이 부르셔서 이만 끊어야겠어요."

다섯 번째 사건 발생 지점과 세 번째 사건 발생 지점 사이의 거

리가 다섯 번째 사건 발생 지점과 첫 번째 사건 발생 지점 사이의
거리와 거의 비슷하다고? 시각적인 자료가 없는 상태에서 이 말은
들으나 마나 한 소리였다. 결국 나는 인터넷으로 구글 지도를 열어
사건 현장들 간의 상대적인 위치를 알아봤다.

그리고 지도를 인쇄해 다섯 번째 사건 현장을 표시하니 다음과
같은 모양이 나왔다.

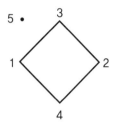

꼭짓점을 딛고 서 있는 정사각형의 왼쪽 윗부분에 점 하나가 더
추가된 모양이었다. 이 점을 북쪽의 꼭짓점과 직선으로 연결하면
다음과 같은 모양이 된다.

이 상태에서 다섯 번째 사건 현장을 나타내는 점과 서쪽의 꼭짓
점을 직선으로 연결하면 오각형이 된다.

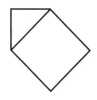

뒤이어 점 다섯 개를 연결해서 그릴 수 있는 온갖 그림을 노트
에 그려봤다.

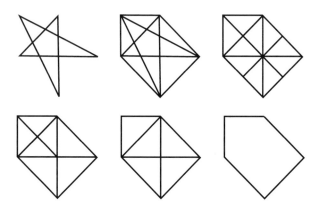

범인은 범행을 저지르기 전에 사건 현장 간의 거리가 거의 차이
나지 않게 장소를 신중하게 고른 것이 틀림없다. 하지만 도형만 봐
서는 범인의 의도가 뭔지, 그가 완성하고 싶어 하는 도형이 어떤
것인지 알 수가 없었다.

소파에 비스듬히 누워 두 눈을 감고 머릿속으로 도형을 유추하
다가 나도 모르게 선잠이 들었다. 의식이 반쯤 깨어 있는 상태에
서 꿈을 꾸기 시작한 나는 좌표 다섯 개를 이리저리 연결하며 여
러 개의 도형을 만들었다. 점선이 실선으로 바뀌고 실선이 다시 점

선으로 바뀌며 변하는 도형은 마치 숨었다 나타났다 하는 별 같기도 하고, 집 같기도 하고, 굴뚝 같기도 하고, 나무토막 같기도 하고, KKK(백인 우월주의 단체./옮긴이)가 쓰는 끝이 뾰족한 삼각형 모자 같기도 했다.

깊은 잠에 빠져들수록 나는 더 깊은 잠재의식 속으로 들어갔다. 꿈에서 나는 격자망처럼 끝이 없는 골목을 사방으로 걸어 다니다가 돌연 어머니 댁에 있는 내 방에 들어가 앉아 있었고, 그러다가 다시 어두컴컴한 감옥에 갇혔다. 눈을 크게 뜨고 자세히 보려고 해도 눈꺼풀이 천근만근이어서 눈이 떠지지 않았다. 이때 눈부신 조명이 갑자기 환하게 쏟아져 들어왔고, 눈을 떠 보니 나는 무대 한가운데서 대사를 까먹고 안절부절못하는 연극배우가 돼 있었다. 그 순간 홀연히 깨달았다.

나는 〈우물 안의 그림자〉에 등장하는 배우였다.

나는 허겁지겁 일어나 서재로 들어갔다. 컴퓨터가 아직 켜져 있었다. 〈우물 안의 그림자〉 영상 파일을 클릭해 처음부터 끝까지 다시 한번 자세히 봤다. 그리고 마지막 장면에서 마침내 쑤훙즈가 완성하고 싶어 하는 도형이 뭔지 깨달았다.

3

아침에 일어나자마자 나는 서둘러 집을 나섰다.

새벽 4시 넘어서 새로운 사실을 발견한 나는 부랴부랴 자오 요원과 천 뚱에게 연락했지만 벨만 공허하게 울릴 뿐 아무도 전화를 받지 않았다. 휴대 전화를 받지 않는 건 자이 경위도 마찬가지였다. 사건 현장의 좌표를 몇 번이나 검토해 봐도 결과는 같았다. 나는 초조하고 흥분된 마음으로 거실에 가만히 앉아 날이 밝기만을 기다리다가 깜빡 잠들었고, 아침 9시가 훌쩍 넘어서야 겨우 일어났다.

막 골목으로 나왔을 때 경찰이 막아섰다.

"우 선생님, 범인 검거 전까지 댁에 계시는 게 좋겠다는 팀장님 말씀이 있었습니다."

"안 돼요. 왕 팀장에게 보고할 사항이 있습니다. 경찰서까지 데려다주세요."

경찰은 잠시 기다리라고 하더니 수사본부에 전화해 어떻게 해야 할지 물었다. 나는 자오 요원에게 전화했다. 이번에는 다행히 전화를 받았다.

"자오 요원, 왜 이제야 전화를 받아요?"

"죄송해요. 밤새 본부에서 긴급회의가 열려서 전화를 받기가 불편했어요."

참 이상한 사람들이다. 급할 때 연락하라고 휴대 전화까지 주고서는 정작 급할 때 전화했더니 받기 불편했단다.

"지금 당장 경찰서에 가야 합니다."

"탐정님, 댁에 계시는 게 좋을 것 같아요."

"쑤훙즈가 범행 장소를 어떻게 선택했는지 알아냈어요."

"진짜요? 뭡니까, 이유가?"

"전화로는 말하기 곤란해요. 위성 지도를 보면 확실히 알 수 있을 것 같아요."

"팀장님께 여쭤보고 전화드릴게요."

전화를 끊었을 때 조금 전 나를 막아선 경찰이 돌아왔다. "죄송합니다. 댁에 계시도록 하라는 지시를 받았습니다."

"방금 수사본부와 통화했습니다."

"저는 연락 못 받았는데요."

그때 경찰의 휴대 전화가 울렸다.

"여보세요……. 네, 알겠습니다." 경찰이 전화를 끊고 뒤돌아서 말했다. "가시죠. 경찰서까지 모셔다드리겠습니다. 가져갈 물건은 다 챙기셨습니까?"

챙기다마다. 나는 이미 새벽 4시에 배낭을 꾸려 놨다.

경찰서에 도착하자마자 곧장 엘리베이터를 타고 수사본부에 올라갔다. 마침 회의 중이어서 왕 팀장을 비롯해 수사본부의 경찰들, 자오 요원, 천 뚱까지 모두 거기 있었다.

"자오 요원이 그러던데, 새로운 사실을 발견했다고요?" 왕 팀장이 고개를 들고 말했다.

"위성 지도를 보고 말씀드리죠."

나는 각종 도표가 붙어 있는 벽 앞에 서서 위성 지도를 뚫어지게 쳐다봤다. 왕 팀장이 내 뒤를 따랐고, 나머지 경찰들이 왕 팀장 뒤를 쭉 둘러쌌다. 빨간 압정 네 개가 박혀 있던 위성 지도에는 다섯 번째 살인 사건 현장의 위치를 표시한 압정이 하나 더 추가됐다. 지도 오른쪽 벽면에는 각양각색의 도형이 그려진 종이가 잔뜩 붙어 있었다. 경찰도 나처럼 여러 가지 가능성을 추측하느라 고심한 모양이었다.

경찰이 그린 도형 중에는 내 생각과 일치하는 도형이 없었다.

"팀장님, 혹시 우리가 도형을 너무 복잡하게 생각하는 건 아닐까요? 누구 연필 있습니까?"

말이 끝나기 무섭게 누군가 연필을 건넸다.

"감사합니다. 그러면 연필로 그리면서 설명하겠습니다."

"사인펜으로 그리면 더 잘 보이겠어요." 왕 팀장이 말했다.

그러자 누군가 사인펜보다 더 굵은 검정 매직을 가져왔다.

"잠시 사건 발생 순서는 잊기로 하죠." 나는 말하면서 지도에 기호를 표시했다. "앞서 네 살인 사건이 발생한 지점을 북, 동, 남, 서 이렇게 시계 방향으로 A, B, C, D 네 개의 점으로 표시하겠습니다. 그리고 A와 C, 그러니까 북쪽과 남쪽을 연결하고, B와 D, 즉 서쪽과 동쪽을 연결하겠습니다."

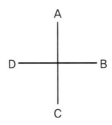

"십자가네요. 이 도형은 탐정님이 예전에도 그렸어요." 자오 요원이 말했다.

"맞습니다. 십자가예요. 경찰은 마지막 범행 대상이 나일 거라고 생각했습니다. A와 C, D와 B를 연결한 선의 교차점에 내가 살고 있기 때문이죠. 하지만 다섯 번째 살인 사건은 이 추론을 벗어난 곳에서 일어났습니다. 다섯 번째 사건 발생 지점을 E라고 하겠습니다. E와 A 두 지점을 연결한 길이는 E와 D를 연결한 길이와 같습니다. 그리고 경도와 위도로 볼 때 다섯 번째 사건 발생 지점은 임의로 선택된 것이 아니라 정밀한 계획에 따라 정해진 것이었습니다."

나는 위성 지도 옆에 붙어 있는, 경찰들이 그린 도형들을 가리키며 말을 이었다.

"어젯밤에 저도 여러분과 마찬가지로 각종 도형을 그려 봤습니다. 그 결과 별다른 의미가 없는 각종 기하학적인 도형이 많이 나왔죠. 잠깐 동안은 범인이 완성하고 싶어 하는 도형이 별 모양일 수도 있겠다고 생각했습니다."

"그럴 가능성도 있죠." 왕 팀장이 말했다.

"범인이 노리는 게 별 모양이라면 앞으로 다섯 사람이 더 죽을 수 있습니다."

"맞습니다. 별 모양도 수많은 가능성 중 하나입니다. 하지만 갑자기 이런 생각이 들더군요. 내가 너무 복잡하게 생각하는 것은 아닐까? 잠시 별 모양은 접어 두고, A와 E를 연결해 보겠습니다."

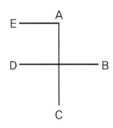

"그다음에 D와 E를 연결하지 않고 오히려……."

"맙소사!" 왕 팀장이 귀신이라도 본 것처럼 아연실색했다. "그럴 리가 없어!"

"저도 처음에는 믿을 수가 없었습니다. 하지만 D에서 아래쪽으로 C와 같은 위도상의 점까지 점선을 그리고, 다시 C에서 오른쪽으로 B와 같은 경도에 있는 점까지 점선을 그리고, 그다음에는 여러분도 아시겠죠? B에서 위쪽으로 A와 같은 위도상의 점까지 점선을 그려 봅시다."

"세상에!" 왕 팀장은 눈앞에 나타난 도형을 보고 다시 한번 놀랐다.

"나치다!" 누군가 놀라서 소리쳤다.

"누가 나치라고 했나?" 왕 팀장이 꾸짖듯이 말했다. "이건 불교의 만자야."

"네, 만자가 맞습니다." 내가 말했다. "나치의 상징은 만자와 방향이 달라요. 또 반듯하지 않고 45도 비스듬히 기울었죠."

"하지만 이건 탐정님의 상상에 불과하지 않습니까." 왕 팀장이 말했다.

"저도 그러기를 바랍니다. 하지만 장 감독의 말에 따르면 쑤훙즈는 불교 신자예요. 게다가 제 서재에 있는 불교 서적에 표시까지 남겨 뒀죠." 나는 배낭에서 CD를 꺼냈다. "이건 쑤훙즈가 극본을 쓰고 감독까지 한 연극입니다. 누가 틀어 주시겠습니까?"

"저한테 주십시오." 사복을 입은 경찰이 CD를 받아 가장 가까이 있는 컴퓨터에 넣었다.

모니터에 〈우물 안의 그림자〉가 나왔다.

"앞부분은 건너뛰고 맨 마지막 클라이맥스로 가 주세요." 내가 말했다.

마우스의 화살표가 오른쪽으로 빠르게 움직였다.

"여깁니다. 보이세요?"

화면에서 등장인물 아홉 명이 만자 모양으로 가부좌를 틀고 앉아 작은 소리로 불경을 외웠다. 만자의 정중앙에 앉은 사람은 노숙자였다.

"맙소사!" 왕 팀장이 말했다. "이 CD 좀 빌려주십시오. 다시 자세히 봐야겠습니다."

왕 팀장은 어두운 표정으로 CD를 들고 자신의 사무실로 돌아갔다. 나는 자오 요원, 천 뚱과 함께 취조실로 가서 범인이 계획한 도형의 숨은 의미에 대해 토론했다.

"저는 만자가 불교를 상징한다는 것밖에 몰라요." 천 뚱이 말했다. "부처님의 공덕과 관계있는 것 같던데요."

"만자는 산스크리트 문자고, '슈리밧사'라고 읽는대요." 자오 요원이 인터넷에서 찾은 자료를 읽기 시작했다. "이것은 '길상해운(吉祥海雲)'을 의미하고, 하늘과 바다 사이에 행운이 넘실거리는 것을 상징한다. 여래의 가슴에 그려진 만자를 불교 신자들은 '그 빛이 눈부시고, 수천수백 가지 색에 달한다.'라고 말할 정도로 귀하고 성스러운 것으로 여긴다."

"나도 조사해 봤어요." 내가 말했다. "불교 문물에서 왼쪽으로 도는 좌만자(卍)나 오른쪽으로 도는 우만자(卐)를 모두 볼 수 있는데, 둘 다 길상에 속해요. 하지만 2차 세계 대전 이후 사람들은 오른쪽으로 돌아가는 만자를 보면서 나치나 악마를 떠올리게 됐죠. 사실 히틀러가 만든 부호는 불교와 아무 관계가 없대요."

"맞아요. 나치의 상징은 사실 S 자 두 개를 변형해서 만든 독일어 줄임말이에요. 하지만 다른 설도……." 자오 요원이 갑자기 말을 멈추고 뭔가를 집중해서 읽었다.

"나치든 뭐든 간에 이놈의 짐승만도 못한 쑤홍즈가 왜 만자를 만들려는 걸까요?" 천 뚱이 길어지는 설명을 못 참고 말했다.

내가 만자 추론을 꺼낸 뒤에 천 뚱도 왕 팀장처럼 적잖은 충격을 받았는지 말에서 조급함이 느껴졌다.

"쑤홍즈는 본인이 공덕을 쌓고 있다고 생각하는 것 같아." 내가 말했다.

"하늘을 대신해서요?" 천 뚱이 말했다.

"그럴 수도 있지."

"에이, 말도 안 돼요. 쑤홍즈에게 살해된 피해자들의 배경을 조사해 봤는데 하나같이 선한 시민들이었어요. 용서받지 못할 극악무도한 죄인은 없었다고요."

"피해자들은 억울한 희생양이고. 내 생각에는 이 부호가 나를 향하고 있는 것 같아. 쑤훙즈가 내게 하고 싶은 말이 있는 것 같아."

"잠시만요." 자오 요원이 말을 잘랐다. "어쩌면 이게 도움이 될 수도 있을 것 같은데, 측천무후 이전에는……."

"이 부호랑 측천무후가 무슨 상관이에요?" 천 뚱이 말했다.

"끝까지 들어 보세요. 이 부호를 어떤 사람들은 '德(덕)'이라고 번역하지만 '萬(만)'이라고 번역하는 사람들도 있어요. 측천무후는 황위에 오른 뒤에 이 부호를 '만'으로 읽으라고 제정했어요. 행운과 덕이 모이는 곳이라는 의미에서요."

"그래서요? '덕'이나 '만'이나 읽는 것만 다르지 둘 다 원만하다는 의미는 같잖아요." 천 뚱이 말했다.

"이 부호가 덕을 상징한다면 범인 스스로 공덕을 쌓고 있다고 생각하는 것 같다는 탐정님 말씀에 일리가 있어요."

우리 셋은 토론을 이어 갔지만 대부분 제자리걸음만 할 뿐 구체적인 돌파구를 찾지 못했다.

핵심은 이 부호가 나하고 어떤 관계가 있는가, 내가 여전히 범행 대상인가 하는 것이었다. 하필이면 나는 만자의 교차점에 살고 있고, 〈우물 안의 그림자〉의 마지막 신에서 노숙자가 앉아 있던 위치도 十 자로 두 선이 교차되는 지점이었다. 나와 노숙자의 닮은 점은 번듯한 직업 없이 온종일 사방을 돌아다닌다는 것이다. 하지만 극중에서 노숙자는 도를 깨달은 정의의 인물이지만 나는 그렇지 못하다. 그는 세상의 이치를 간파하고 우주가 텅 비어 있다는 '공(空)'의 진리를 깊이 깨달았다. 하지만 나는 어떤가? 어쩌면 쑤훙즈는 나와 노숙자의 차이, 즉 나와 노숙자가 서로 정반대임을 강조하고 싶었는지도 모른다.

'마음이 어딘가에 머물러 있으면 머물러 있는 게 아니니라!'

범인은 내가 여전히 악마의 장난에 놀아나고 겉모습에 집착해 헛수고하고 있음을 암시하고 싶은 것인지도 모른다. 그렇다면…….

"범인은 나를 깨우치고 있어요." 내가 불쑥 말했다.

"뭐라고요?" 두 사람이 동시에 물었다.

나는 방금 전의 추론을 두 사람에게 설명했다.

"불교에는 인연 사상이라는 게 있어요. 범인은 나를 깨우치고 싶은 거예요."

"그래서 대자비심을 발휘해서 사람을 그렇게 많이 죽였다고요?" 천 뚱이 말했다.

"맞아. 변태잖아. 쑤훙즈는 자기가 자비심을 베푼다고 생각할 수 있어."

"게다가 선생님과 인연이 있다고 생각하고요." 자오 요원이 보충 설명을 했다.

"맞아요. 범인은 우 선생님을 깨우치고 싶어 합니다."

목소리의 진원은 왕 팀장이었다. 왕 팀장은 문 앞에 서 있었고, 그 뒤에 타이난에서 돌아온 자이 경위가 있었다.

"아무래도 제 손에 장을 지져야 할 것 같습니다."

왕 팀장이 무거운 표정으로 자리에 앉자 의자 다리가 바닥에 끌리는 날카로운 소리가 났다.

"연극을 끝까지 봤는데 우 선생님의 추론이 거의 맞습니다. 지금 우리는 전에 없던 새로운 유형의 범인을 쫓고 있습니다. 범인은 불교의 교리를 제멋대로 왜곡해서 받아들이고는 본인이 깨달았다고 생각하는 미치광이입니다."

모두 묵념이라도 하듯 아무 말도 하지 않았다.

"자이 경위, 방금 나한테 보고했던 내용 말씀드려." 왕 팀장이 자이 경위에게 말했다.

다른 경찰들과 마찬가지로 타이난에서 밤새 일하고 장거리 운전까지 한 자이 경위는 얼굴이 해쓱했다. 하지만 그녀가 줄줄이 털어놓는 쑤훙즈에 관한 이야기를 들으니, 피곤한 몸은 둘째치고 그가 살아온 과정 자체가 사람을 지치게 했다.

4

쑤훙즈는 스물여덟 살의 젊은 나이에 비해 인생의 부침을 많이 겪은 기괴한 인물이었다. 자이 경위와 자오 요원이 수색 영장을 들고 그의 고향 집을 찾아갔을 때 그의 어머니는 처음부터 끝까지 한마디도 하지 않았다. 이 점이 참으로 이상한데, 일반적으로 이런 일을 당하는 부모들이 목소리를 높여 자기 자식을 변호하는 것에 비해 그의 어머니는 언젠가 이런 날이 올 줄 알았다는 듯이 입을 꾹 다물었다. 경찰은 조사차 쑤훙즈의 어머니를 타이난 경찰서에 데려갔다. 가오슝에 사는 그의 형과 자이에서 가정을 이루고 사는 그의 여동생도 경찰서에 출석시켰다. 경찰은 네 팀으로 나눠 가족을 조사했다. 다음은 자이 경위가 가족 및 학창 시절 스승과 친구 들의 증언을 토대로 쑤훙즈를 프로파일링 한 내용이다.

쑤훙즈는 어려서부터 말수가 적고 얌전한 데다 조숙했다. 또한 학교 수업이 너무 쉬울 정도로 머리가 좋았다. 초등학교 때 선생님은 쑤훙즈를 아이큐가 굉장히 높아서 모든 개념을 쉽게 이해하고 하나를 가르쳐 주면 열을 아는 학생이었다고 기억했다. 그래서 부모에게 영재 학교에 보낼 것을 추천했고, 부모도 흔쾌히 동의했다. 그런데 이 일이 무산돼 버렸다. 문제는 초등학교 5학년 때 처음 발견됐다. 쑤훙즈는 괜히 남의 집 초인종을 누르고 다니는 것을 좋아했는데, 학교에 갈 때마다 특정 집의 초인종을 누르고 태연하게 제 갈 길을 갔다. 그러던 어느 날 결국 주인에게 붙잡혀 학교에 끌려가면서 선생님이 이 문제를 처음 알게 됐다. 쑤훙즈는 학교에서 경고를 받고 부모에게 꾸중을 듣고 두들겨 맞아도 계속해서 이 집 저 집 초인종을 누르고 다녔다.

쑤훙즈의 부모는 어쩔 수 없이 아들을 신경 정신과에 데리고 갔다. 의사는 쑤훙즈의 행위가 단순한 장난의 범위를 넘어섰다고 판단했다. 쑤훙즈가 고른 집은 모두 정원이 있는 고급 주택이었는데, 그는 그 집에 사는 사람들을 부러워한 나머지 자신이 그 집에 살고 있다는 환상을 가졌던 것이다. 의사는 쑤훙즈에게 강박증이 아니라 강박성 인격 장애가 있다고 진단했다. 전자와 후자의 차이는, 강박증을 가진 사람은 자신에게 문제가 있다는 것을 인식하고 고치려 하지만, 강박성 인격 장애 환자는 자신에게 문제가 있다는 사실을 아예 인식하지 못한다는 것이다.

그런데 어떻게 된 일인지 쑤훙즈의 강박성 인격 장애가 중학교 때 갑자기 사라졌다. 중학생이 된 쑤훙즈는 더 과묵해졌고, 반 친구들과도 어울리지 않은 채 자기만의 세계에 빠져 살았다. 심경의 변화가 생긴 건 3학년 때였다. 어느 우연한 기회에 불교를 접한 쑤훙즈는 불교의 가르침에 깊은 감동을 받았다. 그 뒤로 학업을 등한시하기 시작했고, 그렇게 좋아하는 만화나 전자오락에도 더 이상 열중하지 않고 온종일 불교 서적만 읽었다. 수업 시간에도 읽고,

수업이 끝난 뒤에도 읽고, 집에 가서도 읽었다. 밥 먹는 것조차 잊어버릴 정도로 불교 서적만 붙들고 산 쑤훙즈는 더 이상 주변 사람들을 신경 쓰지 않았고, 가족, 스승, 친구 들의 조언도 귀담아듣지 않고 죽어라 명상만 했다. 이후 반 아이들은 쑤훙즈를 '스님'이라고 부르며 툭하면 괴롭혔다.

고등학교 1학년이던 어느 여름날, 쑤훙즈는 거실에 아무도 없는 틈을 타 집에서 모시는 신상을 마당에 모아 놓고 모조리 불태우려다가 가족에게 들켰다. 그날 그는 아버지에게 흠씬 두들겨 맞았다. 어머니가 무릎을 꿇고 도대체 왜 그랬냐고 묻자 쑤훙즈는 신상에 제를 올리는 것은 제대로 된 믿음이 아니라 미신이고 불교의 가르침에 어긋난다고 말했다. 이 말을 들은 형이 쑤훙즈를 실컷 두들겨 패고 쫓아냈는데, 어머니와 여동생이 설득해서 다시 집에 데려올 수 있었다. 어머니가 앞으로 다시는 신상을 건드리지 말라고 당부하자 쑤훙즈는 그렇게 하겠으나 자신은 더 이상 신상에 제를 올리지 않겠다고 말했다.

이 사건으로 쑤훙즈는 가족과 더욱 멀어졌고, 온종일 방에 틀어박혀 경서를 읽거나 계수나무 밑에 앉아 불경을 외웠다. 그래도 어머니는 이런 아들을 위해 날마다 맛있는 음식을 했다. 그러던 어느 날, 쑤훙즈가 어디 간다는 말도 없이 갑자기 사라졌다. 가족은 사방으로 쑤훙즈를 찾아 다녔지만 끝내 찾지 못하고 경찰에 실종 신고를 했다. 그런데 닷새 뒤에 그가 초췌하고 남루한 모습으로 돌아왔다. 어디에 있었냐는 가족의 물음에 그는 입을 꾹 다물었다. 그러다 뜬금없이 부처만 있으면 꼭 절에 있지 않아도 된다, 모든 종교는 거짓말이다 하고 말했다.

쑤훙즈는 오직 불경만 믿었고, 다른 사람들의 말은 모두 헛소리로 치부했다. 어디에 있었냐고 어머니가 계속 묻자 쑤훙즈는 타이난의 깊은 산중에 있는 절에 찾아가 머리를 밀고 출가하려고 했는데, 주지 스님이 긴 대화 끝에 거절했다고 말했다. 경찰이 주지 스님을 찾아가 왜 쑤훙즈를 받아들이지 않았냐고 묻자 주지 스님은 어디서 사이비 불교 신자가 왔는데 바로잡기 어려울 정도로 잘못된 불법에 심취해 있었다, 미성년자만 아니었으면 절에 들여 제대로 뜯어고쳤을 것이다 하고 말했다. 주지 스님에게 쫓겨난 뒤 쑤훙즈는 원전을 제외한 다른 불교 서적들을 몽땅 불태웠다.

대학에 들어간 쑤훙즈는 절반은 집에서 살고 절반은 따로 월세를 얻어 살았다. 철학과에 진학해 서양 철학에 몰두한 그는 학과 성적이 좋았고, 다시 평범한 상태로 돌아간 것처럼 동아리 활동도 열심히 했다. 하지만 학과 신문에 불교와 서양 철학을 비교하는 글을 자주 실었고, 그때마다 그의 편향적인 시각을 지적하는 학생들과 필전을 벌였다. 쑤훙즈는 불교의 진리에 대해서 떠들기만 하는 것은 의미가 없다, 서양 철학에서 강조하는 개인의 의지로 불교의 진리를 실천해야 한다 하고 주장하는 한편 '불법 논단'이라는 사이트에 금욕은 인간의 본성을 거스르는 것이고 자연에 순응하라는 부처의 유훈에도 어긋나는 것이라는 내용의 글을 올리기도 했다. 금욕에 관한 불교의 설법을 공격한 이 글은 많은 불자들의 심기를 건드렸고, 결국 쑤훙즈는 이 사이트에서 쫓겨났다. 당시에 쑤훙즈는 자신을 부처를 따르는 신실한 수행자라고 여겼고, 전 세계 사람들에게 진리를 깨우쳐 주는 것이 자기 할 일이라고 생각했다.

대학교 3학년 때 쑤훙즈는 다섯 살 연상의 미스 왕과 사귀다 곧 동거에 들어갔다. 내 존재를 처음 알게 된 것도 연극배우인 미스 왕을 통해서였다. 예전에 내가 쓴 극본을 그녀가 속한 극단에서 무대에 올린 적이 있는데, 이 연극을 본 것이다. 당시에 미스 왕은 늘 술에 취해 살았고, 마약에도 손대는 바람에 결국 극단에서 쫓겨났다. 그러자 쑤훙즈는 조금 이상한 방식으로 그녀를 돕겠다고 나섰다. 그는 자신에게 초인적인 의지가 있음을 증명하기 위해 먼저 미스 왕과 함께 술을 진탕 마시고 마약도 흡입하더니 몇 월 며칠까지 술과 마약을 모두 끊겠다고 선포했다. 그러고는 그다음 날부터 날마다 참선하고 불경을 외며 술과 마약을 하고 싶은 충동을 억눌렀고, 약속한 날에 진짜 술과 마약을 완전히 끊었다. 그에 비해 미스 왕은 충동을 못 이기고 집 밖으로 뛰쳐나갔다가 쑤훙즈에게 붙잡혀 사흘간 입에 손수건을 문 채 침대에 묶여 지냈다. 그동안 쑤훙즈는 내내 침대 옆에 앉아 불경을 외웠다. 나흘째 되는 날 그녀는 쑤훙즈가 장을 보러 간 사이 몰래 밧줄을 풀고 도망쳤다. 경찰 조사 결과, 그녀는 현재 헝춘에서 남편과 함께 게스트하우스를 운영하며 아이를 낳고 잘 살고 있었다.

미스 왕의 말에 따르면 쑤훙즈는 내 작품에 관심이 많았다. 그는 글을 보면 그 사람을 알 수 있는데, 우청이라는 작자는 고통스러운 연옥에 살고 있으니 누군가 구원해 줘야 한다고 말했다고 한다. 또 내 작품을 본 것이 계기가 돼 연극에 푹 빠져서, 불교를 알리는 수단으로 연극을 선택한 뒤에 날마다 극단을 출입하며 연극으로 먹고사는 사람들보다 더 진지하게 극본 집필, 연기, 연출을 배웠다고 한다. 미스 왕은 쑤훙즈가 남을 흉내 내는 재능이 뛰어나 누구를 연기하든 실제와 똑같았고 여장 연기도 그를 따라올 사람이 없었다고 말했다.

쑤훙즈는 대학을 졸업하고 가오슝에서 군 생활을 했다. 그가 왜 만기를 못 채우고 미리 전역했는지는 군대 측의 협조 거부로 알

수 없지만, 경찰은 이 부분에 대해 계속 조사할 계획이다. 제대 후 타이베이로 이주한 쑤홍즈는 지난 사 년 동안 수시로 일자리를 바꾸며 아르바이트로 생활비를 마련했고, 이 년 전에 장 감독을 알게 돼 연극계에 정식으로 발을 들였다. 그 이후로 모두가 알고 있듯이 줄곧 나와 가까워지기 위해 노력했다. 물론 나는 그의 존재를 전혀 몰랐지만 말이다.

현재 경찰은 그가 나를 깨우쳐 주고 싶어 한다고 생각한다. 하지만 내가 그 자신을 깨우쳐 주기를 바랄지 누가 알겠는가. 어쨌든 올 4월 초에 그는 갑자기 고향 집에 찾아가 어머니에게 재산을 내놓으라고 으름장을 놨고, 어머니가 거절하자 위협하기까지 했다. 어쩔 수 없이 어머니는 연을 끊는 조건으로 쑤홍즈에게 30만 위안을 줬다.

그 뒤에 쑤홍즈는 자취를 감췄다.

지옥은 분노가 만들어 낸 개념

1

쑤훙즈에 관한 자이 경위의 프로파일링을 노트에 받아 적은 다음 몇 번이나 읽어 봤지만 의문점은 여전히 풀리지 않았다. 어릴 때 잠깐 나타났던 강박성 인격 장애가 훗날 그의 삶의 궤적과 어떤 필연적인 관계가 있는지 도무지 이해할 수 없었다. 어려서는 남의 집 초인종을 눌러 대더니 커서는 종교에 미치고, 여자 친구를 학대하고, 그러다가 무고한 사람들을 죽이고, 과연 이것은 진화일까, 퇴화일까? 억지스러운 해석이지만 나는 이것을 종교(혹은 사이비 종교)의 영향이라고 생각한다. 종교는 들고 있던 칼을 내려놓게 할 수도 있지만 그 칼로 사람을 여럿 죽이게 만들 수도 있다.

하지만 타이완은 인도나 태국처럼 종교의 영향력이 강한 국가가 아니다. 타이완은 종교 자체보다 정치가 종교화되는 것이 더 문제다. 지극히 세속적인 국가라서 종교 단체조차 시정잡배의 분위기를 물씬 풍긴다. 물질에 대한 추구가 극에 달하면 반전 현상이 일어나는 것처럼, 실제적인 것을 중시하며 머리싸움으로 살아가는 세상에 대한 반전 현상으로 쑤훙즈 같은 인물이 등장했을 수 있다. 쑤훙즈는 온 세상이 현실적이고 물질적인 것을 추구할 때 세상의 흐름을 거슬러 추상적인 정신세계로 들어갔다. 쑤훙즈에게 육신과 형체는 문드러져도 아무렇지 않는 환상에 불과하다.

다섯 번째 살인 사건의 피해자는 젊은 여자였다. 이름은 궈이펀, 31세, 직장인이고 둔화난루에 살았다. 7월 25일 밤 12시 넘은 시각에 강아지와 함께 녹지대를 산책하다가 금속 재질의 둔기로 추정되는 물체에 이마를 두 대 맞고 사망했다. 경찰은 CCTV 영상 및 목격자 증언을 통해 검은색 운동복 같은 후드 점퍼 차림의 쑤훙즈가 맞은편에서 천천히 뛰어오다가 서로 스쳐 지나갈 때 무방비 상태의 피해자를 쇠막대로 보이는 흉기로 공격했다는 것을 확인했다. 궈이펀은 그 자리에 쓰러졌고, 쑤훙즈는 몸을 숙여 피해자의 상태를 확인하고는 아직 숨이 붙어 있자 다시 한번 둔기를 휘둘렀다. 옆에서 쉬지 않고 짖어 대던 몰티즈는 쑤훙즈의 발길질에 어딘가로 멀리 도망쳤다. 쑤훙즈가 시체를 끌고 지룽루 방향으로 이동할 때 멀리서 그 모습을 목격한 행인 하나가 소리를 질렀고, 쑤훙즈는 시체를 버리고 달아났다. 행인은 범인이 도망칠 때 바람에 날려 모자가 벗겨졌고, 그 덕분에 그가 대머리인 것을 확실히 봤다고 증언했다.

자이 경위는 쑤훙즈가 위험을 무릅쓰고 시체를 끌고 간 까닭이 미리 GPS로 선정한 위치에 가져다 놓기 위해서라고 했다. 그러나 행인이 소리를 지르는 바람에 이 계획이 틀어졌을 것이라고 추측했다. 그 추측은 이번 사건의 발생 지점이 예상했던 경위도상의 지점과 차이 나는 이유에 대한 충분한 설명이 됐다. 그렇다면 쑤훙즈는 목표를 완전히 이루지 못했고, 그가 추구하는 대칭도 살짝 깨져 버린 셈이다.

이 밖에 쑤훙즈가 앞서 피해자 네 명을 뒤에서 공격했던 것과 달리 이번에는 정면에서 공격한 점이 눈길을 끌었다. 공격 방식의 변화는 쑤훙즈가 더 이상 살인 '아마추어'가 아니라, 피해자를 정면에서 공격할 정도로 대범해졌다는 것을 뜻한다.

쑤훙즈는 계속 진화 중이었다.

2

감식 결과, 쑤훙즈의 고향 집에서 가져온 머리카락의 DNA와 네 번째 피해자의 손톱에서 나온 피하 조직의 DNA가 일치했다. 쑤훙즈의 범행이 확실해지자 왕 팀장은 전국에 지명 수배를 내리는 동시에 기자 회견을 열고 언론에 쑤훙즈의 사진을 공개했다.

다섯 번째 살인 사건부터는 신이구에서 다안구로 범행 장소가 바뀌었다. 이제 쑤훙즈는 더 이상 류장리의 살인마가 아니다. 언론도 미처 새 타이틀을 정하지 못해 어쩔 수 없이 '연쇄 살인범 또다시 범행 저질러'라는 제목으로 보도했다. 이 사건이 각종 신문과 방송에서 톱뉴스로 다루어진 것은 말할 것도 없다. 그나마 언론이 만자에 관해 전혀 모르는 것이 천만다행이었다.

왕 팀장은 왼쪽으로 도는 좌만자에 따라 나머지 세 곳의 잠재적인 범행 장소에 사복 경찰들을 배치했다.

좌만자의 모양을 따라서 반시계 방향으로 돌면 팡밍제, 푸양 공원 서쪽, 충런제가 나온다. 자이 경위는 왕 팀장의 지시대로 GPS를 이용해 팡밍제와 충런제에서 범행이 예상되는 지점에 위치한 아파트에 경찰 병력을 배치하고 물 한 방울도 새어 들어오지 못하도록 꼼꼼하게 지켰다.

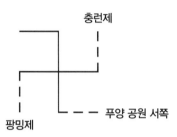

하지만 푸양 공원 서쪽은 어떻게 경찰 병력을 배치해도 완벽하게 지키기 어려웠다. 푸저우산은 사방으로 통하고 나무가 울창해서 범인이 마음만 먹으면 얼마든지 다른 곳으로 도주하거나 몸을 숨길 수 있었다. 게다가 변신의 귀재 쑤훙즈가 등산객 무리에 섞여 이곳을 드나들 경우 경찰 방어망은 순식간에 구멍이 뚫리고 만다.

"산을 봉쇄할 수도 없고, 어떡하나!" 왕 팀장은 깊은 한숨을 내쉬었다.

경찰의 고민은 또 있었다. 현재 경찰은 좌표를 근거로 쑤훙즈의 다음 범행 장소를 예측할 수 있지만, 범행 날짜와 시간을 예측할 만한 근거는 전혀 없었다. 또한 만에 하나 쑤훙즈가 곧바로 범행을 저지르지 않고 휴식기를 가질 경우 언제까지 이런 경계 태세를 유지해야 하는가도 문제였다.

"이렇게 하죠." 왕 팀장이 말했다. "쑤훙즈가 다시 범행을 저지를 때까지 소극적으로 기다리지 말고 그가 숨어 있을 만한 곳을 좀 더 적극적으로 찾아봅시다. 수색 범위도 류장리와 싼장리 일대로 국한하지 말고 더 넓히죠. 쑤훙즈는 수시로 우 선생님을 미행합니다. 우 선생님과 너무 멀거나 가까운 곳에는 살지 않을 거예요. 따라서 다안구와 가까운 신이구 일대를 철저히 뒤질 필요가 있습니다. 특히 신이구 챵징루의 산악 지대, 챵징 터널 부근의 산악 지대, 팡런루 산악 지대 인근 주택가는 더욱 신경 써서 조사해야 합니다. 이미 조사한 곳이라도 한 번 더 조사해 주세요."

상황이 이렇게 되자 내가 할 수 있는 일은 전혀 없었다.

"우 선생님이 할 수 있는 일은 모두 했습니다. 조금만 인내심을 갖고 당분간 댁에 머무십시오. 사흘 내로 놈을 꼭 잡겠습니다."

경찰서를 떠나기 전에 왕 팀장이 내게 한 말이었다.

우리는 악수하고 헤어졌다.

사흘 내로 못 잡으면 어떡할 겁니까 하고 묻고 싶었지만 참았다.

나와 너무 멀거나 가까운 곳에는 살지 않을 것이다. 집에 가는 내내 왕 팀장의 이 말이 생각났다.

또 한 번의 장기전을 준비하기 위해 집에 들어가기 전 편의점에 들러 홍차와 컵라면을 잔뜩 샀다. 집 밖에 나가는 것이 무섭지는 않았지만 괜히 경찰들을 번거롭게 하고 이웃 사람들을 불편하게 만들고 싶지 않아 되도록 바깥출입을 삼가고, 정 움직이고 싶으면 197번 골목을 슬슬 돌다가 들어오기로 했다.

밤 9시가 넘어 투 변호사에게 전화가 왔다. 그동안 그의 존재를 거의 잊고 있었다.

"우 선생님, 상의드릴 일이 있습니다."

목소리에 힘이 없는 것으로 미뤄 뭔가 어려운 일이 생긴 것 같았다.

"무슨 일입니까?"

"하, 프로블럼이 생겼어요."

"어떤 프로블럼요?"

"사실 제 프로블럼입니다."

무슨 일인지 선뜻 이야기하지 않는 투 변호사와 묻기 귀찮은 나 사이에 프로블럼만 요란하게 돌고 돌았다.

"우리가 언론과 텔레비전 프로그램 패널들을 한꺼번에 고소하지 않았습니까? 그런데 그 사람들이 힘을 합쳐서……."

"질 것 같습니까?"

"아니요. 제 말 좀 들어 보세요. 그들이 힘을 합쳐서 약점을 캐고 있어요."

"쳇! 그런다고 내가 겁먹을 것 같아요?"

"그게 아니라, 그 사람들이 제 약점을 캐고 있어요."

이런, 미처 예상하지 못한 일이다. 역시 언론은 우습게 볼 상대가 아니다.

"그것도 엄청나게요."

"뭘 캐냈답니까?"

"여자 문제요. 우 선생님, 제가 다른 일들은 똑 부러지게 하는데 미인 앞에서는 맥을 못 춰요. 언론이 제가 젊은 여자와 데이트하는 사진을 찍어서 협박하고 있어요. 우 선생님을 설득해서 고소를 철회하지 않으면 아내에게 그 사진을 공개하고 일을 크게 만들겠다고요."

"그게 나하고 무슨 상관입니까!"

여자 문제라는 말을 듣는 순간 이미 투 변호사의 사정을 봐주기로 결정했지만 잠깐 더 골려 주고 싶었다.

"이렇게 부탁드립니다. 우 선생님, 두 미 어 페이버. 제발 저 좀 살려 주세요. 제 변호사 사무소도 처가에서 열어 줬단 말이에요!"

다 큰 사내대장부가 '……했단 말이에요.'라고 말하는 것을 보니, 이미 정신이 반쯤 나간 것 같았다.

"알겠습니다."

"아! 진짜요?"

"오브 코스!"

"우아, 감사합니다. 감사합니다, 우 선생님. 우 선생님 은혜는 꼭 갚겠습니다!"

"이미 많이 도와주셨는데, 저도 이 정도는 도와드려야죠. 하지만 한 가지 조건이 있습니다."

"말씀하십시오. 열 개라도 들어드리겠습니다."

"지금 제 친구가 여고생을 강간하려던 놈을 고소하려고 해요. 투 변호사님이 무료로 도와주셨으면 합니다."

"도와드리다마다요. 저만 믿으세요."

"단 언론에 알려지면 안 돼요. 그러실 수 있겠죠?"

"조용히 변호해야 한다, 이 말씀이죠? 로 프로필(주목을 거의 받지 못하는 태도./옮긴이)을 유지하겠습니다."

나는 투 변호사에게 천제루의 전화번호를 알려 줬다.

"그러면 고소는 취하하는 걸로 알겠습니다, 우 선생님. 다음에 큰일 생기면 꼭 저를 찾아 주세요. 무료로 도와드리겠습니다!"

"말씀만으로도 고맙습니다. 변호사님 거기도 잘 간수하십시오."

샤워하고 소파에 앉아 맥주를 마시고 음악을 들으며 지난 며칠 동안 일어났던 일과 이번 사건에 대해 생각해 봤다. 스피커에서는 브라질 출신 비르히니아 호드리기스의 풍채만큼이나 묵직한 노랫소리가 흘러나왔다. 약간 빠른 리듬의 〈오주 오바Oju Oba〉가 나올 때는 나도 모르게 소파에서 일어나 맥주잔을 들고 박자에 맞

389

춰 엉덩이를 실룩실룩 흔들었다. 엉덩이가 실룩거릴 때마다 맥주가 찰랑찰랑 넘치자 좋지도 나쁘지도 않은 기분이 조금씩 살아났다. 이때 지난번 눈에 거슬렸던 그 책, 그러니까 벽에서 10센티미터 떨어져 있는 『금강경 강의』가 갑자기 눈에 들어왔다. 리듬을 타던 나는 쭈그리고 앉아 그 책의 접힌 페이지를 곱게 펴서 다시 책꽂이에 꽂아 났다.

"여기까지야." 나는 말했다.

이튿날 7월 26일 아침에 일어났을 때 머릿속에 맨 먼저 떠오른 생각은 '마음이 어딘가에 머물러 있으면 머물러 있는 게 아니니라.'라는 말이었다. 갑자기 안개가 걷히고 햇빛이 쏟아지는 것 같았다. 쑤훙즈가 이 문구를 통해 내게 하고 싶었던 말이 뭔지 깨달았다. 그는 모든 것을 포기하고 후미진 골목으로 이사 온 내 결정을 비웃었다. 다시 말하면 내 마음속에 아직 내려놓지 못한 것이 있음을 간파하고, 이 말을 통해 나를 조롱하고 비웃으면서 내가 그것을 내려놓을 수 있도록 깨우쳐 주고 싶었던 것이다. 엄밀히 말하면 쑤훙즈의 이런 생각은 완전히 틀린 것도, 그렇다고 맞는 것도 아니었다. 사실 쑤훙즈가 나에 대해 어떻게 생각하든 내가 신경 쓸일은 아니다. 하지만 극단적인 살인마가 내 결정을 극단적이라고 생각한다는 사실이 매우 황당했다.

쑤훙즈는 내가 충분히 내려놓지 못했다고 생각하는 것일까?

하지만 내가 정말 미치도록 궁금한 것은 이 잠언이 아니라 쑤훙즈가 어떻게 두 대의 CCTV에서 감쪽같이 모습을 감췄냐 하는 것이었다. 물론 CCTV에도 사각지대는 존재한다. 하지만 사각지대의 정확한 위치를 쑤훙즈가 어떻게 알았을까? CCTV의 사각지대는 단순히 시력이 좋다고 해서 알 수 있는 것이 아니다.

오후 2시가 지나서 천 뚱에게 전화를 걸었다. "천 순경, 어디야?"

"지구대요."

"내가 지금 지구대로 갈게."

나는 경찰의 호송을 받아 지구대로 갔다. 가는 길에 경찰이 "춤 잘 추시던데요." 하고 말했다. 당황한 나머지 "고맙습니다."라는 말부터 나왔다. 뒤이어 '아뿔싸! 경찰이 집 안에 설치한 CCTV를 아직 안 뗐구나. 아이고 어쩐다, 어젯밤 팬티 바람으로 술잔 들고 엉덩이 흔드는 꼴을 경찰이 다 봤겠구나.' 하는 생각이 들었다.

천 뚱은 지구대 입구에서 나를 기다리고 있었다.

"무슨 일이에요? 지금 본서에 보고하러 가야 돼요." 천 뚱이 말했다.

"가기 전에 부탁 하나만 할게. 197번 골목에서 워룽제로 나가는 길목에 CCTV가 두 대 있잖아. 그 CCTV 녹화 영상 좀 볼 수 있을까?"

"뭐 새로 알아내셨어요?"

"쑤훙즈가 내 집에 몰래 들어왔던 날 CCTV 영상 좀 봐야겠어."

"에이, 거기 CCTV에 안 찍히는 곳이 있어서 보나 마나예요. 처음에 왕 팀장님이 탐정님을 범인이라고 의심했잖아요. 그때 팀장님은 탐정님이 잘 안 보이는 밤에 골목을 몰래 드나들어서 CCTV에 안 찍혔다고 생각했어요. 거기 CCTV 두 대에 사각지대가 있거든요. 사각지대가 없었으면 탐정님은 진작에 용의 선상에서 제외됐을 거예요. 날아다니지 않는 이상."

"사각지대가 어딘지 알아봐야겠어."

"왜요? 집에서 몰래 빠져나가시려고요?"

"빠져나가기는. 골목 입구에서 경찰이 둘이나 떡하니 버티고 있는데 무슨 수로 도망가겠어."

"댁에 그냥 계시는 게 좋을 거예요."

"걱정 마. 집 밖을 나가더라도 골목을 안 벗어날 테니까."

천 뚱은 흑곰이라는 별명을 가진 동료를 불렀다.

"형사님, 수고 많으십니다. 다름이 아니라 워룽제와 197번 골목이 만나는 곳에 CCTV가 두 대 있잖아요. 제가 그 주변을 걸어 다닐 테니까 형사님이 CCTV 확인 좀 해 주시겠습니까? 사각지대를 좀 알아봐야 하거든요."

"그러죠. 연락은 무전기로 합시다."

흑곰은 무전기 두 대를 가져와 내게 하나를 주면서 어떻게 사용하는지 가르쳐 줬다. 새 장난감을 가진 것처럼 흥분됐다.

"말끝마다 '오버 앤드 아웃'이라고 말해야 합니까?"

흑곰이 무심히 나를 쳐다봤다. "그냥 '오버'라고 하시면 됩니다."

집 앞으로 돌아온 나는 197번 골목을 지키는 경찰들에게 무전기를 들고 있는 사정을 설명했다.

"형사님, 이제 197번 골목에서 나가겠습니다. 골목 입구에 도착하면 오른쪽으로 돌아서 지구대 방향으로 걸어갈게요. 화면에 제가 보이면 말씀해 주십시오. 오버."

"알겠습니다."

'오버'라는 말을 붙이지 않다니, 프로 의식이 조금 부족한 흑곰이다.

"보입니다."

집 앞에서 겨우 몇 걸음 뗐을 뿐인데 무전기에서 흑곰의 목소리가 들렸다. 나는 걸음을 멈추고 현재 위치를 확인했다. 골목의 정중앙, 오른쪽 건물에서 약 2미터 떨어진 곳에 서 있었다.

"이제 오른쪽으로 이동하겠습니다. 제가 안 보이면 말씀해 주십시오. 오버."

"알겠습니다."

나는 천천히 오른쪽으로 움직였다. 오른쪽 건물에서 약 1미터 거리에 있을 때 흑곰이 말했다.

"몸만 보이고 머리는 안 보입니다."

실험 결과, 건물에서 1미터 떨어져 있을 때는 CCTV 화면에 하반신만 보이고, 건물에 바짝 붙어 서면 CCTV 화면에서 완전히 사라진다. 달리 말하면 쑤훙즈는 거의 건물 벽에 바짝 붙어서 골목을 드나들어 CCTV에 찍히지 않았다.

이후 나는 방향을 바꿔 골목에서 왼쪽으로 돌아 푸양 공원 쪽으로 걸어갔다. 결과적으로 아무리 건물 벽에 바짝 붙어서 걸어도 흑곰 눈에 다 보였다.

실험 결과, 워룽 지구대 쪽의 CCTV에는 확실히 사각지대가 존재했다. 쑤훙즈는 CCTV에 찍히지 않기 위해 사각지대가 있는 동선으로만 골목을 드나들었을 것이다.

"형사님, 마지막 질문입니다. 지금 197번 골목에 있는데, 제가 보입니까? 오버."

"보입니다."

나는 오른쪽으로 이동했다.

"지금은 어떻습니까?"

"몸은 보이지 않는데 그림자는 보입니다."

"좋습니다."

집으로 돌아가기 전에 나는 흑곰에게 쑤훙즈가 내 집에 몰래 들어와 표시를 남긴 7월 23일에 CCTV 두 대에 찍힌 녹화 영상을 빌렸다. 이미 신이 경찰서에서 봤지만 쑤훙즈가 197번 골목을 귀신같이 출입한 방법을 알아내려면 다시 한번 자세히 살펴볼 필요가 있었다. 나는 먼저 푸양 공원 방향이 찍힌 CCTV 영상부터 확인했다. 쑤훙즈가 이 길을 걸어 다녔다면 어떻게든 CCTV에 찍혔을 것이다. 하지만 CCTV 영상에는 수상한 인물은커녕 쑤훙즈가 변장했을 법한 노인의 그림자도 보이지 않았다. 쑤훙즈는 푸양 공원 쪽 길로 다니지 않은 것이 확실했다.

다음으로 반대쪽 CCTV 영상을 틀었다. 쑤훙즈가 완전히 몸을 숨길 수 있는 사각지대가 존재하는 쪽이다. 그는 191번 골목 앞에서 두 가지 선택을 할 수 있다. 그대로 쭉 걸어서 워룽 지구대 방향으로 가거나, 아니면 오른쪽으로 돌아서 191번 골목으로 들어가거나. 하지만 그가 아무리 조심해도 태양까지 피할 수는 없기에 어떻게든 서쪽 하늘에 뜬 태양에 그림자가 졌을 것이다.

인터넷으로 검색한 결과 7월 23일은 온종일 해가 쨍했다. 그날 오후 2시 30분에 집을 나갔다가 7시쯤 돌아왔으니, 쑤훙즈는 그사이 몰래 집에 들어왔을 것이다. 쑤훙즈가 변장의 귀재인 만큼 나는 골목을 지나다니는 사람들을 한 명도 놓치지 않고 자세히 관찰했다. 하지만 예상과 달리 쑤훙즈의 모습은 보이지 않고 이웃들의 얼굴만 보였다. 그래서 이번에는 191번 골목을 집중해서 봤다. 2시 30분부터 7시 사이에 총 네 명의 그림자가 찍혔지만 그림자만으로는 누구인지 알 수 없었다. 어떤 그림자는 몸이 뭉뚝한가 하면 어떤 그림자는 길게 늘어져서 신체 특징은 고사하고 성별조차 분간할 수 없었다.

기원전 그리스의 천문학자 에라토스테네스는 해마다 같은 날, 같은 시각, 같은 장소에서 물체의 그림자가 어떻게 변하는지 기록해 처음으로 지구의 둘레를 계산해 냈다. 내가 천문학과 기하학에 대해 잘 안다면 일조 시간과 그림자의 길이로 그 사람의 키를 추정하련만. 그러지 못해 아쉬웠다. 하지만 두 학문을 잘 아는 사람에게 부탁해서 그림자 주인의 키를 계산한들 어떤 과학적인 증거가 될 수 있을지 의문이었다.

쑤훙즈는 틀림없이 사각지대를 이용해 197번 골목을 드나들었다. 게다가 그날은 내가 집에 없었다. 따라서 골목을 지키는 경찰들도 평소보다 일찍 철수했기 때문에 그가 이 골목을 출입하는 데 아무런 장애가 없었다. 하지만 여전히 풀리지 않는 궁금증이 있었다. 어느 CCTV에 사각지대가 존재하고 어디까지가 사각지대인지 그가 어떻게 알았을까 하는 것이었다.

나는 자이 경위에게 전화해서 이 의문점을 물어봤다.

"간단해요." 자이 경위는 한참 생각하더니 말했다. "저라면 CCTV 위치를 확인할 것도 없이 최대한 벽에 붙어 다니겠어요. 그리고 쑤훙즈가 선생님 댁에 몰래 들어갔을 때는 '노인'이 쑤훙즈라는 것을 아는 사람도 없었고 골목을 지키는 경찰도 없었어요. 때문에 쑤훙즈는 아예 사각지대를 찾을 필요도 없었어요."

"경위님 추론에는 허점이 있어요." 내가 말했다. "경위님 말대로 쑤훙즈가 사각지대를 찾을 필요 없이 대범하게 골목을 드나들었다고 칩시다. 그렇다면 왜 CCTV에 찍히지 않았을까요? 그리고 경찰이 '노인'의 진짜 신분을 모른다는 걸 그가 어떻게 알았을까요?"

"물론 몰랐을 수도 있어요. 하지만 쑤훙즈가 변장에 능하다는 사실을 잊지 마세요. 당시에 경찰이 골목을 지켰다 해도 쑤훙즈가 다른 사람으로 변장했다면 그를 못 알아봤을 거예요."

"문제는 내가 CCTV 녹화 영상을 자세히 봤는데 그날 오후 2시

30분부터 7시 사이 골목을 지나다닌 사람 중에 수상한 사람이 없다는 거예요. 전부 이웃 주민들이었어요."

"그렇다면 진짜 CCTV를 피해 다녔다는 말밖에 못 하겠네요."

전화를 끊고 나서 자이 경위나 나나 둘 다 핵심을 못 찾고 한 가지 가설에 갇혀 중요한 세부 사항을 놓치고 있다는 생각이 들었다.

3

7월 29일, 사흘이 지났지만 쑤훙즈는 잡히지 않았다.

나는 197번 골목을 산책하는 것 외에 달리 할 일이 없어서 거의 책을 읽으며 하루를 보냈다. 이 기간 동안 가장 큰 수확은 계속 만지작거리다 몇 페이지까지 읽었는지 까먹어서 처음부터 다시 읽어야 했던 『전쟁과 평화』를 마침내 끝까지 다 읽은 것이다. 남는 건 시간뿐이었다. 계속 이렇게 지내면 『잃어버린 시간을 찾아서』까지 단숨에 읽어 치우는 기록을 세울 것 같았다.

이 기간 동안 결코 간과할 수 없는 일이 한 가지 일어났다.

지난 사흘 동안 나는 조용하고 한가롭게 지냈지만 수사본부는 눈코 뜰 새 없이 바빴다. 날마다 내게 수사 상황을 알려 주는 천 뚱은 이틀 전 저녁, 그러니까 7월 27일에 어떤 사람이 푸양 공원의 서쪽에서 쑤훙즈로 의심되는 사람을 목격했다고 전했다. 쑤훙즈는 등산객으로 변장하고 스리슬쩍 어느 등산 팀에 섞여 산을 탔다. 그런데 어느 눈치 빠른 할아버지가 가만히 보니, 원래 인원수보다 한 명이 더 많은 것이었다. 할아버지는 재치를 발휘해 피곤하니까 잠시 쉬었다 가자고 말한 뒤에 모두가 쉬는 틈을 타서 속으로 조용

히 인원수를 셌다. ……열둘, 열셋, 열넷, 열다섯. 확실히 출발할 때
보다 한 명이 더 많았다. 할아버지가 어떻게 된 일인지 몰라 어리
둥절해할 때 갑자기 등산 팀에 있던 어느 중년 남자가 옆에 있던
아주머니를 뒤로 세게 밀어 풀숲으로 떨어뜨렸다. 사람들이 놀라
서 비명을 질렀고, 근처에 매복 중이던 사복 경찰들이 재빨리 현장
에 도착했지만 쑤훙즈는 이미 도망치고 없었다. 그날 경찰은 밤새
산을 샅샅이 뒤졌지만 안타깝게도 범위가 너무 넓어서 별다른 수
확 없이 수색을 종료했다.

"그래도 범인이 다시 범행을 저지르려고 하는 것을 효과적으로
막았으니, 너무 실망하지는 맙시다."

왕 팀장은 밤새 고생한 경찰들을 이렇게 격려했다고 한다.

오늘 아침에는 투 변호사의 전화를 받았다. 그는 언론과의 문제
가 해결됐다고 전하며 다시 한번 내게 고맙다고 했다.

"천 여사 일은 어떻게 돼 갑니까?" 내가 물었다.

"타이베이 지검이 수사에 착수해서 그놈이 잡혀 들어갔어요. 천
여사님 일은 걱정 마십시오. 제가 끝까지 도와드리겠습니다. 그리
고 무슨 일이 있어도 언론에 노출되는 일은 없을 겁니다."

"감사합니다."

"참, 한 가지 여쭤볼게요. 제 사무실에 선생님에 관한 뉴스 영상
자료가 많아요. 이걸 그냥 버릴까 하다가 혹시 필요하실 수도 있을
것 같아서 전화드렸습니다."

"제가 그 쓰레기들 가져다 뭐 하겠습니까?"

"그렇죠? 그럼 다 딜리트하겠습니다."

그 순간이었다. 머릿속에 갑자기 다른 생각이 스치고 지나가 곧
바로 생각을 바꿨다.

"잠시만요. 필요할 것 같습니다."

"정말이죠?"

"정말입니다."

오후 3시쯤 CD가 가득 담긴 상자가 택배로 배달됐다. 일련번호가 매겨진 각각의 CD에는 날짜, 장소, 방송국 이름이 적혀 있었다. 나는 기자가 사건 현장을 찾아가서 보도하는 영상부터 찾았다.

자료에 따르면 일부 연쇄 살인범은 사건 현장을 다시 찾는다. 이런 행위 뒤에는 자신의 걸작을 근거리에서 감상하고 싶은 심리와 경찰에 도전하는 심리가 있다. 어떤 연쇄 살인범은 언론이 사건 현장에서 연속 보도를 할 때 군중 틈에 숨어 난리 법석을 떨어 대는 언론과 대중을 비웃기도 한다. 대부분의 연쇄 살인범이 대중의 반응과 언론의 보도에 큰 흥미를 보인다는 것은 통계에 나와 있는 사실이다.

나는 컴퓨터에 CD를 넣고 기자의 얼굴을 찍던 카메라가 잠시 주위에 몰려든 군중을 찍을 때 얼른 일시 중지를 하고 군중 개개인의 키와 얼굴 특징을 관찰했다. 쑤훙즈의 얼굴과 키는 지난번 장 감독의 극단 홈페이지 〈우물 안의 그림자〉 홍보 카테고리에서 본 적 있다. 그는 얼굴이 길고, 눈이 가늘게 찢어졌으며, 콧대가 약간 함몰됐고, 키는 170센티미터 이상이다. 코는 얼마든지 변장이 가능하지만 얼굴 길이와 눈 크기는 아무리 기술이 좋아도 긴 것을 짧게 줄이거나, 가늘게 찢어진 것을 둥글고 크게 만들 수는 없다.

두세 시간 동안 자료를 확인했지만 쑤훙즈의 그림자도 발견하지 못했다.

사실 영상에서 쑤훙즈를 발견한다 해도 내가 할 수 있는 일은 없었다. 뉴스 영상은 지난 것이고, 그가 어떤 사건 현장에 나타났다고 해서 꼭 그 주변에 산다는 보장도 없었다. 지나고 보니 두세 시간 동안 괜히 바보 같은 짓을 했구나 하는 생각이 들었다.

결국 이 작업을 포기하고 책상 위에 어지럽게 널린 CD를 다시 상자에 주워 담다가 한 번도 볼 기회가 없었던 영상 자료를 발견했다. 날짜를 보니 내가 신이 경찰서에 구류돼 있는 동안 방송사 뉴스 팀이 197번 골목의 내 집 앞에서 촬영한 것이었다.

나는 컵라면으로 점심을 해결하고 컴퓨터 앞에 죽치고 앉아 계속해서 영상을 봤다. 영상에서 기자와 아나운서는 수시로 '용의자 우 씨'라고 말했다. 이제는 그 말을 들어도 아무렇지 않게 웃어넘길 수 있지만, 그들이 내 정신 병력을 들먹일 때는 여전히 가슴이 아팠다. 기자와 카메라맨이 한 짓 중에 가장 한심했던 것은 '사설 탐정'이라고 적힌 간판을 대문짝만 하게 클로즈업해서 대중에게 나를 정신병자라고 암시한 것이었다. 기자는 취재 현장을 구경하러 나온 이웃들에게 둘러싸여 있었다. 어떻게든 카메라 앵글에 한 번 잡히고 싶어서 고개를 삐죽 내밀고 있는 사람들이 많았다. 그중 흔쾌히 인터뷰에 응해 '용의자 우 씨'를 죽일 놈이라고 말하는 사람이 있는가 하면, 기자가 마이크를 들이대자 슬슬 자리를 피하는 사람도 있었다.

대부분은 내가 아는 이웃이었지만 몇몇은 생소했다.

나는 낯선 사람들의 얼굴을 관찰했다. 계속해서 영상을 보다가 마침내 열한 번째 영상에서 새로운 사실을 발견했다.

기자가 한 남자를 인터뷰할 때 그 뒤에 서 있던 다섯 사람도 함께 카메라에 잡혔다. 성인 두 명과 손가락으로 브이 자를 만들어 정신없이 흔드는 꼬마 세 명이었다. 그리고 화면 오른쪽 구석에는 24번지 아파트 현관 —내가 사는 집에서 대각선으로 맞은편에 있는 아파트— 기둥에 기댄 채 카메라 렌즈를 쳐다보는 여자도 한 명 있었다.

그녀는 몇 초간 카메라를 응시하다가 아파트 안으로 들어갔다.

이상하게도 처음 보는 사람이었다. 나는 영상을 거꾸로 돌려 그녀가 나오는 부분에서 일시 정지를 했다. 어깨까지 내려오는 긴 단발머리, 긴소매 블라우스와 롱스커트, 그리고 팔짱을 껴서 가슴을 가리고 있었다.

쑤훙즈일까?

'여장 연기도 그를 따라올 사람이 없었대요.'

자이 경위가 쑤훙즈의 옛 여자 친구의 증언을 인용해서 했던 말이 다시 귓가에 생생하게 들리는 듯했다.

현관 기둥 높이로 추측할 때 이 여자의 키는 대략 170센티미터가 넘었다.

나는 그녀의 얼굴을 자세히 살펴봤다.

쑤훙즈가 맞을까? 가능성은 매우 낮았다. 경찰은 집집마다 찾아다니며 탐문 조사를 한 결과 수상한 사람이 없었다고 말했다.

나는 워룽 지구대의 흑곰에게 전화를 걸었다.

"형사님, 근무 중에 죄송합니다. 궁금한 점이 있어서요. 197번 골목 호구 조사를 담당했던 직원분이 누구입니까?"

"궈 경장요. 잠시만 기다리세요. 바꿔 드릴게요."

잠시 뒤에 궈 경장이 전화를 받았다.

"경장님, 안녕하세요. 우청이라고 합니다."

"우 선생님, 안녕하세요. 무슨 일이시죠?"

"197번 골목 호구 조사를 언제 했는지 알 수 있을까요?"

"어디 보자. 제가 총 두 번을 했어요. 첫 번째는 7월 15일에 류장리 일대에 사는 모든 주민들을 방문했고요. 두 번째는 7월 24일, 그러니까 용의자가 선생님 댁에 몰래 들어갔던 그다음 날 했어요."

"천 순경 말로는 골목에 사는 주민들은 대부분 예전부터 쭉 살았던 사람들이고, 최근에 두 집이 새로 이사 왔다고 하던데요."

"네, 맞아요. 한 집은 아저씨 성이 왕 씨고, 어른 둘에 어린아이 둘이 살아요. 35번지 4층이에요."

"왕 선생님을 직접 보신 적이 있습니까?"

"봤죠. 그것도 아주 제대로요. 아이들 교육 때문에 신주에서 타이베이로 이사 왔는데 오자마자 동네에서 살인 사건이 터졌다고 아주 한걱정을 하더라고요. 40대 초반이었어요. 경찰이 쫓는 사람은 아니에요."

"나머지 한 집은요?"

"여자 혼자 살아요. 24번지 3층이에요."

24번지? 뉴스 영상에서 본 낯선 여자는 24번지 아파트 앞에 서 있었다.

"직접 보신 적 있으세요?"

"그럼요. 미인이에요. 부끄러움을 많이 타고 말할 때 목소리가 엄청 작았어요. 자기 말로는 집에서 번역 일을 한대요."

"몇 살인가요?"

"서른 살쯤 돼 보였어요."

"이름이 어떻게 됩니까?"

"성은 왕 씨고……."

"이름은요?"

"왕자잉이에요. 이 여자는 문제없어요. 컴퓨터로 신분 조회를 했는데, 가오슝 사람이고 4월 24일에 이사 왔더라고요. 선생님보다 일주일 전에요."

귀 경장은 쑤훙즈가 이 일대에 숨어 살 리 없다고 다시 한번 장담했다. 지난 삼 년 동안 197번 골목의 호구 조사를 쭉 담당했던 그는 집집마다 형편이 어떻고 누가 어디에 사는지 어느 경찰보다 잘 알았다.

의문점은 그대로 남았다.

4

하지만 나는 단념하지 않았다.

나는 의심스러운 왕자잉이 나오는 화면을 작게 축소하고 장 감독의 극단 홈페이지에 들어가 〈우물 안의 그림자〉 홍보 사진을 찾았다. 그리고 두 사진을 반복해서 대조한 끝에 집에서 번역 일을 한다는 왕자잉과 쑤훙즈가 동일 인물임을 확신했다. 비록 짙은 눈썹을 얇게 밀고 파운데이션을 발랐지만, 두 사람 다 얼굴이 길고 코가 함몰됐으며 눈이 가늘고 길게 찢어진 점이 똑같았다. 또한 냉기를 뿜을 것 같은 차가운 눈빛도 완전히 일치했다.

귀 경장은 왕자잉이 나보다 일주일 먼저 이사 왔다고 말했다.

쑤훙즈가 예전부터 계속 나를 미행했다면 내가 지금의 집주인에게 집을 보러 오겠다고 약속했던 것도 알았을지 모른다. 또한 집을 구하러 다닌다는 명목으로 집주인을 찾아가 내가 언제 이사 오는지 알아낸 다음 여자 신분으로 위장해 나보다 일주일 먼저 맞은편 건물 3층에 소리 소문 없이 이사 왔을 수도 있다. 틀림없다. 쑤훙즈는 맞은편에 살고 있다! 어쩐지 내 동선을 손바닥 들여다보듯 훤히 꿰고 CCTV를 피해 내 집에 몰래 들어오더라니, 다 이유가 있었다. 나는 천 뚱에게 전화하려고 통화 버튼을 눌렀다가 이내 황급히 끊었다. 아니지, 궈 경장이 신분 조회를 했는데 왕자잉 본인도 맞고 가오슝 출신인 것도 맞다고 하지 않았는가. 무슨 컴퓨터 고수도 아니고, 쑤훙즈가 경찰 자료실을 해킹하고 신분 기록까지 바꿀 수는 없을 것이다.

왕자잉이라……. 아하! 나는 갑자기 어떤 세부적인 내용이 생각나 자이 경위에게 전화했다.

"자이 경위? 우청이에요."

"우 선생님, 잘 지내셨어요?"

"잘 지냈어요. 궁금한 게 있어서 전화했어요."

"빨리 말씀해 주세요. 급히 푸양 공원에 가 봐야 하거든요."

"쑤훙즈가 대학 때 사귀었던 여자 친구 성씨가 뭐라고 했죠?"

"왕 씨요. 이름은 까먹어서 찾아봐야 해요."

"그 여자 친구, 도망칠 때 신분증은 챙겼답니까?"

"잘 모르겠어요. 그런데 갑자기 그건 왜 물어보세요?"

"그냥요. 궁금해서."

"직원한테 연락해서 알아보고 좋은 소식 있으면 바로 전화드릴게요. 선생님, 죄송해서 어쩌죠? 먼저 끊어야 할 것 같아요."

자이 경위의 소식을 기다리는 동안 나는 다음 전략을 짰다.

쑤훙즈의 전 여자 친구 이름이 왕자잉이면 쑤훙즈가 그녀의 신분증으로 궈 경장을 속인 것이 틀림없다. 거의 100퍼센트 확실하다. 타이완은 호구 조사를 엄격하게 하지 않는다. 그저 컴퓨터로 왕자잉이라는 사람이 실제로 있는지 또는 왕자잉이라는 사람의 주민 등록 번호와 일치하는지만 확인하기 때문에 진짜 왕자잉이라는 사람이 현재 어디에 거주하는지는 알 수 없다. 따라서 쑤훙즈가 전 여자 친구의 모습으로 분장했다면 귀 경장도 감쪽같이 속을 수밖에 없다.

이제 행동에 나설 일만 남았다. 나는 자이 경위에게 전화해 쑤훙즈가 어디 숨어 있는지 찾아냈다고 말해야 한다. 하지만 시간을 조금 끌 필요가 있다. 쑤훙즈가 집에 있는지 확인하지도 않은 채 섣불리 전화해서 경찰이 197번 골목을 포위하면 외출하고 돌아오던 쑤훙즈가 멀리서 보고 도망칠 수도 있다.

어설픈 행동으로 쑤훙즈에게 도망칠 기회를 줄 수는 없다.

나는 추리닝을 입고 모자를 쓴 다음 배낭에 노트와 손전등이 들어 있는지 확인했다. 휴대 전화 두 대도 배낭에 넣었다. 하나는 기존에 쓰던 것이고, 다른 하나는 자오 요원이 새로 준 것이었다. 방금 전 자이 경위에게 연락할 때는 경찰이 준 휴대 전화를 썼다.

만반의 준비를 갖춘 나는 베란다에 나갔다가 그만 집주인의 철두철미함에 감탄하고 말았다. 비 한 방울 들어오지 못하도록 차양과 철책을 얼마나 촘촘하게 쳐 놨는지 당최 24번지 아파트 3층을 몰래 훔쳐보려고 해도 시야가 확보되지 않았다. 어쩔 수 없이 집 밖으로 나가서 자이 경위의 연락을 기다리며 골목을 서성거리다가 골목 입구에서 갑자기 뒤로 홱 돌아서는 바람에 그곳에 서 있던 경찰들을 깜짝 놀라게 했다.

24번지 3층은 껌껌한 것으로 보아 사람이 없는 것 같았다.

배낭 속에서 메시지 알림 소리가 나기에 휴대 전화를 꺼냈다. 이런, 내 휴대 전화에서 나는 소리가 아니었다. 나는 배낭에 다시 집어넣고 새 휴대 전화를 꺼냈다. 문자 메시지가 한 통 와 있었다.

'쑤훙즈의 전 여자 친구 이름은 왕자잉이에요. 그때 도망치기 바

빠서 신분증을 미처 못 챙겼대요. 또 궁금하신 것 있으세요? 자이.'

내 예감이 맞았다! 막 자이 경위에게 전화하려는데 갑자기 24번지 아파트 3층 왼쪽 침실에 불이 켜졌다. 나는 좀 더 자세히 보려고 가까이 다가갔다. 긴 머리의 검은 그림자가 창가에 서 있는 모습이 꼭 귀신 같았다. 그 자리에 그대로 얼어붙은 듯 꼼짝도 않는 그림자의 모습에 나도 모르게 겁을 먹고 몸이 뻣뻣하게 굳었다.

"마침내 알아냈군."

검은 그림자의 목소리가 방충망을 뚫고 나와 내 귓가에 날카롭게 꽂혔다.

내가 휴대 전화를 만지작거리자 그림자가 다시 입을 열었다.

"경찰에 전화하면 바로 사라지고 없을 거야."

그가 나를 협박했다. 하지만 사라지려면 일단 집 밖으로 나와야 할 것이고, 그러면 나하고 마주치게 될 것이다. 아니지, 옥상도 있구나. 그가 이대로 도주하면 다시 찾을 때까지 많은 사람들이 애를 먹는다. 어렵게 찾아온 기회를 그냥 날려 버릴 수 없으니, 침착하게 움직이기로 했다.

나는 검은 그림자를 주시하며 휴대 전화를 천천히 배낭에 넣었다. 물론 마지막에 통화 버튼을 길게 누르는 것을 잊지 않았다. 나는 무의식적으로 배낭을 한번 쳐다보고 고개를 들었다. 검은 그림자는 귀신같이 사라지고 없었다.

진짜 이대로 사라진 걸까?

철커덩. 24번지 아파트 공동 출입구의 철문이 열렸다.

무슨 짓을 하려는 거지? 나랑 한판 붙으려고 내려오나?

십 초쯤 기다렸지만 사람 발소리는 들리지 않고 내 심장 뛰는 소리만 요란하게 울렸다.

나더러 올라오라는 뜻인가? 나는 깊이 생각하지 않고 유일한 무기인 손전등을 배낭에서 꺼내 들고 3층으로 올라갔다. 왼쪽 집 현관문이 살짝 열려 있었다. 그 앞에서 나는 들어가야 할지 말아야 할지 잠시 망설였다.

"나는 벌써 올라왔지." 계단에서 쑤훙즈의 목소리가 들렸다.

예상대로 쑤훙즈는 옥상을 통해 도망치려고 했다. 하지만 옥상에서 어디로 도망친단 말인가?

옥상으로 올라가자 철문이 반쯤 열려 있었다. 나는 문을 활짝 열고 옥상에 발을 내디뎠다. 하지만 몇 걸음 떼기도 전에 머리가 어질어질하고 고소 공포증에 두 다리가 덜덜 떨려 그대로 주저앉고 말았다.

"겨우 이 정도로 왜 그래? 고소 공포증인가?"

나는 겨우 고개를 들었다. 내 맞은편 옥상 난간에 서 있는 쑤훙즈는 뒤로 한 걸음만 더 가면 그대로 바닥에 떨어질 판이었다.

쑤훙즈가 뒤쪽으로 조금 움쩍거렸다.

"안 돼!"

나는 쑤훙즈가 아래로 떨어지는 것보다는 내 공황 증세가 더 무서웠다. 쑤훙즈에게 감정 이입이 된 나는 그가 실수로 떨어지기라도 하면 내가 떨어진 것처럼 느낄까 봐 겁났다.

"고소 공포증이 있는 걸 어떻게 알지?"

"당신에 관해 내가 모르는 게 있겠어?"

먹구름이 달빛을 가려 손전등을 켰다. 가발을 쓴 쑤훙즈는 흰색의 낙낙한 긴소매 블라우스와 검은색 롱스커트 차림이었다. 머리카락과 긴 치맛자락이 바람에 휘날리는 모습이 마치 살아 있는 귀신 같았다.

"대체 뭘 하려는 거지?"

나는 물탱크 밑의 벽면을 잡고 간신히 일어났다.

"나를 잡아 봐."

쑤훙즈가 양팔을 활짝 펴고 배낭을 든 오른손을 좌우로 흔들었다. 나는 보기만 해도 어지러워서 가만히 서 있기조차 힘들었다.

"어서."

말이 끝나기 무섭게 쑤훙즈는 배낭을 둘러메고 일부러 난간을 밟으며 옥상 왼쪽 끝으로 걸어갔다. 평행선을 그리며 쑤훙즈를 쫓아간 나는 최대한 옥상 한가운데로 나가려고 애썼다. 그가 거의 난간 끝에 다다랐다고 생각했을 때 쑤훙즈가 갑자기 아래로 뛰어내렸다. 나는 너무 놀란 나머지 비명을 질렀다. 선뜻 난간 쪽으로 가지 못하고 망설이는데 그의 목소리가 들렸다.

"어서 와!"

나는 그가 뛰어내린 곳으로 엉금엉금 기어가 가까스로 고개를 내밀었다. 197번 골목의 왼쪽과 그 옆에 있는 두 동짜리 아파트가 다닥다닥 붙어 있었다. 다시 말하면 내가 옥상에 바짝 엎드려 있는 아파트는 쑤훙즈가 뛰어내린 아파트보다 겨우 1미터 정도 더 높을 뿐이었다.

"이 정도 높이를 무서워하는 건 아니겠지?"

쑤훙즈의 도발에 내 감정은 순식간에 공포에서 분노로 바뀌었다. 나는 두말 않고 난간에서 뛰어내렸다. 그사이 쑤훙즈는 계단으로 달아날 심산인지 물탱크 아래쪽에 있는 철문 쪽으로 뛰어갔고, 오른쪽 바닥에서 미리 숨겨 놓은 열쇠를 찾아 철문을 열었다. 내가 그리로 뛰어갔을 때 쑤훙즈는 계단으로 달아났다. 나는 두 층 정도 차이 나는 거리에서 쑤훙즈를 바짝 쫓았다. 먼저 1층에 다다른 쑤훙즈는 아파트 공동 출입문을 열고 밖으로 도망쳤다. 나는 그가 갑자기 공격할 수도 있다는 위험도 잊은 채 바로 뒤쫓아 나갔다.

아파트 밖으로 나왔을 때 내가 있는 곳은 더 이상 197번 골목이 아니었다. 어디인지도 모르겠고, 쑤훙즈도 보이지 않았다. 나는 빠른 걸음으로 돌아다니며 주변을 두리번거리다 활짝 열린 철문을 발견했다. 왠지 쑤훙즈가 그곳으로 사라졌을 것 같은 예감이 들어 일단 철문 안으로 들어가 계단을 통해 옥상에 올라갔다. 옥상으로 나가 주변을 돌아보니, 내가 있는 곳은 197번 골목에서 두 골목 정도 떨어진 곳이었다. 고개를 돌리자 쑤훙즈가 난간에 서 있었다. 똑같은 악몽이 되풀이됐다. 다만 방금 전과 차이가 있다면 그의 오른손에 내 집에서 훔친 손전등이 들려 있다는 것이었다.

두 대의 손전등에서 나오는 불빛이 어두운 밤하늘에서 교차했다. 나는 쑤훙즈를 비추고, 쑤훙즈는 나를 비췄다.

"내 손전등인가?" 나는 쪼그리고 앉아 말했다.

"맞아."

"그걸 왜 훔쳐 갔지?"

"그야 당신을 골탕 먹이려고 훔쳤지."

"그런데?"

"원래는 간병인을 기절시키기만 하려고 했는데 너무 세게 내려치는 바람에 혼수상태에 빠졌지 뭐야. 그대로 죽었으면 내 계획이 완전히 틀어졌을 거야. 물론 그녀가 죽었다고 해도 겁날 건 없었어. 손전등에 당신 지문이 수두룩하니까. 그런데 간병인이 기적처럼 깨어났잖아. 더 이상 써먹을 데가 없는 손전등을 어떻게 할까 하다가 그냥 기념품으로 가지고 있기로 했지. 당신이 그토록 의존하는 물건이니까."

"내가 무슨 손전등에 의존한다는 거야?"

"내 극본에 대해 뭐라고 평가했는지 기억나?"

"너무 많은 걸 썼지."

"상징은 삼류 작가의 지팡이라고 했어. 당신은 삼류 작가야. 지팡이가 없으면 못 사는 삼류 작가."

"염병할! 하고 싶은 말이 뭐야?"

"여기로 이사 온 뒤부터 늘 손전등을 들고 다니는 이유가 뭐지? 내가 비겁해서 손전등으로 간병인의 뒤통수를 내리친 줄 알아?"

"손전등도 마음대로 못 들고 다니나?"

"그게 내가 하고 싶은 말이야. 그래, 맞아. 손전등은 마음대로 들고 다닐 수 있지. 하지만 아무 의미 없는 물건에 맹목적으로 의존하는 건 슬픈 일이야. 안타깝게도 당신은 깨닫는 속도가 너무 느려. 그러고도 자신을 사설탐정이라고 생각하다니. 자신의 행위에 대해서, 예를 들어 손전등 하나를 사는 데도 어떤 의미가 있는지 모르는 사람이 다른 사람의 비밀을 파헤친다고? 불쌍한 사설탐정 같으니라고!"

쑤훙즈의 말에 분노가 치밀어 온몸이 부들부들 떨렸다. 고소 공포증이고 나발이고 지금 당장 쑤훙즈를 깔아뭉개야 분이 풀릴 것 같아 다짜고짜 소리를 지르며 그를 향해 달려갔다. 그러자 쑤훙즈는 왼쪽으로 살짝 움직이는가 싶더니, 숨을 곳도 없는 곳에서 또다시 자취를 감췄다. 나는 옥상에서 떨어지지 않으려고 급히 제자리에 멈춰 섰다. 알고 보니 쑤훙즈는 몸을 날려 난간에서 1미터 정도 떨어진 옆 동 아파트 옥상으로 뛰어내린 것이었다. 그제야 나는 알았다. 쑤훙즈는 지금까지 이런 식으로 경찰을 피해 197번 골목을 자유자재로 드나든 것이었다.

나는 옥상 난간에서 아래를 내려다봤다. 순간적으로 정신이 아찔한 것이 발끝에서 사타구니까지 전기가 찌릿 흘렀다.

"뛸 수 있겠나?" 쑤훙즈가 다시 한번 도발했다. "그냥 고소 공포증을 극복하는 악마의 훈련이라고 생각해."

나는 반드시 쑤훙즈를 잡아야 했다. 그를 놓치고 나서 몰래 나를 미행하는 사람이 없는지 수시로 뒤돌아보면서 불안하게 살 수는 없었다.

나는 두 눈을 질끈 감고 있는 힘을 다해 펄쩍 뛰었다. 다행히 안정적으로 착지했다. 비록 왼쪽 무릎이 콕콕 쑤시고 충격 완화를 위해 바닥을 몇 바퀴 굴렀지만 다시 일어났다. 쑤훙즈는 또다시 보이지 않았다. 나는 더 이상 고소 공포증으로 벌벌 떨지 않았다. 옥상을 이리저리 왔다 갔다 하며 쑤훙즈의 흔적을 찾았다. 그때 옥상 맞은편 난간 오른쪽 벽면에 철근과 나무판으로 만든 Z 자 모양 계단이 있는 것을 발견했다.

아, 여기가 어디인지 알겠다. 외장 공사를 하다가 이웃들과 여러 번 마찰을 빚은 러안제의 그 한 동짜리 아파트 옥상이었다.

쑤훙즈가 계단을 내려가는 발소리가 들리기에 얼른 뒤따라갔다. 도중에 걸음을 멈추고 계단을 내려다보며 손전등으로 쑤훙즈의 종적을 찾았다. 마침 쑤훙즈도 위를 올려다보며 손전등으로 나를 비췄다. 순간적으로 물에 비친 내 그림자를 보는 줄 알고 깜짝 놀랐다.

1층에 도착했을 때 쑤훙즈는 또다시 보이지 않았다. 그를 찾고 있는데 공사장 오른쪽에서 정체 모를 소리가 나기에 파란 방수포를 걷고 아파트 안으로 들어갔다. 쑤훙즈가 또다시 계단을 올라갔을까? 이 게임이 점차 지루하게 느껴졌다.

이때 갑자기 계단 왼편에서 소리가 났다. 손전등으로 비춰 보니, 놀랍게도 지하실로 통하는 계단이었다. 지하실이 얼마나 칠흑같이 어두운지 손전등을 켜도 앞이 잘 보이지 않았다. 이곳에 계속 있다가는 위험할 수도 있겠다 싶어 위로 올라가려고 했다. 그런데 그 순간 갑자기 눈앞이 깜깜해졌다.

5

다시 눈을 떴을 때 머리는 깨질 듯이 아팠고, 몸은 의자에 묶여 있었다. 손발과 상반신은 은색 테이프에 꽁꽁 싸여 움직일 수가 없었다.

맞은편에 쑤훙즈가 앉아 있었다.

바닥에 X 자로 놓인 손전등 불빛에 쑤훙즈의 얼굴이 절반만 보였다. 나머지 절반은 어둠에 가려 보이지 않았다. 하지만 쑤훙즈의 모습을 보는 순간 나는 기겁하고 말았다. 그새 분장을 바꾼 쑤훙즈는 우청으로 완벽하게 변신해 있었다.

벙거지, 턱수염, 짙은 남색 티셔츠, 카키색 긴 면바지, 갈색 운동화. 머리부터 발끝까지 평소 산책할 때의 내 차림새와 완전히 똑같았다.

"닮았나?" 쑤훙즈가 말했다.

"닮았군."

주위를 둘러봤다. 좁고 어둡고 습해서 숨이 턱턱 막히는 지하실에는 쑤훙즈의 오른발 앞에 있는 쇠몽둥이와 배낭 외에 아무것도

411

없었다.

"이제야 제대로 쳐다보네." 쑤훙즈가 말했다.

"누가 자네를 쳐다본다는 거지? 내 눈에는 다른 사람으로 변장한 불쌍한 인간만 보이는데."

쑤훙즈는 씩씩거리며 다가와 내 따귀를 갈겼다. 왼쪽 볼이 얼마나 얼얼하게 아픈지 나도 모르게 소리를 질렀다. 나는 소음을 만들어야 했다. 소리를 질러서 이웃들을 깨워야 했다.

"이래도 안 쳐다볼 건가?"

쑤훙즈가 내 오른쪽 따귀를 때렸다. 이제 양 볼이 다 얼얼한 것이 균형이 맞았다.

"마침내 네 자신을 마주 보게 된 기분이 어때?" 쑤훙즈가 야수처럼 울부짖었다.

"내 눈에는 괴물만 보여!" 나는 괜히 센 척 소리를 질렀다.

쑤훙즈가 주먹으로 내 코를 제대로 때렸다. 나는 으악 하고 소리치며 뒤로 넘어졌고, 뒤통수를 땅에 박고 말았다. 너무 아파서 욕이 절로 튀어나왔다.

"마음껏 소리 질러. 어차피 버려진 지하 주차장 창고라서 누구 하나 신경 쓰는 사람 없으니까." 쑤훙즈가 말하면서 내 의자를 바로 세웠다.

"말로 해도 되잖아?" 나는 의자에 똑바로 앉았다. 코피가 흐르는지 인중이 차가웠다. "왜 나한테 이렇게 관심이 많은 거지?"

"내 관심을 받는 것을 영광으로 알아. 난 어려서부터 관심 있는 사람의 의식으로 쉽게 전환할 수 있는 능력을 가지고 있었어. 그 사람의 의식으로 들어가면 무아지경이 돼서 진짜 그 사람이 된 것처럼 살 수 있지. 내 몸이 그 사람 집에 사는 것처럼 그렇게 생생하게. 이런 능력 때문에 선생님에게도 혼나고, 아버지에게도 두들겨 맞고, 돌팔이 의사에게 끌려가기도 했어. 쥐뿔도 모르는 것들에게 말이야! 이런 기분을 알려나?

내 아버지는 열쇠공이었어. 어려서부터 아버지에게 열쇠 깎는 법을 배웠지. 아버지는 아들내미에게 먹고살 수 있는 기술을 가르쳐 준다고 생각했지만 내 계획은 따로 있었어. 아버지가 돌아가신 뒤에도 난 열쇠 깎는 연습을 게을리하지 않았어. 결국 아버지의 기술을 뛰어넘어 온갖 종류의 문을 딸 수 있는 만능열쇠를 만들어 냈지. 그때부터였어. 난 초인종을 누를 필요 없이 주인이 집을 비울 때마다 몰래 들어가 그 사람의 신발을 신어 보고, 그 사람이 보는 신문을 읽었어.

난 당신을 직접 보기 전부터 당신이라는 사람에 대해 철저하게 알고 있었어. 처음 당신 극본을 봤을 때 난 완전히 당신 의식 속으로 들어갔고, 극본을 통해 당신의 분노를 강렬하게 느꼈어. 당신의 내면이 부르짖는 소리, 구해 달라고 애원하는 소리를 들었지. 그래서 당신 목숨을 구해 주기로 한 거야."

"그 사람들을 죽이는 것과 나를 구원하는 것이 무슨 상관이지?"

"당신에게 교훈을 주려고 했어."

"어떤 교훈?"

"어디서부터 이야기를 시작해야 하나. 음, 구이산다오 사건으로 돌아가지. 그날 당신은 극단 단원들에게 진심을 말했어. 비수처럼 정곡을 콕콕 찌르는, 시퍼렇게 날이 선 말들을 마구 쏟아 냈지. 위선적인 그들이 당신에게 따질 때 난 유일하게 당신 편에 서서 조용히 당신을 응원했어. 여태 모르겠나? 당신은 강한 사람이야. 내 영웅이라고. 당신은 내가 못 하는 일을 해냈어. 단원들이 당신을 본체만체하고 모두 돌아갈 때도 나 혼자 남아 당신을 집까지 데려다줬어. 같이 택시에 탔는데 당신은 아예 내가 누군지도 모르더군. 〈우물 안의 그림자〉 이야기를 해도 반응이 없었지. 뭐, 그래도 크게 신경 쓰지는 않았어. 난 말했어. 같이 힘을 합쳐 이 썩어 빠진 세계를 쳐부수자고. 그러니까 당신이 그러더군. '오케이! 하늘은 사람에게 만물을 줬는데 사람은 하늘에게 준 것이 아무것도 없구나. 죽여라. 죽여라. 죽여라. 죽여라. 죽여라. 죽여라. 죽여라!'"

"기억이 안 나. 뭐, 그렇다 치자고. 하지만 세상에 어느 누가 주정뱅이의 말을 곧이듣나."

"그렇다고 치는 게 아니라 진짜 그렇게 말했어! 그때 내가 당신을 따르고 싶다고 하니까 아주 감동해서 날 안아 주기까지 했지. 이것도 기억 안 난다고 하려나? 그날 이후 집 근처에서 서성이며 일부러 당신 앞을 지나갔지만 나를 전혀 못 알아보더군. 아예 공기 취급을 했으니까."

"먼저 아는 척하지 그랬나?"

짝! 쑤훙즈가 손바닥으로 내 이마를 내리쳤다.

"혁명으로 맺어진 형제 사이에 아는 척해야 겨우 알아보다니, 그게 말이 되나? 그때 알았지. 사실 당신은 자신이 위선적이라고 욕했던 사람들보다 더 위선적인 사람이라는 것을. 당신이 단원들에게 사과 이메일을 보냈을 때 난 약해 빠진 사람이 쇼를 하고 있다는 걸 알아차렸어. 동지를 찾아낸 줄 알고 좋아했는데, 줄곧 동경했던 전우가 의지박약의 못난이인 줄 누가 알았겠나. 난 의지가 약한 사람을 증오해. 그런 사람들은 차라리 죽는 게 나아."

"그러면 왜 애초에 나부터 안 죽이고 애꿎은 사람들을 죽였지?"

"교훈을 주기 위해서라고 했잖아. 당신은 이메일에서 앞으로 자신의 행동을 반성하고 속죄하는 마음으로 수행하며 살겠다고 했어. 난 처음에 당신이 우스갯소리를 하는 줄 알았어. 왜 있잖아. 자신을 조롱하는 그런 우스갯소리. 그런데 실제로 그렇게 할 줄 누가 알았겠어. 진짜 잘못된 길로 빠질 줄 누가 알았냐고."

"난 자네가 불교 신자인 줄 알았는데."

쑤훙즈가 내 따귀를 힘껏 갈기고 소리쳤다.

"난 불교 신자가 아니야! 한때는 그랬지. 하지만 공덕이니, 업이니, 인과 관계니 하는 말들이 모두 신도들을 우롱하는 소리라는 것을 일찌감치 깨달았어. 지옥도 결국은 자신의 분노가 만든 개념일 뿐 다 거짓말이야. 지옥은 있어. 분노가 있다면 말이지! 나머지는 다 환상이야. 박애니, 연민이니, 인애니 하는 것도 모두 공허한 말뿐이야. 당신은 말끝마다 마음의 평화를 찾겠다고 했어. 내가 알려주지. 자신의 타고난 분노를 받아들여. 그러면 마음의 평화가 저절로 찾아올 거야.

당신, 스스로 진리를 추구하는 사람이라고 생각하며 꽤나 고고한 척하더군. 나에 비하면 겨우 우표 수집가 수준에 불과하면서 말이야. 진짜 진리를 추구하는 사람은 나야. 난 실천가라고. 난 출가하려고도 했고, 마약도 해 봤고, 끊어도 봤고, 다른 사람이 마약 끊는 것을 도와주기도 했어. 군대에서는 사격을 거부해 며칠 동안 감옥에 갇혔고, 전우들에게 술과 여자를 멀리하고 말로 업을 짓지 말라고 했다가 죽도록 맞기도 했지.

내가 왜 일찍 전역했는지 알아? 서류에는 훈련하다 다쳤다고 적혀 있지만 새빨간 거짓말이야. 상관들은 불교의 진리를 실천하는 나를 괴물 취급하고 전우들은 대놓고 따돌렸어. 하루는 생사를 같이할 사랑하는 동기들이 내가 잠시 딴청 피우는 틈을 타 뒤에서 나를 끌어내더군. 그러더니 내 두 다리를 벌려 놓고 전봇대에 찧기 시작했어. 내가 고통스럽게 울부짖어도 그 짐승 같은 놈들은 내 고환에서 피가 흐를 때까지 계속해서 찧었지. 이 일로 징계를 받은 사람도 없고 감옥에 간 사람도 없어. 상관은 나를 쓰레기 취급하고도 아무 일 없었던 것처럼 나만 전역시켰어. 당시에 자비심이 넘쳤던 나는 아무도 원망하지 않았어. 한때 출가도 생각했던 사람인데, 고환 한쪽 없다고 삶이 크게 달라지겠나? 나중에 당신의 영향을 받아 예술이라는 형식으로 불교의 진리를 널리 알리기로 결심했어. 그런데 당신 이메일이 내게 벼락같은 깨달음을⋯⋯."

"그땐 내가 잘못했어. 그렇게 평가하지 말았어야⋯⋯."

"당신은 잘못하지 않았어. 알겠어? 당신은 잘못한 게 없다고! 당신 이메일은 내게 종교의 환상에서 벗어나 잔혹한 현실로 돌아와야 한다는 깨달음을 줬어. 세상은 잔혹하고 사람들은 악랄해. 그게 본질이야. 당신은 내 영웅이고, 그래서 당신을 숭배했어. 그런데 마침내 내가 모든 것을 깨달았을 때 당신이 종교의 구정물에 발을 담그다니, 말이 돼? 내 영웅이 겁쟁이라니! 세상을 적대시하던 사람이 지금은 세상이 자신을 용서해 주기를 바라며 꼬리를 살살 흔드는 꼴이라니. 당신이 구원의 길을 걷기로 결정하고 워룽제로 숨어들었을 때 난 당신에게 평생 잊을 수 없는 교훈을 주기로 결심했어."

"그래서 그 사람들을 죽였나?"

"내게 써 준 귀한 말들을 기억하나? 자신이 지은 업은 스스로 풀라고 했지. 하, 무지한 종교쟁이 입에서나 나올 법한 말이 당신 입에서 나오다니, 당신이 불교의 진리를 정말 잘 안다면 인과법에 대해 그렇게 간단히 말할 수 있겠어? 내가 그 사람들을 죽인 건 당신을 깨우쳐 주기 위해서였어. 당신 행동이 어디까지 파장을 일으키는지 잘 보라고 말이야. 당신 행동은 단지 당신에게만 영향을 주는 것이 아니야. 당신이 불교의 진리를 잘못 이해했기 때문에, 당신의 어리석음 때문에, 공원에서 당신 가까이에 있었다는 이유로, 엄밀히 말하면 인연 따라 우연히 만난 사람 때문에 멀쩡한 사람이 살해됐어."

"첫 번째 피해자와 두 번째 피해자를 말하는 건가?"

"두 번째 피해자?"

쑤훙즈는 내가 무슨 말을 하는지 이해하지 못했다.

"리훙 공원에서 죽은 피해자 말이야. 경찰이 나하고 그 사람이 도시 철도 역 옆의 정자에 함께 앉아 있는 사진을 찾았어."

"대단한 인연이군. 아직 모르겠어? 첫 번째 피해자인 중충셴만 내가 엄선한 사람이고, 나머지 피해자들은 그냥 만자 모양 위에 우연히 나타났다가 해를 입은 거야."

"왜 중충셴이었지?"

"당신처럼 날마다 자싱 공원에 나타났거든. 하루는 심심해서 그 사람을 미행하며 어떻게 사는지 조사해 봤는데, 완전 당신 판박이더군. 교사였고, 아내와 이혼했고, 오래된 동네에 혼자 살고, 친구도 없고. 그래서 내 첫 번째 목표가 됐어. 중충셴을 죽인 건 당신을 죽인 거나 마찬가지야."

나 때문에 사람들이 죽다니, 갑자기 속이 울렁거렸다.

이때 밖에서 부스럭부스럭하는 소리가 어렴풋이 들렸다.

"자네 논리를 이해할 수 없군." 나는 일부러 시간을 끌려고 말을 이었다.

"난 논리 같은 거 없어."

쑤훙즈가 바다에 있던 쇠몽둥이를 들었다.

"더 이상 불교를 안 믿는다더니, 왜 하필 만자 모양이지?"

"아직도 모르겠어? 내가 사람을 죽인 건 당신에게 불교를 전도하기 위해서가 아니라 불교를 포함한 모든 종교가 다 망상이라는 것을 똑똑히 보여 주기 위해서야. 윤회니, 내생이니, 이딴 거 다 속임수라고. 우리에겐 현생만 있어. 지금 이 세계밖엔 없다고. 우리에겐 지옥밖엔 없어."

문밖에서 바스락거리는 소리가 점점 더 가깝게 들렸다. 하지만 쑤훙즈는 자신의 광적인 의식에 푹 빠져 아무 소리도 듣지 못했다.

"이런 말 들어 봤나?" 문밖에서 나는 소리를 감추기 위해 나는 일부러 크게 말했다.

"무슨 말?"

"자신의 어리석음 외에 지옥은 없다."

"닥쳐! 내 앞에서 불경 운운하지 마!"

"자신의 어리석음 외에 지옥은 없어!" 나는 목청이 찢어져라 소리쳤다.

"닥쳐!"

분노에 찬 나머지 귀신처럼 얼굴이 벌게진 쑤훙즈는 쇠몽둥이를 들고 나를 향해 달려왔다.

"꼼짝 마!"

문이 열리면서 천 뚱이 잽싸게 들어와 조준 자세를 취했다. 쑤훙즈는 깜짝 놀랐고, 천 뚱은 어느 쪽이 진짜 나인지 몰라 쑤훙즈와 나를 번갈아 쳐다봤다.

"천 순경!" 나는 큰 소리로 천 뚱을 불렀다.

쑤훙즈는 쇠몽둥이를 들고 천 뚱을 향해 돌진했다.

천 뚱은 제때 방아쇠를 당겼다.

탕!

총성은 끊임없이 벽면을 울리며 메아리쳤다.

쑤홍즈는 천 뚱의 몸 위로 고꾸라졌다.

내 눈에는 그저 오리알 모양으로 입술을 오므리고 있는 천 뚱만 보였다. 아무 소리도 들리지 않았다.

1

나와 왕 팀장의 추측 모두 틀렸다. 쑤훙즈의 목적은 나를 깨우치는 것이 아니라 깨닫는 행위 자체를 포기시키는 것, 다시 말해 선도 악도 없고, 빛도 어둠도 없는 종교의 허무한 심연에서 나를 벗어나게 하는 것이었다.

경찰은 쑤훙즈의 집에서 변장 도구(폼 라텍스, 실리콘, 가발, 붙이는 속눈썹, 가슴 보형물), 노트북, GPS, 선홍색의 만자 모양 지도, 내 하루 시간표와 산책 노선도 등의 증거물을 찾아냈다. 또 열쇠공이 쓰는 도구와 각종 열쇠도 발견했다.

이번 연쇄 살인 사건은 두 주 동안 언론을 시끄럽게 달구다가 어느 정치인의 섹스 파티 사건에 묻혀 버렸다. 경찰은 쑤훙즈의 범행 동기에 대해 많은 내용을 공개하지 않았고, 만자 모양에 대해서도 입을 다물었다. 불교계의 원성을 사지 않고 여론의 입에 내 이름이 다시 오르내리는 것을 막기 위해서였다. 신이 경찰서는 쑤훙즈가 반사회적인 인격을 가진 연쇄 살인범이고, 그의 광기로 무고

한 시민 다섯 명이 목숨을 잃었으며, 무슨 동기로 이들에게 범행을 저질렀는지는 추적 중 그가 총에 맞아 사망하는 바람에 밝히지 못했다는 왕 팀장의 보고서를 받아들였다.

법의관은 쑤훙즈의 시신에서 왼쪽 고환이 파열돼 있는 것을 발견했지만 어떤 이유로 그렇게 됐는지는 알 수 없다고 말했다. 쑤훙즈가 조기 전역한 사유를 알려 달라고 자이 경위가 몇 번이나 요구했는데도 군대 측은 계속해서 서류에 적힌 대로 '훈련 중 부상'이라는 말만 되풀이했다. 하지만 자이 경위가 계속 추궁하자 결국 군대 고위층은 경찰 고위층에 비밀문서를 보냈고, 자이 경위의 수사는 그대로 중단됐다.

나는 쑤훙즈의 범행 동기와 만자 모양을 보고서에 기입하지 않은 왕 팀장의 조치에 동의할 수 없었다. 이 내용이 공개됐을 때 불교계가 어떤 반발을 하든 내가 알 바 아니었다. 경찰은 어떻게든 임기응변식의 '공식 반응'을 내놓을 것이기 때문이다. 쑤훙즈가 불교를 들먹였다고 해서 불교계의 발전이 저해되지도 않을 것이고, 사람들이 색안경을 끼고 불교를 대하지도 않을 것이다. 쑤훙즈는 범행을 저지를 때 이미 불교에 반대하는 사람이었고, 만자 모양 살인 도안 역시 그의 변태적인 의식의 산물에 불과하다.

의심할 것도 없이 쑤훙즈는 돌연변이다. 그의 심리에 대해, 특히 그의 반사회적인 성향과 모든 행위에 대해 타이완 사회는 더 깊이 이해할 필요가 있다. 하지만 언론을 통해 모든 사실이 만천하에 드러날 경우 이성적인 탐색보다 흥미 위주의 자극적인 이야깃거리로 흐를 게 뻔했다. 어떻게 생각하면 왕 팀장의 조치가 비합리적인 것만은 아니었다.

2

197번 골목은 서서히 번화한 타이베이의 변방으로 잊혀졌다. 나는 다시 등산하고, 산책하고, 차를 마시고, 공원에서 쉬고, 신문을 보고, 책을 읽는 규칙적인 생활로 돌아갔다. 가끔 캐나다에 사는 아내와 통화하기도 했다. 잘 지내는지 궁금하긴 했지만 특별히 그립지는 않았다. 아내는 일찌감치 알고 있었던 사실을 나는 이제야 알았다. 그렇다. 우리는 진작에 결혼 생활을 끝냈어야 했다.

내 정신 상태는 그대로다. 여전히 하루 세 번 식후에 약을 먹고 날마다 손전등을 휴대하고 다닌다.

이번 사건은 내게 많은 교훈을 줬다. 그중 가장 큰 교훈은 그럴싸한 가르침일수록 쉽게 믿지 말라는 것이다. 워룽제로 이사 오면 모든 속박에서 벗어날 수 있으리라 생각한 건 어쩌면 일련의 잘못된 믿음들이 만든 최악의 결과였다. 하지만 다시 옛날로 돌아가고 싶지는 않았다. 이사도 가지 않을 것이고, 대학으로 돌아가지도 않을 것이다. 연극계로 돌아갈 생각은 더더욱 없다. 나는 그저 지금에 만족하는 사설탐정이고 싶다. 더 이상 지난날의 잘못을 반성하고 구원을 얻기 위해 일하지 않는 단순한 사설탐정 말이다.

어머니는 민성 단지에서 같이 살자고 하지만 나는 그럴 생각이 없다. 가끔은 나이가 많아 아들의 보살핌이 필요하다며 훌쩍거리는 척하지만 사실은 어머니가 나를 보살피고 싶어 한다는 것을 안다. 아무리 해도 내가 고집을 꺾지 않자 어머니도 전략을 바꿨다.

"진정한 사설탐정은 차림새도 멋져야 돼. 며칠 뒤에 일본에 가서 네 카키색 트렌치코트랑 중절모를 사 오마. 그렇게 입어야 제대로 된 사설탐정처럼 보일 것 아니냐."

아무래도 어머니가 텔레비전을 너무 많이 본 것 같다.

'마음이 어딘가에 머물러 있으면 머물러 있는 게 아니니라.' 이 진리에 대한 이해는 날마다 조금씩 깊어지고 있다. 나는 더 이상 불교 사상이나 일상의 단상에 대한 그럴싸한 말들에 빠져 허우적대지 않고, 이제는 규칙적인 생활을 통해 세상의 진리를 몸소 실천하고 체험하기로 했다.

3

나는 천제루가 그립고 보고 싶었다. 그래서 어느 날 기존의 관례를 깨고 내가 먼저 전화를 걸었다.

"볼 수 있을까요?" 내가 물었다.

"같이 등산 가요." 그녀가 흔쾌히 대답했다.

우리는 푸저우산에서 중푸산의 동쪽 봉우리를 거쳐 예전에 그녀와 깊은 대화를 나눈 적 있는 정자까지 갔다. 중간에 그녀의 손을 잡고 싶어 멈칫멈칫하자 그녀가 눈치채고 먼저 내 손을 잡았다. 그녀는 투 변호사가 힘을 많이 써 줘서 딸아이를 덮치려고 했던 놈을 고소했고, 일이 순조롭게 진행되고 있다고 했다. 그리고 자신은 통화제를 떠나 지금 다즈에 살고 있다고 말했다.

"다즈에 있는 산과 산책로는 천 여사님이 가이드를 해 주시면 되겠네요." 나는 반쯤 농담으로 웃으며 말했다.

그녀는 고개를 돌리고 나를 쳐다봤다.

"우청 씨, 당신이 좋아요. 당신과 함께 있는 것도 좋고요. 하지만 난 반드시 생각해야 할 일들이 있어요. 내 딸과 나를 위해서 말이에요. 난 미래에 대해 큰 희망을 갖고 있어요. 그런데 당신은……
뭐랄까, 미래에 대해 절망까지는 아니지만 기대가 별로 없는 것 같
아요."

나는 침묵으로 인정했다. 그녀는 영원한 이별을 앞두고 깊은 정
을 나누는 연인처럼 오른손으로 내 볼을 쓰다듬었다. 하지만 눈빛
은 나를 아끼고 안타까워하는 친한 친구의 눈빛이었다.

"더 이상 자신을 미워하지 마세요."

그 순간, 곧 그녀를 잃게 됐을 때, 한 번도 그녀를 갖고 싶다는
생각을 해 본 적 없다는 사실을 알아차렸을 때, 나는 마침내 진정
한 천제루를 봤다. 그녀는 더 이상 포니테일을 한 의뢰인이 아니었
고, 더 이상 남편에게 배신당한 여자가 아니었다. 그녀는 천제루였
다. 나는 진정한 그녀를 보는 동시에 그녀의 눈동자에서 나를 봤
다. 책상 앞에 단정하고 엄숙하게 앉아 내게 글을 가르치시던 아버
지가 고개를 들고 나를 쳐다보실 때, 일제 강점기에 어머니가 난양
여자 중학교에 입학하기 위해 가족들 몰래 혼자 기차를 타고 바두
에서 이란까지 갔다는 이야기를 들려주실 때, 아내가 캐나다로 떠
나기 하루 전날 저녁 거실에서 나하고 진솔한 대화를 나눌 때, 나
는 진정한 그들을 봤고 진정한 나 자신을 만났다.

4

나는 모처럼 구이산다오 해물탕 가게를 찾았다.

아신의 가족, 텐라이 부부, 천 뚱, 자오 요원, 자이 경위에게 한
상 대접하기 위해서였다.

우리는 다 같이 한 상에 둘러앉아 웃고 떠들고 먹고 마셨다. 축하할 일도 많았고, 웃을 일도 많았고, 술잔을 기울일 일도 많았다.

"부어라!"

"마셔라!"

"건배!"

프랑수아 라블레의 『가르강튀아와 팡타그뤼엘』에서 어느 주정뱅이가 말했다.

"이 몸은 죄인이라 목이 마르지 않으면 마시지 않는다네. 하지만 지금 안 마시면 나중에 목이 마를 테지. 그래서 오늘도 마신다네. 나중에 목마르지 않으려고. 자네도 이런 마음을 잘 알겠지. 미래를 위해서 마실 수 있다면 난 영원히 마실 걸세. 영원히 마시는 건 영원을 위해서 마시는 거니까."

그러자 옆에 있던 주정뱅이가 큰 소리로 말했다.

"메마른 곳은 영혼조차 머물지 못한다네."

어느 날 황혼 무렵에는 아신과 함께 집 지키는 똥개처럼 자동차 수리점 문 앞에 앉아 맥주를 마시며 거리를 오가는 예쁜 여자들을 훔쳐봤다.

톈라이의 부인 샤오더는 이제 훠궈 식당에서 제법 일 잘하는 종업원이 됐고, 아신의 부인하고는 말하지 않아도 통하는 사이가 됐다. 톈라이는 정식으로 내 파트너가 돼 사설탐정의 대열에 합류했다. 그는 사설탐정 분야의 부족한 상식을 보충하기 위해 내 집에 있는 추리 소설을 몽땅 빌려 가서는 날마다 퇴근 후에 중요한 내용을 필기해 가며 한 권씩 읽었다. 그리고 〈CSI〉도 챙겨 봤다. 추리 소설이나 〈CSI〉는 예전에 톈라이가 쳐다보지도 않았던 것들이다.

"DNA가 무슨 말의 줄임말인지 아세요?" 어느 날 톈라이가 신기해하며 물었다.

"글쎄, 잘 모르겠네."

"데옥시리보스 핵산요."

나는 존경스러운 눈빛으로 톈라이를 쳐다봤다.

다행히 천 뚱은 부상을 입지 않았다. 쑤훙즈가 들고 있었던 쇠몽둥이는 고꾸라질 때 천 뚱의 오른쪽 귀 옆으로 떨어졌다. 천 뚱은 처음으로 쏴 본 총의 위력에 놀라 비명을 질렀고, 쑤훙즈가 자기 몸 위로 쓰러지자 놀라서 호들갑을 떨며 또 한 번 비명을 질렀다.

197번 골목에서 쑤훙즈의 검은 그림자와 대치했을 때 휴대 전화를 배낭 속에 넣으면서 몰래 통화 버튼을 누른다는 것이 실수로 잘못 눌러서 전화가 연결되지 않았다. 당시에 푸양 공원 서쪽에서 경찰 병력 배치 문제로 한창 바빴던 자이 경위는 내게 문제가 생겼다는 것을 전혀 눈치채지 못했다. 오히려 이상하다는 사실을 가장 빨리 알아차린 건 천 뚱이었다. 천 뚱은 내가 집 밖으로 나가고 197번 골목을 벗어나자 이상하게 생각했다. 알고 보니 자오 요원이 준 휴대 전화에는 소형 GPS가 장착돼 있었다. 천 뚱은 GPS 신호를 따라가다가 외장 공사를 하고 있는 그 한 동짜리 아파트를 발견했다. 천 뚱이 내게 전화했을 때 나는 이미 기절한 상태였고, 휴대 전화 두 대 전원이 꺼져 있었다. 아마도 쑤훙즈가 벨 소리를 듣고 전원을 꺼 버린 것 같았다.

어쩌면 철두철미한 왕 팀장이 내 결백을 끝까지 믿지 않고 휴대 전화에 몰래 GPS를 장착했는지도 모른다. 그렇다면 일단 의심부터 하고 보는 그의 직업병이 내 생명을 살린 셈이니, 의심 많은 왕 팀장에게 감사하다고 할 수밖에.

범인을 사살하고 인질을 구출한 공로를 인정받아 한 계급 특진한 천 뚱은 이제 명실상부한 '천 서'가 됐다. 하지만 그는 신이 경찰서에 가지 않고 워룽 지구대에 남는 길을 선택했다.

"본서로 가는 게 낫지 않아?"

내가 묻자 천 뚱이 대답했다.

"같은 경찰서에 근무하는 동료끼리 연애하면 안 된다는 규정이 있어요."

　기루에서 담배를 피우며 다 같이 모여 있는 친구들의 모습을 쳐다봤다. 아신은 자오 요원과 상부상조의 필요성에 대해 논했고, 아신의 부인과 샤오더는 뭐가 그렇게 재미있는지 이야기를 나누면서 웃음이 끊이지 않았다. 톈라이는 아신의 두 장난꾸러기와 젓가락 싸움을 했고, 천 뚱과 자이 경위는 나란히 앉아 다정하게 새우를 까먹었다.

　가끔씩 의식이 다른 세계를 탐험할 때면 이 친구들이 생각나 얼른 현실 세계로 돌아왔다.

　뻐끔뻐끔. 있는 힘껏 공기를 빨아들여 담배 맛을 봤다. 그러고 보면 담배 맛을 참는 것도 참 어려운 일이다.

　이때 휴대 전화 벨이 울렸다.

"여보세요?"

"실례지만 사설탐정 우청 씨인가요?"

탐정 혹은 살인자

초판 1쇄 인쇄 2018년 3월 15일
초판 1쇄 발행 2018년 3월 26일

지은이 지웨이란 ┃ **옮긴이** 김락준
펴낸이 신경렬

펴낸곳 (주)더난콘텐츠그룹
경영기획 김정숙 · 김태희
기획편집 송상미 · 김순란 · 이희은 · 조은애 ┃ **디자인** 박현정
마케팅 장현기 · 정우연 · 정혜민 ┃ **제작** 유수경

출판등록 2011년 6월 2일 제2011-000158호
주소 04043 서울특별시 마포구 양화로 12길 16 서교동 더난빌딩 7층
전화 (02)325-2525 ┃ **팩스** (02)325-9007
이메일 book@ibookroad.com ┃ **홈페이지** www.ibookroad.com
ISBN 979-11-5879-083-7 03820